COMO QUEBRAR O CORAÇÃO *de um* POPSTAR

Como quebrar o coração de um popstar
Copyright © 2024 by Mari Miquilito
Copyright © 2025 by Novo Século Editora Ltda.

Direção editorial: Luiz Vasconcelos
Produção editorial e Aquisição: Mariana Paganini
Preparação: Samantha Silveira
Revisão: Ellen Andrade
Diagramação: Marília Garcia
Ilustração: Clarisse Brito | @clarxmor
Capa: Emilly Kauane
Composição de capa: Equipe Novo Século

Texto de acordo com as normas do Novo Acordo Ortográfico da Língua Portuguesa (1990), em vigor desde 1º de janeiro de 2009.

Dados Internacionais de Catalogação na Publicação (CIP)
Angélica Ilacqua CRB-8/7057

Miquilito, Mari
  Como quebrar o coração de um popstar /
Mari Miquilito. -- Barueri, SP : Novo Século Editora, 2025.
  384 p.

ISBN 978-85-428-1764-5

1. Ficção brasileira I. Título

25-0809   CDD-B869.3

Índice para catálogo sistemático:
1. Ficção brasileira

GRUPO NOVO SÉCULO
Alameda Araguaia, 2190 – Bloco A – 11º andar – Conjunto 1111
CEP 06455-000 – Alphaville Industrial, Barueri – SP – Brasil
Tel.: (11) 3699-7107 | E-mail: atendimento@gruponovoseculo.com.br
www.gruponovoseculo.com.br

UMA COMÉDIA ROMÂNTICA DE **MARI MIQUILITO**

COMO QUEBRAR O CORAÇÃO de um POPSTAR

SÃO PAULO, 2025

Notas da autora

Olá, leitores lindos.

Sejam bem-vindos ao mundo glamoroso, e fofoqueiro, do miquiverso.

Caíque e Verônica estavam gritando na minha mente por anos a fio, até que não aguentei mais, e resolvi escrever o que tinham para me dizer.

Esta é a primeira releitura de uma comédia romântica dos anos 2000 que escrevo, e foi uma das que mais me inspirou para fazer várias outras que já tenho planejado. Além disso, esta foi a primeira história que fiquei realmente à vontade para escrever cenas hots, eles mereciam, então acho que quem gosta, vai ficar muito contente (eu espero).

Quero deixar claro que, apesar de ser uma releitura de *Como Perder Um Homem Em 10 dias*, algumas motivações dos personagens para fazerem suas escolhas mudaram do original. Por exemplo, no filme, o plano de Andie era perder um homem, e o da Verônica é fazer um popstar específico se apaixonar, quebrando o seu coração logo em seguida. Além disso, os protagonistas são mais jovens, cometendo erros de jovens adultos.

De resto, espero de todo o meu coração que vocês gostem do meu casal bagunceiro, encantando vocês do início ao fim. Aproveitem, relaxem, e se divirtam com a história de uma jornalista que tenta quebrar o coração do popstar, enquanto ele tenta conquistar ela pra ganhar uma aposta.

A perfeita "reencarnação" do meu filme de comédia romântica favorito.

XOXO,

Mari Miquilito

Playlist

Universo de coisas que eu desconheço - **ANAVITÓRIA, Lagum**

Sujeito de sorte - **Belchior**

Garotos - **Kid Abelha**

Fortnight - **Taylor Swift feat. Post Malone**

Nada sei (apnéia) - **Kid Abelha**

Eu te devoro - **Djavan**

Desabafo/Deixa eu dizer - **Marcelo D2, Claudia**

Não creio em mais nada - **Paulo Sérgio**

Lay all your love on me - **Dominic Cooper, Amanda Seyfried**

Strip my mind - **Red Hot Chili Peppers**
Imperfect - **Stone Sour**
Astronauta - **Gabriel o Pensador feat. Lulu Santos**
Clarity - **Zedd, Foxes**
Ai, ai, ai... - **Vanessa da Mata**
Tonight (i'm fucking you) - **Enrique Iglesias, Ludacris**
Beautiful liar - **Beyonce, Shakira**
Whisky a go-go - **Roupa Nova**
Pilantra - **Jão, Anitta**
Resposta - **Skank**
Boulevard of broken dreams - **Green Day**
Tudo o que ela gosta de escutar - **Charlie Brown Jr.**
Devagarinho - **Gilsons, Mariana Volker**
Quero te encontrar - **Claudinho e Buchecha**
Quando o sol se for - **Detonautas**
Me namora - **Natiruts, Edu Ribeiro**
Amor e sexo - **Rita Lee, Roberto de Carvalho**
Proibida pra mim (grazon) - **Charlie Brown Jr.**
Garotos || - **Leoni**
He could be the one - **Hannah Montana**
Pronta pra desagradar - **Manu Gavassi**
Coisas que eu sei - **Danni Carlos**
Miss americana & the heartbreak prince - **Taylor Swift**
Quase sem querer - **Legião Urbana**
Você sempre será - **Marjorie Estiano**
Boyfriend - **Big Time Rush feat. Snoop Dog**
Última noite - **ConeCrewDiretoria**
Palpite - **Vanessa Rangel**
La belle de jour - **Alceu Valença**

Anunciação - Alceu Valença
Frevo mulher - Zé Ramalho
Lança perfime - Rita Lee, Roberto de Carvalho
Me adora - Pitty
Mais ninguém - Banda do Mar
Vem morena - Luiz Gonzaga
Equalize - Pitty
You're so vain - Carly Simon
Words to me - Sugar Ray
Dress - Taylor Swift
Ainda bem - Marissa Monte
Só sei dançar com você - Tulipa Ruiz, Zé Pi
Não direi que é paixão - Megará, Hércules
A cera - O Surto
À sua maneira (de música ligeira) - Capital Inicial
Amor I Love You - Marissa Monte
Não quero dinheiro - Tim Maia
Carvoeiro - ANAVITÓRIA
Meu erro - Os Paralamas do Sucesso
A noite - Tiê
Piscar o olho - Tiê
Down bad - Taylor Swift
Amado - Vanessa da Mata
Você não me ensinou a te esquecer - Caetano Veloso
It's the end of the word as we know it - R.E.M
Último romance - Los Hermanos
Pra você guardei o amor - Nando Reis e Ana Cañas
So high school - Taylor Swift
Aliança - Tribalistas

"Não há diamante que brilhe
mais do que uma mulher apaixonada"

— Phillip Warren, *Como Perder um Homem em 10 Dias*

Para todos aqueles que se imaginaram numa comédia romântica dos anos 2000, e pensaram que a vida adulta seria igual. Talvez um dia ela possa ser.

Prólogo

"E por que, eu questiono aos céus, ela ainda tem que estar na minha cabeça?"
Universo de coisas que eu desconheço | ANAVITÓRIA feat. Lagum

Verônica, sábado, 22 de julho de 2017

Esta é a história de como um ego ferido e uma mentirinha me fizeram quebrar o coração de um pop star. Exatamente como as comédias românticas dos anos 2000 que eu assisti várias vezes com a minha irmã.

E, apesar de ser bem atual, ela não teve início em 2024 como muitos pensaram. Pelo contrário, meu coração foi ferido no dia em que meus olhos o avistaram, na bendita celebração do seu primeiro *single*, numa festa privada em um salão de festas na praia da Barra.

Posso tentar encontrar inúmeras palavras mentirosas no meu vocabulário extenso para fingir que não me encantei pelo seu sorriso e voz no minuto em que ele apareceu naquele open bar ao meu lado. Quero dizer, quem não se encantaria? Era esse o motivo da festa: comemorar os números espetaculares do seu sucesso imediato na indústria da música.

As pessoas dizem que meu pai, o grande produtor e dono da MPB Records, Jorge Bellini, sabe muito bem como encontrar um astro. E, mais uma vez, ele conseguiu o feito em 2017, ao representar ninguém mais, ninguém menos que...

— Caíque Alves, muito prazer.

O garoto de cabelos cacheados, olhos redondos de um tom entre o verde e o marrom-claro, misturados da forma mais natural possível, e cicatriz na sobrancelha, se apresentou, beijando a palma da minha mão com os lábios molhados de uísque.

— Eu sei quem você é, seu tonto, não precisa se exibir. Se não, as pessoas podem pensar que é metido a arrogante.

— Contanto que não pense isso, não me importo muito com o que o resto vai deixar ou não de pensar.

— Ah, entendi, e por que minha opinião importaria?

Ele deu de ombros, se aproximando.

— É bom ouvir a opinião de uma garota linda.

— Então, não precisa de mim para isso.

— Pelo contrário, você é a *única* que vai conseguir me fazer ouvir o que tem para dizer. E, pode acreditar, nunca pensei que isso fosse acontecer.

Ri, passando a língua pelos dentes, e um arrepio subiu pelas minhas costas ao sentir nossa proximidade.

— Você ainda não me disse o seu nome? – questionou ele.

— Não sabe quem eu sou?

— Deveria?

— Talvez, mas se não sabe, então acho que está tornando tudo muito melhor.

— Ok, agora você me deixou com uma pulga atrás da orelha.

— Sabe, minha mãe sempre disse para deixá-los querendo mais. Que tal deixarmos assim?

— Mas e se eu quiser saber bem mais? Tipo, a ponto de te implorar para me dizer seu nome, ou me dizer quantos anos tem?

Revirei os olhos, escondendo a risada com a taça de champanhe.

— Tenho 18 anos.

— Hum... estuda?

— Faço jornalismo na Cásper, em São Paulo.

— Mas não é paulista, pelo sotaque carioca é óbvio que é daqui.

— Acertou, Sherlock! Está esperto, hein. Apesar de já ter bebido o quê? Uns três copos de uísque?

— Quatro. E, na verdade, foram eles que me deram coragem de falar com você, e te chamar para dar uma volta na praia comigo.

Encarei seus olhos, e sua boca se abriu num sorriso largo, um dos mais belos que já vi, quase me fazendo engasgar com a bebida.

— Agora?

— Por que não?

— Porque a festa é para você.

— E daí? Eles nem vão reparar que sumi por alguns minutos, e estou morrendo de curiosidade sobre você, garota misteriosa. Que tal sanar as dúvidas que pairam na minha cabeça graças a esses lindos olhos? – Caíque passou as mãos pela minha cintura devagar, apertando levemente meu corpo com seus dedos largos, e sussurrou no meu ouvido. – Vamos lá?

Engoli em seco e, sorrindo, eu o acompanhei pelo caminho de madeira, tipo um deck, que conecta o salão de festas até a praia. Tirei os saltos usando Caíque como apoio, enquanto ele prendia os sapatos sociais da Gucci nos dedos, e seguimos nosso caminho pela areia gelada.

O vento ficou mais forte e o frio me fez estremecer inteira. Não tive tempo de abraçar o corpo, pois Caíque prontamente tirou o paletó azul--caneta e o colocou sobre meus ombros de um jeito tão suave, único por assim dizer, como se fizesse isso durante anos apenas para mim.

— Então, o que uma garota como você está fazendo em São Paulo? Não tem boas faculdades no Rio para ficar perto da família?

— Meu pai fez a mesma pergunta quando eu disse que tinha passado para lá, quis saber o porquê de eu querer me livrar da família que tanto me ama.

— Parece que seu pai e eu nos daremos bem.

— Você não faz ideia...

— Opa, então está insinuando que conheço seu pai?

— Talvez...

Ele riu, coçando a testa, parecendo nada nervoso em estar sozinho comigo no meio da praia vazia, com apenas o som da festa nas nossas costas, mas devo admitir que eu estava, nem que fosse um pouquinho. Afinal, depois de tanto ouvir meu pai falar sobre o grande garoto que vai encantar o Brasil, você acaba se sentindo meio intimidada ao tê-lo ao seu lado flertando.

— E o que respondeu para ele?

— Sobre o quê?

— Ué, sobre a faculdade.

— Que a minha tia estudou na Cásper, e sempre disse que foi a melhor decisão que tomou na vida, pois fez estágios em revistas incríveis, como Vogue e GQ antes mesmo de ir trabalhar na empresa do meu avô. E, bem, para a minha tia, a pessoa que quiser fazer jornalismo tem que estudar lá, é basicamente obrigatório.

— Está me dizendo que se mudou para agradar sua família?

Arregalei os olhos, um pouco assustada, pensando em como ele poderia acertar e errar ao mesmo tempo.

— Não! Quero dizer, sim e não, eu também queria ir para aquela universidade, talvez seria bom viver em outro estado, praticamente sozinha porque a Íris foi junto, para crescer um pouco.

Ele franziu o cenho, rindo confuso.

— E quem seria Íris?

— É a minha melhor amiga de infância, estamos juntas desde a escola. — Tirei os fios rebeldes graças ao vento do rosto. — Foi mal, eu tenho essa mania de sair falando das pessoas pra outras como se elas a conhecessem.

— Que nada, eu também tenho essa mesma mania. Dizem as más línguas, como a minha mãe, que é feio, mas eu não ligo, acho fofo. — Caíque deu dois passos à minha frente, parando para rir baixinho igual àqueles homens encantadores que aparecem nos filmes, e retomou o assunto como se nunca tivéssemos desviado dele. — E o melhor jeito de crescer por conta própria foi indo estudar em São Paulo?

— Melhor do que em outro país.

— Nisso você tem razão.

— Exato, sem falar que estou indo para uma das melhores faculdades de comunicação do país, o que deixa tudo perfeito.

— Uma carioca perdida na cidade grande de São Paulo.

Dei uma risadinha, e admirei a praia escura para além dele.

— É, me dá dó de sair do meu país, Rio de Janeiro. Vou sentir saudades de tomar água de coco na Lagoa depois de andar de patins, de jogar vôlei de praia com minha irmã mais nova em Ipanema, e de jogar cerveja para o alto quando o Flamengo faz gol no Maracanã.

— Ia perguntar se não queria adicionar mais uma saudade na lista, até ouvir que você é flamenguista.

— Então... Tu é vascaíno?

— Por favor, não me xingue! Olha para mim, acha mesmo que torço para time pequeno?

— Claro, só podia ser tricolete[1].

— Olha o respeito, madame, eu sou campeão mundial.

— Não sabia que o Bangu também era.

— Engraçado, e nem eu sabia que uma copa com nome de carro também pudesse ser considerada mundial.

Empurrei seu ombro com o meu, provocando-o.

— A Fifa considera.

— Detalhes. — Ele elevou as mãos ao ar rindo. Uma risada clara, brilhante, ajudando a lua a iluminar nosso caminho com energia de mil estrelas. — Ok, já descobri que infelizmente você é flamenguista, ama uma praia igual a maioria dos cariocas, gosta de esportes, prefere agradar os outros do que a si mesma e vai ser uma das melhores jornalistas do país no quesito... moda?

— Isso é muito machismo da sua parte, achar que quero fazer moda *apenas* porque sou mulher.

Caíque arregalou os olhos vendo a minha cara emburrada, e por alguns segundos, eu a consegui manter, fingindo que estava ofendida com seu comentário até não aguentar mais.

---

1 Tricolete é o apelido dado para os torcedores do Fluminense Football Club de uma forma meio pejorativa para alguns.

— Olha, me desculpa, eu não, não quis te...

— Estou brincando, você está tecnicamente certo, quero focar em *lifestyle* e moda, coisas da família, sabe? — Bati em seu ombro e o assisti relaxar a respiração, dando uma risadinha no canto dos lábios. — Além disso, tenho uma grande inspiração.

— Sua tia?

— Sim. E uma personagem chamada Andie Anderson. Mas talvez você não a conheça.

— Tá doida? Claro que conheço.

Pisquei os olhos, arfando com a risadinha.

— Eu ser fã não é uma surpresa, mas, sim, você saber de quem estou falando.

— Ué, um homem agora não pode passar a sua infância vendo filmes desse gênero com sua mãe na *Sessão da Tarde*, e depois com seus melhores amigos, ficando completamente obcecado a ponto de chorar?

— Uau. Agora quem ficou com uma pulga na orelha fui eu.

— Pronto, meu plano infalível deu certo.

— Então eu era só mais uma?

— Não, como eu disse antes, você é a *única*.

Ele passou os dedos pelo meu cabelo, afastando-o do meu rosto, e parou a mão na minha bochecha. Seus olhos me percorreram a cada centímetro, se movimentando apressados, ansiosos para decidir se me beijava naquela hora ou se esperava.

— Sabe, se você quer tanto, é só pedir.

Ele soltou uma risadinha, passando a língua pelos dentes.

— Provocante? Legal, vou adicionar na lista de coisas que estou guardando sobre você.

Revirei os olhos, rindo baixinho ao escapar de sua mão, e antes que eu pudesse me afastar, Caíque me puxou pelo braço e me encaixou no seu corpo.

Quando montamos um quebra-cabeça, principalmente aqueles longos, demorados, com a pintura mais linda, entramos em êxtase ao encontrarmos, enfim, a última peça que faltava, inserindo-a bem na sua posição.

E foi dessa forma que me senti, insana, arrebatada no segundo em que nossos lábios se tocaram.

Caíque se movia como se sempre soubesse do meu gosto, tendo-me na palma de suas mãos ao agarrar minha bunda sob o vestido rosa-bebê. A seda deslizou pelos seus dedos conforme ele me pressionava contra si, e Deus me perdoe, mas eu mataria a pessoa que ousasse me tirar daqui.

Ele apertou meu rosto, trilhando um caminho do meu pescoço até meus lábios, e deu uma mordida leve, rindo parecendo um maníaco que conseguiu o que tanto desejava.

– Você ainda está me devendo o seu nome... – sussurrou rente à pele sensível da minha orelha.

– Por que quer tanto saber? – perguntei, entrelaçando os dedos pelos seus cachos bagunçados.

– Porque eu quero saber tudo sobre a garota que acabou conquistando meu coração numa única noite.

Apertei seu rosto contra o meu, o beijando com ainda mais vontade. Meu corpo estava febril, e cada toque de seus dedos nas partes expostas do meu corpo viram uma explosão de sensações únicas, e que jamais tinha sentido antes.

– E se eu quiser saber mais de *você* primeiro, antes de sair por aí falando meu nome?

– Então eu vou passar a noite inteira aqui, do seu lado, como um livro aberto, pronto para ser lido *apenas* por você. Não tenho nada a esconder. – Ele acariciou minha bochecha, e seu cheiro de grama fresca se misturou com a maresia da praia, deixando-me submersa.

Ah, que se foda. Ele vai descobrir uma hora ou outra, e não vai ser o fato de ele ser um dos cantores do meu pai que vai me impedir de sonhar em ter algo a mais depois dessa noite. Parei o beijo apressado, abrindo um sorriso, e passei meus dedos pela sua bochecha, sentindo sua pele lisa graças à barba recém-feita.

– Meu nome é...

– Caralho, mano, não some mais assim não, estão te chamando lá no salão para tirar foto. – Um garoto de terno preto e blusão branco, mais ou menos da nossa idade, apareceu, tirando-nos do transe.

Caíque jogou a cabeça para trás, bufando.

– Tem que ser agora, Gil?

– Agora, foi mal, mano. – O cara cruzou os braços, mostrando uma covinha na bochecha esquerda ao sorrir.

– Que merda! – resmungou, examinando-me com seus olhos verde-oliva, que depois de admirá-los tanto, consegui descobrir o tom verdadeiro. – Me desculpa, vai ser rapidinho, eu já volto. Sei que ficar aqui sozinha pode parecer assustador, mas qualquer coisa é só correr de volta pra festa.

Dei uma risadinha baixa, e ele beijou meus lábios uma última vez sem pressa, aproveitando os segundos que lhe restavam, voltando para dentro do salão, onde a festa só aumentara a quantidade de convidados. Caíque se virou mais uma vez para mim, dando um tchauzinho, e eu retribuí com o sorriso mais sincero.

Assim que vi seu corpo sumindo pela porta, respirei fundo, encarando o mar calmo na minha frente sem medo. Ainda usava seu paletó azul-caneta encharcado com seu cheiro penetrante, e fechei os olhos com a mente presa em seu beijo, a um fio de entrar na obsessão.

– Ai, Deus, no que fui me meter...

Graças ao salão de festa, pude ter aquele pequeno espaço da praia sozinha, iluminada tanto pelos postes de luz quanto pela festa que corria animada atrás de mim. Escutei "Sujeito de Sorte" tocar alto, além de ver os flashes sendo disparados em qualquer parte, e respirei fundo com os pés fincados na areia macia.

Minha barriga roncou, gritando por comida, e decidi voltar para o salão. Parei na porta para limpar os pés e pôr os saltos, seguindo um garçom carregando uma bandeja de coxinha com catupiry.

Fiz um montinho de salgadinho na mão com o papel e fiquei de longe, fitando Caíque tirar as fotos com os executivos, produtores, influenciadores, resumindo, uma longa lista de pessoas.

Ele abriu os lábios num sorriso fofo ao notar minha presença, e conseguiu escapar antes da próxima foto para vir na minha direção.

— Ficou com fome? — perguntou, apontando com a cabeça para as últimas três coxinhas na minha mão.

— Como adivinhou?

— Bom, a quantidade de salgadinho na sua mão é uma excelente dica. — Riu, coçando a cabeça. — Só preciso tirar mais uma foto com o dono da gravadora e podemos voltar para nossa praia particular.

— Ah, vai precisar disso. — Tirei o paletó, entregando-lhe. — Sei muito bem que, apesar de ser todo brincalhão, meu pai gosta de gente arrumada nas fotos para a imprensa.

O brilho no rosto dele sumiu em questão de milésimos. E meu sorriso foi junto, murchando no mesmo ritmo — até travar quando encarei aquele olhar assustado. Caíque franziu o cenho, molhou os lábios com a língua e puxou o paletó pelos ombros.

— Espera, quer dizer que você...

— Caíque, vem para a última, por favor.

Meu pai apareceu nas suas costas, colocando a mão no ombro do garoto, que riu sem graça quando meu pai percebeu a pessoa com quem ele conversava.

— Oi, filha, vejo que já conheceu Caíque. Que bom, fico feliz! Acho que vocês dois vão se dar muito bem.

— Você nem imagina, pai. — Ri baixinho, colocando um salgadinho na boca na tentativa frustrante de disfarçar o clima esquisito que pairava no ar.

— Agora, vamos para a foto? Vem também, Nica, vou chamar sua mãe e sua irmã. — Meu pai seguiu na direção delas, convocando-as, e nesses meros minutos que seguiram, mais nenhuma palavra saiu da boca de Caíque.

Ele ficou ali, parado, mudo, como se tivesse sido enganado a noite toda por mim. E pode parecer brincadeira, mas depois que a foto foi tirada, o garoto conseguiu sumir num piscar de olhos, não deixando nenhum rastro para que eu o seguisse.

Nossa praia não existia mais, e não o vi pelo resto da noite, até o encontrar indo embora com a influencer e filha de um dos produtores do meu pai, Maria Clara Marinho, na limusine. Eu me senti enganada, usada, e jurei ali que jamais daria uma bola sequer para Caíque Alves.

Todos os anos seguintes, eu o via nas festas, lançamentos de álbuns da gravadora, nas notícias das revistas que estagiei em São Paulo, mas nunca mais troquei uma palavra sequer com ele.

Descobri mais detalhes, verdadeiros ou não, da sua vida na Garota Fofoquei contra a minha vontade, naquela porra de *Gossip Girl* do Brasil, mais precisamente do Rio de Janeiro, que foi criada durante a pandemia.

O pior dos meus pesadelos foi quando me mudei para o meu próprio apartamento há dois anos, e tive a infelicidade de descobrir quem seria meu ilustre vizinho. Como pode, de tantos edifícios nesta merda de estado, fui parar no mesmo de Caíque? E por que, de todos os andares, fui escolher logo o apartamento que fica na frente do seu?

Na época, pensei ter jogado álcool na cruz, ou algo brutalmente parecido, para ter que conviver com o garoto que esmagou meu ego no fim da minha adolescência. Até perceber que a vida pode ser tão simples e maluca, igual às comédias românticas que tanto assisti e pelas quais me apaixonei enquanto crescia.

E que, às vezes, se enrolar numa teia de mentiras para alcançar um objetivo pode ser mais divertido e inusitado do que esperamos. Sem falar que o destino é tão engraçadinho, ele ama brincar com as pessoas a ponto de deixá-las malucas no processo.

Eu sonhava em viver um desses romances dos filmes, ser tão apaixonada por alguém que nem mesmo a maior das traições me fizesse querer esquecê-la, ou largá-la. Até vivenciar um, aprendendo que nem tudo são flores ou é o que se imagina.

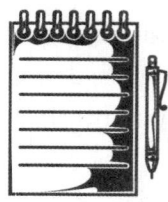

Capítulo um

"Essa vizinha ainda vai acabar com a minha vida,
e tenho certeza que vou odiar"
Garotos | Kid Abelha

Verônica, sexta-feira, 21 de junho de 2024

Aqui estou eu, de novo, correndo igual maluca com as minhas revistas favoritas na mão pelo corredor do prédio da editora. Sei que tenho um único objetivo; alcançar a porta iluminada à minha frente. Mas nunca consigo pegar na maçaneta, não importa o quanto tente.

As revistas caem no chão, impedindo meu progresso na corrida ao ter que pegá-las. E meus pés parecem caminhar por uma longa esteira, pois meu braço pode estar o mais esticado possível, que mesmo assim não alcança a bendita porta.

Meu pulso vibra graças ao relógio, indicando que meu tempo acabou, e com desespero, acordo de mais um dos meus pesadelos, sentando assustada na cama. Deslizo os pés pelos lençóis de algodão e, respirando fundo, tento assimilar o ambiente em que me encontro para acalmar os batimentos ridiculamente rápidos do meu coração.

Viro o rosto para o lado, vendo a bagunça que está minha cabeceira com a luminária, velas e os últimos dois livros da Ali Hazelwood que li neste mês. Na verdade, quando minha respiração acalmou, percebi a desordem que deixei no meu quarto nesta semana. Minha mãe fala que eu sou a bagunceira da família, e bom, meu quarto neste estado entrega a prova.

Tiro os fios loiros do rosto, molhando os lábios secos com a água da garrafa que estava junto da bagunça, e dou mais um pulo no lugar, ouvindo meu alarme tocar com a voz da Taylor Swift cantando "Fortnight".

Não preciso checar as horas, graças aos céus, não ando dormindo mais do que necessário, e consequentemente, estou conseguindo chegar a tempo no trabalho, prontíssima para mostrar do que sou capaz.

Sei bem porque tenho esse sonho esquisito desde que comecei a trabalhar na GINTônica, é o mais óbvio dos motivos. Afinal, ser uma *nepo baby* pode ter suas vantagens, porém, para mim, sempre foi mais um motivo para que eu mostrasse o quanto eu sou boa, e o quanto tenho valor.

Suspiro alto, sacudindo o corpo para deixar as vibrações ruins de lado e alongo o corpo, esticando os braços para o ar.

— Bora para mais um dia.

Eu me levanto da cama, deslizando pelo chão de madeira gelado com as minhas meias felpudas do Yoda. Desligo o ar-condicionado e abro bem as janelas para que o calor abafado do inverno carioca entre no quarto, arejando o lugar.

Vou para o banheiro e abro o chuveiro, deixando que a água se transforme de gelo para pelando, queimando meu corpo do jeitinho que gosto assim que entro. Saio logo depois, secando o corpo quente, já com os dentes escovados. Faço minha rotina de *skincare* depois de limpar a pele, finalizando com o protetor solar pelo corpo todo antes de passar uma maquiagem básica.

Escolhi uma camisa preta *bootleg*, com o rosto do Edward Cullen espalhado no meio dela no estilo vintage e ponho uma calça jeans escura reta.

Passo correndo para a sala depois de pegar o saltinho bordô da Saint Laurent que meu pai me deu de aniversário, calçando-o enquanto sinto o relógio no meu pulso me alertar de uma ligação.

A foto de Íris, minha melhor amiga, sorrindo enquanto aponta para o letreiro de Hamilton, seu musical preferido na Broadway, brilha na pequena tela. E sei que os preciosos segundos que demoro para atender correspondem a mais um minuto de esporro.

— *Você vai querer o croissant doce ou salgado? Fala logo que estou na fila, sou a próxima e estou com pressa.*

— Bom dia para você também, meu bem.

— *Bom dia, se não responder em cinco segundos, eu vou comprar o que eu quiser... Cinco, quatro...*

— Salgado, de preferência com queijo e peito de peru.

— *É tão bom ter uma amiga que só se decide sob pressão.*

— Hum-hum, para que eu preciso de um terapeuta para falar das minhas inseguranças e motivos pelos quais não consigo tomar uma decisão por conta própria, tendo que fazer o que os outros querem que eu faça primeiro, se tenho você e Enzo, não é?

— *Ok, Verônica, vamos com calma, sei que sou uma excelente amiga, mas sou tão fodida da cabeça quanto você, Enzo que o diga.*

— Por isso somos o trio perfeito — respondo, agarrando a bolsa e as chaves do carro. — A *nepo baby*, a publicitária mandona, e o modelo gay.

— *Aí, assim você ofende a minha comunidade.*

— Nossa comunidade, ou esqueceu o que significa o B na sigla?

— *Não, eu também faço parte dos biscoitos. Se liga, já saiu de casa?*

— Com a mão na maçaneta.

— *Ótimo! Então, deixa eu te contar sobre o último dorama que se tornou a minha obsessão, depois que terminei aquele que você me indicou, Meu Demônio Favorito.*

— Você não era a próxima da fila?

— *Shh, estou contando uma história e a senhorita tem um carro para dirigir. Prosseguindo, encontrei ele do nada, veio como recomendação, se chama Nosso Destino, e estou apaixonada pelo casal principal.*

– Ah, eu assisti esse também, achei legal o início, mas termina fraco demais. Até pulei umas cenas por ficar com sono, ou quando a minha ansiedade implorava para acabar logo.

– *Ha, ha, não confio no seu gosto para doramas.*

– É sério, acho que devia me ouvir quanto a esse. – Fecho a porta atrás de mim e esbarro numa mulher que saía do apartamento da frente, fazendo com que sua bolsa caísse no chão. – Ah, caraca, me desculpa, eu não te vi, estava de costas.

– Está tudo bem, o importante é que o café não caiu.

Ela sorri com seus lábios carnudos, bem arredondados, e seus olhos castanhos-escuros afiados me encaram. Os cabelos cacheados estão soltos, com um caimento lindo pelos ombros quando a ajudo a pegar a bolsa.

– Sim, seria um absurdo manchar um look tão lindo como esse seu.

– Minha chefe me estrangularia se isso acontecesse, temos uma reunião importante hoje. – Ela abre mais o sorriso, colocando alguns fios soltos atrás da orelha, e abre bem os olhos, indicando o caminho que pretendia seguir. – Vai pegar o elevador?

– Hum-hum...

Em silêncio, vamos até ele, que chega em poucos segundos. Seguro firme o celular na mão, tentando visualizar a mulher ao meu lado discretamente. O verde-militar do vestido de algodão e o tênis branco da New Balance ficaram belíssimos em seu corpo.

Algo dentro de mim diz que a conheço, que já a encontrei perambulando pelos corredores do prédio, mas custo a acreditar que o dono do apartamento onde ela vive entrando e saindo sossegou o facho, afinal.

O elevador para no térreo e minha boca se abre antes que a mulher saia.

– Desculpe, mas eu te conheço?

– Bem, se já foi uma das garotas que expulsei da cama do meu melhor amigo, provavelmente, sim. Ele mora na frente do seu apartamento e peço perdão por isso.

– Eca, não mesmo, jamais cairia naquela cama. – Franzi o cenho, segurando a risada. – Mas, espera, então o Caíque...

— É um dos meus melhores amigos, para a minha infelicidade. — Ela acena, enquanto pressiono os lábios e seguro a risada que se torcia para escapar. — Sou a Sara. Pela sua roupa, cor dos cabelos e ter escapado do apartamento da frente só posso imaginar que seja a tal vizinha.

Franzi o cenho.

— A *tal vizinha*?

— Sim, Caíque cansa meus ouvidos ao falar de suas festinhas de karaokê com os amigos, e em como ele desejava que suas paredes fossem à prova de som por causa de umas outras *coisas* que acaba ouvindo também, se é que me entende... — Sara piscou o olho, mordendo o lábio inferior cheio de gloss.

Minhas bochechas vão de um pouco rosadas para extremamente vermelhas ao perceber o que ela quis dizer. Puta merda, não acredito que ele já me ouviu transar. Mas daí, eu me lembro de todas as vezes que também já ouvi uns gemidos e outros vindos de seu apartamento, e rio estendendo a mão.

— Verônica Bellini, é um prazer enorme conhecer uma das melhores amigas do palerma do meu vizinho.

Sua expressão muda quando Sara escuta meu nome, e as portas do elevador se fechando a fazem acordar.

— Calma, você é a filha do...

— Chefe dele? Sim, e acho que isso pode assustar algumas pessoas, não é?

— Sei muito bem — responde ela, balançando a cabeça. Sara admira o relógio prateado no seu pulso e segura a porta do elevador uma última vez antes de sair. — Eu tenho que ir, mas gostei de te conhecer, enfim.

— Posso dizer o mesmo, espero que a gente se veja de novo.

— Ah, querida, com certeza nós vamos.

Sara ajeita a bolsa nos ombros e dá um tchauzinho conforme a porta metálica vai se fechando, deixando-me sozinha.

Respiro fundo, apoiando as costas na parede de espelhos, pensando em suas últimas palavras e em como duvido que ela esteja certa. No máximo, eu posso encontrá-la por aqui ou nas festas da gravadora, mas não da forma que insinuou.

Bem, a forma que eu acho que insinuou.

A porta do andar da garagem abre e saio para pegar meu carro, bufando para esquecer esse pensamento repentino do pop star do meu vizinho. É incrível como esse cachinhos dourados consegue me irritar até quando não está por perto para fazer ele mesmo. O jeito é ir pro trabalho com o som bem alto enquanto toca Linkin Park, para eu extravasar toda essa...

— *Hum, eu ainda estou aqui...* — resmunga Íris pelo celular.

Arregalo os olhos de susto, lembrando de sua presença eletrônica.

— Ai, me desculpe, encontrei uma garota saindo do apartamento do Caíque, e quando me dei conta, lá estava eu conversando com ela como se fôssemos melhores amigas de infância.

— *Percebi, amiga, apesar de eu querer ouvir tudo o que conversaram sobre o seu pop star favorito, preciso que entre logo nesse bendito carro.*

— Que droga, Íris, ele não é o meu favorito.

— *Eu sei, só gosto de provocar mesmo.* — Ela ri. — *Agora se apresse, seu cappuccino de caramelo não vai ficar tão gelado por tanto tempo.*

Sento no banco depois de ligar o carro, e a ligação com Íris conecta automaticamente no alto-falante.

— Beleza, capitã, de acordo com o Google Maps, chego aí em uns quinze minutos.

— *Uau, o trânsito está ótimo...*

— Cala a boca. — Rio baixinho, coloco o cinto e me preparo para sair. — Vou te desligar, quero ouvir música e daqui a pouco já vou ver teu focinho chato.

— *É assim que sabemos quando não somos mais importantes para nossa melhor amiga, quando ela prefere ouvir a voz do vizinho até na rádio do que te ouvir tagarelar sobre seu novo vício.*

— Íris!

— *Tchauzinho, Nica, vem com os anjinhos.*

Sua risadinha enche o carro e dou seta para a direita, pego a rua com destino a Humaitá, ouvindo o pior som que poderia desejar, agora saindo direto do meu rádio assim que o sintonizo.

Capítulo dois

"O pesadelo do dia é ligar o rádio e ouvir a voz irritante do meu vizinho no top10 nacional"
Nada sei (Apnéia) | Kid Abelha

Caíque, sexta-feira, 21 de junho de 2024

Ser solteiro e rico tem suas vantagens, qualquer um pode concordar. E, mesmo que essa afirmação me faça parecer um babaca, não posso negar o quanto minha vida mudou para melhor no instante em que minha voz ficou famosa no YouTube.

Afinal, só um louco não iria desejar viver do que ama, ganhando extremamente bem para isso, numa época em que comprar um carro custa no mínimo 70 mil, o azeite está quase 50 conto, e viver com os pais é a única opção.

Posso me considerar um cara cheio de sorte por ter conquistado tudo, e muito mais, com apenas 25 anos, não precisando me preocupar com o presente. Eu e as minhas músicas no mundo, conquistando o Brasil a rodo, cuidando apenas de mim e da minha família do jeito tranquilo que deveria ser.

Cara, isso que é vida boa. Mas, diferente dos *nepo babies* que nasceram tendo essa vida de mão beijada, eu precisei conquistar, jogar a cara a tapa, e agora, fazer o impossível e o possível para manter. Mesmo que, para isso, eu tenha acabado me transformando em alguém que jurei jamais ser para manter o status e o meu nome sempre em alta: a porra de um *cafajeste*.

Bem, devo dizer que, graças à minha falta de vontade de me amarrar com alguém, ficar com pessoas diferentes quase todo final de semana sendo solteiro é um benefício muito bem aproveitado. E vamos combinar, eu gosto pra caralho de receber a atenção devida, mesmo sabendo que, no fim, elas estão apenas me usando.

Mas, *alerta de spoiler*, eu também vou usá-las se for preciso, utilizando os apetrechos que a indústria musical me deu e as características que o criador pensou tão bem na hora de me montar.

Ontem à noite não foi diferente de nenhuma outra desde que comprei meu próprio apartamento. O cabelo escuro da mulher deitada nua ao meu lado roça no meu rosto, e suspiro, não cogitando duas vezes antes de me mexer para acordá-la. O dia está apenas começando, e eu gosto de otimizar o meu precioso tempo em um dos meus lugares favoritos, o estúdio, e essa pessoa babando no meu braço está atrapalhando.

Olho para o relógio digital na cabeceira da cama e percebo que faltam apenas alguns segundos para meu plano ser executado com perfeição, sem deixar rastros de paixões pelo meu quarto.

Se antes eu afirmei que só um louco não ia querer essa vida, apenas um tonto ia perder tudo isso por causa de uma paixãozinha. Sorte minha que fechei a porta do meu coração e joguei a chave bem longe no dia da festa de lançamento do meu primeiro *single*, cogitando demorar uns bons anos antes de abri-la novamente.

— Bom dia, Caíquinho... — A mulher, que não faço ideia do nome, abre os olhos devagar, esboçando um sorrisinho no canto dos lábios finos.

Deus, que apelido *ridículo*.

— Bom dia, gatinha — respondo, forçando um sorriso.

— A noite foi gostosa.

— Pode-se dizer que sim...

— O que acha se a gente levantasse, tomasse um banho bem gostoso no seu banheiro enorme, e fosse sair para tomar um café da manhã no forte de Copacab...

— Estou entrando, e espero que estejam cobertos, não quero ver ninguém pelado.

Sara, minha melhor amiga, abre a porta violentamente como planejado. Ela começa a vasculhar o armário e, como uma excelente atriz, questiona exasperada.

— Têm noção de onde eu enfiei o meu *planner*? Preciso dele para hoje, ou minha chefe vai me matar.

A mulher se enrola ainda mais na coberta, assustada com a intromissão e com a falta de privacidade. Seus olhos me questionam se não vou expulsar Sara, e respiro fundo, dando de ombros.

— Bom dia para você também, Sarinha. — Pego uma cueca depois de abrir a gaveta da cabeceira, e me levanto da cama para vesti-la. — Acho que eu vi o Gil escondendo ele na sala, por que não vai lá checar?

— Aquele filho da puta...

— Modos, temos uma convidada.

— Não estou nem aí, quero matar o Gilberto! — resmunga Sara, batendo os pés firmes no chão ao sair do quarto.

Ouço o som irritante de alguém limpando a garganta, e pressiono os olhos antes de encarar a mulher ainda estagnada na minha cama.

— Parece que fomos interrompidos, não é mesmo?

— Ah, quem é ela?

— Aquela é a Sara. — O relógio no meu pulso apita com um timer exato, e faço uma careta, fingindo tristeza por ter que lhe mandar vazar do meu apê. — Veja só, infelizmente nossos planos vão ter que ser cancelados, tenho uma reunião importante na gravadora daqui a pouco.

— Mas eu pensei...

— Desculpa, gata, mas vou precisar que você vá... — Recolho as roupas dela do chão, colocando-as na cama, e saio de perto para evitar fadiga.

Só existe *uma* pessoa que eu jamais gostaria de ter mandado embora. A *única* que, por apenas uma noite, antes que eu pudesse saber o papel que ela teria na minha vida, quis conhecer a *pessoa* Caíque, não o astro.

Mas não poderia deixar que minhas vontades ultrapassassem meu futuro na carreira que mal tinha decolado, muito menos ferrar com quem apostou em mim, ficando com a *filha* dele. Infelizmente, ser adulto e ter que fazer escolhas que podem te assombrar pra vida toda com apenas 19 anos é foda, mas foi necessário para chegar onde estou hoje, com nenhuma pressa para ver o fim da história.

A mulher, que ainda não se tocou do que estou fazendo, se levanta lentamente da cama, vestindo a saia jeans e o cropped. Ela pega nos seus saltos Louboutins falsos e me segue para a sala. Sara, já conhecendo a rotina, separou o copo descartável com suco e sentou na bancada para mexer no seu "*planner* encontrado", me assistindo dispensar a mulher.

– Aqui, suquinho de laranja caseiro para tomar na viagem de volta para casa. – Estico o copo na sua direção, mas a mulher agarra meu rosto, beijando meus lábios ferozmente, e me falta ar nos pulmões quando ela nos separa, só que não no bom sentido. – Obrigado?

– Tem muito mais de onde esse veio... – Ela esfrega o dedo pela minha bochecha, mordendo o lábio inferior. – Deixei meu número anotado em um caderninho seu, me liga...

– Claro, pode deixar, Jennifer.

– Jéssica, meu nome é Jéssica.

– Sim, é óbvio, querida, não precisava dizer, eu já sabia, é apenas o sono ainda no meu corpo. – Peguei em sua cintura, a guiando em direção à porta.

A garota abre a boca, perplexa, e sai pela porta resmungando baixinho, indo em direção ao elevador que acabava de chegar, trazendo meu melhor amigo nele.

Gilberto a cumprimenta com a cabeça em silêncio ao passar pelas portas de metal, e me encara querendo rir sobre a mulher que sai do nosso apartamento explodindo fogo pelos olhos.

– Garota nova? – pergunta.

— Que graças a Deus já foi embora – digo, quando ele passa por mim carregando a sacola de compras no ombro. – O que trouxe aí? Está com um cheiro bom.

— O mercado tinha acabado de fazer bolinho de bacalhau, e eu sei o quanto você gosta, então resolvi trazer para te agradar um pouquinho.

— Como se o Caíque precisasse ser mais agradado – diz Sara, com os olhos ainda no *planner*.

— Claro que preciso, a vida de pessoa pública pode ser muito exaustivo, Gil sabe o que digo.

— Na verdade, eu acho qu...

— Nem pense em responder, estou cansada de dizer o quão perigoso é ele ficar trazendo pessoas desconhecidas para cá, e nenhum dos dois me escuta – resmunga ela, roubando uma das uvas que Gil deixou no balcão. – Eu te amo, Caíque, e não vou deixar de te ajudar, mas manera, por favor. Não quero acordar um dia com a notícia de que você morreu no Garota Fofoquei.

— Não se preocupe, prometo te assombrar do além... – eu a perturbei, balançando seus ombros, e ela forçou um sorriso mixuruca. – Ih, qual foi? Está com problemas no trabalho?

— Argh, minha chefe é um saco, e acha que sempre sabe mais que a merda dos clientes que pagam o salário dela para deixar a festa ou o evento fantástico.

— Precisa de ajuda com algo?

— Não, Caíque, sou forte o suficiente para fazer isso sozinha, mas agradeço. – Batuca os dedos nas folhas, saboreando mais um pouco das frutas de sua salada. – Na verdade, estou querendo começar a minha própria empresa, e talvez possa precisar de você, Gilberto.

— Quê? Por quê?

— Porque você é um chef *queridinho* no TikTok, e de acordo com o meu curso de marketing de Harvard...

— Blá-blá, vai direto ao ponto, se não vou acabar dormindo de novo – peço.

– O papo não chegou a você, Caíque, fica quietinho. – Ela revira os olhos, suspirando fundo. – Resumindo, Gilberto, posso me beneficiar, nem que seja no início, para atrair clientes, de um chef formado feito você.

– Não entendi, você quer que eu seja o quê?

– Meu chef particular.

Ele franze o cenho.

– Ué, e eu já não sou quando você vem para cá?

– Quis dizer nos eventos, garoto, se toca!

– É, Gilberto, se toca, trabalhar com a sua melhor amiga, fazendo receitas básicas para servir em festas, pode ser até mais um conteúdo que tu podes trazer para seu público.

– Exato, ao menos saiu algo que presta da boca dele hoje, nem sei como a Kula aguenta.

– Por sinal, alguém a viu hoje?

– Provavelmente deve estar escondida, depois de ver uma convidada não solicitada em seu castelo. – Gil ri, separando umas folhas de couve num potinho.

– Nossa, vocês dois estão tão engraçados hoje, dormiram com o Bozo, por acaso? – Mordo o bolinho de bacalhau que tirei do saco todo gorduroso, e pego o potinho para ir atrás da minha coelha.

Escutei um barulho de movimento veloz na minha cama, e de repente avistei um pequeno vulto preto correndo de um lado para o outro. O sol fraco vai invadindo o quarto através das cortinas, e meu coração acelera de felicidade, vendo a pequena coelha pular ao me ver se ajoelhar na frente da cama.

– Oi, linducha, papai trouxe umas folhas que o tio Gil separou para você antes de começar a fazer o almoço. – Ela anda devagarinho na minha direção, cheirando a folha do pote. – Não se preocupe, madame, verifiquei se ele não colocou nenhum espinafre, pode comer de boa.

Kula me encara mais uma vez, respirando rápido como sempre, e abocanha o primeiro ramo de agrião que encontrou. Engraçado pensar que, tirando a minha família, o único ser desta Terra que detém o meu coração é a versão pequena, e fofa, de um gato preto.

Chego a achar graça da forma como ela acabou entrando para ficar na minha vida. Estava passeando com a minha mãe e Danilo pelas ruas de Búzios quando a vi no pet shop. Meu irmão, que antes tinha um pouco de medo de animais, ficou encantado com ela, querendo levá-la para casa desesperadamente.

Ali eu soube que Kula tinha sido feita para ser minha companheira. Ela, correndo de um lado ao outro, ou se jogando cheia de liberdade para dormir, me mostra o quanto também se sente feliz por estar aqui, em família.

Faço carinho em sua cabecinha, e os pelos escuros, extremamente macios, escorregam pelos meus dedos. Porém, como nada nessa vida pode ser um mar lindo e perfeito de jasmins, minha paz acaba quando Sara dá um berro da sala.

— Caíque, estou vazando!

— Não esquece de bater a porta quando sair, queridinha! — grito de volta, me levantando do chão gelado.

Gilberto aparece nas minhas costas, trazendo dois copos do seu suco de laranja, e me estende um para que eu pegue.

— Ela pediu para eu mandar você se foder.

— Tão delicada essa nossa melhor amiga.

— Mas é bom ela ser assim, tira a gente da zona de conforto.

— Tira você da zona de conforto, eu já não tenho zona da qual escapar. — Bebo o suco, deixando o líquido gelado descer refrescante pela garganta nesse calor miserável do Rio de Janeiro.

— E aí, nenhum fogo para apagar na gravadora hoje?

— Não, assim, pelo menos ninguém me ligou ainda, só recebi uma mensagem do Denis me perguntando se precisava de ajuda com *aquelas músicas* sem que Jorge percebesse.

— E por que não usa a ajuda do seu produtor para isso? Até parece que o grande chefão, que tem outros zilhões de artistas para tomar conta, vai perceber se foi você quem escreveu sozinho ou não.

— Ah, confia, ele vai saber... — Bebi mais um pouco do suco, respirando. — Eu preciso que esse álbum dê certo, eles estão deixando eu dar palpites no próximo álbum da banda do seu irmão, você sabe o quanto quero ser produtor e me estabelecer lá.

— Sei disso, mano, não se preocupe, tu vai conseguir tirar esse teu álbum de amor de letra...

— Duvido, seria bom ter me apaixonado ao menos uma vez na vida.

— Você sabe que já, não mente.

— Agora não, Gil, isso são águas passadas, e não foi nada.

— Se está dizendo... não foi você que teve que ouvir cada uma das suas interações com ela ao longo dos anos, ou sobre como aquela "maldita" beija excepcionalmente bem. — Eu o encaro severamente, e ele estende os braços ao ar, se rendendo enquanto segura o riso. — Bom, não está mais aqui quem ousou falar dela.

Ergui o dedo com a mão na cintura pronto para me explicar, quando meu celular apita mostrando dez mensagens de Sérgio, o vocalista da banda O Espantalho. Gilberto estica a cabeça, fofoqueiro do jeito que é, e dá de ombros curioso.

— Meu irmão disse que eles estão tendo alguns problemas com a banda — diz ele, diz, bebericando um pouco mais do suco no seu copo.

— Bem, se o Raul quer pontuar desse jeito, quem sou eu para dizer o contrário?

— Mas o que está rolando?

— Aff, Sérgio está implicando com algumas sugestões criativas, enquanto Michael fica querendo discutir com todos, mas especialmente com ele durante os ensaios.

Gil ri, balançando a cabeça.

— E quando o vocalista e o guitarrista principal brigam...

— O mundo vai acabar, exato. — Coço a cabeça, peneirando o que fazer com esses garotos. — Tenho que ir para a gravadora, os meninos vão ensaiar daqui a pouco, e pediram para eu ir. Querem mostrar uma música nova, ou algo parecido.

— Beleza, vai cuidar dos BOs do meu irmão, que cuido da sua filha peluda.

– Não se encontram mais babás boas como você todo dia. – Dou um tapinha nas suas costas, entregando o copo de suco vazio, indo em direção ao banheiro.

Gil sai do quarto rindo, e me dá o dedo do meio. Tiro o roupão e a cueca que usava, ligando o chuveiro, deixando a água ferver um pouco antes de entrar, e coloco a mão na água para checar a temperatura, perfeito, quente como lava. Passo a mão pelos cabelos, desejando nem que seja momentaneamente que o cansaço de um dia mal iniciado não afete o resto do que preciso enfrentar.

Capítulo três

"Só preciso de uma chance para mostrar que eu posso ser bom em algo, mas com ela eu não pude nem tentar"
Eu Te Devoro | Djavan

Verônica, sexta-feira, 21 de junho de 2024

— Você disse que estaria aqui em quinze minutos, não vinte. — Tenta achar uma vaga neste prédio no dia de sexta-feira, é terrível – resmungo, pegando no copo de cappuccino das mãos de Íris.

— E olha que tem muita gente de home office, imagina se não tivesse.

— Aff, o inferno que seria. – Dou um gole na bebida, que graças à inteligência de Íris em colocar na geladeira, ainda está fresquinha, porém um pouco aguada. – Minha tia já chegou? Tem uma *trend* que está rolando na gringa que queria mostrar para ela, acho que podemos encaixar num dos seus conteúdos de publicidade.

— Sei que estamos no trabalho, mas será que podemos conversar sobre alguma outra coisa antes disso? Como, por exemplo, eu ter mandado o P.H. se foder hoje antes de você chegar.

— Por que vocês não se beijam logo?

— Eca, Nica, pensa que comi cocô na esquina para querer beijar aquela boca seca? Desculpa, amiga, não sou você bêbada num final de semana.

Esfrego os dedos na testa.

— Não precisava relembrar dessa minha falha, como eu ia imaginar que estava beijando ele naquele dia?

— Simples, Pedro Henrique é um mané, que acha que o perfume da One Million dele o faz conquistar todas as mulheres que deseja, e você, infelizmente, foi uma delas.

Bato de leve em seu ombro e mordo o lábio, me sentando à mesa.

— Aí, por isso adoro trabalhar com a minha melhor amiga, pois posso ganhar, além de uma fofoca, um tapa na cara logo de manhã cedo.

— É para isso que eu sirvo, e por sinal, obrigada por usar a blusa icônica que te dei. Pensei que ia precisar colocar uma arma na sua cabeça para que usasse.

— Está maluca? Eu adorei, e os sapatos super ornaram com o look. — Deixo de admirá-los por alguns segundos para pela primeira vez notar na roupa que ela estava usando. — Diferente disso aí, sei que curte o estilo esquisito dos anos 2000, mas saia jeans plissada com essa blusa amarela não ficou tão legal quanto pensou na hora que vestiu.

Ela arregala os olhos por alguns segundos, correndo para o espelho grande no canto, e depois de se vislumbrar, Íris fecha os punhos, vindo na minha direção.

— Não é todo mundo que consegue usar um look desse, e ainda ficar boa — responde, empinando o nariz.

— Jamais duvidaria de você.

Íris apoia o quadril na beirada da mesa e indica a sala da nossa chefe com a cabeça.

— E aí, já conversou com a sua tia sobre a vaga de editora-adjunta no seu departamento? Você sabe que merece, ela não pode colocar outra pessoa no seu lugar.

— Hum-hum, bem nepotismo da sua parte em pensar nisso.

— Obrigada, viso sempre seu bem-estar.

— Engraçadinha. — Suspiro, pensando em todos os olhos tortos que recebo dos outros jornalistas da minha seção, apenas por ser sobrinha da dona e editora-chefe da GINTônica. — Íris, não vai adiantar. Não importa se eu sempre luto pelo meu espaço, busco as melhores referências e produzo as melhores peças, eu sempre vou ser a que menos merece aqui dentro.

Ela arfa, cruzando os braços.

— Pelo amor, Nica, não estou nem aí para o que os outros pensam. Você foi uma das que mais ajudou a inovar para que a revista não caísse no esquecimento, além de sempre ter as matérias com mais cliques. Ainda acha que não merece essa vaga por causa do que os outros vão pensar?

— Estou particularmente cansada dessa conversa. Você não sabe como é crescer não se sentindo pertencente a uma família que te adotou. Sei muito bem o quanto eles me amam, isso é um fato, mas quero que saibam o quanto sou grata e o porquê mereço as coisas. Não sou mimada como Mafê, que não entende as consequências.

— Ok, sua irmã pode ter uma consciência bem parecida com a da Blair e viver igual, mas eles te conhecem. Poxa, você tem 25 anos, chegou a hora de fazer alguma coisa por si própria, e não se encaixar no que os outros querem só porque é mais conveniente para a sua cabecinha.

— Não lembro de ter me inscrito para uma sessão de terapia a esta hora da manhã.

— Hum-hum, uma pena, pois é isso que vai receber enquanto continua vivendo nessa farsa de *"eu faço tudo o que me mandarem, por favor, me amem, vejam o quanto mereço"*. — Batuca os dedos nos braços e pressiona os olhos parecendo cansada, percebendo que acabou falando demais. — Foi mal, é que me irrita esse teu jeitinho inocente. Tu é forte para tanta coisa, se impõe para tanta gente, mas para sua família é uma gatinha.

Balanço a cabeça e respondo com a boca cheia do croissant que ela deixou na minha mesa.

— Tudo bem, de verdade. E sim, tem razão, eu só preciso encontrar, nem que seja, uma poção ou música mágica para acreditar mais em mim mesma.

— É isso aí, garota! — Estica a mão no ar, para que eu bata, toda risonha. — Agora, me conta sobre a nova menina que saiu do apartamento do *seu* cantor.

— Ele não é o *meu* cantor, e nem foi uma garota nova, eu já tinha visto ela lá antes.

Íris arregala os olhos.

— Namorada?

— Não, mas ela comentou algo interessante. Sabe, ela acha...

— Bom dia, turma, quero ser alimentada por notícias frescas e ideias gostosas no café da manhã. Ou seja, reunião de pauta em cinco minutos. — Minha tia Fátima, aparece com seu terninho listrado branco e preto, e seu scarpin, Christian Louboutin, azul-marinho, no meio do salão.

Ela vai entrando na sala de reuniões para nos esperar, e pego o caderno, com a minha caneta de coelho, seguindo Íris até a sua mesa para pegar o iPad para fazer a apresentação da publicidade do mês.

Com a cabeça nas nuvens, tentando organizar a ideia da próxima peça na mente, acabo esbarrando em uma das jornalistas do departamento de entretenimento no caminho até a sala, e algumas revistas de noiva caem de sua mão abarrotada de coisas.

— Foi mal aí, Olívia, deixa eu te ajudar — digo, entregando as duas da Vogue que consegui pegar do chão.

— Obrigada, Nica, ser noiva está acabando comigo.

— E quando é o grande casório?

— Em outubro. Gosto do mês, é primavera, e só espero que não chova.

— Não vai, fica tranquila quanto a isso. — Dou uma piscadinha, deixando-a entrar na minha frente na sala que vai ficando cheia conforme mais pessoas aparecem.

Sento num dos cantos, ao lado de Íris, e antes que a assistente da nossa chefe feche a porta, Pedro Henrique passa raspando por ela, sentando aliviado do meu lado. Ele se ajeita na cadeira, e quando nota a minha presença, assobia baixinho no meu ouvido. Preciso fazer muito esforço para não bufar, mas não aguento segurar a revirada no olhar de ódio em ter que sentir o cheiro daquele perfume horrível.

– Olha, acordei com sorte hoje – ele murmura sorrindo.

– Por quê? Conseguiu fazer alguém gostar de você? – Faço um biquinho irônico, e dá pra notar em sua expressão o quanto se irritou com o meu toco.

P.H. fica emburrado e se ajeita na cadeira, prestando mais atenção no seu bloquinho de notas do que em mim. Fátima, por fim, bate as mãos no centro, chamando nossa atenção, e estende o braço para pegar seu matchá verde na mesa.

– Então, seus monstrinhos, me contem algo que eu não sei. – Ela confere a sala, com os olhos semicerrados, procurando sua vítima, e aponta para Olívia. – Entretenimento, que tal começarmos com vocês hoje?

A garota loira enrubesce e começa a vasculhar entre as revistas misturadas no seu colo, separando algumas com páginas marcadas. Fátima suspira, cantarolando graças à demora, e Olívia consegue pegar o caderno vermelho, limpando a garganta para enfim começar o seu argumento:

– Estamos com uma entrevista marcada com o diretor do Festival do Rio para saber sobre a edição deste ano com antecedência, e com a distribuidora de *Um Lugar Silencioso*, no dia 01, para a entrevista com os autores. – Ela pausa a fala, tomando um pouco de ar. – E ainda temos o bate-papo com os dubladores de *Divertida Mente 2* para o podcast dessa semana.

– Interessante, alguma coisa em conjunto com a equipe de social media?

– Sim, eles estão preparando um vídeo com os filmes que vão ser lançados no cinema no próximo mês, assim como as peças que entraram em cartaz. Também temos uma peça sobre algumas séries onde o foco é a amizade, e estamos em contato com a Fernanda Torres e a Andrea Beltrão para uma entrevista por causa de *Tapas e Beijos*.

– Ótimo, quero ser informada da data da entrevista com a Fernanda e a Andrea para estar presente, e quanto ao Festival de Cinema, tentem entrar em contato com a Luiza Ananias para as fotos. – Fátima anda de um lado ao outro, enquanto bebe do líquido verde, estalando o dedo na nossa direção. – Pedro, como estão as coisas no departamento esportivo?

– Tudo certo por aqui, temos uma peça sobre mulheres no mundo gamer, e domingo estou no Maracanã para cobrir o Fla-Flu. – Ele a encara presunçoso, com um sorriso no canto dos lábios, achando que fazer o mínimo no trabalho vai impressioná-la.

Patético.

– Ok, tenha a certeza de que teremos também representantes nos outros jogos, e vamos torcer para que o meu Mengão ganhe mais um clássico.

– Pode apostar que sim, aquele timinho de série B não ganha nunca – sussurro meio risonha no ouvido de Íris, que deixa escapar uma gargalhada, chamando a atenção de nossa chefe.

– Departamento de *lifestyle*? – minha tia pergunta especificamente para mim, e mordo o lábio, com as bochechas pegando fogo.

– Sim, é... – pigarreio. – Temos o desfile de moda da coleção praia da Aurora Tropical, e junto com o departamento estamos montando o "arrume-se comigo" da próxima semana.

– E qual foi a jornalista escolhida para os vídeos?

– Ainda estamos decidindo.

– Hoje é sexta, isso tem que estar fechado até hoje à noite. – Ela muda o foco para todos na sala. – Assim como a pauta até domingo, pessoal. Temos duas edições para fechar, a digital semanal e a física para a gráfica. Quero mais conteúdo, mandem bala.

Foi isso, simples e cortante. No trabalho, a minha relação com a minha tia é estritamente profissional, como bem sei, mas não vou mentir que gostaria de ver um pouco mais das suas expressões com as minhas ideias, assim eu poderia ter a plena certeza de que estou indo por um caminho, um dos bons, onde me encontre.

Ser uma Bellini é uma questão de honra, de peso, e gostaria tanto que eles, principalmente ela, já que é um modelo de inspiração para mim, vissem todo meu esforço para ser um deles, já que não *nasci* uma. Mas para a minha família, pouco importava o que a mídia achava de mim quando eles me adotaram com 4 anos de idade, pois pra eles eu sempre fui filha, sobrinha, neta, nascida e criada nesta "casa" de artes.

Tudo piorou quando Mafê nasceu, e a mídia começou a nos comparar, principalmente na questão da cor da pele, sendo que não fazia nenhum sentido. Meu pai, um homem negro no topo do mundo musical, casado com uma mulher branca de família italiana extremamente rica e influente no Brasil, não seria bom pra mídia, mas pouco importaram esses burburinhos, apenas os fizerem explodir o topo que alcançaram juntos.

Eles sempre deixaram claro para o céu e o mundo que eu era uma deles, mas a sensação de pertencimento jamais colou firme na minha mente, e principalmente no meu coração. Sempre me senti diferente dos meus pais, mas muito parecida com a minha tia. Talvez fosse pelo nosso estímulo de fofoqueiras, ou o quanto a nossa língua é mais rápida que a mente, ou até mesmo graças ao nosso amor particular por filmes de terror, não importava, tia Fátima era sim minha inspiração.

Uma jornalista do departamento de fofocas fala sobre um furo relacionado a suposta separação da banda O Espantalho, mas eu já estava totalmente sem foco e aérea com os meus pensamentos. Cocei o nariz suspirando, e abri o caderninho para rascunhar algumas ideias de tópicos para a próxima semana.

Uma dor repentina sobe pelo meu braço quando Íris me belisca. Ela indica a porta aberta, onde algumas pessoas saem, com os olhos felinos escuros, e noto que a reunião teve fim. Nos despedimos dos que restaram na sala e saímos agarradas pela porta apenas para nos separarmos alguns segundos depois trocando beijinhos na bochecha tristonhas.

A sala agora pertence aos editores-adjuntos e à editora-chefe, conversando sobre as pautas, analisando as peças para as edições que vão ser publicadas e decidindo o modelo de capa com a equipe de diagramação.

Suspiro esperançosa de que talvez, quem sabe, um dia uma daquelas cadeiras na grande mesa pode ser o meu lugar. Sentada ao lado da minha tia, decidindo o que vai entrar e o que vai ficar de fora, quais são as notícias e colunas importantes do momento, encarando tudo com sorriso no rosto, pronta para o desafio de colocar a nossa revista num patamar ainda mais alto.

Mas eu quero por merecer, e não porque foi destinado a mim de alguma forma por causa do sobrenome que carrego. Por isso, se antes já não estava claro, eu vou mostrar para qualquer um que entrar no meu caminho que esse lugar na cadeira é *meu*.

Foda-se o nepotismo, eu lutei para ser editora-adjunta não importa de que revista fosse, e é isso que quero deixar o mundo ver.

Capítulo quatro

"Sempre soube o que queria, mas como posso conquistar de forma justa, sem parecer forçado?"
Desabafo / Deixa eu te dizer | Marcelo D2 feat. Claudia

Caíque, sexta-feira, dia 21 de junho de 2024

— Quantas vezes eu tenho que repetir que essa melodia faz zero sentido para a letra, Sérgio? Está precisando ir ao oftalmologista para checar os ouvidos, isso sim! — Michael bufa, tirando a fita da guitarra de seu ombro, e se levanta, esfregando os dedos na testa, exausto.

Sérgio gargalha de braços cruzados e pousa seu caderno de couro marrom no banco giratório à sua frente. Ele tira os fones do ouvido, e se aproxima de Michael de cabeça erguida, quase colando suas testas achando que isso iria provar alguma coisa.

— Não, queridinho, apenas tenho a certeza de que essa sua ideia é uma merda, e que, na verdade, tudo o que você precisa é calar... — Ele cutuca o peito de Michael com força, pausando seu argumento, e o garoto dá um passo para trás pela pressão. – A porra da boca, e fazer a droga do seu trabalho como solicitado. Não dando pitaco naquilo que nem se prestou a ajudar a criar, por querer ficar bebendo até às cinco da manhã. Por mim, você já está fora da banda, mas somos uma família, então a minha opinião é apenas mais uma.

Suspiro, esfregando os olhos com a cena que vai se desenrolar na minha frente entre esses dois mais uma vez desde que comecei a produzi-los pra valer. As portas do inferno abriram, e Sérgio não teve papas na língua para dizer o que ele e os outros da banda pensavam para Michael.

– Você é um filho da puta, Sérgio, foda-se o que você pensa, seu merda! – Michael fecha a cara, indo para cima do vocalista, e consegue atingir um soco no rosto de Sérgio, antes que Raul e Lucas o afastem.

Igor sai da bateria, correndo para o frigobar atrás de gelo, enquanto Sérgio volta para a pose de durão, rindo como se o soco que tivesse acabado de levar não tivesse nenhuma força sequer. Tenho que admitir, Michael foi corajoso, porque eu jamais iria querer entrar numa briga com um cara que parece uma geladeira inox de duas portas igual o Sérgio.

Pigarreio, me levantando do sofá após encontrar forças para me meter, e vou checar se ele não tem nenhum arranhão além do roxo nítido que se forma na bochecha. Respiro fundo aliviado, e reparo que o estrago não foi tão grande visualmente. Dou graças a Deus mentalmente, e ergo a cabeça para o teto, tentando encontrar as palavras certas para aqueles cinco meninos perdidos nessa ilha musical.

– Escutem, só vou dizer isso uma única vez. A banda de vocês é boa, é importante para cada um, e a visibilidade que estão conseguindo em apenas dois anos de mercado é enorme. Porra, vocês ganharam um Grammy Latino! – Aumento um pouco o tom de voz, ficando irritado com as bobeiras infantis. – Mas tudo pode ser arruinado como um castelo de areia na praia se não tomarem cuidado.

– Ah, Caíque, pera lá...

– Não terminei, Raul. Todos aqui estão errados, não é só o Sérgio e o Michael. Por isso, antes de lançarem, ou até mesmo gravarem o primeiro *single* desse próximo álbum, decidam de uma vez por todas se os integrantes vão ser os mesmos. – Encaro cada um firmemente, retomando. – A porta da rua está aberta para quem quiser sair, se aqui não é o seu lugar, se decida logo. Agora, antes de continuarmos nesse pesadelo, vamos tirar um intervalinho. Vinte minutos para beber uma água, fumar, tanto faz, apenas saiam da minha frente.

Os cinco me encaram incrédulos pelos meus berros, e depois de trocarem olhares entre si, pegam seus cigarros ou latas de energéticos para saírem. Não estavam esperando um pulso firme de alguém que está acompanhando seu processo e os ajudando desde o início, poxa, de quem os trouxe para a gravadora para brilharem. Porém, se eu não interviesse, tudo ia piorar.

Assim que eles escapam pela porta da sala, me jogo com a mente e corpo exaustos novamente no sofá, abrindo o Twitter, ou foda-se como o Elon Musk quer chamar agora, apenas para passar o tempo vasculhando notícias sem noção, e assistindo vídeos de coelhinhos sendo burros.

Uma notícia minha, publicada pela Garota Fofoquei, aparece estampada na página assim que a atualizo. Nela, uma foto minha aos beijos com a mulher que dormiu na minha casa nesta última noite, com uma manchete nada agradável pra piorar o meu dia.

"Mais uma voltinha, mais uma para a caminha"

Que saco, a pessoa que criou essa droga de conta é boa, mas puta merda, assim vai ser difícil conseguir enganar meu chefe quanto à letra da música que quer tanto ouvir no meu terceiro álbum de estúdio. Meu breve momento de paz, mexendo no TikTok atrás de vídeos sobre talassofobia para me torturar, é interrompido por dois dedos cutucando meu ombro.

– Er, senhor Alves?

– Rafael, quantas vezes eu te disse que pode me chamar de Caíque? Não precisa de tanta formalidade comigo, por favor.

– Claro, Caíque, me desculpe, é que... O senhor Bellini está te chamando. Uma das reuniões dele foi cancelada, e ele deseja alguns minutos do seu tempo para uma breve conversa.

Solto um suspiro alto, descansando o pescoço no sofá só por mais alguns segundos antes de me levantar.

– Ok, vamos lá enfrentar a fera.

O garoto, que hoje usa um blusão branco e calças escuras, me indica o caminho com a mão sem necessidade. Conheço muito bem a trilha de pedras douradas que me trouxe até aqui, e em todos os sentimentos que voaram pelo meu corpo em cada um desses caminhos percorridos.

Ele aperta firme o iPad rosa-choque nas mãos e clica no botão para o último andar. A música calminha do elevador não combina com a melodia que toca neste instante no meu interior, enquanto espero a porta finalmente abrir. Ela é agitada, impotente e um pouco medrosa, perfeita para uma música frustrada de amor.

Caminhando pelo curto corredor vermelho, com detalhes em marrom-escuro, até a sala iluminada do Bellini, começo a projetar inúmeras desculpas para as quais o meu *brilhante* cérebro ainda não conseguiu escrever uma única música romântica sequer.

Tecnicamente, eu escrevi várias, mas nenhuma boa o suficiente para entrar no álbum, ou para ganhar os *streams* que Jorge e Denis, meu produtor, tanto acreditam que vou conseguir se cantar uma finalmente. Nunca quis ser aqueles cantores que o foco era o amor em suas músicas, e graças a isso não recebi um, mas dois Grammys Latinos e inúmeros outros prêmios. Mas pelo visto é necessário se reinventar de vez em quando, e o amor parecia ser o destino mais palpável para um cantor da minha idade.

E claro, Jorge *adorou* a ideia.

Rafael anda na minha frente, abrindo a porta da sala para que eu entre, anunciando a minha chegada com um sorriso de ponta a ponta.

– Aqui está ele, senhor Bellini, se precisar de qualquer coisa, é só chamar.

– Obrigado, Rafael, é tudo.

O garoto se despede, e Jorge Bellini, um homem de ombros largos, olhos escuros, com barba e bigodes feitos na perfeição, se levanta de cadeira com os braços abertos, pronto para me receber como um filho de quem tanto se orgulha.

– E como está o meu grande astro?

Ele aperta o meu corpo num abraço, e seu rosto tem um sorriso alarmante, o típico sorriso de quem com certeza está à espera de receber boas notícias. Corta meu coração saber que não posso entregar o que tanto procura neste exato momento.

Esboço um sorriso fraco no canto dos lábios quando Jorge me solta, e caço palavras na mente para evitar falar a verdade.

— Vou bem, ocupado com o álbum novo dos garotos, eles estão me dando uma dor de cabeça que você nem imagina.

— Bom, espero que o *seu* álbum não esteja te dando tanta dor de cabeça como eles.

Merda.

— Com certeza, esse álbum vai sair em abril do ano que vem, como planejado.

— Ótimo, ótimo... Olha, sei que escolhemos "Teu Caos em Mim" como primeiro *single*, mas tanto eu quanto a equipe de marketing acreditamos que uma canção mais... romântica, criada unicamente por você, vai trazer mais a visibilidade que estamos buscando para seu terceiro álbum, Caíque. Não concorda?

— Cem por cento, é que, devo admitir, acho incrível e inspirador esses cantores que conseguem escrever de tudo mesmo sem nunca ter vivido, mas...

— Não me diga que está sendo difícil, logo para você, um garoto que encanta as pessoas por onde passa, se apaixona facilmente toda noite como os jornalistas dizem, impossível nunca ter vivido uma história de amor.

— Viu o artigo na GF, não é?

— Sim, igual a todos os outros que a mídia escreve sobre você, meu filho.

Rio baixinho, me sentando na poltrona.

— Por mais fantástico que pareça, penso na minha carreira antes de ter alguém para atrapalhá-la.

— Há, essa foi boa, garoto! — Ele bate na mesa, voltando a estampar o modo sério no rosto. — Entendo seu pensamento, mas nem sempre um amor pode te atrapalhar, pelo contrário, pode ser um fogo, acendendo o seu pavio de criatividade. Eu que o diga, minha esposa foi crucial para muitas produções minhas quando era mais novo, antes de assumir a MPB para o pai dela.

– Acho que não preciso de ajuda nesse departamento, não é todo mundo que necessita de uma musa para fazer as coisas funcionarem.

– Está bem, mas às vezes pode ser bom ter uma, não estou certo?

Abaixo o olhar e, instantaneamente, me pego admirando a foto de Verônica em sua formatura da faculdade em um dos porta-retratos na mesa do Bellini. Ela sorri para a câmera como se tivesse vergonha de ser fotografada, e jamais vou entender tamanho constrangimento, porque com um sorriso daqueles é fácil pra qualquer um se perder. Eu me perdi por alguns segundos quando a conheci, e quase coloquei tudo a perder, por isso sei bem do que estou falando.

Meu chefe pigarreia, chamando minha atenção, e me ajeito na poltrona, com as bochechas vermelhas por ter sido pego. Mas por quê? Que vergonha eu posso ter sentido em ter sido pego olhando para essa...

– É, sim, talvez esteja.

– Escuta, você sabe o quanto odeio interferir em seus processos de criação esquisitos, mas você precisa ter noção de que nosso tempo está começando a se esgotar.

– Sei disso, Jorge. Amaria estar com metade do álbum feito e com as melodias gravadas, mas infelizmente, está sendo difícil pra caralho achar os tons, e principalmente, as letras corretas.

– Então vá encontrar.

Arfo exausto, o encarando.

– Como é?

– Vá encontrar, vou até te dar uma ideia de um dos filmes que minhas filhas e minha mulher às vezes me prendem na sala para assistir. – Ri alto, parecendo se lembrar do momento que citou. – Talvez seja ridículo, porém, por algum milagre do destino quem sabe, você já viu o filme *A Proposta*?

– O com a Sandra Bullock? Claro que já, é uma das minhas comédias românticas favoritas.

– Esse mesmo, então. Verônica passou a noite inteira depois do filme me explicando, tim-tim por tim-tim, o que significava esses tal de *flopes*.

– Tropes?

— Isso aí, resumindo, os personagens principais entram num tipo de relacionamento falso, que beneficiaria ambos, achei interessante, e o melhor foi os dois terem se apaixonado no final, mas o ponto não é esse, nós não queremos isso.

Franzo o cenho, confuso.

— E qual seria?

— Bom, por que não entrar em um também?

— Em um o quê, Jorge?

— Em um relacionamento falso, ora essa. Pensa só, você precisa começar a mostrar para a mídia que está apaixonado, amando, para dizer a verdade. Até falar que, quando o álbum for lançado, as pessoas precisam saber o porquê de ter uma música de amor, ou melhor, para *quem*.

Minhas bochechas, que antes estavam travadas, começam a subir a ponto de doerem o meu rosto. Uma risada fraca vai nascendo, crescendo conforme vou tomando noção de que ele não está brincando, e pareço um maluco gargalhando no meio do seu escritório.

— É sério? Está falando sério?

— Claro que estou.

Coço a cabeça e a risada vai parando aos poucos.

— Você, por acaso, bebeu?

— Não, mas talvez tome um uísque com o Denis na hora do almoço.

— Jorge, eu não vou fazer isso, não tenho nem com quem combinar uma coisa dessas sem que saia a notícia desta farsa por todas as redes sociais graças a essa porra de Garota Fofoquei.

— Podemos achar alguém de confiança, alguém que te ajudasse também.

Me joguei na cadeira estufada novamente, pressionando os olhos para pensar na proposta que, na verdade, só tinha uma resposta.

— Olha, chefe, te considero como um pai, adoro sentar num almoço com você e ouvir essas suas ideias malucas, porém, essa daí eu vou ter que passar.

Ele me vislumbra, pensando com cuidado nas minhas palavras, e muda o sorriso, parecendo cair em si, dizendo:

— Muito doida, né?

— Bizarra.

– É, acho que tem razão. Mas você precisa escrever, e vou te dar um prazo, você tem até a festa de cinquenta anos da gravadora para me mostrar ao menos a letra de uma das músicas. Quero ver ao menos um esboço.

– Caso contrário?

Ele suspira, com ar de pena no olhar.

– Simples, eu te tiro do projeto da banda O Espantalho.

– Quê? – Estico o corpo para a frente, franzindo o cenho irritado com o que ouço sair de sua boca. – Você não pode me tirar da produção, acompanho eles desde que entraram aqui.

– Caíque, eu preciso saber que você é capaz de lidar com prazos e com desafios, senão como posso confiar a você cuidar de outras bandas ou cantores? – verbaliza, se encostando na cadeira.

Esfrego a testa, não conseguindo segurar a bufada forte que sai dos meus lábios. É claro que estou com raiva, cuido dessas músicas desde que esses garotos montaram a droga da banda, é injusto, para dizer o mínimo, me tirar do projeto.

Viro o rosto para a janela enorme atrás dele e vejo bem no fundo, tornando a paisagem do Rio de Janeiro em um excelente cartão-postal, o Cristo Redentor. Só Jesus poderia interferir na minha causa agora. E infelizmente, o que me resta é me trancafiar no estúdio de gravação lá de casa, sobrevivendo de migalhas até uma letra completa sair.

Gilberto vai amar o tempo de paz que vai cair sobre o apartamento enquanto me mantenho enclausurado. Mas que outra opção eu tenho? Ele é o meu chefe, tenho um prazo apertado, e o meu futuro está em jogo.

– Ok, trato feito, aceito suas condições e sei que está fazendo isso para meu bem.

– Bom, garoto, agora se manda da minha sala, que tenho que ir almoçar com seu produtor para pensar numa solução para sua carreira.

Eu me levanto rindo da poltrona, mas antes de tocar na maçaneta para sair, ele me chama novamente.

– Ah, não se esqueça de que prometeu desfilar amanhã na marca da minha esposa, hein, ninguém sabe esse segredo. Deixamos tudo escondido debaixo dos panos para que fosse um *bônus* para o show.

— Sorte sua que a Garota Fofoquei ainda não descobriu.

— Não, filho, sorte que a minha *cunhada* não ficou sabendo. Do jeito que minha esposa é bocuda com certos assuntos, estou surpreso dela não ter dito nada para a irmã ainda.

Rio olhando para o chão, batucando na porta pesada de madeira. Quando ergo o olhar para me despedir, minha visão vai de encontro com aquela droga de sorriso, e daqueles lindos fios loiros segurando um buquê de hortênsias azuis.

— A Verônica vai estar lá?

— Claro, além de ser assunto da família, a tia mandou ela para o trabalho. Algo sobre cobrir o desfile, sei lá, não entendo nada dessas coisas de moda. Mas não esquece, chegue por volta das 16h, vai começar às 17h30 para pegar o pôr do sol.

— Sem problemas, chefia, te vejo amanhã então, e ah, mande um beijo para a família. — Dou uma piscadinha, escapando porta afora.

Vou seguindo meu caminho em direção à porta, animado para reencontrar a garota que gosto de perturbar sempre que encontro nos eventos midiáticos, da gravadora e nos corredores do meu prédio. Ao menos por algumas horas amanhã, posso apenas focar em me divertir com a cara de Verônica, fazendo-a se irritar com cada coisinha que deixo escapar da minha boca. E mal posso esperar para deixá-la vermelha de raiva ao me encontrar no lugar que ela menos deseja.

Capítulo cinco

"Irritar quem você deu um fora anos atrás pode ser uma das coisas mais interessantes, e divertidas, do seu final de semana"
Não creio em mais nada | Paulo Sérgio

Verônica, sábado, 22 de junho de 2024

Foi um dia extremamente difícil para se levantar da cama, ainda mais eu que amo ficar na minha. Meu corpo estava exausto depois da academia de ontem à noite, e malhar o braço definitivamente não é o meu forte. Como meu único compromisso hoje é com o desfile da minha mãe, tentei passar a manhã adiantando umas ideias para mostrar à minha tia, já que estamos sem editora-adjunta do meu departamento no momento, e só fomos descobrir depois da última reunião de pauta.

Quebrei a cabeça desvendando algumas *trends* em alta, e decidi mandar algumas inspirações para a jornalista que vai ser a modelo dessa semana nas redes sociais da revista. Devo admitir que tudo isso contribuiu para me deixar mais animada em ver o desfile de mais tarde.

Não que eu não gostasse de toda a adrenalina dos bastidores, com as modelos correndo de um lado ao outro, trocando de estação para ficarem prontas. Poxa, eu mesma já fui modelo para minha mãe, tanto na Aurora Tropical, agora mais velha, quanto na Moleca Carioca, quando mais jovem. Sempre amei ser a estrela do show, o centro das atenções, mas depois que Mafê cresceu, percebi que o foco poderia ser dividido, e amava fazer isso com ela.

Hoje em dia, me divirto assistindo o organizador sacudir a minha mãe, que mantém a sua calma de anjo, quando dá tudo certo na noite. E a minha irmã, que agora estagia na marca, surtando por nossa mãe, dando ordens descontroladas para qualquer pobre coitado ou coitada que passe na sua frente.

Depois de almoçar o restinho de risotto com camarão que fiz na noite passada, decidi andar de patins pela orla da Lagoa. Percorri o máximo que consegui, e ainda tive um breve tempinho de parar num dos quiosques para tomar uma água de coco bem gelada antes de subir para me arrumar. Infelizmente, ou felizmente, quando coloco os pés no condomínio, uma chuva que começa fraca vai apertando, e meu peito acelera em pânico enquanto minha roupa se gruda no meu corpo.

Porra, eu detesto chuva. Não, estou sendo otimista, eu tenho *pavor* da chuva.

Um trovão explodiu o céu quando fechei a porta do apartamento, e meu corpo tremeu por inteiro. Os dias no orfanato estão no passado, mas as noites de chuva, onde os pingos às vezes vazavam pelo teto ainda ficam na memória.

Mais um trovão, e meu coração acelera. Encaro o relógio no pulso, e corro para o chuveiro, ligando a água no nível mais quente possível. Peço à Alexa para aumentar o volume no máximo, e "Lay All Your Love On Me", de *Mamma Mia!*, sai da caixinha, tapando o som externo da chuva que cai forte lá fora.

Claro, às vezes, só às vezes, eu coloco o som bem alto de propósito, apenas para irritar o Caíque que gosta de meter o ouvido onde não é chamado. Único defeito deste apartamento é a porra da acústica, como a Sara bem pontuou ontem quando a conheci.

**It was like shooting a sitting duck.
A little small talk, a smile, and baby, I was stuck.[2]**

Grito bem alto cada letrinha da música, e devo dizer que é uma sensação maravilhosa irritar alguém que te machucou por ser um babaca mulherengo, quando podia apenas aproveitar uma noite gostosa. Bom que me livrei de tudo isso antes mesmo que algo mais sério pudesse acontecer entre nós dois.

Não que eu quisesse, nossa, nem morta, mas na época eu ainda era mais ingênua que hoje, e com certeza teria sofrido muito mais. Meus pais nunca se intrometeram nas minhas relações, mas tenho certeza de que o sonho de consumo do meu pai era que Caíque e eu tivéssemos alguma coisinha.

Coitado, essa eu vou ter que deixar passar, meu coroa.

Quando saio do banho, a chuva ainda está caindo forte lá fora, e meu peito se aperta por duas coisas: a primeira é pena da minha mãe e da Mafê que organizaram o desfile inteiro para ser performado com o pôr do sol na Barra, pensado meticulosamente na vibe verão e praia. E de mim, que absolutamente, com tudo que há em mim, detesto dirigir na chuva.

Balanço as mãos, procurando usar uma das respirações que aprendi nas aulas de yoga com Enzo, e sigo para o closet. Monto um look inteiro da Aurora Tropical, vestindo uma calça jeans boca de sino, com borboletas bordadas no fim da barra, nas cores laranja e amarelo. Além de usar um suéter tricotado rosa, combinando perfeitamente com o meu salto de tiras de lacinho amarelo da Dior.

Quase borro a maquiagem quando vejo um relâmpago passar pelo espelho da penteadeira, e fecho os olhos sentindo meu coração bater

---
[2] Tradução livre: Foi como atirar em um alvo indefeso. Uma conversa-fiada, um sorriso, e, querido, eu estava presa.

acelerado igual ao nariz de um coelhinho. Me admiro no espelho, pronta para mais uma rodada de trabalho com a família, e vou pra sala, procurando no celular alguém que me atenda.

Minha mãe e Mafê com certeza estão ocupadas, ajeitando tudo que precisa ser remodelado para que nada venha a dar errado nesses pouquíssimos minutos de desfile, e horas de festa. Meu pai, apesar de ser sempre o primeiro a me atender quando ligo para alguém da família, hoje está sumido. Provavelmente tentando ajudar minha mãe com toda a bagunça que o evento pode ter virado com esse temporal.

Íris já está lá desde cedo, já que Enzo vai desfilar para a sessão masculina, e preguiçosa do jeito que é, não viria me buscar para que eu pudesse enfrentar os meus medos sozinha. *Palhaçada*, isso sim.

E minha tia... é melhor nem tentar.

– Argh, que merda!

Bufo alto e coço a cabeça pensando no que fazer. Estou ferrada. O *chauffeur*[3] do papai com certeza está em seu dia de folga, não vou perturbar o seu Augusto que merece um descanso, principalmente nesse friozinho. Nem por um caralho eu entro no meu carro senão vou ter uma crise de pânico, então só me resta chamar um Uber.

Isso, um Uber.

Corro para a cozinha, guardando a bolsinha com o pequeno microfone na bolsa amarela da Hermés, quase esquecendo do carregador portátil para o celular, me martirizando por aquela doce e amarga decisão de amar e odiar os produtos da maçã. Mas pior do que ir de Uber na chuva, foi a decisão de sair naquela hora, encontrando a única pessoa que não poderia me ver desesperada.

Caíque parece soltar o ar do peito ao me ver, os olhos caídos se alargam, e o rosto todo impotente de costume se suaviza por meros instantes parecendo preocupado, até voltar ao costume para me infernizar.

– Oi, Verônica, cansou de estourar meus tímpanos com música ruim?

– Sabe que você está ofendendo mais o ABBA, chamando-os de ruim, do que o meu gosto, não é?

---

3 Motorista em francês.

Fecho a porta atrás de mim, deixando-o plantado no corredor, e um sorriso maléfico brota no canto dos meus lábios, contente com a performance. Paro em frente ao elevador, clicando no botão para chamá-lo, e assim que o apito toca, anunciando a sua chegada em nosso andar para que eu entrasse, Caíque aparece nas minhas costas.

— São detalhes, Nica, mas continuo achando seu gosto para música péssimo.

Ele passa por mim, e posso ver sua risadinha se achando o vitorioso ao entrar no espaço pequeno do elevador. Pressiono os lábios para segurar minha boca, e entro poucos segundos antes da porta se fechar. Infelizmente, sou sobrinha da minha tia, e parar de falar é uma coisa que não consigo, principalmente quando estou irritada.

— Por que insiste tanto em afirmar isso?

— Simples, nunca ouvi uma música minha sendo tocada — ele responde, dando de ombros com um sorriso debochado no canto dos lábios.

Estalo a língua.

— Você é muito prepotente, garoto.

— E você não tem limites, não conhece a lei do silêncio?

— Por acaso, sim, e gostaria de colocá-la em prática agora, se fosse possível.

Caíque cruza os braços, bufando, e troca olhares entre o teto e o chão segurando a língua, enquanto eu desejo que a porta se abra, nem que seja para me jogar andares abaixo para ficar a milhares de quilômetros dele.

Escuto sua risada seca ecoar pelo espaço e sinto seu olhar queimar os meus ombros como o sol mais quente que ousou assombrar o Rio de Janeiro. Metido a paspalho que ele é, Caíque estufa o peito e começa a cantar baixinho, sob o som da música lenta do elevador, seu primeiro *single*, acertando em cheio em como me provocar.

— *O mundo lá fora grita e eu tento me encontrar. Entre os erros que eu fiz e os sonhos que deixei para lá. Sigo em frente, mesmo sem saber aonde vou, mas é no caos que eu descubro quem realmente sou.*

— Não tinha nada melhor para sair da sua boca quando escreveu isso?

— De acordo com os críticos, com os fãs que conquistei, a mídia e o seu pai... não. Mas relaxa, ainda vou encontrar alguma coisa à altura da grande e mimada Verônica Bellini.

Viro na sua direção, erguendo o queixo.

— Eu não sou mimada.

— É mesmo? Depois me diz então como é maravilhoso ter a vida perfeita sem esforços desde pequena, *nepo baby*.

O elevador apita finalmente, abrindo as portas no térreo, e bufo estressada, saindo com vontade de quebrar o chão a cada pisada firme, deixando-o rindo sozinho lá dentro.

Sério que o deixei sair impune dessa? É sério que eu não tinha porra nenhuma para responder? Sim, porque, diferente do que ele pensa, eu ainda me esforço e faço de tudo para mostrar para qualquer um que mereço meu lugar, minha posição. E por isso, achar um Uber que aceite a minha corrida nessa chuva estrondosa para ir trabalhar é mais importante do que trocar farpas com um cafajeste idiota, que não sabe nada sobre mim, como ele.

Mas a vida é totalmente injusta, como eu bem sei, e passados dez minutos após eu descer do elevador e pegar novamente o celular, eu ainda não consegui encontrar um *bendito* motorista para me levar até o meu destino.

Aplicativo insuportável.

Um Creta Limited azul para em frente ao prédio, e olho irritada para os lados da entrada, procurando a pessoa feliz que o carro esperava. Desistindo de esperar e ficando estressada até com o carro que não fez absolutamente nada pra mim, vasculho nos favoritos do celular, torcendo para que dessa vez meu pai atenda.

Sua chamada está sendo encaminhada para a caixa de mensagens...

— Merda! Por que ninguém me atende?

O vidro do carro à minha frente é abaixado, e o rosto familiar que menos queria ver no momento aparece.

— Talvez porque você é chata demais, e todos querem te evitar. — Caíque ri, com a mão esticada no volante. Reviro os olhos, dando as costas para ele para voltar ao saguão, quando ele grita querendo desesperadamente chamar a minha atenção. — Ah, vai, desculpa, não quis te ofender.

– O que você quer, Caíque?

– Estou aqui com um pedido de paz, ok? Eu sei que não gosta de dirigir na chuva.

Franzo o cenho confusa, e cruzo os braços, inclinando o corpo para a frente.

– Como sabe disso?

– Não te interessa.

– Caíque!

– Entra no carro que te conto. Eu sei que está atrasada para o desfile da sua mãe. Se entrar, te conto como sei das duas coisas.

Soltei um suspiro, debatendo entre ceder ao seu pedido ou enfrentar a espera por um Uber nesta cidade onde a chuva desaba com força — e, ao contrário do que dizia a Xuxa, os pingos definitivamente não são de morango. Ele estica o corpo, abrindo levemente a porta do carro, e me encara de longe com aqueles malditos olhos oliva, parecendo o gato de botas implorando por um carinho.

– Ok, eu vou, mas saiba que...

– Você não pegaria, jamais, uma carona comigo, nem que eu fosse o último motorista da terra pintado de ouro, estou sabendo. Mas, no momento, eu sou o único que tem.

– Não, saiba que eu não vou te beijar como recompensa, não sou as pessoas que você coleta nas festas.

– Sei muito bem disso, princesa, agora entra no carro.

Pressiono os lábios, pensando nos malefícios que posso obter ao entrar no carro dele, mas que se foda, vou enfrentar destino pior se não aparecer no desfile por um medíocre medo de chuva com trovões.

Molho um pouco o corpo ao ir correndo para dentro do carro, e coloco o cinto de segurança, esperando que ele dê partida. Mas Caíque fica parado, me vislumbrando de novo, com o mesmo olhar de mais cedo, com o mesmo desejo que vi naquela noite há sete anos, quando o conheci. Quando estava desesperado para ter um tempo a sós com uma estranha que ele havia acabado de conhecer.

– E aí? Não vai dirigir?

– Estou esperando pela palavra mágica.

— E qual seria?

— Ah, Nica, você sabe...

É definitivamente impossível não ficar irritada com Caíque Alves. Esse homem consegue te fazer sair do sério até quando você acha que pode ficar de boa com ele, ao fazer algo genuíno.

— Obrigada?

— Agora fala com jeitinho.

Bufo mais uma vez e, incorporando a atriz, abro um sorriso largo.

— Obrigada, Caíque, pela *maravilhosa* ajuda hoje.

— De nada, mas não precisava de tanto enfeite. — Escondo a risada virando o rosto para a janela, mas viro o rosto chocada de volta pra ele, quando liga o carro e "Lay All Yout Love On Me" começa a tocar na rádio.

Seus olhos se arregalaram, tentando desesperadamente trocar de música, e sua risada foi de confiante a sem graça, em questão de segundos, graças a uma música que iniciou toda a nossa interação hoje.

Eu não poderia ter ficado mais contente em ver seu rostinho bonito se espatifar feito bosta ao ser pego no pulo do gato.

— Ué, pensei que a música fosse péssima, e meu gosto mais ainda.

— Só um doido não ia gostar de *Mamma Mia!*, Nica, isso não tem nada a ver com você.

— Não disse que tinha...

— Ótimo!

— Ótimo!

Cruzo os braços, virando o rosto para a janela agora com um humor completamente diferente, e admiro a chuva escorrer pelo vidro gelado, desejando poder socar aquele nariz grande e perfeitinho. Caíque saiu com o carro, pegando a estrada até a Barra sem olhar uma única vez para mim. Seus lábios finos estão pressionados um no outro, e consegue mudar a música para uma das minhas favoritas do Red Hot Chili Peppers.

Hot as Hades, early '80s. Sing another song and make me feel like I'm in love again.[4]

— Você ainda não me contou como sabe que não gosto de dirigir na chuva. — Lembro da promessa, e também da curiosidade que me fez ter vontade de aceitar sua carona.

— Agora você quer saber disso?

— Sim, faz parte do seu pedido de desculpas por ter sido um babaca no elevador.

— Tá! Já que quer tanto saber, teve um dia que você estava indo para a casa do seu pai jantar, e eu estava lá. Fiquei a tarde inteira trabalhando nos retoques finais do meu segundo álbum com ele, quando começou a chover feito louco. Seu pai atendeu à sua ligação e, assim que desligou, perguntou se eu não podia deixá-lo no prédio.

— Mas ele disse que tinha pegado um Uber.

— Sim, porque eu pedi para que não dissesse nada, sabia o quanto poderia me provocar. Enfim, eu perguntei por que ele tinha que ir te buscar, sendo que você sabia dirigir e tem seu próprio carro. Ele me contou como você adquiriu esse medo no orfanato.

Merda. Por que meu pai tem que ser tão bocudo sobre certas coisas?

— Jorge me disse que, quando era pequena, não conseguia dormir em noite de chuva com trovoada, que você chegava a se tremer toda, e eles tinham que colocar você no meio deles para mostrar que agora estava segura.

— E depois de saber de tudo isso, você não sentiu nem a mínima vontade de tirar sarro de mim?

— Não tem por que eu tirar sarro de algo que te feriu e deixou um trauma em você. Posso ser um babaca, mas não tanto assim.

Aparentemente...

— E como sabe que eu estava indo para o desfile da minha mãe?

— Porque eu também estou indo.

---

4 Tradução livre: Ardente igual ao Hades nos anos oitenta. Cante outra canção e faça eu sentir como se estivesse apaixonada outra vez.

– Meu pai te colocou para desfilar?

– Exatamente.

– Típico do Jorge. – Rio baixinho, tirando da frente do rosto uma mecha de cabelo que escapou da orelha.

– Sim, típico...

E então, logo que sua risadinha cessou, um silêncio se instaurou dentro do Creta. Bem, não tecnicamente, a música ainda rolava no fundo, com a voz do Anthony Kiedis cantando que, às vezes, é melhor esquecer de algumas coisas e enterrá-las num lugar escondido, onde apenas visitamos quando estamos sozinhos.

Pode-se dizer que foi graças à letra dela que decidi liberar um pouco do meu orgulho, ao menos nesta única vez, para dizer algo que jamais pensei em falar para o meu vizinho.

– Obrigada.

Caíque não me olha, ele se mantém fixo no trajeto e passa os dedos pelos lábios rosados parecendo contente, escondendo a risadinha que deixa escapar.

– De nada.

Seguimos o resto do caminho quietos, sem dizer nem uma palavra sequer um para o outro, apenas aproveitando as melodias da sua playlist, recheada de grunge, pop, rock, internacional e nacional. Vez ou outra, o espio cantando baixinho algumas delas, batucando com os dedos no volante de leve enquanto vamos no nosso rumo até a Barra.

Quando menos percebo, chegamos ao Som do Mar, uma casa de festas que fica bem na beirada da praia na Barra da Tijuca, que hoje foi remodelada para receber um desfile de moda. E aparentemente, pelo caminho coberto e os três meninos de blusão florido, com bermuda cáqui, a postos na porta de entrada do estabelecimento, minha família soube se preparar para até o pior dos cenários.

Caíque para o carro na entrada, e um dos ajudantes corre até a minha porta com um guarda-chuva, como um cavalheiro bem pago. O jovem menino de cabelos escuros abre a minha porta, esticando a mão para me ajudar a sair do carro, e aceito de bom grado, esboçando um sorrisinho.

– Boa tarde, senhorita, seja muito bem-vinda ao desfile da Aurora Tropical.

– Obrigada. – Antes que me levantasse para sair, percebo que Caíque está parado igual a um dois de pau me observando, com a mão na boca, não movendo um músculo sequer. Suspiro dando uma risadinha, o encarando. – Está com medo do palco para não querer sair?

Ele balança a cabeça.

– Que nada, eu amo a atenção. Vai na frente, você com certeza tem muito mais o que fazer do que eu.

Reviro os olhos bufando, saindo do carro, e vou com o garoto que veio me buscar na chuva para a entrada. Dou o meu nome para a garota da recepção e sou guiada para meu lugar na primeira fileira da direita, ao lado de Íris e meu pai. Avisto os dois de longe quando uma segunda menina me guia até o assento, e noto os dois com as caras grudadas no celular.

– Vocês bem que podiam ter atendido quando eu liguei – digo, cutucando o ombro do meu pai para chamar sua atenção.

– Ah, filha, aí está você. Fiquei preocupado por causa da chuva, até pensei em te buscar, mas sua mãe precisava de ajuda e apoio aqui.

– Está tudo bem, pai, estou mais estressada com a pessoa do seu lado do que contigo em si. – Faço uma careta para Íris, que dá de ombros pouco se importando.

– Enzo estava insuportável, falando de uma festa que ele quer ir amanhã, e além disso, estou aqui a trabalho, gravando as coisas para colocar nas redes sociais da revista para que a sua tia não me mate enforcada na ponte Rio-Niterói.

– Você é insuportável.

– E competente, diferente de você aparentemente, porra, era para você estar aqui há quinze minutos.

– Acha que eu não sei disso, mas foi foda encontrar um Uber, ou até uma carona para me trazer aqui.

– Ué, então você veio como, filha?

Pronto, minhas bochechas, frias com a brisa gelada, se aquecem com a mera memória de como cheguei aqui, e procuro ignorar os claros sinais que as minhas expressões deixam passar. E Íris, notando meu ridículo nervosismo sem explicação, estala a língua nos dentes, inclinando o corpo na minha direção com extrema curiosidade.

— É, Nica, finalmente conseguiu dirigir na chuva?

Porra, o que respondo? Se eu mentir, dizendo que sim, no final do desfile ela vai querer saber onde está meu carro. Mas se eu ousar dizer a verdade, ela vai me zoar pelo resto do dia por causa daqueles cachinhos dourados. Não, do ano inteiro, isso sim.

Balanço a cabeça, me levantando com o microfone, e o pequeno bloco de notas na mão.

— Isso é irrelevante, Íris, agora, se me der licença, preciso ir entrevistar minha mãe.

— Ah, filha, faz um favor para mim, pode confirmar com ela se o Caíque já chegou? Eu pedi para aquele garoto chegar aqui às 16h, e ainda não obtive nenhum sinal de vida dele.

— Ele já está lá atrás, pai.

Merda. Respondo rápido demais a ponto de me arrepender completamente, e tanto meu pai quanto Íris me encaram surpresos. Minha melhor amiga morde os lábios, querendo pular na cadeira por ter encontrado mais um detalhe para me provocar sobre Caíque, ansiosa pra saber como tudo isso aconteceu. E meu pai, com o cenho franzido, sem entender como a sua surpresa pudesse ter sido descoberta por mim antes mesmo dele falar.

— Como sabe? Você o encontrou no meio do caminho? — questiona ele.

— Sim, não, quero dizer, eu acabei...

Alertas de celulares se espalham pelo salão, fazendo todo mundo pegar os aparelhos de seus bolsos, bolsas de grife, ou de seus colos. Droga, isso não pode estar acontecendo comigo, e claro, a mesma notificação sendo enviada para tantas pessoas só pode ser de um lugar... aquela *maldita* página de fofocas do Rio de Janeiro.

Íris pega no celular novamente e abre na mais nova notícia da Garota Fofoquei. Todos que já a leram me encaravam curiosos, conversando entre si, famintos por mais, como se eu fosse a estrela de um grande show que está prestes a começar.

— Amiga, seu rosto em perfil realmente é um espetáculo, poderia ter continuado na carreira de modelo sem problemas.

— Do que está falando? — Tiro o celular da mão dela e caio em mim com a notícia que ela está lendo.

> **Garota Fofoquei** ✓ @garota_fofoquei
>
> A herdeira da fortuna Bellini e o pop star Caíque Alves foram vistos saindo em meio às escondidas do prédio de luxo do cantor nesta tarde de sábado. Será que estamos presenciando um Romeu e Julieta da vida real? Bem, eu com certeza vou procurar ficar mais atenta às minhas DMs de agora em diante.
>
> — Beijocas e abraços, **Garota Fofoquei**
>
> 💬 864   🔁 322   ❤ 1,8K

— Aí, que bom, graças a Deus foi o Caíque quem te trouxe, significa que a mensagem que mandei para ele chegou — diz meu pai, e tombei a cabeça para o lado, engolindo a seco o nervosismo que percorre meu coração.

— Que mensagem?

— Oxi, filha, quando você mandou mensagem pedindo para te buscar, eu só vi bem mais tarde. E, como já tinha passado um bom tempo desde que você tinha mandado, fiz meu papel de pai e pedi para Caíque te trazer.

— Ih, senhor Bellini, para quem queria ajudar, disse as palavras erradas. — Íris tira o celular calmamente das minhas mãos antes que eu pense em explodi-lo para longe, ativando a circulação que eu estava prendendo ao agarrar o objeto.

— Mas por quê? Eu disse algo de errado, Íris?

— Aquele filho da puta...

Dou passos apressados para os bastidores deixando os dois se encarando sem entender a minha raiva, e vou a procura de qualquer sinal daquele carioca, cantor de meia tigela, para tacar essa porra de bloquinho na sua cabeça.

Assim que entro, encontro um caos, o jeitinho único que tanto gostava quando mais nova, e ainda chega a me fascinar. Modelos arrumados conversando nas cadeiras de maquiagem esperando a hora de brilharem, o estilista adjunto nas araras verificando peça por peça nos meninos que estavam prontos, e um fotógrafo captando cada momento dessa loucura.

– Oi, amiga, veio me entrevistar?

– Agora não, Enzo! – Estico a mão na sua frente, e meu melhor amigo sai fingindo estar chateado, voltando a flertar com os outros modelos masculinos.

Nada de Caíque, nada da minha mãe, mas no fim do túnel, avisto minha irmã mais nova berrar com um maquiador sobre a diferença de um olho e outro da modelo loira ao seu lado. Ela usa um vestido florido decotado, espetacular, da nova coleção, com sandálias alta de plataforma, presas com um laço na sua panturrilha. Ela está parecendo um manequim perfeito da Aurora Tropical, mas com o triplo da raiva e concentração que minha mãe poderia ter durante um evento.

No momento em que ela põe os olhos em mim, expulsa o maquiador para voltar ao trabalho, e me encontra no meio do caminho para eliminar nem que seja um por cento da irritação que esboço pelo meu olhar.

– Porra, isso são horas de você aparecer, Nica? Está uma bagunça aqui, a gente faz a entrevista mais tarde hoje à noite lá em casa, não vai mudar em nada pra você mesmo, até parece que a titia vai ligar. – Minha irmã me segura pelos ombros, me acalmando nem que seja brevemente.

– Me desculpa pela demora, Mafê. Como a mamãe está? Pelo visto tudo parece estar indo bem, conseguiram arrumar um verdadeiro espetáculo de verão na chuva.

– Ah, obrigada, mana, foi difícil, mas a equipe já estava preparada para caso chovesse, nós fomos espertos e ficamos de olho no aplicativo do clima. A parte mais complicada foi acionar essa rede de apoio extra, mas foi respirar fundo que as coisas se encaixaram.

— Que bom, Mafê, agora cadê a mamãe?

— Vi que ficou bem ocupada pela Garota Fofoquei, né. Eu gosto do Caíque, não entendo você ainda ter raiva por ele ter te dado um bolo na festa, isso foi há tempos. Mas pelo visto, a maré está mudando pra melhor, e minha irmã vai finalmente desencalhar depois daquela chata que você namorou por três meses.

— Quando você crescer, vai entender melhor, e aquela foto não foi nada do que está pensando. Mafê... — Seguro seus ombros, o estresse volta a ser ativado, escorrendo pelas minhas narinas. — Cadê a mamãe?

— Ela está ali com a titia e o Caíque.

Puta que...

— Valeu, bom desfile, te entrevisto mais tarde.

Deixo Mafê parada no lugar, prendendo os cachos num coque alto, e sigo para onde apontou o paradeiro de nossa mãe. Fátima e Flávia Bellini, as irmãs fortes e empoderadoras, estão rindo como bobas para qualquer besteira que tenha saído daqueles lábios finos de Caíque, parecendo duas adolescentes encantadas pelo garoto bonitão da escola.

Alô, ele *definitivamente* não é tudo isso, família.

— Oi, filha — minha mãe diz surpresa, e me puxa para um beijo na bochecha assim que paro ao seu lado. — Vim agradecer ao Caíque por ter trazido você em segurança, e por participar do desfile.

— Ah, senhora Bellini, que nada, trouxe sua filha com maior prazer do mundo, foi até divertido estar do lado dela. — Ele sorri debochado pra mim. — Conversamos muito sobre várias coisas, e pude conhecê-la melhor, não foi, Nica?

Que sorrisinho estúpido, que *homem* estúpido.

— Na verdade...

— Nada de senhora, meu filho, pode me chamar de Flávia, você já visitou a minha casa por muitos anos para ficar com tanta formalidade. — Ela dá outro abraço em Caíque, e passa as mãos nos cachos frouxos de seu cabelo. – O que acha de transformarmos esse garoto em mais uma matéria de capa, Fátima?

– Acho genial, sempre amei entrevistar o Caíque para a revista, os jornalistas do departamento que o digam, sempre o elogiam, mas me conta já que seu chefe gosta de esconder as coisas de mim... como andam os preparativos para o álbum novo?

Pela segunda vez no dia, eu vejo a expressão dele ficar perdida e sem rumo numa conversa, e por isso, aproveito a deixa para dispensar as duas.

– Ah, então, meninas, eu preciso entrevistar o Caíque para a revista por causa da matéria, poderiam nos deixar a sós? Já vou falar com vocês na plateia.

– Claro, filha, sem problemas, só não toma muito o tempo dele, entramos em vinte minutos.

– E você ainda tem que tirar uma foto com seus pais e Mafê, não se esqueça.

– Sim, tia, não irei, aqui vai ser bem rápido. – Sorri sem graça, e as duas se entreolham tentando esconder as risadas, saindo de perto em consenso.

Caíque estica o cantinho dos lábios num sorriso, mudando a expressão nervosa de antes, e a sobrancelha com a infame cicatriz é arqueada. Ele exibe os bíceps apertados na manga da camisa de linho listrada azul, assim como o abdômen exposto por ela não estar abotoada.

Prendo a respiração por alguns segundos por querer admirá-lo mais do que deveria, e pressiono os olhos, me recordando do real motivo de eu estar aqui. Abro a boca para começar a dar um esporro dos grandes, quando ele diz:

– Então, por onde quer começar?

Pela primeira vez desde que vi a foto no GF, percebi que não sou mais uma adolescente de 18 anos para para priorizar essa situação. Infelizmente, Caíque neste momento é uma surpresa para a mídia e para a plateia do desfile, nem sei como a GF não percebeu isso, mas é um furo, e não vou deixar que uma foto atrapalhe o que eu nasci para fazer.

Então, procuro respirar fundo, e arrumo o microfone, o conectando no celular para começar a gravação para um *reels* dos bastidores. Ajeito o aparelho na mesa de maquiagem onde ele está sentado para filmá-lo, e começo o meu trabalho do jeito que deve ser.

– Ok, que tal começar pela surpresa que preparou para a noite?

Uma risadinha boba é exposta quando ele morde o lábio inferior, e segue em frente como um bom profissional que esperava que fosse. A entrevista dura uns cinco minutos, e por incrível que pareça, me divirto. Ela é breve, e sem brincadeirinhas ou farpas trocadas de ambos os lados. Libero-o para que eu continue a fazer o que foi designado ali sem nenhum problema à vista, e saio de perto, indo atrás da minha família.

Tiro a foto com a minha família, mostrando um bom serviço para a minha chefe e ainda consigo assistir a um grande desfile ao lado da minha melhor amiga que se segura para não me fazer as perguntas que tanto quer durante o show de vestimentas incríveis.

Quanto à notícia que vim fazer hoje, será mais simples de realizar do que pensei. Posso dar uma leve alterada e dizer que a pior parte da ocasião foi ter Caíque desafinando enquanto desfilava cantando.

Mas aí eu estaria mentindo, não estaria sendo profissional, e colocaria tudo o que conquistei a perder porque eu quero provocá-lo. Com certeza não vou permitir que ele ouse fazer isso comigo. Eu sou a dona da minha *própria* tragédia romântica, e ele não vai ser mais escalado para ela.

Capítulo seis

"Tenho que aprender a beber menos, para não ter visões com verdades perturbadoras"
Astronauta | Gabriel O Pensador feat. Lulu Santos

Caíque, domingo, 23 de junho de 2024

Se já não bastasse o meu sábado ter sido estressante o suficiente com o desfile, ter ido ao Maracanã neste domingo assistir ao meu time perder para seu maior rival foi de foder. O Fluminense me obrigou a beber hoje, e depois que o Gil chegou no apartamento com seu irmão mais novo, Raul, Sérgio e Igor, os garotos da banda O Espantalho, eu cansei de fingir que não queria obedecer a essa obrigação que me foi posta.

Como todos nós cinco queríamos beber para afogar as mágoas, decidimos que o melhor seria voltar de Uber da festa. Mas Gilberto, medroso, contratou um motorista, porque, caso um de nós acabasse vomitando, o extra já estaria coberto e não teríamos aquele lance de esperar achar algum motorista pra ir embora, ou até mesmo sermos reconhecidos por alguém.

Por isso, me disfarcei o suficiente para não ser descoberto com os meninos, bom, fiz o que costumo. Vesti uma camisa de linho gelo com duas listras bordô, e uma calça do mesmo tecido e mesma cor. Além disso, coloquei o boné do Fluminense, e fiquei indeciso entre os óculos de grau ou de sol. Optei pelos óculos escuros, e finalizei colocando os meus cordões de prata favoritos, com um deles tendo o escudo do Fluminense pendurado.

As pessoas podem não acreditar, mas eu sou uma pessoa extremamente vaidosa, então, secretamente, gosto de montar looks e saber o que está ou não na moda. Gosto de me arrumar, e julgar as roupas alheias quando estou entediado, e curto quando me elogiam.

O carro chegou ao nosso apartamento assim que acabei de ajeitar as coisas da Kula para ela passar a noite tranquila, e passei o caminho inteiro até o Net Rio, em Botafogo, prestando atenção na lua. Ela estava soberana sobre o céu límpido depois de um dia de chuva pesada no Rio de Janeiro, diferente da minha mente, que só sabia pensar em duas coisas:

1. *Na letra, que preciso entregar daqui a duas semanas para o meu chefe, e;*

2. *No sorriso que a Verônica deu, toda encolhida no meu carro a caminho do desfile.*

– E aí? O Danilo ficou chateado por ter perdido o jogo? – Gil cutuca a minha perna.

Dou de ombros, puto, e coço o arco do nariz suspirando.

– Ficou sim, mas ele só tem 10 anos, não sabe como é sofrer por um time de futebol ainda.

– É mesmo, pô, teu Fluzão jogou hoje.

– Pensei que você fosse flamenguista, Sérgio, não viu o jogo? – pergunto, dando um gole na long neck que os garotos compraram no mercado antes de sairmos.

– Ah, cara, acho que esqueceu que cago para futebol. Sou aquele torcedor tipo... "Que dia o Flamengo joga? Hoje? Caraca, espero que ganhe", e acabou. Tô pouco me ferrando.

– Verdade, eu sei mais sobre futebol do que o Sérgio, vê se pode uma coisa dessas – Igor comenta, gargalhando.

— Qualquer um consegue saber mais coisas que o Sérgio, isso não é motivo para vitória, Igor.

— Aí, Raul, depois não se esconde quando sairmos deste carro, para ver se não te dou um tapão – provoca Sérgio, dando um peteleco na orelha do irmão de Gil, querendo começar uma briguinha. Raul dá a garrafa semivazia para Igor segurar, e caindo na pilha, vai pra cima do vocalista da sua banda.

— Onde fomos amarrar nossa carroça com esses garotos, né?

— Não coloque meu nome na roda, Gilberto, nem era para eu ter saído hoje, foi você quem me convenceu.

— E como qualquer tricolor neste domingo no Rio, você aceitou sair para beber de bom grado – Igor rebate.

— Claro, vim porque vocês disseram que iam pagar, se não, pode crer, eu não estava neste carro.

O carro começa a andar mais devagar, e olho pela janela para ter certeza de que chegamos. Lá está um dos meus cinemas favoritos da cidade, abarrotado de gente querendo beber, ver filme, e ouvir música dos anos 2000. Festa num cinema, que coisa de louco. Gil sacode o irmão, mandando tanto ele quanto Sérgio pararem de se socar, e nos ajeitamos, agradecendo ao motorista antes de um por um sair pela porta.

Para um domingo, a Voluntários da Pátria, a rua onde fica o Net Rio, está completamente lotada. Bares e mais bares se estendiam por ambas as calçadas, com pessoas rindo, enchendo a cara, e comendo petiscos baratos vendidos a preços absurdos.

— Caralho, aquela é a fila para entrar na festa? – Raul pergunta, jogando nossas garrafas de cerveja vazias na lixeira.

Encaro a minha frente, e a minha vontade de beber cai de cem para oitenta e cinco por cento.

— Ah, não, vai demorar horrores para a gente entrar. Vou ligar para o Rafael, pedir para ele dar meia-volta, e vir nos buscar.

Igor tira o celular da minha mão antes mesmo que eu procure o número do motorista.

— Nem pensar, nossos ingressos são meio que VIPs. A nossa fila é a outra, aquela vazia do canto esquerdo com o segurança, e lá dentro, seremos pessoas normais, buscando diversão. Por favor, meninos, sem brigas, só quero beijar na boca e beber, e não ir parar na cadeia pra soltar um de vocês. — Ele me devolve o celular, com toda a calma do mundo, e continua. — Agora, os quatro vão me acompanhar para dentro, e não quero ouvir nenhuma reclamação.

— Mas...

— Nenhuma reclamação, Sérgio! — Igor repete, mexendo na bolsa tira-colo atrás de um gloss para passar.

Sérgio revira os olhos se rendendo, e levanta os braços, seguindo Igor junto de nós, parecendo uns patinhos atrás de sua mãe para a fila. Ele abre um sorriso grande, e mostra nossos ingressos para o segurança, que quando acaba de analisar os bilhetes, nos permite entrar para a verificação corporal.

Eu adoro ver filmes neste cinema. Gosto das salas, do sabor da pipoca, de como ele é silencioso, um ambiente de arte resistente. E desde que fiquei famoso, ele ficou ainda melhor, pois sempre foi um espaço confortável, bom para se ver uma obra, com as salas basicamente vazias. Era muito raro ter lotação, o deixando ainda mais especial pra mim que precisava às vezes de um tempo sozinho.

É por isso que arregalo os olhos, assustado com a quantidade de gente aqui dentro. Se eu achei que lá fora estava cheio, é porque ainda não tinha visto a cabeçada que está aqui, e jamais poderia imaginar. O povo se espalha pela pista improvisada no canto direito do térreo, nos bares com pipoca e bebida sendo vendidos, e nas quatro salas de cinema disponíveis, passando filmes diversos durante a noite inteira.

— Puta que pariu, aqui tá um inferninho! — grita Sérgio para ser ouvido por cima das vozes, e se encosta no bar de guloseimas.

— Está bem mais cheio do que pensei que fosse estar, aparentemente as pessoas gostam desta merda! — Raul grita de volta, e Igor segura em suas mãos, as erguendo para o ar ao som de "Clarity".

— Estou nem aí, eu quero dançar. — Igor rebola na frente do vocalista de sua banda. — Sérgio, pede aí uma caipirinha para mim, e cinco shots de tequila para a gente.

— Mais alguma coisa, patrão?

Igor nega com a cabeça, respondendo-o, e Sérgio tenta chamar a atenção de um dos bartenders resmungando entredentes. Gil me cutuca e abaixo um pouco a cabeça para ele sussurrar no meu ouvido.

— Já quer ir embora?

Rio fraco.

— Cê nem imagina.

— Prontinho, cambada, segurem aqui essa merda. — Sérgio entrega a cada um de nós um copo de shot, cristalino como água, e um pedaço de limão que ele propositalmente já colocou o sal. — "¡Arriba, abajo, al centro, adentro"[5], seus manés!

O líquido desce fervendo pela minha garganta, e balanço a cabeça, sentindo o amargo gosto da tequila antes de chupar o limão com sal por inteiro.

— Porra, esse ardeu pra caralho — reclama Raul, se esquivando no bar. — Vou pedir outra bebida, alguém quer?

— Pede uma caipirinha para mim, e para o seu irmão também — peço, e Raul dá um sinal de "OK" com o dedão, chamando o barman para fazer seu pedido.

Igor continua dançando na nossa frente como se fosse o rei da festa, bebericando sua caipirinha de vez em quando para espiar o lugar à procura da sua vítima. E Sérgio balança a cabeça sutilmente, curtindo a música como se ninguém o tivesse espiando, enquanto bebe seu copo de cerveja.

— Ei, vi aqui na programação que vai dar os dois volumes de *Kill Bill* daqui a cinco minutos na sala um, e está rolando maratona de *Pânico* na sala quatro. — Gil ergue o celular, e a tela quase queima a minha retina de tão clara.

— Pelo amor de Deus, Gilberto, tu não vai me arrastar para ver *Pânico* não, né? — resmungo. — Sabe que tenho medo de filme de terror.

---

5 Expressão em espanhol que significa "Acima, abaixo, ao centro e adentro". É um brinde mexicano famoso que se faz ao beber tequila.

— Não, vou ser um amigo bonzinho e te empurrar apenas para um dos teus filmes favoritos.

— Ufa, nem é como se *Kill Bill* fosse melhor que essa saga doida mesmo.

— Na verdade, ela pode ser considerada por muitos como chata e previsível, assim como você, sua vizinha que o diga, não é mesmo? – brinca Gil, e dou um tapinha em seu ombro, rindo com as bochechas inchadas.

Raul retorna pro nosso meio, e estende o braço com as duas caipirinhas que eu pedi, conversando algo no ouvido de Sérgio. O garoto gargalha, sujando sua camisa regata preta com a cerveja que bebia, e Raul pega uns papéis do balcão para o ajudar a se limpar. Encaro os três se divertindo como os jovens que são, e me pergunto se ainda tenho idade pra isso.

Tenho 25 anos e já me considero um velho pra certas coisas, que droga.

— Oh, Gilberto e eu vamos estar na sala um por algumas horas assistindo *Kill Bill*.

— Poxa, só vão ficar fazendo isso a noite toda?

— Eu sim, Gil, talvez não, sei lá. Mas se precisarem de algo, é para se comunicar no grupo que criamos, hein! Não quero nenhum patinho ficando para trás.

— Vai se foder, Caíque! – Sérgio tenta falar sobre o som da música alta, e vou empurrando Gil pelos ombros para longe deles, indo em direção às escadas para as salas de exibição.

Meu melhor amigo vira o rosto pra mim, e cutuca minha mão em seu ombro para chamar a minha atenção após chegarmos no segundo andar.

— Aí, tu foi pra casa da sua mãe mais cedo hoje por causa do jogo, e nem tivemos tempo de conversar direito sobre aquela foto na GF ontem.

Ah, aquela foto...

— Foi o que te respondi na mensagem, doidão, nada de mais. Verônica precisou de carona, e eu dei, fim de papo.

— E não rolou mais nada?

— E eu lá queria que rolasse?

— Por favor, Caíque.

— Por favor, nada, Gilberto, você sabe que meu coração está fechado pra...

Pela, sei lá quantas vezes desde que a conheci, como a Ariel, eu perco a fala. O som estrondoso da festa perde o volume, me deixando surdo, e nem tenho tempo de procurar um buraco para me enfiar antes que ela me veja.

Verônica está bêbada, isso era bem óbvio, está andando se agarrando em seus dois amigos, e com um sorriso ainda maior do que me deu ontem. E não sei por quê, mas ela estar aqui, neste estado, me deixou levemente abalado, como se alguma coisa fosse acontecer com o meu coração e eu não pudesse fazer nada pra parar.

Não, esse é o sentimento errado, eu fiquei puto, pois nem no dia em que escolho descansar, eu posso ficar sem vê-la pra piorar tudo. Meu coração relaxa quando vejo sua melhor amiga a entregar um pirulito vermelho, e o cara que sempre acompanha as duas, mas nunca soube o nome, segurar seu copo de cerveja.

Ela usa a porra de um minivestido branco drapeado, com pequenas *sakuras* rosas na ponta. A alça fina do vestido escorrega pelo seu ombro, conforme ela caminha com firmeza na nossa direção. E merda, mesmo não querendo, é impossível não admitir que ela fica uma gracinha com raiva de mim. Principalmente quando eu consigo provocá-la, até sem querer, como agora, só por trocar olhares comigo.

— Perdeu a noção da fala quando me viu, princesa? — Inclinei o rosto na sua direção, rindo para sua bravura.

— Tá maluco? Eu? Perder algum sentido por sua causa? Até parece — fala, fechando aquela carinha. — Que porra cê tá fazendo aqui?

— Cuidado, não é isso que está deixando demonstrar, e bom, princesa, estou aqui pelo mesmo motivo que você, curtir uma noite gostosa com os meus amigos.

— Argh, vai ver se estou na esquina, garoto!

— Nah, as garotas de lá são mais educadas. — Pego em seu queixo, o balançando de um lado ao outro até ela se irritar ainda mais, e bater de leve na minha mão.

– Vamos descer, Nica, deixa esse tonto pra lá – o garoto pede, me petrificando com o olhar.

Ela maneja o corpo, fortalecendo a postura.

– Sim, temos uma maratona de *Pânico* para ver, que um certo alguém fracote não tem estômago nem para entrar na sala. – Verônica agarra o braço do melhor amigo, mas antes de sair, ela estala os dedos, parecendo ter se lembrado de algo para me dizer. – Ah, aproveita que vai para a esquina e vê se encontra os jogadores do seu time lá, já que eles se esqueceram de como é jogar bola, talvez aprendam a fazer outra coisa.

Meu corpo se contorce e enxergo um furacão naqueles olhos castanhos-claros, assim que passa batendo forte o seu ombro no meu. Ela se vira para sorrir, e me lembro do dia em que cai naqueles lábios sem pestanejar, e sem nenhum arrependimento, apenas para me jogar para fora da partida.

– Você só pode estar de sacanagem...

– E antes que eu me esqueça, retiro o meu "obrigada" de ontem.

Quê?

Encaro Gilberto, que, até então, assistia tudo calado, e meu melhor amigo dá de ombros confuso, sem entender o que ela quis dizer com aquilo.

– Por quê? Está bêbada demais para raciocinar direito?

– Porque de boas intenções, o inferno está cheio, e não preciso de ajuda por obrigação, muito menos da sua. Aproveite a noite, Caiquizinho, tenho certeza de que seu cardápio está do jeito que gosta!

Íris abre a boca querendo gargalhar, também chocada com a atitude da melhor amiga, e desce as escadas em direção ao bar, arrastada por Nica, assim como o homem que as acompanha.

Meus olhos patéticos vão a seguindo pela festa lotada, agora segurando um copo laranja de plástico, com um canudo rosa-choque que antes estava nas mãos do melhor amigo. Verônica dá o mesmo sorriso instigante, que um dia deu pra mim, para qualquer um que passa a encarando, e minha espinha se arrepia de raiva.

Que droga, como essa mulher pode fazer isso?

– Olha, gostei ainda mais dela...

– Cala a boca, Gilberto, vamos ver esse filme antes que eu fique mais puto.

Meu amigo ri baixinho, batendo no meu ombro para que eu ande na sua frente, e conseguimos sentar nas últimas duas cadeiras disponíveis antes que o filme começasse. A sala não está lotada, mas no instante em que as luzes se apagam, parece estar vazia numa perfeita paz, menos na minha cabeça.

O filme começa e, após alguns meros minutos, a Uma Thurman já está toda ensanguentada no chão da capela onde seu casamento ia ocorrer.

Mas eu juro, por tudo que é mais sagrado, que estou tentando prestar atenção no filme com tudo o que havia em mim. Porém, eu não poderia adivinhar que justo hoje cresceria aquela parte, aquela minúscula parte que me faz ficar preocupado com *ela*. A mesma que me faz batucar a perna durante o filme inteiro, e coçar a cabeça por baixo do boné azul do Fluminense, nervoso, me martirizando por não tê-la por perto pra me irritar.

E naquele momento, minha vontade de beber, que era de oitenta e cinco por cento, cai ainda mais, ficando praticamente nula.

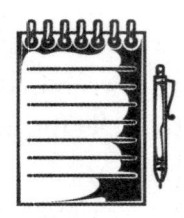

Capítulo sete

"Aquariano nato, quando nem dessa merda de signo eu sou"
Ai, Ai, Ai... | Vanessa Da Mata

Verônica, madrugada de segunda-feira, dia 24 de junho de 2024

A noite é a diversão dos impuros, e se isso for considerado verdade, não ligo de ser totalmente suja em algumas delas se for para irritar certas pessoas.

Caíque sumiu da minha vista com aquele boné ridículo do timinho dele, e me enfiei um pouquinho mais nos drinks de vodka com laranja, não cachaça, meu limite para as caipirinhas tinha chegado, mas para o resto nem um pouco. Íris e eu chegamos a perder o Enzo de vista umas... cinco vezes? Não sei, a esta altura da festa, já perdi totalmente a minha concepção de tempo, principalmente estando aqui dançando no meio da pista.

– Aqui, trouxe pirulito para a gente, e mais caipirinhas! – Enzo volta do bar com as mãos ocupadas, e Íris me ajuda a abrir meu pirulito, enfiando-o na minha boca.

— Hum-hum... gostinho de cereja! — digo, contente por ser meu sabor favorito.

— Chupa direitinho, você precisa de mais doce no seu sangue, tá bebendo demais. — Íris lambe o canudo da sua bebida, revirando os olhos pela amargura, e faz careta ao balançar o corpo para espantar o gosto.

— E se eu não quiser mais doce, e sim um hambúrguer?

— Porra, mas a festa está apenas começando... Não vai me dizer que já quer ir embora? Logo agora que deu um esculacho no Caíque — diz Enzo fazendo biquinho.

— Mais que merecido, ninguém me faz de *frouxa*.

Íris franze o cenho, me encarando.

— Amiga, você quis dizer trouxa?

— Foi o que eu disse... — Encaixo os meus melhores amigos, um em cada braço, e abro um sorriso, suspirando aliviada. — Ah, gente, eu amo tanto vocês dois, obrigada por terem me feito sair de casa hoje.

— Ih, a Nica já está entrando no modo emocionada. — Enzo tenta escapar do abraço, mas não deixo.

— Puta merda, ainda bem que a Mafê é quem vai lidar com isso.

— Minha irmã está aqui? — Arregalo os olhos para Íris, soltando tanto ela quanto Enzo do meu abraço.

— Que? Não, amiga, olha, que tal irmos ver um filme? Vai começar *Pânico 3* na sala quatro. — Ela pega nas minhas mãos, agitando para me animar.

— Sim! Aff, preciso ver o Derek Shepherd de detetive gostoso agora!

— Acha uma boa ideia enfiar ela numa sala escura? — Enzo questiona, seguindo nossos passos pela escada até as salas.

— Ah, não, mas não estou cansada de dançar, e posso descansar as pernas bebendo enquanto vejo um filme — Íris responde, me arrastando para dentro da sala pequena.

Em comparação ao primeiro filme que assistimos, que eu me lembre, a sala está mais vazia, então decidimos sentar na fileira do meio, onde não há quase ninguém do nosso lado. E mesmo com a porta da sala fechada, ainda dava para ouvir bem de leve a voz do Enrique Iglesias explodindo as caixas de som da pista de dança.

**Nobody's ever made me feel the way that you do.
You know my motivation, given my reputation.**[6]

    Cruzo as pernas sobre a cadeira, deitando a cabeça no estofado, rindo com o pirulito na boca enquanto vejo Cotton Weary ser morto pelo Ghostface, adorando cada segundo daquela cena toda cheia de sangue falso. Passei mais da metade do filme assim, rindo feito uma boba, molhando o pirulito no copo de caipirinha e chupando o doce com o amargo da bebida como se fosse a coisa mais deliciosa do mundo.

    – Ei, meu copo acabou, não quer ir lá pegar mais bebida não? – Íris cutuca Enzo, quase dormindo ao seu lado, e nosso amigo se espreguiça, bocejando alto.

    – Já estava na hora. – Ele ameaça levantar, mas sussurra pra nós duas ouvirmos, fazendo uma careta animadinha demais pro meu gosto. – Devo demorar, preciso acordar a mente.

    – Beleza, eu fico de olho na nossa princesa.

    – Ok, evite que ela faça alguma besteira, como beijar um esquisito igual àquele Pedro Henrique do trabalho de vocês.

    – Vão sempre ficar jogando isso na minha cara?

    Íris ri baixinho.

    – Sim, meu bem, nós vamos sempre jogar seus erros na sua cara, melhor assim do que nas suas costas, não é?

    Dou de ombros, me acomodando.

    – Quero mais bebida... pode trazer para mim também?

    – Não, chuchu, acho que para você já deu por hoje. – Enzo tira o copo da minha mão, e faço biquinho. – Hum-hum, essa carinha não vai funcionar, melhor parar do que se arrepender depois. – Ele dá um beijinho na minha testa e na de Íris, e murmura. – Estou indo.

    – Boa caça! – Íris dá um tapa na bunda dele, e Enzo sai pela porta rindo.

----

6 Tradução livre: Ninguém me fez sentir assim, só você consegue. Sabe o que me move, minha fama me persegue.

Volto a cabeça para a tela à minha frente, e Sydney está na delegacia, pensando se confia no doutor Sheppard ou não, quando os seus rostos começaram a ficar esquisitos. Porra, a imagem desse filme sempre foi tão turva? E nossa, a definição está pior do que eu me lembrava para um filme lançado há quase vinte e cinco anos.

Sinto algo apertar o meu braço, um cutucão, mas não dói, e me sinto como uma super-heroína no meu próprio filme. Viro o rosto para o lado e Íris me encara com um sorrisinho sem graça.

— Amiga, eu estou super apertada para ir ao banheiro, quer ir comigo?

Respondo apenas balançando a cabeça negativamente, eu acho.

— Tem certeza? — Repito o movimento, e ela dá um beijinho na minha cabeça antes de levantar. — Beleza, eu já volto, fica aqui quietinha.

Fecho os olhos, mostrando um sorriso largo, e volto a ver meu filme. Estou batucando os pés na cadeira da frente vazia, distraída com os minutos finais da história, quando um homem se senta bem ao meu lado.

É difícil ver seu rosto pela péssima iluminação do ambiente e pelo boné escuro, me deixando com uma pequena prévia de seu perfil. Por algum motivo, ele me parece familiar, e isso me deixa mais intrigada, com a pele formigando de curiosidade.

Inclino o rosto mais para o seu lado, tentando pescar algo no escuro, e forço minha visão, abrindo bem os olhos. O estranho ri baixinho, e o mero movimento faz seu perfume esquisito forte subir pelas minhas narinas, me deixando enjoada.

— Se você estava querendo beijar hoje... — soluço. — Vai ser complicado com esse perfume.

Ele dá um sorrisinho fofo, e pode ser a bebida falando mais alto, ou a cereja nos meus lábios graças ao pirulito, mas gostei de ouvir o som da risadinha dele. Os primeiros lábios que me deixaram com vontade nesta noite cabulosa.

— Ei, sua risada é uma gracinha, é assim que conquista as mulheres? Sendo engraçadinho?

O homem balança a cabeça negando.

— Eu acho que sim, hein... Está dando certo comigo. — Mais uma risada, e meus olhos se pressionam, rindo junto. — Ai, tá vendo, tá me fazendo rir sem dizer nada, um gatinho sem língua, há, que irônico.

Ele pigarreia.

— Eu tenho voz, é que você bêbada é engraçada.

— Sou? — Pisco os olhos, tomando confiança, até a voz é parecida com alguém que conheço. — Eu sou, não é? — O homem concorda, escondendo o sorriso com a mão. — Vou continuar engraçadinha se eu disser que quero te beijar?

O cara estagna após me ouvir. O rosto fica vidrado em mim, mas só consigo ver o maxilar acentuado, com o queixo quadrado bem único. Familiar, para dizer a verdade.

Novamente, esse próximo erro que passa na minha cabeça é culpa da bebida, do tesão reprimido de não me tocar há tanto tempo, e do ar de mistério que ele exalava. Sim, essas são as desculpas que vou usar, e vou me saciar sem escrúpulos.

Percorro meus dedos devagar pelo seu pescoço e esfrego o dedão pela sua bochecha, sentindo a barba por fazer, cada poro bem cuidado e cada detalhe do desconhecido. Minha costela arrepia, e uma brisa gelada esquisita me dá um último empurrão em direção aos lábios finos do homem ao meu lado.

Minha língua o invade quando tento pressionar seu rosto contra o meu, e mordo seu lábio inferior, ouvindo um leve gemido escapar de sua boca. Meu corpo vai do inferno com a tontura até o céu da lucidez, e percebo aos poucos que até os lábios me são familiares de tão saborosos.

Não, esse beijo *não* pode ser...

O homem se desgruda de mim, negando o beijo com a cabeça logo depois de me afastar. Ele dá uma risada seca e tira o boné, relevando quem eu mais temia ceder novamente.

— Não vou negar que eu queria te beijar de novo, Nica, mas não assim, não com você desse jeito.

Puta que pariu.

– Caíque? – Engulo a saliva a seco, e pisco os olhos, tentando enxergar seu rosto, tendo apenas a luz da última cena do filme para o iluminar. – O que está fazendo aqui?

– Ué, vim ver um filme.

– Mas pensei...

– Verônica, está tudo bem? – Ele põe a mão no meu braço, acariciando, e dou um tapa nela.

– Não, não, não, não, não, impossível, isso de novo não! – Levanto às pressas da cadeira, tombando ao caminhar para escapar da sala.

– Verônica, espera!

– Não... não vem atrás de mim – peço, tendo uma visão completa de seus olhos oliva arregalados, e abro a porta para sair atrás de Íris ou Enzo, que ainda não tinham voltado.

Duas vezes. Eu beijei Caíque Alves duas vezes. Beijei um dos maiores cafajestes do Rio de Janeiro não uma, mas duas vezes, e eu amei cada uma delas.

Porra, eu com certeza não tenho mais salvação.

– Verônica, para onde você está indo? Espera aí... – grita Caíque por cima da voz de "Beautiful Liar", tentando passar pela multidão de pessoas à sua frente para chegar até mim.

Finjo não o ouvir e continuo andando, me esquivando das pessoas, atrapalhando o caminho com suas conversas paralelas, e olhos curiosos para o que rola entre nós dois. Desço as escadas com pressa, a adrenalina se misturando com o álcool, seguindo o fluxo para encontrar alguém que conheço.

Meu pai, quando eu era mais nova, me colocou para fazer artes marciais, karatê, para ser mais exata. E cara, eu era boa, a melhor da minha turma. Mas, bêbada, numa boate lotada, tonta pra caralho e sem conseguir ver direito à minha frente, é claro que, quando alguém agarrou meu braço, eu iria errar o soco.

– Porra, sério que você tentou me bater? – exclama Caíque, irritado, segurando minha mão no ar.

– Claro que sim! – Arroto sem querer. – Tô num lugar público, sem minha rede de apoio, cheia de álcool na veia, cercada de homens... – Mais um arroto. – É óbvio que vou bater em quem tentar me agarrar.

— Fico feliz que saiba se proteger, princesa, mas da próxima vez, tenta mover o braço um pouco mais rápido, talvez assim consiga acertar.

— Você é irritante!

— Obrigado, agora, cadê seus amigos?

Suspiro cansada, e mais um arroto vem parar na minha garganta. Solto meu braço do seu apertão e ranjo os dentes.

— Acha que, se eu soubesse onde estão, eu estaria com você agora?

— Nossa, você é mesmo insuportável bêbada. — Ele pressiona as têmporas, respirando fundo.

— Você não tem o direito de falar assim comigo!

— Por quê, princesa? Vai pedir para o papai me demitir? Se toca, Nica, só tô tentando te ajudar. Vamos procurar a Íris, e te lev...

— Não.

— Não, o quê?

— Não te dou permissão para me chamar de Nica.

Ele para bem perto do meu rosto, e molha os lábios com a língua, rindo descontroladamente.

— Você tá de sacanagem, não é mesmo?

— Não.

— Meu Deus, Verônica, deixa de ser infantil, e me deixa te ajudar...

Íris aparece nas costas de Caíque, com Enzo do lado. Ambos seguram seus copos de bebida quando chegam perto de mim.

— Amiga, está tudo bem? — Enzo passa a mão pelo meu cabelo, que escapava da xuxinha que tinha colocado mais cedo, me olhando preocupado.

— É, mulher, voltei para a sala e você não estava lá, até que vi Caíque e você discutindo lá do alto. Ainda bem que o som está muito alto, e ninguém está prestando atenção, se não vocês dois estariam fritos. — Íris coloca a mão no meu ombro. — Quer ir para casa?

— Não, eu... — Merda. — Acho que...

Eu vomito nos pés de Caíque. Assim, tecnicamente, perto dos tênis dele. Ele repara nos respingos pela barra da calça de linho, dá para notar a raiva em seu punho fechado. Por conta do cheiro que começa a se espalhar rapidamente, as pessoas ao nosso redor param de dançar por completo, nos encarando com nojo, sem ainda perceber quem foi a pessoa que levou o vômito.

Puta merda, minha vida se tornou mesmo uma comédia.

– É melhor levá-la para casa – diz Caíque, dando a volta no vômito, pegando o celular.

– Sim, vou chamar o Uber e avisar a Mafê – responde Íris, deixando que Caíque ajude Enzo a me levar até a entrada do local lotado de gente, e assim que paramos na porta, ela pega um lencinho umedecido de sua bolsa para limpar a minha boca.

Enzo abre uma fresta da porta e bufa.

– Está cheio de paparazzi lá fora.

– Porra, por que eles estão aqui? – Caíque questiona rangendo os dentes.

– Por que será, né, cara? – Enzo cruza os braços, revirando os olhos.

– Não, por favor, não me deixem sair assim, minha tia vai me matar! – suplico para os três.

– Droga, não consigo ter sinal aqui – Íris reclama, mordiscando o canto da unha.

Caíque, no mesmo instante, usa seu peso para me dar apoio, e pega novamente o celular, suspirando, trocando o olhar entre mim e meus amigos.

– Olha, eu tenho uma ideia. Meu motorista pessoal está lá fora, posso levá-la para casa se preferirem, sabem onde eu moro mesmo.

– Mas e os paparazzi? – pergunta Enzo.

Caíque passa o boné para a minha cabeça, colocando uns óculos no meu rosto para disfarçar mais a minha situação. Ele me ajeita em seu abraço, e seu perfume passou a não me enjoar tanto assim.

– Se ela for boazinha, conseguimos passar tranquilos, sem levantar muitas suspeitas pela quantidade de bebida que ainda resta no corpo dela.

Íris aperta os braços, preocupada, e me segura firme, deixando que encare seus olhos negros como esta boate.

– Balança a cabeça se você quer seguir o plano do Caíque, e responde "não" se você não quiser.

Viro o rosto para o meu lado direito, seguindo o cheiro de grama fresca com vômito. Caíque está com a respiração entrecortada, parecendo apreensivo com a minha resposta, como se eu fosse alegrar a sua noite dizendo "sim". Mas não tenho outra alternativa, não é?

Fecho os olhos, tomando fôlego, e balanço a cabeça, concordando.

– Ótimo. – Ela me solta, deixando que Caíque me prepare em seu abraço para sair da boate e ser fotografada. – É para levá-la para casa, não importa o que peça, ela consegue ser bem persistente quando quer. Vou tentar falar com a Mafê mais uma vez, a pestinha deve estar ocupada com o Heitor.

– Porra, e quando a Mafê está com o namorado, é um sufoco para fazê-la prestar atenção no celular – Enzo resmunga.

– Está tudo bem, acho que com ar e água, até chegarmos em casa, ela vai estar um pouco mais lúcida.

– Só depois de um hambúrguer! – peço, sendo totalmente ignorada pelos três.

Íris abre a frestinha mais uma vez e confirma se o carro de Caíque está lá fora. Ela dá um sinalzinho com a cabeça e abre de vez, liberando nossa saída.

O ar gelado da madrugada passa direto nas minhas narinas, assim como os flashes brilhantes nos meus olhos. Caíque usa toda a sua pompa de ator para nos fazer passar ilesos, fingindo rir de algo que eu, definitivamente, não lembro de dizer.

Perguntas como se estamos namorando, se estávamos chapados, ou se poderíamos nos beijar para as câmeras foram as mais frequentes e insistentes no breve caminho até o carro.

Um paparazzi até tenta nos puxar para uma foto, mas Caíque consegue se desvencilhar do cara, e o encara extremamente puto, enquanto me deixa entrar primeiro no carro. Assim que ele fecha a porta, dá dois tapinhas fracos no painel, e o motorista arranca pela rua, deixando um rastro de pessoas curiosas e fotógrafos sedentos atrás de nós.

Ele me ajeita no banco e deixo minha cabeça cair em seu ombro, relaxando com o ventinho que entra fraco pela janela semiaberta.

– Vamos para onde, chefe? – o motorista pergunta.
– Pro endereço que você nos pegou ontem à noite.
– Não, hambúrguer, eu quero comer hambúrguer.
– Não, Nica, você qu...
– Hambúrguer, um x-burguer, cheio de queijo.
Caíque bufa, resmungando baixinho.
– Tem certeza? – Ele me olha de cima, rindo, e balanço a cabeça animada com a hipótese dele me obedecer pela primeira vez.
– Tá bem, apenas se prometer não vomitar em mim de novo.
Concordo, me animando sem nem pestanejar, e ele ri, a mesma risadinha doce, eufórica e suave que ouvi na sala de cinema me deixando arrepiada.
– Ok, então, sei onde posso te levar para comer.

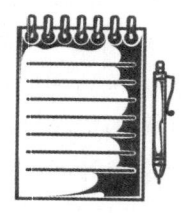

Capítulo oito

"Falar o que quero? Não, vomitar nos sapatos de um babaca que me machucou enquanto estou bêbada é extremamente melhor"

Whisky a Go-Go | Roupa Nova

Caíque, madrugada de segunda-feira, 24 de junho de 2024

Estava parado sozinho no canto do bar, quando avistei Verônica subindo com os amigos para uma das salas de cinema.

Gil estava dançando na pista com Raul e Sérgio, enquanto Igor estava beijando na boca de algum cara pela quinta vez só naquela noite. E é claro, meu subconsciente resolveu seguir a filha do meu chefe, porque seria melhor ficar de olho em quem não me importo do que aproveitar a noite sozinho.

Mas eu juro, não esperava que ela estivesse tão bêbada, e muito menos que eu fosse me divertir assistindo a um filme de terror. Aliás, eu não esperava que ela fosse ficar sozinha, e nem que meu corpo se levantasse, indo automaticamente para o seu lado, como uma mosca indo atrás da luz.

E foi quando a beijei.

Bem, tecnicamente, *ela* me beijou, mas agora isso é apenas um detalhe.

Sim, uma parte de mim, uma bem pequena, queria beijá-la novamente, mas não naquelas circunstâncias. Não sou um monstro, sei reconhecer limites quando vejo um, e Verônica havia ultrapassado todos eles.

Depois de toda a confusão instalada na boate, com pessoas curiosas nos olhando, paparazzis nos fotografando, e a nossa escapada tendo algo a esconder, resolvi me desligar do celular após informar o meu paradeiro e o do carro para Gilberto. Não queria saber de distrações quando ela estava do meu lado toda confortável.

Assim que despistamos os fotógrafos, abri um pouco mais a janela para que Nica respirasse, obrigando-a a beber a garrafa d'água que tinha no carro quase que por inteira. Como ela estava enchendo o saco querendo comer, resolvi ceder à sua vontade, e pedi para que Rafael nos levasse a um lugar diferente.

A praia de Copacabana estava vazia nesta madrugada, então foi fácil para nosso motorista conseguir achar uma vaga bem em frente a um dos meus podrões favoritos desde que me mudei para o centro do Rio.

– Onde nós estamos? – Nica questiona, pressionando os olhos. – Por que estamos em Copacabana?

– Você não queria comer hambúrguer? – Concorda. – Então pronto, te trouxe para comer, considere isso o nosso primeiro encontro.

– Assim eu vou vomitar de novo.

Rio baixinho.

– Deixa a bolsa no carro, eu pago.

– Ainda bem, porque só tenho gloss, aceitaria esse tipo de pagamento?

– Dependendo do gloss...

Eu a faço rir de novo, e meu peito se aquece de forma esquisita ao ver que consigo tirar esse tipo de expressão serena dela, divertida.

Quem essa princesinha pensa que é para ousar me fazer sentir tudo isso? Essa... maluquice que cresce de pouquinho e pouquinho, apertando a boca do meu estômago ao ponto de eclodir.

– Você é ridículo... – Verônica sai do carro, e vou atrás, chamando Rafael para ir comer conosco.

O Cachorro-Quente do Russo é famoso na minha cidade, Duque de Caxias, pela sua comida maravilhosa, todos sabem quem é o cara. Quando me mudei, foi difícil encontrar um por perto que se parecesse com ele, ou quem sabe, até melhor.

Um dia, nos meus 21 anos, quando Gilberto e eu tínhamos saído de uma festa chata da gravadora, passamos pela praia de Copacabana, e bem no finalzinho da rua, tinha uma luz. Uma maravilhosa luz sinalizando comida boa.

– Fala aí, seu André!

O senhor de pele amarela, e cabelos brancos, larga o jornal das mãos, se levantando para me receber com um sorriso largo no rosto.

– Oh, Caíque, finalmente apareceu, filho!

– Estava ocupado, seu André, basicamente preso no estúdio tendo que escrever as músicas do próximo álbum. – Aperto sua mão, indicando as três pessoas espalhadas pelas pequenas mesas de plástico atrás de mim. – Pouco movimento?

– Ah, não, filho, estava mais cheio antes de você chegar, graças a Deus. Depois que você fez aqueles... Como é o nome? Histórias?

– *Stories*. – Rio.

– Isso, essa coisinha aí na rede social, minha filha repostou, né? Assim que fala? – Concordo. – Aqui virou um sucesso, todos os dias vêm garotas bonitas esperando você chegar, jurando que vão te conhecer. – Ele ri e arregala os olhos, admirando Nica. – E olha só, quem é esta jovem que você trouxe para meu humilde estabelecimento?

– André, esta é a Nica, filha do meu chefe, e ela precisa de um x-burguer, com muito queijo. – Estico meu braço pelos seus ombros, a pressionando num abraço.

– É um prazer... – Ela sorri sem graça, esticando a mão para cumprimentá-lo.

– Seu x-burguer vai sair agora, querida, faço tudo pela garota que conquistou nosso grande Caíque.

Verônica arregala os olhos.

– Não, seu André, sou apenas...

— Que nada, minha filha, vou fazer o teu no capricho! Por acaso a senhorita vai querer alguma salada, bacon, ou molho no sanduíche? — Ela nega. — Um clássico então?

— Só ketchup, cebola e mostarda.

— Perfeito, Caíque, o seu é o de sempre?

— Sim, e me vê também um x-bacon, um Guaravita, uma garrafa d'água, e uma Coca-Cola bem gelada, por favor.

— É pra já, filho, vão sentar que já levo.

Puxo Verônica pela cintura, guiando-a para a mesa na frente de Rafael, que preferiu ficar na de trás, observando o movimento. Olho para os lados, vendo um casal conversando aos sussurros a duas mesas de distância, e um cara sentado na nossa frente, muito mais focado no seu cachorro-quente do que ao seu redor para nos dar bola. A orla parecia tão vazia quanto de costume em dia de semana, e dou graças a Deus por ter liberado o meu segurança particular hoje.

Assim que sentamos à mesa, Verônica dá um tapa no meu ombro, bufando irritada.

— Ai, porra, qual foi? Eu te trouxe para comer como pediu.

— Por que não corrigiu ele?

— Do quê?

— Sobre eu ser sua namorada.

Ah.

— Ué, porque eu não queria, não vai mudar a vida dele saber se estamos namorando ou não.

— Ele vai perceber algo estranho quando eu não vier com você na próxima vez.

— E é só eu dizer que você quebrou meu coração em milhões de pedacinhos ao me deixar. — Outro tapa, sua mandíbula firme de raiva, e os olhos castanhos cheios de fogo. — Porra, tá muito sóbria para quem acabou de vomitar.

— Posso ainda estar vendo as coisas balançando, mas sei reconhecer uma mentira, igual à que me contou quando me deu carona para o desfile.

Franzi o cenho.

— Que merda você está falando?

– Da mensagem.

– Que mensagem?

Ela bufa.

– A que meu pai te mandou, pedindo para você me ajudar. Quero deixar bem claro que não precisava da sua ajuda, eu ia me virar.

– Ah, sim, me conta mais sobre como ia chegar atrasada no seu desfile se eu não tivesse um bom coração, Verônica. – Ela cruza os braços, empinando o nariz para o outro lado. Meu sangue ferve e molho os lábios, percebendo o quanto piorei a situação, mas foda-se também, ela não é uma santa pra deixar de ouvir umas verdades. – Eu não te dei carona porque seu pai pediu, princesa, aliás, eu só fui ver a mensagem dele depois de ter entrado nos bastidores.

Verônica perde a pose aos poucos, relaxando o rosto.

– Então, quer dizer que...

– Eu te ajudei de bom grado? Sim. E sabe, às vezes, ter pessoas te ajudando quando precisa não significa que você seja menos forte, ou que não consiga fazer as coisas sozinha.

– Sei disso!

– Não parece! – respondo, e ela passa a olhar para o chão, a chateação pairando em seus lindos olhos. Esfrego os dedos na testa, me sentindo um merda por ter aumentado o tom de voz, e resolvo ceder. – Me desculpa por ter gritado.

– Não gritou – diz Verônica, erguendo um pouco o olhar no meu. – De qualquer forma, você não está técnica, técnica...

Rio.

– Tecnicamente errado?

– Isso! – Ela abre um sorriso fraco, e uma brisa gelada escorrega pela minha espinha, um alerta aos seus perigos. – Até que você não é ruim de conversar, Caíque.

– Posso dizer o mesmo, Nica, quero diz...

– Não. – Ela segura na minha mão, me obrigando a encará-la. – Pode me chamar de Nica, não tem problema, afinal, já nos beijamos duas vezes, que mal tem você me chamar pelo meu apelido favorito.

Inclino o rosto, esboçando um sorrisinho no canto dos lábios.

É o meu jeito favorito de chamá-la, íntimo, e guardo isso como um dos meus melhores segredos.

– Agora que está mais sóbria, o que acha de me beijar uma terceira?

Ela ri sem graça, dando um empurrãozinho no meu ombro, e me joga pra trás.

– Sai fora, garoto. Meus lábios não aguentam mais saber que são os seus encontrando eles.

– Poxa, tive que tentar.

– Demonstra mais vontade da próxima vez, e eu cogito pensar no seu caso.

– Uau, tem certeza de que não está bêbada? – Recebo um olhar esmagador, e ela pressiona os lábios, mordiscando o inferior para esconder o sorriso.

A brisa do mar bate pelos seus lindos cabelos loiros, levando o perfume de jasmim direto para as minhas narinas. Fecho os olhos, respirando fundo, tomando todo o aspecto do perfume, e guardo como uma memória de Verônica em mim. Uma bela e doce memória fixa pra sempre no canto mais precioso do meu cérebro.

Seu André aparece todo feliz, colocando meu cachorro-quente de linguiça toscana, recheado com ovo de codorna, milho, tomate, batata-palha e outras besteiras, na minha frente. Mas devo admitir que fico com uma leve inveja do x-burguer de Nica; deu para ver que, mesmo sendo simples, ele preparou com todo cuidado.

– Aqui estão seus pedidos, meus queridos, e já deixei o x-bacon e a Coca-Cola com o seu amigo ali atrás. – Ele se abaixa, sussurrando no meu ouvido. – Espero que sua namorada goste do meu hambúrguer.

– Te garanto que ela vai – respondo aos sussurros enquanto Nica ajeita seu x-burguer em suas mãos pequenas.

Agradeço mais uma vez, e assim que ele sai, aproveito para abrir a garrafa de água dela e balançar meu copo de Guaravita. Verônica não perde tempo; ela devora seu x-burguer como se sua vida dependesse disso, e dá uma bebericada na minha bebida de vez em quando, em vez de focar na sua água. Não brigo por isso; ao contrário, peço mais dois Guaravitas, e desta vez, dou um apenas para ela que balança os pés curtindo cada pedacinho dentro de sua boca.

— Nossa, isso aqui está uma delícia! – exclama, se sujando com o queijo.

— Te disse, o Japa do Burger é melhor que qualquer hambúrguer de fast-food.

Ela concorda, comendo o último pedaço, lambendo os dedos sujos de molho. Uma risadinha fraca sai pela minha boca, e pego um papel do dispensador da mesa, passando bem no canto da sua boca suja.

Nunca tinha percebido que alguém podia ter um rosto tão lindo, e íris em formato de coração na cor da tempestade mais turbulenta igual a ela. Neste segundo, eu a quis beijar mais do que tudo na minha vida. Correria por barreiras, moveria montanhas para sentir o cheiro de jasmim preso em meu nariz conforme sinto seus lábios macios nos meus.

Desesperado, eu estava a ponto de me jogar no mar por uma mulher que não pode ser minha por estar obcecado.

Mas ela ainda seria a filha do meu chefe, ainda seria uma garota que não gosta de mim mesmo sem eu saber o porquê, e um terceiro beijo não mudaria nada do que sinto sobre querer prezar meu presente e futuro na gravadora.

— Acho melhor irmos para casa – digo, engolindo em seco o pedacinho de comida preso na minha garganta, e ela pisca os olhos, confusa, mas aceitando.

— Sim, minha irmã deve estar esperando. Avisou à Íris que estaríamos aqui, não é? – Faço uma careta, e ela joga a cabeça para o lado, percebendo o mole que eu dei em não avisar nada. – Ok, então definitivamente temos que ir para casa, daqui a pouco Mafê vai chamar a polícia se eu não chegar.

Viro as costas e percebo que Rafael já acabou sua comida e está assistindo a um vídeo no celular. O casal abaixou o aparelho nas mãos no segundo em que meus olhos bateram neles, mas resolvo ignorar, achando não ser nada demais.

Chamo nosso motorista e levanto com Verônica para me despedir de André e pagar pela comida. Andamos para o carro sem que Verônica reclame da minha mão em sua cintura, o que, para mim, já pode ser considerado uma vitória em todo nosso relacionamento.

A viagem até nosso prédio foi rápida e, óbvio, sem trânsito durante a madrugada escura nas ruas do Rio de Janeiro. Verônica foi com o rosto para fora da janela, parecendo um beagle, e seus cabelos iam se bagunçando com o vento, trazendo de novo a merda do perfume de jasmim para que eu inale.

Estava irritado, precisava sair urgentemente daquele carro e entregar essa garota na casa dela sã e salva, sem nem um minuto a mais ou menos do seu lado. Só queria a deixar em segurança, e bem longe de mim para que essa estúpida tentação vá embora.

O motorista entra na rua do nosso condomínio fechado e estaciona na entrada do nosso prédio, sem nenhum paparazzi à vista. Ajudo Verônica a sair do carro e me despeço do motorista, liberando-o pela noite já que com certeza os meninos não vão utilizá-lo.

Assim que colocamos os pés no lobby de entrada, Nica tira os saltos, carregando-os na mão parecendo mais sóbria que mais cedo. Damos boa noite para Mário, nosso porteiro, e entramos no elevador, apertando o botão do nosso andar.

Ficamos em silêncio o caminho inteiro até nossas portas, trocando singelas risadinhas e olhares que me incendiaram por completo. Mas antes mesmo que ela coloque a senha para abrir o seu apartamento, a porta é escancarada.

– Porra, até que enfim. – Maria Fernanda está usando uma touca de cetim rosa, com um pijama da Hello Kitty vermelho. Um garoto loiro, alto, e de olhos azuis-claros está atrás dela, afagando suas costas. – Eu e Heitor ficamos a noite toda preocupados depois que Íris nos ligou.

O namorado dela dá de ombros.

– Mais ou menos, fiquei tranquilo depois que vimos a fo...

– Agradeço a preocupação de vocês, mas agora estou em casa, e como podem ver, bem. – Nica ergue as mãos, entrando pela sua casa.

– Não tinha celular?

— Minha bateria acabou, por sinal, pode colocar para carregar para mim? Eu preciso urgentemente tomar um banho.

Maria Fernanda bufa e pega o celular, caminhando em direção ao que acredito ser o quarto da irmã mais velha. Verônica para na cozinha americana, bem parecida com a minha — tirando o formato da ilha e das cores vibrantes — e abre a geladeira para beber uma água.

— Quer? — oferece.

— Não, agradeço. Bem, agora que está entregue, vou embora.

— Caíque, espera! — chama ela, e passo a língua nos lábios, segurando meu corpo para ouvi-la falar mais um pouco, com aquela voz que me faz arrancar cada fiozinho do meu cabelo. — Sei que exagerei hoje, e me desculpa por isso.

— Está tudo bem, não é todo dia que uma menina bonita vomita perto dos meus tênis caros da Lacoste e eu não fico puto.

Ela esconde o sorriso.

— É, me desculpe principalmente por isso, e muito obrigada.

— Mas eu não fiz nada.

— Você me ajudou quando eu não pude fazer isso sozinha, e me levou para comer um x-burguer delicioso, então sim, obrigada pela madrugada. Odeio admitir, mas foi uma das melhores que já tive.

Minhas bochechas ardem, me sinto febril, e algo trava minha garganta a ponto de me fazer pigarrear antes de falar.

— Às ordens, princesa, mas cuidado, se não posso achar que está começando a gostar de mim.

— Boa noite, Caíque... — diz ela, fechando a porta.

— Boa noite... — digo, tendo um último vislumbre dos seus olhos castanhos fixados nos meus.

Fico alguns segundos parado no corredor, pensando em como, no final das contas, tomei a decisão correta em sair de casa apesar do dia terrível. Afinal, tudo acabou se transformando em uma noite que talvez valha a pena escrever sobre.

Entro em casa e Kula vem correndo direto para os meus pés. Eu a pego no colo, fazendo carinho em sua cabeça pequena, e noto, pela falta de iluminação, que Gilberto ainda está na rua.

– Parece que enfiamos o pé na jaca hoje, pequena. – Dou um beijinho no espaço entre suas orelhinhas e a coloco no chão, indo para o banheiro tomar um banho quente.

Deixo que a água fervendo caia sobre os meus ombros, na esperança de lavar o cheiro de jasmim de cada poro do meu corpo. Mal me seco, percebendo que o meu esforço para tirá-la de mim foi em vão, e necessito de um guindaste para me arrastar até a cama.

Peço à Alexa para ligar o ar-condicionado e me jogo sob os lençóis do jeito que Deus me mandou para o mundo. E no instante em que minha cabeça bate no travesseiro, eu durmo, sem jamais imaginar o sonho que teria.

Capítulo nove

*"Preciso tomar no mínimo uns dez banhos para
tirar o cheiro de jasmim dela do meu corpo,
e mesmo assim não vai ser o suficiente"*
Pilantra | Jão Feat. Anitta

Verônica, segunda-feira, 24 de junho de 2024

Meu alarme só precisou tocar uma vez hoje, graças ao meu pesadelo constante de estar correndo atrás de uma porta enigmática, por um sonho tão, tão distante. Arregalo os olhos com tanta força que levo a mão à cabeça, sentindo a pontada da noite mal dormida e da bebedeira.

Eu me sento na cama, esfregando as têmporas para tentar amenizar a dor ridícula que está batendo no canto superior esquerdo da minha cabeça no momento. Não sei que horas voltei para casa com Caíque, mas sei que não fiquei tanto tempo na festa como pensei que ficaria.

Para falar a verdade, ainda estou tentando entender por que aceitei ser convencida por Íris e Enzo a ir naquela festa em pleno domingo, que ideia ridícula. Ainda bem que hoje trabalho em casa e não preciso ir para a revista, imagina trabalhar com essa cara de morta que devo estar. Nem mesmo a melhor *skincare* do mundo ajudaria na minha situação. Estou terrível, e minha cabeça ainda está latejando pra caralho só de pensar em quanta confusão eu causei ontem. Dançando igual a uma tonta, toda grudenta, bebendo como se não houvesse amanhã, e pra piorar, ainda vomitei e...

Merda, eu *beijei* o Caíque.

– Que ódio! Como eu pude ser tão tonta? – Entrelaço os dedos no cabelo e escondo o rosto por entre as pernas, calculando o maior erro da noite quando, sem querer, minha boca formou um sorriso ao me lembrar do depois da festa.

A brisa da praia, o jeito como ele me fez rir sem esforço, a comida gostosa que faz minha boca salivar só de recordar, os lábios dele nos meus naquele escuro com a minha saga favorita passando no fundo... Ok, até que não foi tão mal assim passar um tempo com Caíque.

Escuto duas batidas leves na minha porta e respiro fundo para receber minha irmã, que não espera ser convidada a entrar.

– Bom dia, maninha! – diz ela, carregando um copo de suco, junto com um comprimido em uma mão e uma caneca de café na outra.

– Bom dia. – Bocejo, esticando os braços no ar, estalando o corpo todo. – Que delícia, por que estou sendo paparicada hoje?

– Você quem tem que me dizer... – Ela ri, estendendo o copo e a pílula para dor de cabeça. – O amigo do Caíque, Gilberto, trouxe um baita café da manhã para você. Disse que é a cura para ressaca perfeita.

Arregalo os olhos, surpresa, e tomo a pílula com uma golada do suco fresquinho.

– Nossa, e veio o que nesse café dos deuses?

– Umas frutas, pães quentinhos da padaria, uma tábua com queijos e peito de peru, até uma omelete veio. Basicamente, só faltou sua preciosa mortadela.

– Tenho que agradecer a ele depois. Sempre foi tão gentil nas festas do papai que Caíque o levava, e ainda fez isso... Se o cachinhos dourados não abrir o olho com a mídia, o melhor amigo vai roubar seu posto de homem mais desejado do Brasil com aquelas receitas de dar água na boca.

Mafê ri sem graça, parecendo me esconder algo ao batucar o celular na palma da mão. Ela balança os pés nervosamente depois de se sentar na cama, e força um sorriso com os lábios finos pressionados.

— E como foi a noite? – pergunta.

— Foi uma doideira, isso sim. Ai, Mafê, fiz uma besteira das grandes, você nem vai acreditar no que vou te contar.

— Ah, você não vai precisar, eu já *vi*.

Deixo o último gole do suco descer pela garganta e a encaro confusa.

— Do que você está falando?

Minha irmã morde os lábios sem graça, e desbloqueia o celular em busca da postagem da Garota Fofoquei para me mostrar. Não uma, mas duas postagens de momentos distintos da noite estão em suas redes sociais salafrárias, e eu não poderia estar mais puta pelo meu erro ser exposto pro mundo inteiro ver.

A primeira é uma foto minha e de Caíque na sala de cinema do Net Rio se beijando e, a segunda, são inúmeros ângulos de nós dois sentados na mesa do Japa do Burguer. Uma que inclusive me dá vontade de me tacar janela afora, ao ver nossos rostos tão coladinhos um no outro, como a droga de um verdadeiro casal apaixonado.

— Puta que pariu!

Tiro o celular de sua mão, analisando que não foi apenas na GF que apareci, foi em inúmeras redes de notícias, páginas no Twitter, perfis no Instagram... resumindo, meu rosto estava em todos os lados associadas com dele. Como a suposta *namorada* dele!

— Devo admitir que não sei se o papai vai ficar furioso com a notícia da filha dele beijando um dos seus astros, ou se vai ficar extremamente contente a ponto de soltar fogos lá em casa. – Ela coloca um dos dedos perto da boca, pensando. – É, com certeza, fogos. Ah, e por falar nele, já te ligou umas cinco vezes, e só sossegou quando me ligou e eu disse que você ainda estava dormindo.

— Puta merda, que droga! — Cubro o rosto com as mãos tentando achar uma luz no meio disso tudo. — Eu nem vi alguém tirando foto nossa no cinema, como isso foi parar na GF?

— Nem eu ia reparar em alguém tirando foto minha no estado em que você estava, principalmente se eu estivesse tão ocupada beijando a boca de um homem gostoso como Caíque.

Ergo o rosto, encarando-a.

— Sabe que o Heitor está na sala, não é?

— Detalhes. Olha, minha maior preocupação agora é a titia, ela deve estar se comendo de raiva por não ter sido a primeira a publicar sobre seu romance com ele.

Ai, meu Deus... O trabalho.

Escondo o rosto com o travesseiro e dou um grito, o maior que consigo dar, para extravasar a raiva que estou sentindo. Mafê estica a mão, acariciando minhas costas, segurando a risada que sei o quanto deseja soltar.

— Calma, irmã, vai dar tudo certo. Sei que os dois começaram com o pé esquerdo graças a um equívoco, mas podem fazer dar cer...

— É isso!

Ergo o rosto e saio da cama às pressas, nem cogitando pegar o roupão pendurado atrás da porta, para onde meu corpo se movia.

— Ei! Para onde você está indo? — minha irmã pergunta, mas não perco o tempo respondendo.

Passo pela sala com os pés pesados, ignorando Heitor, que me dá bom dia sentado na ilha, comendo as frutas que acabei de receber. E saio fazendo um barulho estrondoso, clicando na campainha de Caíque como uma maluca psicótica.

Infelizmente, ele não é a pessoa que encontro parada na porta, secando os cabelos escuros molhados com uma toalha vermelha.

— Oi, Nica, bom dia! Gostou do café que preparei? Não sabia direito o que mandar, mas Caíque deixou claro na mensagem que era o nosso cura ressaca, então achei melhor preparar tudo direitinho.

— Eu amei, Gil, muito obrigada pela consideração, mas estou procurando o Caíque, ele está?

— No quarto dele, dormindo. Não deve acordar nem tão cedo.

— Ah, mas ele vai acordar sim, e agora! Onde é o quarto dele?

— Segunda porta, à direita. — Ele me indica o caminho com o dedo, e passo pelo seu ombro, indo atrás de quem procuro.

Bufo e, sem bater na porta marrom-escura, entro fazendo barulho, assustando tanto ele quanto uma coelhinha preta deitada em sua cama.

— Bom dia, *querido*, pode dar uma olhada no seu celular?

Caíque demora alguns segundos para focar a visão em mim, e, apesar da cara amassada, ele não parece surpreso, nem incomodado com a minha intromissão, o que me deixa com mais raiva. Ele está sem camisa, e parece estar nu por debaixo daquele cobertor fino. Um arrepio súbito passa pelo meu pescoço, e por alguns segundos perco completamente as papas da língua ao observar cada pedaço de seu peitoral.

— Bom dia para você também, Nica, e por que eu deveria mexer no meu celular?

— Tem uma notícia linda espalhada na internet que eu quero que você desminta! — Pressiono os lábios e espero ele se sentar na cama, coçando os olhos.

Caíque suspira e, percebendo que eu não ia mover um músculo enquanto não me obedecesse, ele estica o braço para a cabeceira da cama, pegando seu par de óculos redondos e o celular que estava carregando.

Perco um pouco a pose vendo-o tentar acordar, usando seus óculos de grau para enxergar a tela do celular. Às vezes esqueço que Caíque usa óculos, mas por causa dos shows, clipes, propagandas, ele usa lentes para não incomodar, ou se atrapalhar.

— E aí? Encontrou?

— Calma, nem sei o que você quer que eu procur... — Ele pausa a fala, engolindo a última palavra antes de finalizá-la. — Merda.

— É, Caíque, merda! — Ele vasculha o resto das fotos e deixa escapar uma risadinha, me fazendo estalar a língua no céu da boca irritada. — O quê?

— O povo é tão criativo... já fizeram *edits*⁷ da gente, acredita? Acharam até um vídeo do beijo.

— Ai, eu estou fodida...

Ele desvia o olhar agitado da tela brilhante, e foca totalmente em mim.

— E por quê?

— Você não sabe como é a minha tia.

— Ok, posso não saber, mas entendo, ela me dá um pouco de medo às vezes. Ainda bem que não é essa Bellini a minha chefe. – Caíque estagna o corpo, arregalando os olhos, percebendo a merda em que está enfiado. – Porra, mas o seu pai é...

— Ah, meu pai deve estar comemorando, só Deus sabe o quanto ele queria que isso – aponto para nós dois – acontecesse, mas vamos ter que cortar a brincadeirinha na raiz pra não ter mais problemas. Não quero ter meu nome associado ao seu.

E num passe de mágica, todo o lazer que se exalava de seus olhos morre, e sua boca se contorce, não gostando nada do que acabou de sair da minha.

— Nossa, eu sou alguém tão ruim assim pra *queridinha* do Rio?

Mordo o lábio, pressionando os olhos ao notar a besteira que falei.

— Não, quero dizer, não é isso, é só que...

— Não pensa que eu também não quero ter o meu com o seu, ok? Apenas nos negócio, e com o seu pai. Nem tudo é entregue nas suas mãos porque deseja, *princesa*, e nem todos querem te ter ao lado delas.

Ranjo o maxilar e fecho os punhos com o ódio fervendo as minhas narinas, me impedindo de sentir aquele cheiro delicioso de grama cortada.

— Então, ótimo! Você vai pegar seu celular, vai fazer um tweet dizendo que não estamos juntos, e assim eu só preciso ver esse teu rosto nas festas da gravadora ou compromisso de trabalho como solicitado, *pop star*.

Caíque pisca os olhos, fervorosos, por debaixo dos óculos.

— Ótimo, é o que vou fazer.

---

7 Gíria usada na internet e redes sociais que, em geral, se refere a edições de vídeos ou imagens como: montagens estilizadas, vídeos curtos com efeitos ou alterações feitas em fotos.

– Ótimo!

– Ótimo! Agora, pode sair do meu quarto, estou pelado por baixo do lençol e não estou a fim de receber uma mensagem de demissão do seu pai através de um e-mail por você ter visto as minhas partes íntimas, usando um baby-doll todo indecente.

Que homem petulante.

– Faz o tweet.

– Pode deixar, princesa... – Ele relaxa ainda mais na cama, esticando o braço para trás, encostando a cabeça na almofada de cabeceira. – Volte sempre.

Dou as costas bufando e escapo de seu quarto, batendo o pé de volta para o meu apartamento. Passo feito um furacão por Gilberto, que, percebendo meu humor, não arrisca dizer nada, nem um pio sequer.

Bato a porta do meu apartamento com sangue nos olhos, e o barulho ecoa pelo resto do corredor como de se esperar nessa acústica lixo. Minha irmã está rindo baixinho no balcão com Heitor, e me estende um pão fresquinho, pressionado na chapa e recheado de mortadela.

– Obrigada... – digo e me sento na cadeira da sua frente, respirando fundo depois de morder a língua.

– De nada, achei que ia precisar depois que voltasse. – Ela sorri, enchendo um copo com mais suco de laranja de Gilberto. – E como foi?

– Terrível, como ele pode ser tão, tão...

– Teimoso? É, ele me lembra um certo alguém – Heitor diz, e se acanha, recebendo tanto o meu olhar quanto o de Mafê.

– Tenho que começar a rever essa história de conhecer pessoas desde que são pequenas e elas me definirem sem eu pedir – resmungo, dando uma mordida no pão.

– Ignora ele, Nica. Então, como se sente sendo a it girl que conquistou o coração de um dos maiores pop stars do Brasil?

– Vou ignorar você também...

– Ah, Nica, qual foi? Me diz, ele beija bem?

Engasgo.

– Não vou responder isso, Maria Fernanda.

— Eu te conto tudo, por que não pode falar isso?

— Porque... — Tento pensar numa boa resposta, impossível, prefiro deixar a poeira passar pelas minhas costas com o vento. — Tenho que trabalhar, agora não dá. Mais tarde, a gente pode pedir um lanche, ou sair para comer fora, você decide, e te conto tudo.

Ela bate palminhas, animada.

— Podemos ir à Toca da Traíra? Estou a fim de comer aquele delicioso pintado na brasa.

— Minha boca até salivou agora pensando naquele creme de queijo, pode ser. — Reviro os olhos, mordendo o último pedaço do pão, e suspiro, tendo que encarar o que fiquei enrolando. — Bom, me desejem sorte, e por favor, evitem barulho alto.

— Não se preocupe, Nica, daqui a pouco eu vou treinar com os meninos, e minha irmã pediu para arrastar a Mafê para que elas jogassem vôlei de praia.

— Eba, estou louca para tomar um sol — resmunga ela, fazendo careta, e deixo os dois na sala, indo me esconder no quarto para ver o estrago no meu celular.

Assim que desbloqueio a tela, vejo que tenho mais de mil notificações no Instagram e Twitter, cem mensagens no meu grupo com Íris e Enzo, seis ligações perdidas do meu pai, uma da minha mãe e dez da minha tia.

Dez ligações da minha chefe.

Clico nos favoritos e toco no rostinho da minha tia Fátima. Ela atende em dois toques.

— *Bom dia, Verônica, como foi a noite?*

— Bom dia, tia Fátima, precisa de alguma coisa?

— *Preciso, sei que é seu dia de home office, mas poderia dar uma passada no escritório mais tarde? Temos que conversar.*

Balanço a perna nervosa e mordi a pele do canto da unha.

— Claro, sem problemas, que horas?

— *Às 17h, vou pedir para Gabriela te mandar um e-mail como lembrete.*

— Está bem, não vejo a hora.

– *Também mandei as alterações da peça sobre "estilo não ter rótulos", e preciso que ela volte para mim ainda hoje.*

– Hum-hum, pode deixar, ela vai estar no seu e-mail.

– *Perfeito, até mais tarde.*

– Até...

O barulhinho da ligação sendo cortada me faz soltar toda a respiração que estava prendendo, e não sei se ela vai ficar estável até essa reunião de mais tarde ter fim.

Capítulo dez

"Onde fui enfiar minha cabeça ontem à noite saindo com ele?"
Resposta | Skank

Caíque, segunda-feira, 24 de junho de 2024.

Estava tendo um sonho ótimo, que envolvia um jardim de jasmim, e o sol queimando minha pele, enquanto Kula corria pelo mato se divertindo, até ser acordado por um furacão chamado Verônica. Ou melhor, a pessoa que ocasionou o sonho maravilhoso que estava tendo.

Quase tive uma síncope a vendo estressada no meu quarto, usando um baby-doll azul-bebê de seda. Meu maior alívio foi quando a vi indo embora, batendo os pés firmes no chão, e com um olhar de quem quebraria qualquer um que ousasse passar pela sua frente.

Sorte minha que meu caminho já tinha passado pelo dela, pois acho que não aguentaria ter mais um dia inteiro com ela reclamando no meu ouvido sobre aquelas fotos sem querer agarrá-la apenas para sentir seu delicioso cheiro.

E por falar nelas, nessas malditas e inconvenientes fotos, nem tive tempo de desmentir tudo, já que Denis me ligou assim que Nica saiu do meu quarto, me chamando para ir almoçar com ele no Giuseppe. Não sou tonto de recusar uma boa comida italiana, com uma limonada fresquinha, e milk-shake logo depois, então é claro que aceitei.

A outra parte ruim que aconteceu desde que acordei é que passei a droga da manhã inteira com a melodia que me foi mostrada no sonho, desvendando sem sucesso como fazê-la dar certo no mundo real. Rasguei zilhões de papéis do caderno, me frustrei no piano e, quando a corda do violão arrebentou, minha paciência foi junto. Não tinha mais estruturas na minha cabeça para aguentar mais uma tentativa fracassada sequer.

Tomei um banho rápido na água quente e coloquei uma blusa branca, com uma camisa listrada azul-claro por cima. Passei um perfume novo que minha mãe comprou depois que Nica falou mal do que usei ontem, e combinei tudo com uma calça *baggy* jeans escura, um tênis branco da Gucci e minhas joias prateadas.

Gilberto tinha ido para a academia quando apareci na sala, e aproveitei para dar um beijinho na Kula antes de sair de casa. Tranquei tudo e fiquei parado por alguns segundos, em frente à porta de Verônica, cogitando apertar sua campainha para pedir desculpas pelo meu comportamento de hoje mais cedo.

Mas nada disso adiantaria, ela ainda seria a filha do meu chefe, e uma mulher que não conhece a palavra "obrigada", principalmente quando está com raiva. Ao menos as fotos que apareceram na internet foram as comigo, e não as dela vomitando.

Ingrata, *princesinha do caralho*, isso sim.

Bufo e vou em direção ao elevador para descer até a garagem. Entro no carro e a primeira coisa que escuto na rádio são os radialistas conversando sobre meu relacionamento não existente.

Puta merda, eu atirei pedra na cruz no passado, por acaso?

Conecto o celular, escolhendo "Boulevard of Broken Dreams" para estourar a caixa de som conforme sigo meu caminho até o Barra Shopping.

Coloco o boné grená do Fluminense que deixo no carro e ajeito os óculos de sol nos olhos, respirando fundo antes de sair. Sem necessidade de segurança, tomei a liberdade de dar mais um dia de folga pro Cláudio, e sigo direto para o restaurante, evitando chamar qualquer tipo de atenção para mim.

A entrada pequena está meio cheia graças à parte das sobremesas, e fico parado numa fila depois de ter achado fácil uma vaga para estacionar por alguns segundos antes de conseguir falar com a recepcionista.

– Oi, boa tarde, tenho uma reserva no nome de Denis Pacheco, acredito que ele já esteja aqui.

Ela olha para o iPad na sua frente e abre um sorriso.

– Sim, vou pedir para que um colega meu da recepção o acompanhe até a mesa.

Agradeço com a cabeça e um senhor me guia para a mesa de Denis, nos fundos do restaurante lotado. Consigo avistar meu produtor de longe, bebendo uma taça de vinho com o meu agente publicitário, João Carlos, e evito fazer alarde.

Denis arregala os olhos ao me ver, e se levanta para me dar um abraço.

– Fala aí, meu astro, a noite foi agitada, hein.

– Que nada, foi fichinha. – Tiro os óculos, esticando a mão para apertar a do meu agente. – Oi, João, como foram as férias com a família?

– Minhas filhas amaram a Disney, e agora vou ser obrigado a voltar todo ano graças à minha linda esposa.

– Senti uma ironia nas suas palavras, mas podemos conversar sobre isso depois de algumas taças de vinho. – Dou uma risadinha, sentando na cadeira larga azul-escura entre os dois homens.

– Olha, garoto, não sabíamos se ia demorar muito, então fomos pedindo umas coxinhas de caranguejo, uns croquetes de picanha que você gosta, e umas pipocas de camarão – diz Denis, remexendo sua taça de vinho de um lado ao outro.

– Nossa, vão esvaziar a cozinha do restaurante hoje? Não que eu esteja reclamando, eu amo comer, e você é quem vai pagar, mas quero entender o porquê fui convocado quando eu finalmente estava conseguindo escrever.

— Bom, Caíque, você sabe por quê – João argumenta, se esticando na poltrona.

— Nós vimos as suas artimanhas com a filha do Jorge, e caraca, sabia que buscava sucesso, mas não pensei que fosse almejar tanto para chegar neste ponto – diz Denis debochando.

Rio seco, coçando o cantinho da testa pensativo.

— Primeiro, você não faz ideia do tamanho das minhas ambições, Denis, e segundo, não é nada do que vocês pensam. Nos esbarramos na festa, ela estava bêbada, pensou que eu fosse outra pessoa, e acabamos nos beijando, infelizmente.

— Você parecia bem à vontade ao lado dela naquele seu podrão favorito – João Carlos comenta, rindo com Denis, e tenho que segurar meus olhos para não os revirar.

— Bem, fotos podem enganar.

— Ué, pensei que as fotos dissessem mais do que mil palavras.

— Não interessa, preciso insistir que não foi nada do que pensam? Nós dois não estamos juntos, e vou desmentir isso daqui a pouco.

— Mas por que faria uma besteira dessa, em vez de surfar na onda?

Franzo o cenho, encarando João Carlos, que mantém o rosto firme, acreditando em cada palavra que acabou de dizer.

— Os senhores desejam mais alguma coisa? – pergunta o garçom, trazendo as entradas, me impedindo de dizer o quão estúpida é essa ideia deles. Nem preciso examinar o cardápio para saber o que quero para relaxar.

— Por favor, me veja uma limonada e um espaguete *Mariana*.

— Claro, o senhor deseja a limonada agora, ou quando chegar o prato principal?

— Agora, por favor.

— Está bem, com licença.

O homem sai de perto, levando meu pedido para a cozinha, e João Carlos dá uma mordida no croquete de picanha, continuando seu pensamento de boca cheia.

— Pode falar o que quiser, mas foi uma jogada de mestre sua, se enrolar com a filha mais velha do Bellini.

— Não foi jogada nenhuma, nenhum dos dois sabiam um do outro.

Mentira, eu sabia *muito bem* quem era a pessoa do meu lado, não é à toa que preferi parar o beijo do que sustentar um que não deveria ter acontecido de forma alguma, principalmente com ela naquele estado.

— Ok, Caíque, vamos fingir que acreditamos em você, mas ainda não respondeu, por que vai desmentir as fotos? – pergunta João.

— Por três motivos, o primeiro é porque Verônica e eu não estamos juntos; segundo, porque ela me pediu; e terceiro, porque eu ainda quero manter meu lindo e maravilhoso emprego.

Me irrito, jogando umas pipocas de camarão na boca, e João Carlos arregala os olhos gargalhando.

— Nem por cima do meu cadáver. Você pisou numa mina de ouro com a mídia para seu próximo álbum, garoto. Precisa aproveitar isso!

— Verdade seja dita, intencional ou não, os jornalistas do ramo estão amando, e seus fãs principalmente. Bom, a maioria, algumas ainda estavam com a esperança de serem as primeiras namoradas que Caíque Alves assume para o mundo.

— Foda-se, nem assumi porra nenhuma.

— E nem negou, é nesse ponto que quero chegar, por isso queremos te propor algo.

Mordo o croquete, perdendo totalmente o sabor gostoso que ele tem, só de imaginar a besteira que eles vão jorrar de suas bocas.

— Não sei se gosto do rumo que esta conversa está tomando.

— Ah, meu garoto, você vai amar, confia em mim. – Denis bate nas minhas costas, quase me fazendo engasgar com a comida. – João, é com você.

Meu agente limpa a garganta com uma taça de vinho e ergue as mãos para arquitetar o plano.

— É óbvio que todos amaram seu novo status não confirmado, e devido a essa excelente repercussão que vai ser um mar de rosas para seu álbum, pensamos que você poderia fingir namorar a garota Bellini.

Eu me engasgo com a bebida, piscando os olhos com o nariz arranhando da limonada, e viro o rosto para os homens sentados na minha frente, confuso.

– Que porra de ideia maluca é essa?

– Pensa só, garoto, vai ser como num namoro falso, mas sem que a garota saiba, porque se não vai dar merda pra todos nós.

– E o que nosso chefe pensa disso? Falaram com ele? Não, né? Imagina se ele ia querer enfiar a porra da filha dele nisso – resmungo, limpando meu rosto sujo, e os dois se encaram, como se escondessem algo.

Denis dá de ombros, e cruza as mãos em cima da mesa, se achando o "Poderoso Chefão".

– Jorge também é outro que não precisa saber o que você está fazendo. Seu único papel é mostrar seu relacionamento para a mídia. Nós vamos contratar fotógrafos para seguir vocês dois, e precisamos que faça o seu papel.

– E qual seria?

– O de conquistá-la para o público, é óbvio – João Carlos afirma, dando de ombros como se eu fosse burro.

– Os dois fumaram um, só pode, para me dizer uma ideia esquisita dessas. Não acham que eles vão descobrir? E no fim, quem vai pagar o pato vai ser o otário aqui!

– Que descobrir, o que, garoto, se toca! – Denis ergue a taça para o garçom, pedindo mais vinho tinto, e, bufando, volta a atenção para mim. – O seu papel é o mais fácil, ainda mais para um garoto como você. Crie um romance que seus fãs vão transbordar de amores, mostre o quanto está apaixonado pela garota Bellini para a mídia e o resto se desenrola.

– Vocês realmente não conhecem a Verônica para achar que vai ser tão fácil assim enganar ela.

– Assim, meio caminho já foi percorrido quando você a beijou, agora só falta manter o teatro.

Esfrego as têmporas, cansado desta conversa, e me matando por dentro, por conseguir ver o sentido disso tudo, nem que seja pouquinho. No pior dos males, eu vou poder passar um período com ela, bem, se isso for pra frente.

– Ah, vamos lá, Caíque, não acha que consegue conquistá-la? Tá com medinho?

Ergo o olhar, mexendo nas unhas.

– O que disse, Denis?

– Isso que ouviu, estou começando a achar que não consegue fazer isso, tá um nível muito alto para o pequeno Caíque.

Passo a língua entre os dentes, rindo.

– Quer apostar?

– Claro que quero.

– Ok, quer decidir as regras?

Ele abre o sorriso mais maléfico que já vi dar na vida.

– Que tal um prazo? Você tem até a festa de cinquenta anos da gravadora para mostrar tanto para a mídia quanto para nós dois que a conquistou, e depois pode dispensá-la se quiser. Todos também vão gostar da história do pop star que namorou a filha do chefe e quebrou o seu coração no fim.

– E se eu conseguir? O que ganho com essa presepada toda?

– O que seu coração mais deseja: ser produtor de outros trabalhos, talvez, sei que tem potencial para isso. Então, se conseguir conquistá-la, as vagas que preciso preencher são suas.

Isso só pode ser brincadeira. Ele está me oferecendo de bandeja tudo o que mais sonhei para meu futuro. Aquilo que sempre dizia para minha mãe que conquistaria um dia, Denis está me oferecendo por um preço até que fácil de se pagar. Fingir um romance e conquistar Verônica.

Não posso negar que vai ser divertido brincar com ela no processo, aquela princesa merece ver que nem sempre pode ter o que quer. Será uma doce vingancinha pela forma como ela me trata até quando tento ajudá-la.

Estico o braço, aceitando a aposta.

– Beleza, eu topo essa maluquice.

João Carlos bate as mãos animado, e Denis sorri, mastigando sua carne banhada ao molho Dijon, selando o contrato ao apertar a minha mão. Ele chama o garçom e pede mais uma taça de vinho tinto, desta vez pra mim.

– Faça o público acreditar no seu romance e você terá tudo. – Ele me estende a taça extra que chega em sua mão, e ergue a sua para um brinde. – E quando acabar, pode voltar a ser o bom e velho Caíque pegador que a gente tanto conhece e adora.

Rio, confiante de que essa aposta e meu futuro seguro estão no papo.

– Conquiste falsamente a Bellini, conquiste o mundo.

– É assim que se fala, meu garoto! – concorda João, erguendo também a sua taça para o brinde.

Um alívio percorre meu corpo ao saber que o futuro que sempre quis pode estar mais perto do que nunca. Fresco, ao alcance dos meus dedos. Posso sentir o gosto da vitória e a certeza de que não vou ficar hipnotizado pela minha presa.

Não importa como vou fazer isso, mas agora conquistar Verônica virou minha prioridade, e vai ser tão fácil tirar esse truque da cartola, que fico até mais animado para encontrá-la novamente.

Eu vou provar que posso conquistar qualquer uma, até mesmo aquela que mais me ignora. Essa história está no papo, e não tem uma alma viva que me impeça de conquistá-la.

Capítulo onze

*"O plano é conquistar, e largar, a filha do meu chefe,
e não ser conquistado por ela"*
Tudo o Que Ela Gosta de Escutar | Charlie Brown Jr.

Verônica, segunda-feira, 24 de junho de 2024

Quando cheguei no prédio do Grupo Editorial Bellini, não tinha mais pele de unha de onde tirar. Entrei no elevador correndo antes que ele fechasse e virei um pouco o rosto, ouvindo uma risadinha às minhas costas.

Duas meninas cochichavam no ouvido uma da outra, seus olhares em mim, e passei a língua nos lábios, procurando encontrar forças para respirar fundo. As coisas não melhoraram quando cheguei no meu andar; pelo contrário, mesmo andando firme até a mesa de Íris, pude sentir os olhares e ouvir as fofocas rolando sobre meu suposto *caso*.

— Boa tarde, Nikinha, veio procurar lábios melhores para beijar? — Pedro Henrique se jogou na cadeira, rindo feito um garoto que acabou de se dar bem.

— Se eu quisesse beijar uma latrina igual aos seus, teria ficado em casa que a minha é mais limpa. Vê se me erra, P.H. – Caí no estresse, mas não deixei barato, e saí bufando atrás de Íris.

Minha melhor amiga está sentada à sua mesa, ouvindo música, e não se surpreende ao me ver.

— Veio enfrentar a Cruella? – pergunta ela, rindo, tirando os fones de ouvido.

— Odeio quando você a chama assim.

— Ué, amiga, eu amo sua família, mas você tem que admitir que a sua tia dá um medinho.

— Tá bem, você tem razão. – Rio baixinho, esfregando minhas têmporas, ainda sentindo as consequências da madrugada. – Será que ela vai comentar sobre as fotos?

— Com certeza, é para isso que ela te chamou para uma reunião. Se fosse qualquer outra besteirinha, ela resolveria por e-mail.

— Parando pra pensar, realmente. – Suspiro. – Você bem que poderia ter me impedido de sair com ele depois da festa.

Íris cruza os braços e passa a língua nos lábios como chicote, rindo.

— Eu mandei você ir especificamente para casa. Ninguém mandou você ser uma comilona depois de beber, isso é tudo na sua conta, queridinha.

— Acho que, como uma boa melhor amiga, você também não deveria ter me deixado sozinha e sem supervisão.

— Nica, você é adulta.

— É, e você me deixou sem supervisão! – reforcei.

Ela tira os fones de ouvido, dando uma risadinha seca ao olhar pro chão.

— Vou ser boazinha e não te dar uma lição de moral agora, já que daqui a pouco você vai ter que enfrentar a fera. E só pra te deixar avisada, ela *não* está de bom humor hoje.

— Legal, tô fodida.

— O linguajar, madame, estamos no trabalho. – Íris abre a boca, fingindo choque, e dou um tapinha em seu ombro, quando, de repente, seu sorriso some e ela morde o lábio, mexendo na caneta vermelha entre os dedos. – Tá, mas escuta o que estou te dizendo, ela vai arrumar alguma coisa, capaz até de te pedir para fazer uma matéria sobre cada suposto namorico que ele teve.

— Cruz-credo, e eu jamais aceitaria, isso é sem sentido. Não estou numa comédia romântica para cogitar escrever essa matéria, pra começo de conversa.

— Sei disso, mas tem que admitir que seria divertido.

— Você é maluca. — Rio, cruzando os braços ao me apoiar na mesa. — Minha tia não falaria para fazer isso, ela deve...

— Oi, Nica, pode me acompanhar? A senhora Bellini está te esperando na sala dela. — Gabriela, a assistente da minha chefe, aparece na nossa frente, me indicando o caminho a seguir com o braço.

Encaro desesperadamente Íris, que sussurra um "boa sorte", com os dedões levantados para mim, enquanto sigo Gabriela. A garota bate três vezes na porta e a abre, anunciando minha chegada após Fátima liberar a entrada.

— Verônica, senhora Bellini. — Ela abre espaço para que eu passe e, com um sorriso, indica a cadeira verde à frente da mesa da minha chefe, ou melhor, tia.

Fátima Bellini não me encara. Com seus óculos pequenos e quadrados, ela observa o livro da próxima edição da revista, marcando os erros com sua infame caneta vermelha.

Faço algumas caretas, batucando os pés no chão para tentar me distrair do nervosismo. E paro o que faço no instante em que minha tia ergue o dedo, chamando minha atenção.

Ela bufa ao notar a paz que se instaurou quando parei de fazer barulho e fica mais alguns minutos observando o livro. Então, fecha o caderno e aperta um botão no telefone da mesa.

— Gabriela, pode vir aqui e pegar o livro, por favor.

Não se passaram nem cinco segundos, e a garota entra na sala. Fátima estende o livro e tira os óculos, agradecendo à assistente com a cabeça. Ela então respira fundo e me encara séria.

— Que confusão que você se meteu, não é?

Neste ponto, meu corpo decidiu que não entraria mais nenhum ar nos meus pulmões, e se eu morresse ali, seria melhor do que ouvir o que ela estava prestes a dizer.

— Pode-se dizer que sim.

Ela esboça um leve sorriso no canto do rosto.

— Bem, quero que você se coloque no meu lugar e imagine a minha surpresa ao ver que o furo do ano veio da boca de um familiar meu e eu não fui a pessoa que publicou primeiro a notícia. Como ficaria?

Pressiono os lábios, engolindo a saliva.

— Furiosa.

— Exatamente. Perceba, não estou furiosa por você ter beijado ele, pelo contrário. Como tia, eu até gosto do rapaz, ele é gentil, competente e engraçado. Mesmo apesar da fama toda, parece ser alguém que vai te fazer feliz. Mas, como chefe, que acabou de perder uma das maiores notícias do mês, estou um pouco decepcionada.

Molho os lábios, procurando algo a dizer.

— Assim, em minha defesa, eu não sabia que estava beijando ele, muito menos que seríamos fotografados em uma festa lotada.

— Mas sabiam das consequências quando saíram para comer juntos depois, não?

— Tecnicamente, não...

— Pelo amor de Deus, Verônica, um lugar público, àquela hora da noite, ao lado de um dos maiores pop stars do Brasil... Você realmente achou que não seriam fotografados?

— Estava bêbada.

— Ah, você parecia bem sóbria naquelas fotos no podrão de Copacabana. — Ela cruza os braços, se jogando na cadeira. — A questão, minha filha, é que agora você cutucou um touro em mim, na verdade, no Brasil inteiro. Todos querem saber sobre você, sobre nosso império, nas roupas que usa, no seu perfume, onde faz as unhas, como corta o cabelo. Resumindo, o público está ansiando por vocês dois.

Bufo, relaxando o corpo exausto na poltrona.

— Me conte algo que não saiba, tia, fui de três mil seguidores para mais de cem mil no Instagram em apenas algumas horas.

— É o preço que se paga ao virar a garota do momento.

— Não pedi por isso...

— As pessoas não querem saber o que você pediu, elas que comandam a sua história. Ao menos, é o que elas gostam de pensar. — Minha chefe pega a caneta e a batuca levemente na mesa. — Se você quiser ser a editora-chefe um dia, vai ter que aprender isso: influenciar sua audiência a desejar o que você quer. Por isso, enquanto estava me acostumando com o fato de não ter tido o furo do ano desta vez, comecei a bolar uma forma de encontrar um ainda melhor.

— E o que precisa?

Ela morde a bochecha e inclina o corpo para a frente, como se estivesse prestes a me contar um segredo.

— Nica, você gostaria de ser a editora-adjunta do seu departamento?

Pisco os olhos, confusa, arrancando mais pele para puxar da unha recém-feita com os dedos.

— Desculpa, o quê?

— Por favor, você ouviu, não me obrigue a repetir.

— Sim, nossa, mas é claro que sim...

— Está bem. E não quero que pense que estou te considerando para o cargo por ser minha sobrinha, mas sim porque é competente. Não vou negar que, do seu departamento, você é a que mais trabalha e se dedica para alcançar o topo. Afinal, a maçã não cai longe da árvore.

— Meu Deus, muito obrigada, nem acredito que todo meu esforço vai valer a pe...

— Mas eu não te dei o cargo ainda.

Pauso a felicidade por alguns segundos e franzo o cenho a encarando novamente.

— Eu pensei que...

— Ainda tenho um último teste para você.

— Um teste?

— Sim, uma matéria de capa imperdível, ainda mais sabendo que você não suporta o seu queridíssimo vizinho, que por acaso é o pop star mais amado do Brasil.

Minha respiração acelera. Tão pouco... a vaga está tão perto dos meus dedos. Qualquer coisa, neste momento eu aceito fazer o que for necessário para agarrá-la bem apertado e não soltar por nada.

— E qual seria?

Fátima ri baixinho e ergue e ergueu o queixo, confiante.

— A história de como você, minha sobrinha, e jornalista brilhante, quebrou o coração de um pop star cafajeste.

Meu rosto muda de expressão, como se tivesse bebido uma limonada extremamente azeda, e uma risada sem graça vai crescendo na minha boca.

— Você está brincando, não é?

— Por que estaria? — Ela tomba a cabeça para o lado, dando de ombros.

— Por que... Tia, qual é? Isso é loucura, e além do mais, é o Caíque, você mesma disse, um cafajeste, como vou fazer isso?

— Aí já não é problema meu, Verônica, você é uma excelente jornalista, vai saber fazer sua pesquisa e trazer uma matéria incrível.

— E se eu não aceitar?

— Bom, aí é uma pena que não vou poder ver seu trabalho como editora-adjunta por agora. — Ela relaxa o corpo na cadeira, percebendo que, de qualquer jeito, me tem nas mãos.

— Posso pensar?

— Você tem um minuto...

Puta que pariu.

Ok, vamos pensar com calma: se eu não aceitar, volto para o meu trabalho do dia a dia, sem nunca ter me desafiado a nada e sem perspectiva de crescer aqui por muitos anos. Mas, se eu aceitar, posso ganhar o cargo que estou me matando para conquistar e, de quebra, ter uma pequena vingancinha adolescente que considero ser minha por direito.

Pensando bem, nada de ruim pode sair disso. Um combinado, que não vai sair nada caro, igual aos filmes.

Respiro fundo, molhando os lábios, e ergo o queixo para encará-la.

— Para quando seria a peça?

— Hum, como estou me sentindo generosa hoje, vou te dar um prazo grande para conseguir dar o seu melhor. Que tal me entregar no dia seguinte à festa de cinquenta anos da gravadora?

— Daqui a duas semanas?

— Exatamente, rápido e fácil, criado perfeitamente para uma garota do seu calibre e esperteza. Então, temos um trato?

Pela primeira vez, depois de muito tempo, sinto cada fibra em mim confiante, disposta a fazer cada segundo dessa matéria valer a pena, desafiada, e meu futuro começa pra valer aqui dentro, como sempre planejei.

— Sim, fechado. — Estico a mão com um sorriso no canto do rosto, e minha chefe aperta, orgulhosa do rumo que a conversa tomou.

— Não esperava menos de você, minha garota. Afinal, você é uma Bellini. Uma onça em crescimento, com sangue nos olhos para agarrar as oportunidades da vida. — Ela me solta, pegando sua garrafa térmica verde-limão. — Agora se manda do meu escritório, você tem uma matéria de capa para pensar.

— Obrigada pela oportunidade, prometo que não vou decepcioná-la.

Eu me levanto rápido da cadeira e, antes que pudesse sair, ela me chama novamente, dando um aviso.

— Não faça promessas que não possa cumprir, minha filha. Grave bem isto.

Movo a cabeça, concordando, e escapo da sua sala. A adrenalina de ter finalmente algo que desejo na ponta dos meus dedos me atinge, formigando cada parte sensível do meu corpo.

Avisto Íris me esperando em sua mesa para ir embora, com um pedaço de alcaçuz na boca. Ela nota minha presença e se levanta, agarrando sua bolsa preta da Ralph Lauren.

— E aí, a Cruella bateu muito na sua cabeça?

— Não, pelo contrário, a conversa foi melhor do que eu esperava.

— Explica direitinho isso aí... – Íris arregala os olhos, me cutucando com o ombro animada, conforme vamos andando para o elevador.

— Bem, para começar, acho que vou precisar da sua ajuda nos bastidores.

— Ui, adoro! Vou convocar o Enzo e podemos sair para jantar e discutir sobre o que vamos fazer.

— Já tinha combinado de jantar com a Mafê, mas acho que ela não vai se importar em ter comida boa e a fofoca completa.

— Perfeito! Os comentários dela vão ser essenciais pra decifrar o que está passando aí na sua cabeça. Mas... preciso que me diga o que está planejando, chefinha?

Encarei-a pelo canto dos olhos, rindo, com o veneno escapando pelos meus lábios, pronta para atacar minha amarga presa que vive a alguns passos de mim.

Ignoro os olhares e os sussurros das pessoas que ainda estão no andar da revista, tendo foco que nada vai me atingir mais, pois tenho uma missão muito mais importante. Ela envolve meu futuro e um garoto que vai ser um prazer dar o troco por ter ferido meu ego quando estive mais vulnerável.

Caíque não sabe o que o espera, e essa é a *melhor parte*.

— Preciso urgentemente descobrir como quebrar o coração de um pop star, Íris, e não posso nem sonhar em falhar.

Capítulo doze

"Não acredito que, pela primeira vez desde que conheci Caíque, estou verdadeiramente animada para esbarrar com ele pelo corredor"

Devagarinho | Gilsons feat. Mariana Volker

Caíque, terça-feira, dia 25 de junho de 2024

— Já pensou em como vai fazer esse teu plano dar certo? – questiona Gil, sentado no banco da ilha, devorando seu mingau de aveia com frutas.

— Se eu soubesse, não teria passado a noite, basicamente em claro, pensando nisso. – Balanço a cabeça, derrotado, e como o último pedaço da omelete do meu prato, suspirando. – É que não deveria ser difícil para mim, sabe, conquistar alguém.

— Ok, mas aí que está o pulo do gato, meu amigo, desta vez você não está conquistando por apenas uma noite. Deve pensar nela como uma joia cara, que você lutou para buscar, faça-a se sentir única.

— Não sei como fazer isso, é a Verônica, pelo amor de Deus.

— Claro que sabe, todas as suas horas assistindo a comédias românticas com a sua mãe durante a *Sessão da Tarde* vão finalmente compensar. E não pense que não notei sua nova obsessão com aquela autora italiana.

— Não toque no nome dela, ainda estou ressentido por ter acabado *A Noiva* em dois dias.

Bebo os últimos goles do suco e me levanto do banco, indo até a pia para molhar o prato antes de colocá-lo na máquina.

Gil revira os olhos.

— Tá, tanto faz, vou bater na mesma tecla de mais cedo. Com tantos filmes, livros e músicas de romance que você já viu, não consegue arrumar nada para se inspirar e começar com o plano?

— A Sara pensou em alguma coisa?

— Amigo, não é só porque a Sara organiza casamentos que ela sabe ser romântica, principalmente do jeito que você precisa, pelo amor de Deus.

— É, você tem um excelente ponto. — Seco as mãos, debruçando o corpo no mármore. — Mas foi o que vocês dois comentaram, não vou poder ir a lugar nenhum sem antes pedir desculpas para ela.

— Isso aí, garotão! Mostre que quer a atenção dela para você, tente nutrir algo mais natural.

— Enquanto eu finjo?

— Exato. Agora vai descendo para a academia que já te encontro, nosso personal já deve ter chegado. Vou terminar de tomar café, e deixar a "mise en place"[8] do almoço pronta antes de descer.

Respiro fundo e abro o armário para pegar uma garrafa. Encho-a de água e passo no castelo da Kula para fazer um carinho em suas bochechas fofas procurando uma resposta.

— A gente consegue, não é, pequena? – pergunto, mesmo sabendo que ela não tem como me dizer o que pensa.

— Caíque, a hora...

— Tá bem, chatão, você tá pior que minha mãe.

---

8 Termo francês muito usado na gastronomia, e não possui tradução, porque expressa um conceito. Refere-se à preparação e organização dos ingredientes e utensílios antes de começar a cozinhar.

– Tem que malhar se quiser deixar a Verônica maluca com seu abdômen. – Ele dá uma risadinha e ergo o dedo do meio na sua direção, fazendo-o gargalhar, engasgando com a aveia.

Coloco a mão na maçaneta para abrir a porta e, para minha surpresa, encontro a pessoa que mais precisava ver.

Verônica está linda, ela é uma mulher linda, isso devo admitir. Seus grandes e afiados olhos castanhos me encaram e, pela primeira vez, ela parece contente em me ver. Que ironia do destino me permitir começar o desafio antes mesmo de eu pensar em algo mais elaborado, tudo orquestrado para que a tentação me pegasse antes que eu pudesse.

Bom, vou ter que usar todo o charme que o cara lá de cima me concedeu para começar esse enlace.

– Oi.

– Oi – responde ela, ajeitando a bolsa marrom no ombro.

– Vai pegar o elevador?

– Sim, tenho uma sessão de fotos hoje para a revista, preciso chegar cedo no prédio.

– Ah, veja só quem é importante...

Ela ri, e essa é a minha primeira vitória.

– Que nada, seria se fosse a editora-adjunta do meu departamento, mas sou apenas uma jornalista.

– Não, é *a* jornalista.

Verônica esconde o sorriso, mordendo o lábio inferior, e sinto uma coceira esquisita percorrendo meu corpo novamente. Pigarreio, indicando o caminho com a cabeça, e ela agradece, indo do meu lado.

– Bom, alguém tão relevante como a senhorita aceita a companhia de um mero cantor até o elevador?

Ela não responde, não foi necessário, apenas concordou com a cabeça, arregalando os olhos, e continua andando ao meu lado. Ficamos em silêncio por alguns segundos, apenas nos encarando de canto de olho, sem graça até pararmos em frente ao nosso destino. Chamo o elevador e, como num passe de mágica, as palavras saem de nossas bocas unissonamente.

– Verônica...

– Caíque...

Seus lábios se contorcem num sorriso fraco, e minha boca acompanha, rindo baixinho da sincronia nada programada. Ela tira alguns fios do cabelo loiro do rosto, prendendo-os atrás da orelha, e meus pulmões parecem perder o ar involuntariamente com a leve brisa de jasmim que faz.

– Por favor, vá em frente – peço quase num sussurro, e ela agradece entrando.

– Me desculpa por ontem, eu fui insensível, e nem eram nove horas da manhã – diz acanhada, trocando o peso dos pés. – Apesar de ainda não gostar muito de você, não deveria ter te tratado daquela forma tão infeliz.

– Acho que às vezes passamos um pouco do limite um com o outro, não é?

– Sim... – Ela dá uma risada fraca, encarando o chão. – Mas você também merece às vezes.

– Pensei que estávamos em um momento de pedir desculpas pelos nossos comportamentos e sermos perdoados.

– Engraçado, eu ainda não ouvi um pedido de desculpas vindo de você.

– Desculpa por ter te ajudado, dado comida e não ter pedido nada em troca. Por sinal, e aquele terceiro beijo, ainda pode rolar?

– Caíque... – Ela cruza os braços, passando a língua nos dentes.

– Ok. – Reviro os olhos, deixando o orgulho de lado por alguns segundos. – Me desculpa também, eu sei que você não é mimada, só gosto de implicar com você. É divertido ver suas bochechas coradas de tanta fúria.

– Posso dizer o mesmo – comenta, se soltando.

Novamente, entramos naquele estado de silêncio, mas desta vez não é desconfortável. É de certa forma agradável ficar ali perto dela. E, puta que pariu, hoje ela parece estar banhada naquele perfume de jasmim miserável de tanto que minha pele formiga, desejando estar com as narinas presas em seu pescoço igual a um vampiro psicopata.

O elevador para no meu andar, e fico estagnado no lugar, até que meu cérebro me obriga a fazer algo com o meu corpo.

— Bom, é melhor eu ir, aqueles pesos não vão se pegar sozinhos, e aquelas modelos não vão ser ninguém sem as suas ordens.

Mas que porra acabou de sair da minha boca? Essa foi a melhor coisa que consegui pensar nesses poucos segundos de liberdade? Meu Deus, quero nem olhar para a cara dela depois desse desastre. Saio sem encará-la, quando escuto sua risadinha, a mesma que me deixou encantado um dia, quebrando todas as minhas estruturas ou muralhas que tento com todo afinco manter em pé.

— Sim, não pode deixar que esses músculos fiquem ruins para os negócios.

Tanto a sua voz quanto seu sorriso vão sumindo conforme as portas de metal do elevador vão se fechando, e, como um louco desesperado, eu coloco a mão no meio, impedindo sua despedida. Verônica dá um pulinho assustado e fico parado no meio das portas, com a respiração um pouco acelerada, tentando arrumar uma desculpa para o motivo de estar evitando que ela vá embora.

— Sei que pode parecer meio doido, e você pode negar, mas o que acha de sairmos para um encontro? Um de verdade, dessa vez.

— E por que eu deveria aceitar? — Ela passa a língua entre os dentes de novo, com delicadeza.

— Porque, caso recuse o pedido, não faz ideia do que sou capaz de fazer para conseguir um "sim" de *você*.

— Aí você está me fazendo ficar lisonjeada.

— Poxa, descobriu minha intenção. — Inclino a cabeça para o lado, mordendo o lábio inferior, e ela se entrega, dando um sorriso bobo e, ao mesmo tempo, confiante de que vai me dizer não. — Vai, sei que quer dizer sim.

— Você tá muito confiante para alguém que acabou de ter um beijo recusado.

— Não é só do beijo que me lembro daquela noite, e você sabe.

E pela segunda vez, faço Verônica suspirar, enquanto cora as bochechas pensativa, quase entregue às minhas palavras. Ela molha os lábios, coçando o punho onde está sua pulseira dourada, e passa a língua nos dentes dizendo:

– Bem, então acho que vou precisar ver até onde você vai para conseguir um "sim" meu. Tenho uma paciência de tartaruga, vou esperar para ter a certeza de que vai valer a pena o meu tempo.

– Tá bem, princesa, espere e verá. – Solto as portas, dando um tchauzinho, e ela se recosta toda molenga na parede, retribuindo o gesto.

Coloco os fones no ouvido e, depois de dar play na minha lista de músicas, "Quero te Encontrar" invade minha cabeça, me fazendo dançar sozinho por ter avançado uma casa neste jogo de tabuleiro maluco que entrei.

Agora só me resta pensar no próximo passo, não deixando nenhuma migalha de desculpa para que ela recuse meu pedido desesperado.

Capítulo treze

"Acho que o Ben estava certo quando disse que vender diamantes exige o mesmo talento para fazer uma mulher se apaixonar. É difícil pra cacete"
Quando o Sol Se For | Detonautas

Verônica, terça-feira, 25 de junho de 2024

Acordei animada pela primeira vez para encontrar Caíque. Fiquei horas no restaurante com Íris, Enzo, minha irmã, e até mesmo Heitor pensando em como poderia fazer minha matéria dar certo e ser entregue na mesa da minha tia em duas semanas.

Bolamos um plano rápido, e tecnicamente indolor, para que tudo dê certo. Fechamos em cinco etapas:

1. Ser boazinha, mas **nem** tanto;
2. Mostrar que está disposta a **conhecê-lo** melhor;
3. Ir a no mínimo **três** encontros **(caso ele proponha)**;
4. Conquistá-lo com meu **carisma** e **beleza (questionável para Mafê)**;
5. **Quebrar seu coração** logo depois da festa, já que ele não é lá essas coisas.

Coloquei uma camiseta cropped de manga curta rosa-bebê, com pequenas pedrarias, combinando com uma saia de seda preta, e uns sapatos pretos de balé da Miu Miu, pronta para o abate no meu vizinho.

O primeiro passo foi, infelizmente, pedir desculpas pelo que disse da última vez que o vi. Com Caíque, as coisas podem se tornar simples se conseguir inflar seu ego. Mas não pude fazer isso logo de cara, ele iria perceber que tem alguma coisa estranha, estragando tudo o que planejo em um único movimento em falso.

Ele não é burro, preciso destilar o ódio aos poucos, sutilmente, ainda trocando as farpas que tanto insistimos em manter, até que sua mente, e acima de tudo, seu coração, passeassem tranquilamente na minha mão.

E não foi por acaso que nos encontramos no corredor hoje de manhã.

– Você fez o quê? – Íris ri, sentada na minha frente em uma das mesas da copa do prédio da revista.

Como hoje não queríamos sair para comer graças à chuvinha que se iniciou na cidade, pedimos comida no iFood, e agora estamos aproveitando a copa totalmente "reservada" para nós duas.

– Isso mesmo que ouviu, fiquei igual a uma psicopata parada na porta, vigiando o apartamento dele pelo olho mágico até que ele resolvesse sair.

– Como obrigar um homem a falar com você, aula um. – Íris finge anotar o que disse de boca cheia no ar, e reviro os olhos rindo.

– Vou usar essa sua frase no artigo.

– Por favor, se continuar inventando moda, vou ter conteúdo para te provocar até 2030.

– Engraçadinha, só fiz o que combinamos, não posso demorar, meu prazo é curto, e preciso adiantar muitas coisas. – Misturo a salada com o molho à piemontese, e dou uma garfada nas batatas fritas, levando à boca. – Pedi desculpas, e ele aceitou, não é à toa que me convidou para sair.

– E você aceitou?

– Claro que não, vou me fazer de difícil como planejado, ao menos nos primeiros dois dias. Li uma matéria sobre o Caíque uma vez...

– Ah, você leu uma matéria sobre ele...

— Shh, foco! Resumindo, ele disse na entrevista que odiava filmes de terror, são o grande pavor dele.

— E você ama filmes de terror.

— Exato. — Faço biquinho, beijando meu ombro.

— Nossa, juro, se você fizer esse menino assistir a um filme de terror por sua causa... Pode-se considerar a grande vencedora do Prêmio Editora-Adjunta, porque a vaga vai ser sua.

— Obrigada, pensar em formas de torturar ele é fácil, conquistá-lo com palavras ou até, pausa pro vômito, ações, são outros quinhentos.

— Se tem alguém boa com todas elas é você, e sei que não é tão fanática por comédias românticas como a Mafê, mas pelo amor, Nica, alguma coisa delas você consegue colocar em prática. — Ela morde o temaki de salmão, pressionando os olhos.

— Calma, eu já estou colocando algumas cartas na manga, não se preocupe, meu futuro está no papo.

— Acredito totalmente no seu potencial, amiga, mas também sou daquelas que precisa gostar do processo. Do que adianta fazer tudo isso, se você não puder... Se divertir um pouquinho.

Molho a garganta com a Coca-Cola, e franzo o cenho, tentando calcular o que ela disse no meu cérebro.

— Você não pode estar sugerindo qu...

— Assim, eu ouvi dizer que ele é bem-dotado, sabe?

— Íris.

— O tanquinho a gente viu na última propaganda da Calvin Klein que ele fez, e nossa...

— Íris.

— Que sabor foi, até coloquei umas músicas dele na minha playlist depois daquilo.

— Sua traíra, já quer o homem que estou tentando usar?

— Com todo respeito, amiga, eu acho ele um gostoso, mas é todo seu. E volto a bater na mesma tecla, vai perder muito se não aproveitar esta oportunidade que a vida te deu de ser bem fodida.

— Tecnicamente, minha chefe me deu. — Limpo a garganta, bebendo um pouco mais do refrigerante. — E segundo, quero apenas cumprir com o trabalho. Conquistá-lo, quebrá-lo e ter o mundo aos meus pés, este é o meu lema para os próximos dias.

Ela estende o copo de suco de melancia, dando uma piscadinha.

— Um brinde a isso, irmã. — Junto meu copo ao seu, e bebo o pouco do líquido que me resta. Íris dá de ombros, abrindo um sorrisinho sacana. — Mas não seria de todo ruim se você aprovei...

— Não vou discutir mais sobre isso, trabalho é trabalho.

— Nossa, você é muito chata! — Ela me dá um empurrão no ombro, fingindo estar chateada, e deixo de encará-la, levando o humor pra baixo comigo. — O que houve? Qual foi a cara de bunda?

Rio sem graça.

— Nada, é que... E se ele não se apaixonar o suficiente para ter o coração partido? Meu artigo não vai fazer sentido se isso não acontecer.

— Bom, se você olhar para ele da mesma forma que olha para uma torta de limão, acredite, o coração dele vai estar no papo.

— Jesus, Íris, como você pode ser tão insu...

— Meninas! — Olívia aparece na porta da copa sem ar. Seu peito sobe e desce rápido, como se tivesse acontecido um acidente terrível e ela estivesse vindo nos contar.

Avistamos algumas pessoas andando apressadas para a direção de onde ela veio, cobrindo as bocas ao contar uma fofoca, risonhas por causa de alguma coisa. Mas antes que pudéssemos perguntar qualquer coisa à Olívia, ela abre a boca, procurando respirar fundo.

— Verônica, Íris, vocês duas precisam ver o que chegou, o escritório tá uma loucura.

Nos encaramos sem entender e nos levantamos da mesa apressadas, jogando fora nossos lixos. Seguimos Olívia para o centro da revista. Ela nos leva até a parte onde fica o meu departamento, e um enxame de pessoas está em nossa frente, nos atrapalhando de ver o motivo pelo qual elas tanto suspiram.

Vou pedindo licença, passando por cada uma que me encara abismada, até eu mesma perder o fôlego, estagnada no lugar com a decoração que encontro. Pois, do nada, o caminho até minha mesa está recheado com as minhas flores favoritas. Pelo trajeto que as flores fazem, é impossível não perceber para quem elas estão destinadas. Consigo ver onde os últimos buquês estão, e aquela mesa está uma bagunça desde que cheguei hoje de manhã.

Hortênsias de diferentes cores e tamanhos vão me acompanhando ao andar, e Íris vai atrás de mim, com o celular erguido, filmando toda a minha reação. Não é só ela que tem os olhos e celular me focando, várias mulheres e homens do escritório estão me observando conforme vou tocando nas flores, cochichando coisas boas, ou até mesmo terríveis de se escutar.

Pouco me importava, se essas flores estão aqui, significa que o meu plano provavelmente está em um bom trânsito. Pois apesar do meu pai ser um homem que me ama muito, isso não tem cara dele, pelo contrário, sei exatamente de quem elas vieram, e a única coisa que encontro dentro de mim é surpresa.

Uns filmam com seus celulares, outros tiram fotos, e consigo ver a inveja transbordando em algumas bocas, além de lágrimas de animação ao ver um romance sendo criado bem em suas frentes.

Parei à minha mesa, onde encontro mais cinco buquês de hortênsias azuis, e me jogo sem reação na cadeira, com um sorriso ridículo no rosto ao notar o pequeno cartão rosa em cima do teclado do computador.

Pego o envelope e o abro o mais devagar que meus dedos permitiam, sem espanto nenhum com as palavras que encontro, mas forçando a minha mente a lembrar que um gesto como esse não vai mudar meu foco.

Tudo ainda vai ter fim da forma como imaginei.

— E aí, Niquita, quem foi que te mandou tudo isso? O Don Juan pelo visto tá pra jogo — Pedro Henrique pergunta, se inclinando na mesa do meu lado, comendo uma colherada de seu iogurte.

Reviro os olhos e forço um sorriso largo olhando para as pessoas esperando algo ao meu redor, suspirando.

— Foi o Caíque...

E neste instante, todos, mas principalmente as mulheres à minha volta, que estavam interessadas em fofocar sobre o meu presente se aproximam, enquanto eu fico pensando como esse tonto sabia qual era a minha mesa. É claro que ele poderia ter pedido simplesmente para os entregadores perguntarem na entrada, mas seria interessante saber que ele pesquisou sobre mim meticulosamente.

— E o que está escrito no cartão? — pergunta Íris, ainda me filmando, gostando de poder usar a gravação como bem entender para um provável futuro furo inédito da revista.

— É, conta pra gente o que ele escreveu! — uma estagiária do design pede, incentivada pelas outras.

Rio baixinho, limpando a garganta para falar as baboseiras dele em alto e bom tom.

— Você, Verônica, é mais magnífica do que cem hortênsias. E mesmo se elas estivessem espalhadas pelo lugar mais belo, nenhuma iria se comparar com a luz que se espalha no meu dia quando os meus olhos encontram os seus.

— O cara tem lábia.

Íris comenta risonha, enquanto escuto suspiros, ou gritinhos de comemoração, e mulheres arfando por um mero gesto romântico de um homem nada comum.

— Espero que toda essa bagunça esteja valendo a pena, já que ninguém parece querer trabalhar. — Nossa chefe, minha tia, aparece arranhando a garganta para chamar a atenção. E com apenas a sua presença, o grupo que me rodeava some. Ela cruza os braços com o queixo empinado, e cutuca minha melhor amiga no ombro. — Íris, espero que tenha filmado e postado na página da revista.

— Muito à frente de você, Fátima. Estava com o dedo no "postar", apenas esperando saber o que Caíque escreveu.

— Valeu, melhor amiga traíra — bufo.

— De nada, você tem um trabalho para fazer, e eu também. — Íris me dá língua, finalizando a publicação antes que a GF vaze primeiro, nunca se sabe como e onde essa pessoa está pelas informações exclusivas, e nossa chefe não vai querer perder mais um furo que estava bem debaixo do seu nariz.

Minha tia cruza os braços, analisando a cena inteira que Caíque formou. Ela mexe nas flores, se abaixando para cheirar uma delas, e então sussurra para que apenas eu a ouça.

— Muito bem, Verônica, se continuar assim, vai conseguir a vaga em dois tempos. — Ela levanta o corpo, pegando um dos buquês da mesa. — Acho que o Caíque não vai se importar se você ficar com algumas flores a menos.

— Não, fique à vontade, vou levar umas para mamãe também – digo, tirando o cabelo que cai do rosto ao rir.

Minha chefe mostra um sorriso e vejo em seu olhar o quanto está contente com o meu desempenho inicial. Íris espera que ela volte para sua sala e murmura, se apoiando na minha mesa.

— Então, sobre aquele encontro que ele te chamou...

— Vou ter que aceitar, não é?

Não foi preciso uma resposta, ficou óbvio qual seria o meu próximo passo, e se Caíque quer jogar este jogo, posso mostrar que quando quero de verdade, sei vencê-lo.

— Ah, mas posso responder ele mais tarde, vou adorar torturá-lo mais um pouco.

— Ui, você é má – Íris comenta, fingindo me queimar com o dedo, e dou de ombros, girando na cadeira feliz por tudo estar se encaixando como deve ser.

— Apenas com os meus brinquedos favoritos, amiga, e Caíque vai ser o melhor deles.

Capítulo quatorze

"Acho que chegou a hora de, infelizmente, ter que sair pra valer com o meu pop star cafajeste"
Me Namora | Natiruts Feat. Edu Ribeiro

Caíque, quarta-feira, 26 de junho de 2024

Verônica realmente escolheu a terça-feira inteira para me torturar. Desde que tive a confirmação da floricultura de que as flores tinham sido entregues, passei o dia inteiro de ontem encarando o celular como se ele fosse explodir a qualquer momento. Não é à toa que o instante mais agoniante do meu dia foi quando estava chegando em casa da gravadora e a bateria do meu celular acabou sem ter nenhuma notícia dela.

É claro que pensei que, nesses singelos segundos até a minha casa, eu fosse receber uma mensagem. Era certo que ela não me deixaria tanto tempo esperando por uma resposta, ou qualquer sinal que seja. O elevador do prédio demorou uma vida para chegar, e, quando saí abrindo a porta do apartamento às pressas depois de parar no meu andar, procurei meu carregador, parecendo um drogado.

"A garota não vai escapar se você demorar alguns minutos para responder", Gilberto disse ontem, sentado no sofá, decidindo qual vídeo ele aprovava ou não para o editor, ao decidir seus conteúdos da semana nas redes sociais.

Mostrei o dedo para ele ao ir para o meu quarto, e nem tive a chance de ignorar Verônica de volta, pois, mesmo após o celular reanimar, eu ainda estava sem resposta.

Pensei que tomar um banho quente, jantar e me sentar para finalizar a composição que comecei ontem, graças ao sonho, fosse ajudar, mas não, só piorou tudo. Porque cada melodia, fosse ela rápida ou mais lenta, me fazia lembrar que eu estava sendo ignorado e não conseguia mais aguentar.

Eu nunca tive tanto desprezo vindo de alguém, e a vontade de ganhar a aposta feita aumentou como um furacão no meu peito. Foi o que meu chefe – pai de Nica – comentou na última vez que nos vimos: às vezes, não é ruim ter uma inspiração. E, puta merda, até que rendeu uma boa música, com batidas rápidas e bateria envolvente no estilo dos anos 1990, por pura raiva em ser ignorado.

Deitei na cama contente na noite anterior porque sabia que estava no caminho certo. Verônica estava me ignorando para me provocar, e eu iria deixá-la acreditar que estava ficando doido com isso. Ou talvez, eu estivesse mesmo.

A noite passou, e com ela a minha irritação, trazendo uma ideia que considero, de certa forma, brilhante. Já que a melhor solução que minha mente pensou foi falar sobre ela, e nossa relação completamente inexistente, em um dos maiores podcasts do Brasil nesta quarta-feira apenas para chamar sua atenção.

Verônica quis cutucar a onça com vara curta, e agora vai receber o mesmo tratamento.

Cheguei no estúdio nesta manhã onde aconteceria a gravação do podcast de cabeça erguida, e todo sorridente, sabendo exatamente o que iria fazer quanto ao plano, além de ter as respostas para as perguntas pré-aprovadas por João Carlos na ponta da língua. E não foi muito difícil convencer os dois apresentadores a falarem sobre Verônica, afinal, é o que todos querem saber no momento. Eu, inclusive, estou curioso para instigar e investigar cada vez mais.

— Mano, um passarinho me contou que, além de estar vindo um álbum novo, nosso Caíque também está com o coração laçado.

— Sei bem qual foi teu passarinho, Fabrício, e não vou cair nessa. Posso confirmar que sim, essa última turnê no Brasil e na Europa me deixou levemente inspirado para produzir para mim mesmo e para os meus fãs, que já estão me pedindo por mais.

— Então vai me dizer que tu não parou nem um segundo para namorar um pouco? Ah, logo você?

— Em termos, Joel, às vezes também precisamos de um descanso na cabeça quando um refrão não encaixa ou um acorde sai fora do tom.

— Está afirmando ou negando seu envolvimento com a filha do chefe? — Joel pergunta, instigando um sorriso no canto dos meus lábios.

Aproximo minha boca do microfone e sussurro:

— O nome dela é Verônica, e é como as pessoas dizem, uma foto vale mais do que mil palavras. No meu caso, tenho bem mais do que uma para negar qualquer coisa.

— Eita, garoto, e como foi que tudo isso começou? Pode nos dar uma palhinha?

— Simples, ela é inteligente, bonita e me desprezou desde o primeiro dia em que nos vimos, então, obviamente, é o meu tipo. — Faço os dois gargalharem e me encosto relaxado na poltrona, ajeitando o microfone à minha frente. — Não digo que foi fácil, inclusive, ela está me ignorando neste exato momento. Tudo isso porque quis ser romântico e mandar flores para o trabalho dela.

— Nós vimos isso, cem flores para uma única mulher... — exclama Joel. — Tá colocando o patamar lá no alto, assim fica complicado para nós, meros mortais. Se as mulheres antes já faziam fila para você, quem dirá agora, a Verônica Bellini tem que cuidar do que é dela por direito.

— Afinal, Joel, cuidar dos negócios da família é importante — brinco, e os dois homens riram junto da minha piadinha de mau gosto.

— Você comentou que ela está te ignorando? Ah, não, isso não pode ficar assim. — Fabrício se aproxima do microfone e vira o rosto para a câmera que grava a nossa interação em sua live. — Veroniquinha, por favor, para de ignorar meu amigo. Poxa, olha a cara do coitado de quem não dormiu esperando uma mensagem sua.

— Ele não está mentindo, Nica. — Entro na pilha, rindo baixinho ao chamá-la pelo apelido fazendo biquinho de coitado.

— Pode-se dizer que ela é uma inspiração para seu próximo álbum também?

— Sim, Fabrício, com a mais absoluta certeza. Só um louco não iria ficar maluco por Verônica e não escreveria um álbum inteiro para ela se deixasse.

— Cuidado que o homem tá apaixonado — Joel berra no microfone.

— Apaixonado ainda não, isso vai depender unicamente dela.

— Tá certo, meu brother, joga a bola, tu já fez a sua parte — diz Fabrício e estica a mão no ar para que eu batesse.

Não deixo o cara no vácuo e, após dar meu leve show fingindo estar magoado por ela não me responder, voltamos o assunto para a turnê, sobre as últimas músicas criadas no estúdio, e ainda dou uma breve palhinha do que esperar para o próximo álbum.

— Bom, Caicão, nosso tempo acabou, infelizmente, mas vê se volta aqui mês que vem para nos dar mais novidades sobre teu rolo com a Veroniquinha, quem sabe até não traz ela. — Fabrício aponta pra câmera como se estivesse a convidando pessoalmente, e suspira, encarando o chão. — Cara, te contar uma parada, não sei como tu não tem medo de ser demitido.

— Tenho esse pavor todos os dias desde domingo.

— Mas se ainda tá aqui, significa que seu chefe ainda não te matou. — Joel pisca para mim, dando um sorrisinho.

— Meus pêsames, mano — termina Fabrício, me saudando.

— Que nada, eu morreria feliz, sem nem um pingo de tristeza no corpo. — Eles riem, estico a mão para apertar a deles. — Obrigado pelo papo, meninos, é sempre um prazer estar aqui com vocês.

Levanto depois de me despedir dos ouvintes e encaro João Carlos, dando um sinalzinho de ok para um dos meus afazeres do dia.

Chequei o celular umas três vezes durante a entrevista com uma leve esperança, ficando decepcionado por ainda não ter nada de Verônica. Qualquer jogo que essa garota queira jogar, eu também vou fazer parte. E se eu tiver que bater na porta dela para fazê-la cair de amores por mim, é o que vou fazer.

A única mensagem que chama a minha atenção é a de Gilberto, me perguntando que horas eu voltaria para casa para as quartas do taco.

– Caíque, meu grande, você foi fantástico hoje, e falou tudo na medida certa, como o combinado – João diz, me estendendo um copo de café.

– Valeu, mande uns chocolates para as suas estagiárias, graças a elas os caras do Resenha Solta não fizeram nenhuma pergunta inconveniente. – Meu celular vibra, anunciando mais uma mensagem chegando, e bufo vendo que é Sara desta vez. – Se liga, eu tenho um compromisso agora no almoço, preciso correr.

– Vai na paz, meu filho, eu tenho uma reunião com a Kika de qualquer forma.

– Beleza, manda um beijo grande para ela e diz que ano que vem ela não vai roubar o meu prêmio – grito, dando as costas para ele, indo em direção ao elevador para pegar o carro.

Dirijo o mais veloz que o limite me permite e, como o estúdio dos meninos fica na Barra, demoro uns quarenta minutos para finalmente chegar em casa. Penso, conforme subo pelo elevador, em não deixar as coisas como estão, afinal, meu tempo é curto. E assim que o elevador para no meu andar, fico parado por uns dois minutos à porta de Verônica, cogitando se batia ou não para obter minha tão sonhada resposta.

Mas minha barriga fala mais alto, e não estou a fim de colocar tudo a perder por um movimento apressado. Por isso, deixo que o meu corpo fale mais alto e abro a porta de casa, anunciando a minha chegada aos dois seres humanos impacientes na minha cozinha.

– Não se preocupem, meus consagrados, o papai chegou.

— Pronto, Gil, faz o meu para a viagem que vou embora — Sara resmunga, me tacando uma bolinha de papel, e me estico para pegá-la antes que vá ao chão.

— Ah, querida, não ficou feliz em me ver? — Ela me mostra a língua, e Gil volta da cozinha para a sala de jantar com os ingredientes prontos para rechear os tacos preparados por ele.

— Nossa, ainda bem que hoje é quarta do taco, estou tendo um dia merda, e apenas essas camas de milho do Gil podem me fazer ficar contente.

— Tendo um dia de merda por quê? A princesa Verônica ainda está sem falar com você? — pergunta Sara, montando seu taco vegetariano.

— Tá sim, ele pode negar, mas sei o quanto está puto por não ter ganhado atenção graças ao estardalhaço que fez ontem pra ela.

— Não sei como eu posso aguentar conviver com vocês dois, isso sim, insuportáveis — reclamo, esticando meu braço para pegar os tomates frescos.

— Pra falar a verdade, eu não gosto muito dessas coisas de romance.

— Mano, você é cerimonialista de casamentos, como não? Isso é tipo uma ofensa a todas as pessoas que trabalham no seu ramo — comenta Gil, rindo, e Sara ergue a mão para impedi-lo de fazer mais um questionamento.

— Continuando, porque fui interrompida. Até eu, que não curto essas coisas bregas, sei que qualquer uma já estaria arrastando os pneus para você. E tenho certeza de que estou vendo, infelizmente, mais *edits* de vocês dois juntos do que o normal. — Ela morde o taco, arregalando os olhos com uma ideia. — Você está pagando as pessoas pra fazer?

— Quê? Claro que não.

— É, Sara, o Caíque não precisa disso pra conquistá-la, ele só precisa do seu charme leonino.

— Vai me dizer que isso não funciona?

— Às vezes, Caíque, nem tudo gira em torno do seu pi...

A campainha toca, e nos entreolhamos sem entender.

— Você tá esperando alguém? — pergunta Sara.

— Não, e você, Gilberto?

— Também não, vai lá ver.

A campainha soa de novo, e a pessoa que a toca aparenta estar impaciente. Eu me levanto da cadeira, indo devagar até a porta, pois, para quem tem medo de filmes de terror, especialmente aqueles com assassinos reais, qualquer cuidado é pouco. E para alguém famoso, esse mesmo cuidado deve ser redobrado.

— Anda, Caíque, acelera o passo, tô curiosa! — Sara pede, sussurrando, e reviro os olhos, indo até o olho mágico.

Meu coração parece dar um salto no peito ao ver Verônica parada à minha porta, esperando alguém recebê-la. E o seu rosto parece se iluminar mais sob a luz do corredor quando abro a porta. Ela usa uma blusa branca, que fica presa em seu corpo por três laços fáceis de desamarrar, e uma calça jeans reta clara. E, mesmo com os chinelos do Flamengo nos pés, mostrando as unhas pintadas de vermelho, eu nunca vi mulher mais linda.

— Oi...

— Oi, você por aqui?

— Bem, somos vizinhos. Pensei em ver se você estava em casa para agradecer pelas flores. Melhor do que te mandar mensagem. — Ela tira o fio de cabelo liso teimoso do rosto, colocando-o atrás da orelha.

— Você foi cruel.

— E você realmente não desiste quando recebe um não.

Suspiro, esboçando um sorriso caprichado.

— Você nunca me recusou, apenas disse que iria pensar. — Solto a porta, encostando o corpo no batente. — Além do que, eu te disse que quando eu quero algo, quando eu quero mesmo, movo céus e o mundo para ir atrás.

— Percebi, é uma excelente qualidade.

— Para você estar me elogiando, deve ter gostado mesmo.

— Talvez. Ainda não sei como conseguiu descobrir quais eram as minhas favoritas. Devo dar o braço a torcer, mas temos que combinar que cem foi um pouco exagerado.

— Nada se torna exagerado quando quero ter a chance de sair pra valer com a filha do meu chefe, não concorda?

Verônica dá uma risada fraca e coloca as mãos no bolso, encarando o chão antes de me olhar com aquelas íris castanhas novamente.

— Tem certeza de que eu sou a mulher que procura? Sou cheia de problemas e perfeccionista, odeio quando as coisas não são feitas do meu jeito.

— Nada que eu não possa lidar.

— Mas com tantas mulheres por aí...

— E nenhuma delas é você, olha que coisa. — Cruzo os braços e pisco os olhos agitados, aumentando a minha confiança por fazê-la rir de novo. — E sobre aquele encontro?

— O que tem ele?

— Vai aceitar?

Ela passa a língua nos dentes, sorrindo, me dando a certeza de que estou no caminho certo do plano.

— Está bem, eu topo. Mas juro por Deus, Caíque, se você fizer eu me arrepender, essa vai ser a primeira e a última vez.

— Não vai se arrepender, pode confiar em mim.

— É o que vamos ver... — Ela troca o peso dos pés, e seus cabelos loiros voltam a tapar seus ombros. — Agora que tem o meu número, me passe os detalhes depois. Amanhã eu tenho compromisso o dia inteiro com a revista, então pode ser na sexta?

— Combinado, eu te falo o horário que vou bater na sua porta.

Escuto Gilberto me assobiar e me viro para a mesa de jantar, onde estão meus melhores amigos fazendo gestos, indicando a comida.

— Olha, nós estamos indo almoçar tacos, se não estiver ocupada e gostar, está mais do que convidada para se juntar a nós.

— Eu adoraria, mas já combinei de almoçar com a Mafê e a minha mãe, alguma coisa sobre "tempo familiar", sabe?

— Sei, entendo. — Troco o peso dos pés, e pressiono os lábios com um nervosismo inexplicável descendo pela minha garganta. — Então te mando uma mensagem depois.

— Ficarei esperando, não seja cruel comigo também — brinca, andando de costas para sua porta aberta.

— Jamais seria como você — respondo, arrancando mais um sorriso dela, me sentindo como um verdadeiro campeão mundial. — Ainda não me agradeceu pelas flores.

– Tchau, Caíque...

Verônica fecha a porta, me dando um vislumbre final de sua risada contagiante e completamente descompassada.

Fico parado à porta por mais alguns segundos, deitando a cabeça no batente antes de fechá-la e voltar para a mesa, onde Gil e Sara me esperam com os olhos curiosos.

– E aí? – Sara se inclina na mesa, perguntando.

– Ela aceitou. – Mordo o lábio inferior, esfregando as mãos uma na outra. – Eu disse, gente, meu futuro está no papo.

Assim como a garota que vou usar para conquistá-lo.

Capítulo quinze

"Posso não ser um cara muito religioso, mas Deus,
por favor, que ela goste da noite de hoje...
Pelo bem do meu futuro, é claro"
Amor E Sexo | Rita Lee feat. Roberto De Carvalho

Verônica, sexta-feira, 28 de junho de 2024

Caíque me mandou mensagem ontem cinco minutos depois que voltei para casa. E agora aqui estou eu, terminando de me arrumar para sair com ele, faltando alguns minutos para o horário combinado. Droga de artigo, olha o tipo de coisa que sou submetida a fazer.

— Você vai mesmo usar esse vestido? – pergunta Íris, deitada na minha cama.

— Por quê? Muito chamativo?

— Irmã, seus peitos estão explodindo pelo corpete do vestido – Mafê complementa.

— Isso não deveria ser bom, Mafê? Dar a ele algo pelo que esperar no final da noite?

– E você vai dar o que ele espera?
– Duh, claro que não.
Íris dá de ombros, soltando uma risadinha.
– Sabe, se você quiser conquistá-lo pela boca...
– Íris, você sabe que não.
– Então, troca o vestido.
– Vocês são insuportáveis.
– E você tá preocupada demais em arrumar uma roupa para quem jurou de pé junto ontem que não queria estar indo nesse encontro – Mafê diz com a boca cheia de pipoca.
– E, por incrível que pareça, a ideia mais estúpida que tive ontem foi ter convidado vocês duas para me ajudarem.
– Não chamou o Enzo também?
– Ela chamou, mas pedi para ele passar no Habib's e comprar umas esfirras para a gente comer enquanto esperamos ela voltar – Íris responde, enchendo a boca com as pipocas do balde.
Saio do closet usando meu vestido natté preto da Miu Miu, e um salto Gianni de plataforma baixa bordô da Versace. Dou voltinhas no lugar rindo, enquanto elas assobiam, fazendo eu me sentir a mais gostosa do pedaço.
– Se o Caíque não quiser um pedaço de você hoje, eu quero! – Íris me ovaciona.
– Espera, ainda não está pronta.
Mafê pula da cama correndo e vai atrás da minha gaveta de joias. Ela tira de lá o colar de pérolas da Majórica que nosso pai me deu, colocando-o no meu pescoço.
– Pronto, agora sim!
Passo os dedos pelas pérolas de diferentes tamanhos e cores, me sentindo completa quando escuto o barulho da campainha tocar.
– Uma de vocês pode fazer o favor de abrir a porta? Tenho que pegar a bolsa.
– Usa aquela da Celine que te dei no Natal do ano passado, tem a mesma coloração que os sapatos – minha irmã pede, indo até a entrada, deixando minha melhor amiga e eu sozinhas.

— Tá nervosa?

— Olha bem para minha cara, acha mesmo? Eu devoro garotos no café da manhã.

Íris ri, levantando-se da cama.

— Não, eu sei o quanto a minha melhor amiga é autossuficiente. Verônica Bellini não fica nervosa para esse tipo de coisa.

— Ok, acho que estou começando a ficar depois desse teu deboche.

— Não debochei, eu sei que você é assim. Te conheço tão bem que sei que jamais admitiria se estivesse, nem que fosse um pouquinho, nervosa. — Ela segura as minhas mãos, e relaxo o corpo. — Não coloque tudo a perder hoje por bobeira, seja cordial, não exagere na bebida, e por favor, se divirta.

— Tá bem, *mãe*. — Solto as minhas mãos das suas, rindo. — Estou no controle, vai dar certo.

— Já deu!

Ela confirma o que tanto precisava ouvir, e encaixa meu braço no seu, me levando junto dela até a sala onde Mafê está quando escuto um som conhecido de uma risada bem particular. A mesma que travou o meu corpo, precisando respirar fundo antes de virar o corredor e dar de cara com o rosto a que ela pertence.

Caíque parece perder qualquer sentido de graça na história que minha irmã conta quando eu apareço. Seu rosto foca em mim, abismado, e os olhos parecem mais verdes do que nunca, brilhando intensamente no segundo em que encontram os meus. Parece mágica, uma cena de filme, e não nego que o meu coração erra uma batida rapidamente.

— Oi... — digo, me soltando de Íris, que pressiona os lábios para esconder o sorriso.

— Oi, Nica.

— Chegou cedo, estava ansioso para me ver?

— Vai soar muito esquisito se eu disser que sim?

— Não, talvez só um pouquinho.

— Vocês dois são fofos...

Mafê diz seus pensamentos em voz alta, e nós a encaramos. Meu rosto queima e posso notar as bochechas brancas de Caíque ficando rubras, ao sentir que nossas interações estavam sendo vigiadas bem de pertinho por elas duas.

Minha irmã para de morder o lábios ao sorrir, e ergue uma de suas sobrancelhas questionando:

— Que foi? São mesmo, não gosto de contar mentiras.

— Apenas quando te convém, né, Maria Fernanda? — Íris debocha, cruzando os braços ao meu lado.

— Se enxerga, Íris, ninguém aqui é santo — Mafê resmunga, indo até a cozinha, e abre a geladeira para se servir de uma Coca-Cola bem geladinha. — Vocês vão passar a noite se olhando, ou vão sair?

Caíque respira fundo e morde o lábio inferior, me indicando a porta com a cabeça.

— Sua irmã tem razão, vamos?

— Hum-hum...

Ele me deixa passar na frente e pousa sua mão na minha cintura para me guiar pelo caminho igual a um perfeito cavalheiro.

— Não façam bagunça no meu apartamento — peço as duas.

— Não se preocupe, vai encontrá-lo do mesmo jeito quando voltar, apenas com algumas manchas de fogo espalhadas pelas cortinas — Íris comenta, fechando a porta atrás de nós dois.

Seguimos em silêncio até o fim do corredor e o som agudo do elevador soa de cara, com um vizinho do mesmo andar saindo por ele. Damos boa noite, e assim que entramos, Caíque aperta no botão que dá acesso ao andar da garagem.

No instante em que seus dedos quentes deixam de tocar a minha cintura, um peso recai sobre os meus ombros, um silêncio confortável vai se instaurando entre nós dois, daqueles completamente desconhecidos para mim, mas nada é suficiente quando ele está bem do meu lado.

O seu celular vibra, Caíque o pega e revira os olhos para a mensagem na tela.

— Não vai ver quem é?

— Não é importante.

— Como sabe disso?

— Porque você tá exatamente do meu lado, e o resto pode ser ignorado.

E, lá estão elas, as borboletas. As malditas e ridículas borboletas de quando o conheci retornam com um mero gesto, e agito a cabeça, rindo baixinho, fazendo todo o esforço do mundo para mantê-las caladas, e sem ação.

— Você não precisa mentir...

— E quem ousou te dizer eu minto? — Infelizmente, o celular dele não para. Continua vibrando, como se a pessoa que precisasse falar com ele estivesse desesperada. Ele bufa, não aguentando mais a interrupção. — Só um minuto.

A porta do elevador abriu no andar que pedimos, e mesmo estando ocupado mexendo no celular, Caíque pousa a mão solta pela minha cintura para me levar até o carro, arrancando arrepios esquisitos pela minha costela, e chego a arfar ao ser guiada pelo seu toque.

— Merda! — exclama, abrindo a porta do carro para que eu entrasse.

— Aconteceu alguma coisa?

Ele passa a mão pelos cachos soltos e bufa.

— Me desculpa, acho que vamos precisar desmarcar.

— Tá tudo bem?

— É que meu produtor tá a fim de uma cantora meio *underground* que anda chamando a atenção dele, e precisa que eu a veja performando numa festa, para ver se vale a pena perder o tempo dele.

— Ele confia tanto em você assim?

— Aparentemente, sou de confiança. Mas isso também vai ser bom pro futuro, já que almejo fazer o que ele faz, além de que estou devendo um favor para ele. — Caíque ri secamente e fecha a cara, parecendo chateado. — Acho que você não gostaria de me acompanhar, não é?

Mordo o lábio inferior, fermentando a ideia na mente, e infelizmente, tenho poucos dias para poder negar seu pedido novamente, e ficar mais tempo sem tentar conquistá-lo pra valer.

— Bom, acho que vai ter que me compensar de um jeito bem grande depois — digo, me sentando no banco do carro.

Ele balança a cabeça rindo, pensando haver um duplo sentido na minha frase e, após fechar a porta, segue para o lado do motorista. Caíque, liga seu Creta azul e tira seu celular do Bluetooth para que eu comande a playlist com o meu gosto. Coloco os pés no painel antes que ele saia pela rua e tiro uma foto, postando na minha rede social para provocar meus seguidores, e fomentar ainda mais os olhares para a revista, e para a exclusiva que estou preparando secretamente com minha tia.

Sinto uma leveza no ar, e quando viro o rosto para o lado, Caíque está encostado no banco, passando o dedo nos lábios com um sorrisinho no canto, suspirando.

— Olha, estou me sentindo um fracassado.

— Por quê?

— Porque tinha perdido a fala quando apareceu neste vestido, tanto que até esqueci de dizer o quão linda você está nele, e agora se eu falar, vai parecer forçado.

Rio, passando a língua nos lábios.

— Nunca é tarde pra recuperar a partida que achou estar perdida, garotão, por que não tenta mais uma vez?

Ele passa o polegar pela minha bochecha, a apertando, e o mero toque é suficiente para me queimar de um jeito que não esperava. Seu rosto se aproxima do meu quando se inclina, e posso jurar ao vislumbrar seus olhos que iria me beijar.

— Não faz ideia da quantidade de adjetivos que brotam na minha mente quando penso, ou tenho a sorte de estar com você.

Muito perto. Seu cheiro inebriante me envolve, sua mão ainda presa na minha bochecha, brincando com os meus lábios, e a indecência de me fazer praticamente implorar por mais.

— Quem sabe você não tem a noite toda para me dizer cada uma delas.

Ele pressiona a boca, não escondendo o sorrisinho maroto que brota em seu rosto, e me solta, tirando o freio de mão para seguir o caminho que tomaria, saindo de vez do prédio. Sua mão desce lentamente até a minha coxa, e permito que ela fique ali, concordando aos poucos com o pensamento de Íris de que me divertir um pouco não será de todo ruim.

Capítulo dezesseis

> "Nosso terceiro beijo veio quando eu menos esperava, e menos queria, deixando tanto a minha mente quanto o coração mais confusos do que nunca"
> **Proibida pra mim | Charlie Brown Jr.**

Verônica, sexta-feira, 28 de junho de 2024

Caíque havia me deixado perdida, de um jeito diferente, ao me tocar naquela hora no carro. Fiquei presa em seu sorriso torto dirigindo, e na expressão em seu olhar ao me observar durante todo o trajeto até o local da festa que ele precisava ir, igual a uma idiota adolescente que conseguiu a atenção do bonitão da sala.

Afirmei inúmeras vezes pra mim mesma que aquilo seria normal, que esse conflito iria aparecer de vez em quando porque, querendo ou não, Caíque é sim um homem muito charmoso. Mas eu tenho um foco, um objetivo em mente, e não vão ser borboletas estúpidas no estômago, ou um tesão reprimido, que vão me confundir.

Caíque é um trabalho, e é isso que vai continuar sendo até que eu consiga entregar o artigo.

Celulares são apontados em nossa direção no instante em que saímos do carro, mas para a minha surpresa, ninguém cai em cima de nós, ou pra ser mais exato, em cima dele. Caíque cumprimenta o segurança e me puxa pela cintura para dentro do evento como se eu fosse uma pluma.

– Nós vamos ficar só alguns minutos, eu prometo – sussurra, roçando os lábios no meu ouvido, e minhas pernas enfraquecem um bocado.

Nós nos sentamos em uma mesa reservada, contendo três velas falsas no meio, iluminando nosso espaço, e ele vasculha o lugar, procurando algum garçom para nos servir uma bebida.

– E cadê a sua próxima estrela? – pergunto, chamando sua atenção.

– Primeiramente, ela não é a minha estrela, e segundo, bem ali no cantinho do palco dá pra ver o pé dela, ao menos é o que acredito ser – diz Caíque próximo demais, tão perto de mim que o ouço engolir a saliva, parecendo nervoso. – Vou pegar uma bebida, vai querer o quê?

– Não tem comida aqui?

– Infelizmente, não, mas eu juro, aparentemente ela vai cantar seis músicas, depois vou bater um papo rápido, e podemos seguir nosso caminho. Te prometo. – Ele sorri confiante, e se levanta para ir até o bar. – Confia em mim a ponto de escolher sua bebida?

– E eu tenho escolha?

– Acho que desta vez não.

Mais uma risada vem, e é através dela que começo a pensar que talvez não seja tão ruim aceitar que ele faça algumas escolhas por mim, pelo menos hoje. Balanço a cabeça concordando, e ele estala os dedos feliz.

– Ótimo, eu já volto, não saia daí.

– Não se preocupe, *querido*, eu não vou a lugar nenhum – respondo um pouco mais alto, e ele sai de perto, indo atrás do bar.

Pouso o queixo na mão e analiso o lugar de ponta a ponta. Pela fila lá de fora, o ambiente escuro e de certa forma aconchegante, aqui deve realmente fazer sucesso. Um bistrô, em formato de balada, e sem comida. Quem teve essa ideia ou é um gênio, ou tem um péssimo gosto.

A garota que Caíque veio observar sobe ao palco se apresentando, e ele volta para nossa mesa, colocando um copo com uma bebida rosa na minha frente. Encaro-o rindo, e ele dá de ombros.

— Achei que combinava com você, se chama *pink news* – sussurra, bebericando sua bebida laranja com vermelho, conforme se aconchega do meu lado.

Ficamos com o corpo basicamente colado um no outro durante todo o set da garota. Caíque trouxe uns minipretzels salgados de aperitivo também, e comi quase todos do prato enquanto seus dedos tentavam, disfarçadamente, fazer carinho em meus ombros nus.

A cada singela passada, seus dedos pareciam estar pintando uma linda aquarela no meu corpo, arrepiando cada partícula minha. Pressionei os olhos, respirando fundo, porque o clima naquele lugar, com ele tão colado comigo, estava me deixando estranha. Tanto que nem percebi quando a garota se despediu da plateia e foi para os bastidores.

— Pronto, agora vou encontrá-la no bar, devo demorar mais uns dez minutos no máximo, e podemos vazar daqui, tudo bem? – informou Caíque, e saiu, seguindo seu caminho.

Aceito esperar, e fico na mesa, balançando o pé ao ritmo da música jazz que tocava no ambiente, tomando os últimos resquícios da minha bebida rosa. Minutos se passaram e nada, mexo no relógio prateado no meu pulso e arregalei os olhos vendo as horas.

Ele não demorou dez minutos como prometeu, me recordo que isso foi quase o tempo que demorou para a mulher chegar e o receber com dois beijos na bochecha, e cheia de segundas intenções. Desde essa pataquada, se passaram mais trinta minutos, e minha barriga estava pedindo socorro sabotando a minha mente.

É descarada a forma como aquela mulher, que nem gravei o nome, estava claramente dando em cima de Caíque, e o tonto fingindo não perceber nadinha. Eu o vi tentar dar um fim na conversa no mínimo umas cinco vezes, e nada da mulher o liberar, mas ele é bom moço demais para ser grosso quando o assunto é trabalho.

Levanto da mesa bufando, e decido ir na direção deles, cansei de esperar por uma atitude, eu mesma vou ter que tomar. Minhas orelhas parecem ferver, e não estou gostando nada disso, principalmente quando aquela mulher sem graça se debruça sobre Caíque, colocando sua mão na coxa dele apertando.

Ah, não mesmo.

– Oi, *querido*, desculpa te interromper, mas a minha barriga tá roncando demais, podemos ir? – pergunto, mostrando um biquinho.

Caíque parece entender a minha deixa, e concorda, se levantando da cadeira.

– Claro, me desculpe também, não deveria ter te deixado esperando por tanto tempo. – A mulher pigarreia, chamando sua atenção, e Caíque parece se lembrar da sua presença. – Ah, sim, Verônica, esta é...

– Rebecca, com dois "c", você deve ser a *amiga* que todos estão falando. – A mulher estende a mão para apertar a minha, e incorporando um dos melhores teatros que já vi na vida, o líquido que restava em seu copo cai sob meu vestido de marca, me tirando do sério. – Ai, meu Deus, *me desculpe*, Verônica, não foi a minha intenção.

Caíque arregala os olhos, vendo o estrago que Rebecca fez, e pede ao barman vários papéis, tentando me secar rapidamente sem sucesso.

– Com certeza – debocho, forçando um sorriso. – Foi um prazer, Rebecca, seu show foi *ótimo*, e Caíque, se for demorar mais, te espero no carro.

Bufo alto, irritada, tirando os papéis que ele utilizava em mim à força de sua mão, e saio de lá batendo os pés furiosa para fora desse inferno maldito que aceitei ser enfiada. Que noite, que primeiro encontro terrível pra alguém que esbanja seu carisma pros céus e pela terra.

Passo pelo enxame de pessoas até a saída, e assim que coloco os pés pra fora, deixo que a brisa fria da noite entre pelas minhas narinas, me acalmando um pouco.

A maioria das pessoas que ainda está na parte de fora não parece notar a minha presença, e muito menos saber quem eu sou. Mesmo sendo a garota do momento, de acordo com a minha tia, pra qualquer um, eu ainda sou invisível.

Esfrego as mãos nos braços para me aquecer da noite ligeiramente fria no Rio, e coloco um pés para a frente, indo atrás do carro, até que Caíque puxa o meu braço para encará-lo.

— Ei, pra onde você vai?

— Pra casa, ou sei lá, pra qualquer outro lugar. Eu aceitei vir com você porque entendo quando o assunto é trabalho, mas não aceitei ficar em segundo plano e ter meu vestido de grife todo molhado de groselha por uma piranha qualquer!

— Calma, Nica, me perdoa, eu não pensei que ela fosse ter tanto assunto pra enrolar, e muito menos que isso ia acontecer. — Ele esfrega as têmporas parecendo mais preocupado comigo do que com as pessoas começando a reparar em sua presença. — Ela pediu desculpas, foi sem querer.

Travo o rosto.

— Sem querer? Você realmente acredita que ela se atrapalhou e me sujou, *sem querer*?

— Sim.

— Porra, então você é mais estúpido do que eu pensei... Claramente, não sou a garota pra você. — Me solto de sua mão, caminhando em direção ao carro, ignorando os olhares que se formaram em cima de nós dois.

— Quê? Não fale besteira, Verônica, já que quer tanto ir, me deixa ao menos te levar pra casa.

— Não, eu vou chamar um Uber enquanto espero no carro. Volta lá pra dentro, ela faz mais o seu tipo — resmungo, e Caíque para no meio da rua, me puxando pela cintura.

Surpreso com meu olhar, ele abre e fecha a boca sorrindo algumas vezes, antes de finalmente dizer o que estava pensando.

— Verônica Bellini, você por acaso está com ciúmes?

— Como é?

— Não me faça repetir a pergunta, por favor.

Pisco os olhos, incrédula com sua idiotice, como ele tem coragem? Está errado, totalmente errado, eu não estou nem um pouco com ciúmes, é óbvio que não, por que eu estaria?

– E é por isso que eu sabia que iria perder meu tempo. Aparentemente, é complicado demais sair com alguém que tem a mentalidade de um garoto de 16 anos.

– Hum-hum, você tá com ciúme sim. – Ele tomba a cabeça para o lado, rindo de mim. – Anda, deixa de ser boba e entra no carro.

– Se você acha mesmo que, depois do papelão que passei lá dentro, eu vou entrar no seu carro, está muito enganado.

– Vai realmente querer fazer isso?

– Sim, me deixa em paz.

Caíque bufa, respirando fundo, e solta minha cintura, se entregando ao meu pedido.

– Tá bem, se é o que deseja, boa sorte em pegar um Uber, Verônica.

– Boa noite!

– *Sayonara, princesa*! – Ele se curva, debochando, e dá as costas pra mim, indo em direção à entrada.

Não tive tempo nem de pegar no celular em busca de um carro, porque vindo no fundo da rua, está Pedro Henrique com uma garrafa de uísque na mão, acompanhado de outros dois amigos que nunca vi na vida, rindo na minha direção.

Merda.

– Espera, Caíque, volta aqui! – grito, mas ele decide me ignorar sem pestanejar, abanando a mão para eu ir embora. – Não, calma, vem cá!

– Vai embora, Verônica, não pediu pra eu te deixar em paz? Tô realizando seu desejo.

Ele não está longe, Pedro Henrique agora está mais perto do que nunca, e mordo o lábio pensando em como fazer Caíque acreditar no que eu estou prestes a pedir. Puxo seu braço e ele me encara com aqueles olhos petrificantes, ridículos de verdes, totalmente confuso.

– Que foi? Esqueceu de me insultar? Gosto de você, mas é muito difícil te entend...

– Me beija.

– O que disse?

– Vai me fazer repetir?

— Se for te fazer se humilhar um pouquinho que seja, sim, não ouvi nada, o que me pediu?

Rosno, com cada veia minha pulando de ansiedade com a proximidade de P.H. Solto minha mão de seu braço, erguendo-a até seu rosto, e uso minha mão solta para puxá-lo contra mim pela gola da sua camisa verde-clara abotoada pela metade.

— Caíque, pelo amor de Deus, estou te implorando, me beije agora! — peço mais uma vez, com o meu peito acelerado igual ao de um coelho.

Ele passa as mãos sob o meu rosto, entrelaçando os dedos nos meus fios loiros que insistem em escorregar, e encaixa os olhos nos meus, arfando alto. Tão desesperado, tão louco que parece ter encontrado o paraíso em meus olhos quando me ouviu suplicar.

— Foda-se... — sussurra, e não precisa de muito esforço para me fazer deslizar sob seus lábios, pirando minha cabeça completamente. Odeio cada músculo do meu corpo por desejá-lo tanto, e enlouqueço tendo a certeza no quanto o beijo dele é único.

Sua língua me invade, me fazendo perder a noção, e até esquecer o verdadeiro motivo pelo qual implorei para que ele me beijasse. O mundo fica mudo enquanto cantarolamos uma melodia nossa, e porra, graças aos céus ele está me agarrando forte contra si, porque minhas pernas não se aguentam de tão moles quando ele aperta minha bunda sobre o vestido.

— Vejam só, se não é Verônica Bellini com... — A voz irritante de Pedro Henrique soa como o pior dos alarmes em meu ouvido, e ele congela o rosto no momento em que meus lábios se largaram dos de Caíque.

— Ah, oi, Pedro, meu Deus, que coincidência te encontrar aqui, que mundo pequeno, não é? — Forço um sorrisinho.

Ele ri baixinho com os dois amigos e debocha.

— Sabia que tinha ficado com o Alves pela GF, mas não tinha noção de que estava sério. — P.H. dá um gole na bebida quente de sua garrafa, e encara quem eu estava beijando com tanto afinco. — Pelo visto, você não tem medo de perder o emprego, *Caicão*.

Caíque ainda está com a mão presa à minha cintura, com medo que eu tente me esquivar ou escapar do seu alcance, e com a mandíbula pressionada de raiva. Provavelmente pelo beijo que, por um milagre, eu implorei, ou por ter descoberto o motivo pelo qual supliquei com tanto afinco. Ele morde o lábio inferior com força e dá uma risadinha fraca, observando Pedro Henrique de cima a baixo.

— Ao contrário, Paulo, é esse seu nome, né? Não ouvi direito da primeira vez, como pode reparar, estava ocupado.

— Na verdade, é Pedro.

— Tanto faz. — Caíque aperta mais a minha cintura, querendo mostrar a sua marca para qualquer um que estivesse vendo, principalmente P.H., que aquela noite eu era dele, e de mais ninguém. Ele dá um beijinho molhado na minha cabeça e pega no meu queixo, fazendo-o fitá-lo. — Vamos, *querida*? Te prometi um jantar gostoso, e já perdemos muito tempo por aqui.

Engulo em seco, nervosa, e pressiono as pernas involuntariamente pela provocação, não conseguindo evitar arfar de tanto tesão que esse simples gesto me deixou.

— Sim, minha barriga está pedindo arrego – respondo.

— Perfeito. — Um sorrisinho destaca seu rosto macio, e ele volta a travar a mandíbula, erguendo o peitoral para falar com Pedro. — Bom, foi um prazer te conhecer, Patrick, mas agora eu tenho que levar a *minha* garota para comer antes que ela me esgane, e não do jeito que a gente gosta.

— É Pedro – responde entredentes.

— Claro, como posso ser tão tonto? – Caíque bate na própria testa e, colocando a outra mão na minha cintura, vai me guiando até o carro. – Divirtam-se, caras, principalmente você, Pietro...

— É Pedro! – berra ele uma última vez, enquanto os amigos riem da sua cara, arrastando-o para dentro da boate Bistrô.

A felicidade genuína é a prova de que não foi tão ruim deixar que Caíque comandasse depois do beijo, e tornar o meu problema em um mero ruído entre nossas risadinhas de vitória a caminho do carro.

Parando para pensar, nem eu sei por que quis montar esse show, pois, assim como todos do escritório, Pedro não faz ideia da peça que estou escrevendo. Tive essa confirmação pelo simples fato de ele não ter me dedurado ao Caíque, e estragar meus planos. Do jeito que aquele imbecil gosta de me ferrar quando pode, só porque eu não quis sair com ele, é um dos meus piores pesadelos no trabalho.

Por isso, ele não saber absolutamente de nada é mais uma prova de que *nada* vai me impedir de alcançar o meu objetivo, a não ser eu mesma.

Caíque abre a porta do carro, me convidando a entrar, e apenas quando ele fecha a porta, vejo a quantidade de celulares com os flashes apontados em nossa direção. Ele dá a volta e entra pelo lado do motorista, ligando o carro.

Apesar de ver em seu olhar e nos seus movimentos cada palavra secreta que ele poderia estar me escondendo, é nítida a sua curiosidade em tentar entender tudo o que acabou de rolar. Ele não aparenta estar puto, ou chateado, só... decepcionado, o que de alguma forma me faz sentir ainda pior por tê-lo enfiado nisso.

– Obrigada por ter me beijado agora há pouco – digo baixinho, tentando olhar em seus olhos.

– Desculpa, meu ouvido tá com problema de novo, o que disse?

– Eu disse, obrigada... – Reviro os olhos, me aconchegando no banco do carro.

Ele fica em silêncio por alguns segundos me encarando, e noto como seu peito sobe e desce espetacularmente naquela camisa fina, preciso engolir saliva pra não ficar tonta.

– De nada, não que eu não quisesse te beijar uma terceira vez, Verônica, mas implorar não faz o seu estilo, pelo menos não na frente de todo mundo. – Dou um tapinha em seu ombro, e arranco uma risadinha dele, mudando de assunto. – Então, vai admitir os ciúmes agora ou...?

– Apenas quando admitir o seu. Ou pensa que não notei sua cara de bunda quando o P.H. apareceu, *fingindo* não ter ouvido o nome dele – provoco, e ele troca o olhar de mim para a rua rapidamente, escondendo o sorriso aberto. – Que amadorismo da sua parte, *garanhão*.

— Ok, até que eu estava sim, mas só um pouquinho. O mala é folgado demais. — Ele ergue as mão ao ar se entregando, e solta uma gargalhada ouvindo minha barriga roncar alto. — E que tal se eu te levar pra comer em um lugar legal, com comida boa, e aí você me conta mais sobre querer tanto me beijar?

— Japa do Burguer?

— Não, um passarinho me contou que você ia comer esfirras com a sua irmã, então...

Me debruço, com os olhos arregalados, em seu ombro, fazendo-o rir ainda mais alto.

— Sim, por favor, sim!

— Tá bem, princesa, coloca o cinto e uma música boa pra tocar, de preferência uma minha.

— Que ego grande você tem.

— Ih, você ainda não viu nada...

— Há, se manca, garoto, tá cedo pra isso.

— É o que vamos ver, princesa... — Caíque coloca a marcha do carro no D e segue o rumo dito no GPS, descendo o morro de São Conrado.

E apesar de ainda estar com um dos meus vestidos favoritos levemente sujo de groselha com bebida alcoólica, acabei perdendo totalmente a vontade de voltar pra casa, não me sentindo mais tão invisível assim.

Capítulo dezessete

> "Que droga! Por que não consigo parar de pensar nessa porcaria de olhos verdes?"
> **Garotos II - o outro lado | Leoni**

Caíque, madrugada de sábado, 29 de junho de 2024

Em outra vida, talvez, tudo seria mais simples, mas essa foi a que eu escolhi, e não me arrependo em nem um segundo sequer, porque cada uma dessas decisões que tomei me trouxe até aqui. Levando a filha do meu chefe para comer esfirra de calabresa, numa madrugada de sábado, com ela berrando sua playlist em meu ouvido por todo o caminho.

— Smooth talkin', so rockin'. He's got everything that a girl's wantin'.[9] Guitar cutie, he plays it groovy. And I can't keep myself from doin' somethin' stupid.

---

9 Tradução livre: Fala suave, ele é incrível, tem tudo que o torna irresistível. Guitarra e ritmo, jeito envolvente, e eu me pego agindo meio inconsequente.

Verônica imita o barulho da guitarra com as mãos enquanto canta uma das melhores músicas de Hannah Montana, e estica a mão em formato de microfone para que eu continue a letra com ela.

– Think I'm really fallin' for his smile. Get butterflies when he says my name. Woo![10]

Ela muda a direção de seu olhar, batucando a bateria forte da música nas coxas grossas expostas, e solta uma risadinha quando me vê entrar na fila para o drive-thru do Habib's.

– Estou começando a gostar de andar de carro com você, minhas noites sempre acabam em lugares com comidas gostosas – diz, mordendo o lábio com um sorriso gigantesco.

– É o que minha mãe sempre me disse... "*Se quiser conquistá-las, comece pelo estômago*".

– Uau, usou um exemplo comigo no plural, agora eu virei qualquer uma pra você?

– Mas o quê? Nunca disse isso, e você sabe que o que está dizendo não é verdade.

Ela inclina a cabeça para o lado, mordendo a unha do dedão enquanto sorri.

– Estou tirando uma com a sua cara, pensei que fosse algo nosso.

– Zoar um com o outro?

– Precisamente. – Verônica remexeu em uma das mechas soltas do cabelo e fez um biquinho. – Se bem que, já que estamos nessa de ficar se provocando, você bem que poderia me contar umas coisas mais... profundas.

– Ah, é? Profundas?

– Sim. – Ela move o corpo no banco, ficando de lado para me observar melhor.

– Agora ficou curiosa pra saber mais sobre mim? Quer saber o tamanho de outras coisas também?

– Ha, ha, você é tão engraçadinho.

------

10 Tradução livre: Acho que estou mesmo começando a me apaixonar, sinto frio na barriga ao me chamar. Uou!

— Obrigado, foram anos de esforço pra ser considerado o palhaço de todas as turmas de que participei.

Ela morde o lábio inferior, arqueando as sobrancelhas.

— Mas agora é sério, vai lá, eu te deixo me perguntar algo que queira muito saber, se você me responder.

— Tá ok, manda bala.

Verônica dá palminhas de animação e vira o corpo totalmente para mim, enquanto balanço a cabeça, rindo baixinho.

— Eu soube que, no ano passado, você teve proposta para trocar de gravadora e trabalhar como produtor em inúmeros projetos em São Paulo...

— Todo mundo sabe disso, apareceu em todos os canais de mídia, inclusive na sua revista.

— Ainda não fiz a pergunta.

Bufo.

— Tá, vai...

— Então, a proposta era ótima, inclusive, você até ia receber um pouco mais do que recebe na MPB.

— Onde quer chegar?

— Por que recusou?

Arregalo os olhos.

— Como é?

— Você ouviu muito bem... — Ela me aponta com o dedo. — Por que não foi? Por que continuou na MPB?

Meu rosto se congela e preciso da buzina do carro de trás para o meu corpo acordar. Ando alguns centímetros com sua pergunta ainda presa na minha mente, procurando o real motivo pra tomar essa decisão, *o por quê eu continuei?*

Quando recebi a proposta em setembro foi fácil responder de cara, lealdade. Denis e Jorge foram os primeiros a notarem meu verdadeiro potencial e me ajudaram a ser o grande astro que sou hoje, porém, o buraco foi bem mais embaixo pra eu ter decidido ficar no Rio de Janeiro.

— Exagerei na pergunta? Muito pessoal, não é? Me desculpe, eu posso fazer outra se não quiser responder a essa, só estou tentando te conhecer um pouco mais.

— Não, tá tudo bem, não ligo de contar coisas pessoais, principalmente se for pra você. — Passo os dedos pelos cachos e suspiro. — Como é bem óbvio, eu amo a minha vida, sempre deixei isso muito claro pra qualquer um. E sim, pra deixar claro, o meu motivo pra ter recusado pode ser bobo. Além de talvez em São Paulo, ganhando mais, começando a trabalhar como produtor, que, particularmente, é o que mais quero profissionalmente no momento, eu poderia estar mais feliz, mas...

— Mas?

— Não existe outro lugar como o meu lar, e ter que me mudar pra São Paulo jamais seria uma opção pra mim. Minha mãe tem seu trabalho pro estado e pra prefeitura como professora, meu irmão ama ir treinar natação no Fluminense, meus melhores amigos estão aqui, entre várias outras coisas que me prendem confortavelmente no Rio. Minha vida está aqui.

— Sua vida pode ser em qualquer lugar.

— Eu sei disso, mas não seria a mesma. Você queria ir pra São Paulo pra crescer, e tomar suas próprias decisões, no meu caso, sei que não preciso me mudar pra fazer escolhas importantes e ser feliz. — Respiro fundo, e noto que sua boca se curva pra baixo um pouco. — Pra mim você foi corajosa ao ir, coisa que eu apenas finjo ser na minha vida. E quem sabe no futuro eu posso mudar de ideia, mas se tem uma coisa que não acredito é em erros.

— Interessante, então não se arrepende?

— Nem um pouquinho – digo, abrindo um sorriso. — Além do mais, se eu tivesse ido embora, perderia a chance de estar te conhecendo melhor como agora, e pode acreditar, estou me divertindo pra cacete.

Ela arregala os olhos, abrindo a boca, fingindo estar chocada.

— O linguajar, senhor Alves, ou vou te dedurar pra GF!

— Não, princesa, por favor, sou apenas um mero serviçal aos seus pés. — Ergo as mãos ao ar, arrancando uma risadinha dela, antes de precisar andar com o carro até a janela dos pedidos.

Abri o porta-luvas, pegando o boné grená do Fluminense, e os óculos de sol pretos, colocando-os no rosto, pronto para abaixar um pouquinho o vidro e fazer o pedido.

Verônica prende a risadinha que queria deixar escapar, e me encara encolhida no banco.

— Só tem boné desse time?

— São lindos e combinam com o meu tom de pele. Eu fico um gato neles, sei que quer admitir.

— Seu ego realmente é gigante, Caíque — diz ela risonha, estalando a língua.

— Boa noite, bem-vindos ao Habib's, o que vão querer hoje? — A atendente de cabelos de fogo e pele amarela me encara por baixo da viseira.

— Boa noite pra você também. — Forço uma voz mais grossa, e Nica esconde a boca com a mão. — Por favor, me vê essa promoção de vinte esfirras de calabresa por cinquenta e oito reais e noventa centavos, um suco de maracujá, e um de abacaxi de quinhentos mililitros pra acompanhar.

— Alguma sobremesa?

— Não, é tudo — digo, mostrando apenas a parte dos olhos, por baixo dos óculos escuros, pela janela com vidro fumê. — Ah, e vai ser no cartão, por favor.

A garota, com certeza mais nova que Verônica e eu, se estica pra frente, pegando a máquina. Suas unhas de gel enormes e coloridas fazem barulho no aparelho enquanto ela coloca o valor, e assim que ela estica seu pequeno braço para que eu pague, percebo a situação complicada em que me enfiei.

Preciso abaixar um pouco mais o vidro, e ouço Verônica rindo baixinho do meu lado. Passo o cartão rápido, mas não o suficiente para evitar que a garota parasse de se distrair com as suas unhas recém-feitas e me identificasse.

É um fato, nenhum famoso, principalmente os que ainda estão no auge como eu, consegue ter uma vida tranquila sem serem minimamente reconhecidos. Por isso os seguranças são importantes, mas eu jamais imaginaria estar no Habib's a essa hora da madrugada só porque a Verônica estava com desejo de comer, e por isso dei a noite de folga.

E no segundo em que o rosto da menina encontra o meu, sua expressão foi de cansaço a êxtase, mais rápido do que ela poderia formar uma frase simples.

— Ai, meu Deus... Você, você é... é o...

Nica retira o cinto e se inclina sob a minha janela, sorrindo pra a atendente que apenas fica com a mão tapando a boca.

— Sim, é ele mesmo, quer uma foto e um autógrafo?

Ela rasga um papel da impressora e me estica junto de uma caneta.

— Meu nome é Tabitha.

— É um prazer, lindinha. — Entrego de volta o papel assinado, e a garota pega se tremendo. — Quer tirar a foto? — Ela move a cabeça veloz, e se inclina com o celular, abrindo um sorriso largo para a câmera. — Prontinho, vê se não esquece o nosso pedido, hein.

— Claro que não, impossível eu esquecer. Nossa, muito obrigada, você melhorou a minha noite. — Um carro buzina atrás da gente, e ela revira os olhos, gritando pro motorista. — Espera, moço, não tá vendo que estou ocupada? — O carro buzina novamente, e ela decide ignorar. — Não se preocupem, o pedido de vocês vai sair rapidinho!

— Ah, não tem problema, não estamos com pressa.

— Muito obrigada, Tabitha, por nos adiantar, tenha uma boa noite! — Nica responde, e sobe o vidro do carro para que eu vá até o estacionamento, enquanto a garota dá tchauzinho.

Escolho a vaga mais perto da saída do pequeno lugar e desligo o carro, segurando o riso.

— Olha, se eu não soubesse o quanto você tá com fome por essa sua barriga barulhenta, poderia jurar que ficou com um pouquinho de ciúm...

— Se você sonhar em terminar essa frase, eu nunca mais saio com você de novo.

Minha mente buga, entrando em conflito. É um bom sinal, certo? Ela insinuou que vamos sair de novo.

— Espera, então isso quer dizer que eu vou ter uma segunda vez?

Verônica vira o corpo pra mim, dobrando os joelhos sob o banco de couro, e reclina a cabeça, levando parte do ar em meus pulmões por alguns instantes, antes que finalmente abra a boca para devolver.

— Não sei, você vai querer?

— Se eu contar a verdade, você promete não me bater?

— Sim.

— Então não, tô odiando passar meu tempo com você — debocho, recebendo um soco merecido no braço.

— Caíque!

— Tá, desculpa ser bobão, fiquei com medo. — Não minto, um arrepio subiu pelas minhas entranhas quando tentei esconder a verdade, e só ela me deixa assim, bobo. — Ainda acho que seu pai vai orquestrar a minha morte, mas eu estou gostando de cada segundo.

— Não conversou com ele?

— Seu pai? — Ela concorda. — Não, estou evitando ele o máximo que posso.

— Nem deveria, meu pai te adora, e me ligou todo contente quando viu as fotos, mesmo eu dizendo pra ele que não tínhamos nada.

— O velho não acreditou, né?

— Não mesmo. — Ela ri, levando uma parte minha consigo. — É engraçado como todos parecem amar esse nosso "enlace".

— E você não?

— Ainda tenho minhas dúvidas... Você?

— Depende, vou ganhar mais um beijo? — brinco, ganhando mais um ponto e adicionando brincalhão à lista de coisas relacionadas a mim que faz Verônica rir.

— É só isso que gosta em mim? Meus beijos?

Merda, que porra de comentário infeliz.

— Claro que não.

— Então o quê?

— Difícil responder isso, vai ter que ficar pra uma próxima vez, e em outro estacionamento praticamente vazio num breu.

— Sem esquivar, Caíque, e dependendo da resposta, até conto o que *eu* gosto em você, fechado?

Ela me estende a mão, e aceito sem pestanejar por pura curiosidade em saber mais, balançando bem o corpo ao respirar fundo.

Um sorriso cresce na ponta dos meus lábios quando procuro o que tanto lutei pra não admitir, e tiro os óculos de sol do rosto. Como um rio que acabou de se libertar, sinto um pouco da minha sinceridade indo embora com ele ao vê-la ansiosa por uma resposta.

— São seus olhos... Mesmo no lugar mais escuro, eles brilham, como se estivessem destinados a iluminar o caminho mais perverso para algum sortudo. Você pode não acreditar, mas tem o céu no olhar, Nica, e daqueles mais estrelados, com a brisa gostosa do mar batendo no rosto pra refrescar. E sinta-se privilegiada por encontrar essa beleza toda, em vez do mais puro inferno, quando se olha no espelho.

— Os seus olhos não são um inferno, Caíque...

Rio baixinho, ousando fazer um carinho em seu rosto e não vendo nenhuma reclamação do seu lado para parar, pressiono seu lábio inferior com o dedão antes de continuar admirando seus lábios macios.

— Interessante, está reparando nos meus olhos agora?

— Talvez eu já reparasse há muito tempo.

Verônica se aconchega em minha mão, quase entrando nela, mas não de vergonha, e sim, curiosa com o que poderíamos fazer aqui, sozinhos nos vislumbrando no escuro. E por isso eu sempre soube que era fácil falar com ela, mesmo quando nem tinha noção de quem ela era filha naquela praia vazia.

— Vai me contar o que gosta em mim?

— Promete não ser um babaca com o ego inflado?

— Hum, complicado, mas por você, posso fingir... — Ela revira os olhos, se desencostando da minha mão, e sem medo do que posso pensar, diz:

— Sua voz, não apenas a sua cantando, mas conversando, sendo sincero, bobo com suas piadas sem graça de tio.

— Ei, atenção, elas não são ruins.

— A maioria é sim, e você precisa admitir alguma hora.

– Não, jamais. – Cutuco sua barriga, e ela dá mais uma de suas risadinhas adoráveis.

Espera, como assim... *adoráveis*? De onde saiu isso? Por que ela parece tão espetacular sob essa luz baixa que entra pela janela? Isso está me afetando mais do que imaginava.

Tabitha bate na minha janela, assustando nós dois, e meu braço vai de reflexo no volante, buzinando pro estacionamento todo ouvir.

– Foi mal, não quis assustar vocês – fala e eu abaixo o vidro, pegando a caixa de papelão quente que entrega. – Coloquei limões, e um saquinho com quatro rosquinhas de açúcar com canela de brinde secreto, espero que gostem!

– Uau, Tabitha, muito obrigada – Nica diz sorrindo, e pega a comida da minha mão.

– Sim, obrigado mesmo – respondo.

A garota sorri de novo, e antes que ela vá embora, abro o porta-luvas, pegando um CD do último álbum.

– Ei, Tabitha, não sei se já tem, mas aqui está um presente pelo seu cuidado com a gente hoje.

A garota arregala os olhos e começa a chorar, dando pulinhos de alegria.

– Jesus! Ah! Muito obrigada! – grita, quase estourando os meus tímpanos. – Estava juntando pra comprar esse, e agora eu tenho uma cópia autografada. – Ela se abaixa, quase entrando pela janela, não me dando outra opção a não ser abraçá-la. – Muito obrigada por existir.

– Que nada, acredite, eu não seria nada sem vocês, eu quem agradeço – digo baixinho em seu ouvido, e ela sai de perto dando pulinhos, indo de volta para o trabalho.

Ligo o carro novamente após subir o vidro da janela e tiro de vez o boné dos cabelos, deixando os cachos soltos. Verônica conta as esfirras na caixa, verificando se temos a quantidade correta.

– Tudo certo, princesa? Podemos ir pra casa?

– Sim, estão todas aqui. Vai querer comer alguma agora?

Sorrio, saindo do estacionamento e pegando a via em direção ao nosso prédio.

– Quero sim, mas me surpreenda, e caso for me dar as de calabresa, coloque um pouco de limão. Gosto das minhas azedas.

– É claro que prefere... – E, sem perder tempo, noto pelo canto dos olhos Nica esticando a mão com a esfirra bem quente em direção à minha boca, para que eu a morda.

Seguindo o rumo de volta ao nosso prédio, percebo que não foi apenas a esfirra que desceu de forma errada pelo meu estômago. Tem mais alguma coisa aqui que está me incomodando, e não posso acreditar que seja isso que, lá no fundinho, meu coração está querendo me dizer.

Não, não pode ser.

Capítulo dezoito

"Não posso deixar que as borboletas ganhem, e isso borbulhando na minha barriga é apenas tesão reprimido... Sim, apenas isso"

Pronta pra desagradar | Manu Gavassi

Verônica, sábado, 29 de junho de 2024

O tempo está se encurtando, e a única solução que encontrei foi convidar Caíque para passar a noite de sábado para domingo comigo, na casa da minha família em Petrópolis.

Bem, não sozinhos, é claro. Estendi os convites para nossos melhores amigos, porque minha intuição alertou que, provavelmente, não iria conseguir me conter perto de Caíque depois da última noite. Viemos em dois carros em caso de emergência, ou se alguém precisasse ir embora mais cedo, o que pouco acontecia.

O charme dele está flutuando pela minha pele desde que nos despedimos nessa madrugada, e não estou gostando da sensação nem um pouco. Tudo nele me deixa insegura, com medo de que esteja colocando os pés pelas mãos num sentimento que não deveria estar nutrindo. Mas sei a minha motivação e a reputação dele, e por isso preciso manter a cabeça firme no jogo, ninguém pode tirar os meus olhos do prêmio, muito menos... *ele*.

Sinalizo para Caíque, que dirige seu Creta logo atrás, a rua que viraríamos para entrar no condomínio Bourliere, e passo as identidades das pessoas que estão comigo pela cabine de segurança. Assim que a entrada é liberada, ando apenas alguns metros para que ele e seus amigos passem pelo mesmo procedimento.

É até um pouco estranho vir aqui depois de quase um ano sem aparecer, já que todos da minha família preferem ficar no calor de Búzios do que vir para o ar seco e úmido de Petrópolis.

Também gosto de ir para lá, com certeza. Mas aqui, principalmente com o tempo do jeito que está, se torna perfeito para se aconchegar perto da lareira, ficar em família e jogar jogos de tabuleiro enquanto bebe um bom vinho comendo queijos.

Sigo pela rua reta, com Caíque no meu encosto, e viro à esquerda, chegando na penúltima casa da rua sem saída. Assim que estaciono em uma das vagas, desligo o carro, trancando as portas antes que Íris e Enzo possam sair, e viro o corpo para encará-los.

— Recapitulando, não é pra falar sobre o artigo, não é para falar sobre a revista, muito menos insistir em me zuar se eu tentar... alguma coisa *apenas* para a pesquisa, estão me entendendo?

Enzo me vislumbra de cima a baixo, erguendo uma das sobrancelhas.

— Não acredito que você realmente esteja querendo me controlar.

— É verdade, então a senhorita não deveria beber, pois fica tão boca frouxa que vai acabar contando tudinho pra ele — Íris comenta, batendo na mão de Enzo estendida.

— Sério, eu deveria merecer um prêmio por aguentar vocês.

Libero as portas, saindo do carro revirando os olhos com os dois rindo baixinho de mim.

Caíque já está fora do carro, mostrando os bíceps pela camisa preta, ao carregar uma bolsa azul Keepall Bandoulière da Louis Vuitton, arrancando meu fôlego por alguns instantes. Gilberto se alonga ao seu lado, esticando o corpo inteiro, enquanto Sara fecha a mala, depois de pegar a sua bolsa, e fico paralisada no lugar admirando o pop star de cima a baixo..

Enzo pigarreia e bate com o cotovelo no meu ombro, me acordando do devaneio. Ando na frente para abrir a porta e vejo que meu pai chamou a Lúcia, nossa diarista na casa de Petrópolis, para limpar tudo, pois a casa está um brinco que definitivamente não esperava.

— Pensei que não fôssemos chegar nunca — reclama Caíque ao pé do meu ouvido, me seguindo para dentro da casa.

— Nem me fale, achei que iríamos ficar parados no trânsito pra sempre por causa da Bauernfest. — Enzo vem logo em seguida, se jogando no sofá depois que passo para a cozinha.

Coloco a bolsa no chão e checo tanto a geladeira quanto os armários, para ver o que temos. Pouca coisa, Lúcia comprou o básico para passarmos a noite, que era o necessário. Vejo que deixou separado o queijo para o fondue, frutas já cortadas e as carnes nos sacos recicláveis no congelador.

— Nossa, e vocês viram como estava cheio? — Gil senta no sofá ao lado de Enzo, suspirando. — Faz muito tempo que não vamos a um evento assim.

— Espera, sério? — Íris fecha a porta assim que Sara entra, e vem andando na minha direção, se sentando em um dos bancos altos da cozinha. — Enzo, Nica e eu amamos vir ao menos um dia nesse festival todos os anos desde que Enzo tirou a carteira de motorista.

— Viemos apenas uma vez, eu acho, quando éramos mais novos com a tia Francisca. Depois que Caíque ficou famosinho, é mais difícil sair na rua para eventos muito abertos ao público.

— Você é muito engraçada, Sara. — Bufa ele. — Se querem tanto ir, eu me disfarço ao máximo para agradar vocês hoje, pode ser?

— Agora sim, você está falando a minha língua, Caíque, tá me fazendo gostar de você aos poucos. — Íris dá uma piscadinha pra ele, que não se aguenta rindo, e vem na minha direção para a cozinha.

Sara solta um gritinho de animação, balançando Gilberto nos ombros.

– Ok, então querem sair que horas? Tô olhando a programação aqui no celular e parece que hoje, às 20h, vai ter um desfile de lanternas, que nós mesmos podemos confeccionar!

– Jura? – Enzo pergunta, pedindo o celular dela para ver a programação.

Íris se levantou do banco e foi se juntar aos quatro, decidindo o que faremos, ou que horas sairemos de noite para a festa alemã. Caíque de repente parece estranho, apreensivo, e abre alguns armários a procura de algo.

– Se estiver procurando alguma bebida alcoólica, estão no minibar da sala.

– Na verdade, só queria um copo pra beber uma água – responde meio ríspido.

– Tá bem, *querido*. – Me desencosto do balcão da cozinha, revirando os olhos, e abro o armário que ele queria. – Pronto, aí está seu copo, quando estiver mais calmo, a gente tenta conversar.

Movo o corpo para sair, mas ele me impede, me virando pela cintura.

– Desculpa, não quis ser grosso, mas tive um começo de dia muito merda por ser teimoso. E por incrível que pareça, eu acordei ultra-animado pra viajar com você. – Ele finalmente deixa se soltar, e mostra um sorriso no canto dos lábios.

Bufo, virando o corpo na sua direção.

– Quer me contar o que estragou seu dia?

– Nada que valha a pena.

– Hum-hum, não confia em mim o suficiente, anotado. – Finjo sair de perto dele, e mordo o lábio ao ser puxada pela cintura de novo. Por algum motivo, me deixo envolver, achando graça do homem pidão que Caíque tem se mostrado na minha frente.

E o melhor de tudo, nossos amigos estão tão entretidos em suas próprias conversas no sofá que estão nos ignorando por completo. Definitivamente nada como planejei.

– Jamais repita isso, por favor – sussurra Caíque, arrastando os lábios molhados na minha orelha. – É estranho, principalmente pelo nosso histórico, mas, tirando minha família e meus amigos, você é a *única* em quem consigo confiar, então não duvide das minhas ações.

Não luto para que ele me solte, vejo em seus olhos a verdade nas palavras que proferiu quando segurou o meu rosto pelo queixo para encará-lo. Entendo completamente a sensação, porque é assim que também me sinto. É bizarro saber que você pode confiar em alguém que, há alguns dias, tinha raiva só de olhar. E hoje, estar na presença dele, mesmo que seja um meio para um fim, é de certa forma revigorante, gostoso de se esperar.

Minha mão vai instantaneamente para seu rosto e ele fecha os olhos, relaxando com o toque.

— Então me conte o que está te atribulado tanto, quem sabe eu posso ajudar.

— Talvez não, princesa, é uma briga interna que você não entenderia.

— Você não sabe, tal...

— Ei, Nica, tem queijo para fazer um fondue? – Gil aparece nas minhas costas, e Caíque me solta revirando os olhos, abrindo a geladeira para pegar sua água.

Pigarreio alto, ajeitando o casaco da Guts Tour no corpo.

— Tem, sim, a nossa diarista deixou carnes e frutas cortadas, e o tipo do queijo para o fondue está com um adesivo indicando.

— Ótimo, Íris e Sara estão com fome, e achei que seria uma ideia legal fazer agora pro almoço, aproveitando a temperatura. — Ele sorri, tirando os ingredientes da geladeira. — Tem a máquina, né?

— Sim, tá ali embaixo. — Abro o armário atrás de Caíque, mostrando o aparelho para Gil.

— Nica! Pega um vinho pra gente começar os trabalhos. – Enzo remexe os ombros no sofá, fazendo biquinho com as garotas.

— Sim, por favor! Quero meu rosé e Sarinha só bebe tinto, então traz dois – Íris me pede, mostrando a quantidade com os dedos no ar, e depois volta a dar atenção ao celular de Sara, que agora está sentada entre meus dois melhores amigos, como se já fizesse parte da turma há anos.

Suspiro rindo, e abro a primeira gaveta da ilha para pegar a chave da adega abaixo de nós. Destranco a porta e desço as escadas, acendendo as luzes logo no cantinho. Passo os dedos pelas prateleiras marrons escuras um pouco empoeiradas, até parar no vinho rosê favorito de Íris, o *Clos du Temple*, rindo baixinho da memória de nós duas andando por Paris igual tontas.

– Posso saber por que está rindo sozinha?

Dou um pulo e levo a mão ao peito, assustada, ao ver Caíque atrás de mim encostado em uma das prateleiras, de braços cruzados, com um sorrisinho idiota no rosto.

– Porra, não me assuste! Quase deixei o vinho cair.

– Percebi, a culpa não é minha se tem mãos fracas, mas ainda não me respondeu, Nica, eu estou curioso pra saber o que te faz rir.

Ponho um dedo perto do meu queixo, fingindo pensar no que perguntou, com o coração batendo mais veloz que um triturador.

– Se me contar por que seu dia foi ruim, e for um bom motivo, eu posso cogitar matar essa sua curiosidade.

– Vai ser assim?

– Pode apostar que vai, não sou garota de entregar tudo facilmente.

Ele balança a cabeça, rindo baixinho, e parecia que a adega tinha uma entrada de ar escondida, pronta para me arrepiar com a brisa leve, mas era apenas o sorriso dele, movendo aquele corpo magnético na minha direção.

– Já que insiste tanto em saber... – Caíque para na minha frente, e estica o braço rente ao meu olhar, pegando em uma garrafa, fingindo interesse nela. – Seu pai me ligou.

Franzo o cenho, confusa.

– Sério?

– Hum-hum. – Passou os dedos pela garrafa, um dos vinhos tintos do Porto que meu pai comprou na sua última visita a Portugal. – Não se preocupe, ele está todo feliz com o nosso... Relacionamento, por assim dizer.

– Imagino, só falta daqui a pouco soltar fogos.

— Precisamente — Caíque pressiona os lábios, colocando a garrafa no lugar —, a culpa nem foi dele em si, foi minha, ele apenas me relembrou de um prazo, que estava gostando muito de ignorar com você.

— Prazo de quê? Se me permite perguntar...

— Uma música pro próximo álbum. Estou com bloqueio, e agora estou me fodendo pra achar uma luz no fim do túnel. Passei a manhã inteira com cafeína até o talo, e tudo o que consegui foi concluir uma melodia que ouvi em um sonho.

— Uau, isso é interessante, foi um bom sonho?

— O melhor que já tive. — Ele enrola um dos meus fios loiros no dedo, o solta, deslizando na minha bochecha.

— E por acaso tem a ver comigo?

— Vou ser muito prepotente se admitir que sim?

Pisco os olhos, perdendo um pouco de fôlego quando ele se aproxima mais.

— Talvez, mas se estiver dizendo a verdade, posso usar minhas habilidades secretas e te ajudar a escrever.

— Habilidades secretas? Que interessante, Nica, eu aceito, tô interessado em descobrir cada uma dessas... experiências suas. — Ele ri, pressionando minha cintura para trás delicadamente, e seus dedos gelados tocam parte da minha pele debaixo do moletom. — Mas então, o meu motivo de dia ruim é suficiente para me contar o motivo da sua risada quando cheguei?

— Olha, eu até já esqueci.

Rio, mordendo o lábio, e ouço ele arfar baixinho.

— Para, você sabe que não, e só está dizendo isso pra me provocar.

— Odeio quando tem razão.

— E eu estou *amando* ser mais provocado por você... — Ele inclina a cabeça, roçando seus lábios em minha orelha de novo, fazendo os pelos do meu braço se arrepiarem com o mero calor. — Em todos os sentidos.

Terrível, completamente péssimo, estar sozinha com Caíque sussurrando essas coisas gostosas no meu ouvido é um plano tenebroso que com certeza vai dar muito errado. Ele vai deslizando suas mãos como manteiga pelas minhas curvas, até subir uma delas e parar no meu rosto, acariciando a minha bochecha.

— Ainda quer saber por que eu estava rindo?

— Não sei, com essa sua cara de pilantra, talvez minta pra mim, e pode não parecer, mas não gosto de mentiras, elas me deixam maluco.

— Engraçado, não consigo te imaginar ficando maluco por nada, principalmente por alguém.

— Vou te contar um pequeno segredo, então... — Caíque passa a língua nos lábios, massageando minha bochecha com o dedão. — Por mim, ficamos apenas nós dois nesta casa, se conhecendo em todos os sentidos, se aproveitando de uma maneira diferente, peculiar, de certa forma inovadora.

Rio sobre sua mão, gostando cada vez mais do rumo dessa história.

— Agora é a hora em que você implora para me beijar?

— Não preciso implorar por um beijo seu, Verônica, eu tenho a urgência em conquistá-lo, é completamente diferente, mais difícil, e você sabe muito bem disso. — Caíque tomba a cabeça para o lado, inclinando o seu rosto para baixo, e usa o braço livre para se apoiar na prateleira, me prendendo por completo. — Você me tem nas mãos e ainda não descobri como conseguiu isso.

— Está insinuando que eu estou te deixando maluco?

— Piradinho...

O encaro enquanto ele morde aqueles lábios que cantam palavras tão doces no meu ouvido, como um flautista pronto para pegar sua presa, me fazendo seguir seu som igual a uma ratinha desesperada. Que ódio, tenho raiva do quanto ele sabe que é gostoso, encantando qualquer um que ouse encará-lo.

— Você está querendo brincar comigo, Caíque?

Ele sorri, daquele jeito que fazia milhares de fãs gritarem por ele. Mas eu não sou fã. Sou uma jornalista séria no mercado, daquelas que não cai num papo fácil. Eu sou profissional, e inventei essa viagem até aqui para provar um ponto, de que eu podia conquistá-lo e depois...

— E se eu estiver? Podemos brincar de tantas formas que nem imagina.

Cruzo os braços bufando, pois sei exatamente quem ele é: o garoto prodígio da música pop, a sensação da internet, o queridinho das revistas e do Brasil. Mas, acima de tudo, Caíque Alves era a minha matéria, e seria a minha favorita de concretizar.

– Então acho melhor se preparar, garanhão, porque eu também sei jogar.

Minha boca se abre arfando, quando seus olhos me imploram para beijar seus lábios. Pressiono minhas coxas, tendo noção de que me enfiei em uma teia de aranha complicada e sem saída. E neste instante, engulo o tesão a seco, percebendo que o artigo virou fumaça, e apenas a minha vontade reprimida está falando mais alto.

– Mas e nossos amigos? Eles vão estranhar a noss...

– Estou pouco me importando pra eles agora, Verônica, a única coisa na minha mente é o quarto beijo que estou angustiado pra te dar, e o quanto eu estou *desesperado* pra te tocar.

Subo com a minha mão livre pela sua camisa fina, sentindo cada detalhe de seu abdômen, e enrosco meu dedo pelo seu colar fino prateado, puxando seu rosto rente ao meu. No fim, não precisei dizer nada, ele entendeu o recado.

– Então... O que está esperando pra tomar uma atitude?

Caíque suspira e ergue meu rosto, segurando meu queixo, apenas alguns centímetros para cima, e pressiona seus lábios contra os meus. Ele me morde, descendo a mão que estava em cima da minha cabeça para a minha bunda, apertando forte o suficiente contra si para me fazer revirar os olhos.

Levanto a perna, encaixando-a em sua cintura, e ele agarra sem pestanejar, não parando de me beijar, passando aquelas mãos gigantes e calejadas por todo o meu corpo. Sua boa vontade de me satisfazer é insana, e a cada segundo que sua língua invade a minha boca é suave, sem pressa, uma mistura de paraíso num pesadelo que estou vivendo.

Estou entregue a cada gemida baixa que escapa de nós dois, e viramos um caso recorrente que estou pronta para devorar ainda mais, alheia às consequências do futuro. Ele beija meu pescoço, me apertando devagar, e tenho que me segurar para não gemer seu nome.

— Ai, Verônica, você vai me deixar enlouquecido com esse seu cheiro... — Caíque arfa pesado, respirando fundo todo o ar da minha clávicula, como se seu pulmão estivesse vazio. — Porra, ninguém nunca me fez ficar assim.

Ele sobe novamente o rosto, me tocando mais forte por baixo do casaco, e não aguento segurar o gemido quando lambe a minha boca, tomando-a para si. Meu corpo queima, me sinto febril, e quando ele me pressiona mais contra a estante cheia de bebida, enrolando meus cabelos num punho fechado, minha mão deixa o vinho escapar, acordando nossos sentidos logo na melhor parte.

Caíque me solta com os olhos ainda fechados, como se absorvesse tudo o que acabou de acontecer na sua cabeça, e vira o rosto para o teto querendo sorrir. Minha respiração está acelerada como nunca, e passo os dedos nos meus lábios inchados, notando seu pomo de adão subindo e descendo devagar.

— Me desculpa, Nica, não queria te forçar a fazer algo que não quer...

— Eu quero, quero dizer, quis. — Pigarreio, colocando os fios de cabelo solto no rosto atrás da orelha. — Você é a última pessoa que me força a fazer algo, Caíque, é a única com quem posso fazer o que bem entender, e vou me sentir bem por me escolher primeiro.

Seu corpo se afasta um pouco de mim, e sinto a distância, seus olhos me encaram perdidos, como se eu tivesse acendido uma lâmpada proibida em sua casa, e então, ele começa a gargalhar.

— Qual foi a graça? — Cruzo os braços franzindo o cenho e, mesmo assim, ele não para. — Estou fazendo papel de palhaça por acaso?

— Não, pelo amor de Deus, não, é que... você é fácil e, ao mesmo tempo, difícil pra caralho de decifrar, me deixando desorientado.

— Ah, bom saber que sou uma piada pra você... — Bufo alto, e me abaixo para recolher os cacos do vinho, quando ele se aproxima novamente de mim, molhando os lábios ao segurar meu queixo.

— Você não entendeu, graças a quem é, me pego questionando todos os dias desde que saímos pela primeira vez depois daquela bendita festa sobre o que você tanto tem para me fazer ficar assim. E meu privilégio está sendo poder descobrir de pouquinho em pouquinho.

Engulo em seco, procurando palavras, sentindo o gosto doce da vitória na ponta da língua virando amargo por algum motivo, e estava pronta para me enfiar na bagunça, quando ouço barulhos de passos e risadinhas, descendo as escadas.

— Jesus, um furacão passou por aqui? — Enzo aparece no corredor em que Caíque e eu estávamos, trazendo em suas costas Íris e Sara.

As duas garotas se encaram rindo, vendo o estrago que nós dois tínhamos feito, e Caíque termina de me ajudar a limpar o vinho esparramado no chão, pegando em um dos panos que meu pai costuma deixar espalhado pelas prateleiras.

— Eu sou um estabanado, fui pegar um vinho que estava na parte de cima da estante, já que Nica não alcança, e a garrafa acabou escorregando da minha mão — responde Caíque, dando de ombros com o pano todo sujo de vinho rosê.

— Poxa, Caíque, é um dos meus favoritos! — reclama Íris, fazendo biquinho.

— Calma, amiga, tem outro nessa prateleira aí, pode pegar, e aproveitem pra escolher o tinto também, nosso pop star ficou indeciso em qual — digo, passando pelo outro corredor que os três estão com o coração prestes a explodir por quase ter sito pega aproveitando o meu ratinho de laboratório, como Mafê o chama. — Vou subir na frente para jogar essas coisas fora, e posso trancar a adega quando formos sair, já que com certeza vamos beber mais do que apenas duas garrafas.

Enzo puxa Sara para ver a última estante da adega com seus vinhos favoritos, parecendo fofocar baixinho, e Íris pede a ajuda de Caíque para pegar seu tão precioso vinho, toda risonha, enquanto sobe as escadas.

A adrenalina ainda corre quente pelas minhas veias, pois pela primeira vez desde que essa doideira começou, um momento íntimo meu com Caíque ficou apenas entre nós dois. Como um sigilo que nem mesmo iria revelar na peça que estou escrevendo. Ou talvez, para ninguém mesmo.

Trabalho é trabalho, e um beijo com palavras doces não vai me tirar do foco, mas também não significa que não possa guardar alguns momentos dessas duas semanas apenas pra mim. Como aqueles segredos gostosos de se ter, escondendo para que nada mais venha se enraizar sob minha alma.

Não permitirei que uns versos bobos me enfeiticem, e tem mais, prefiro continuar vencendo essa corrida, pronta para finalizar na data certa, me distanciando como planejado de qualquer forma de paixão que venha renascer dentro do meu coração frouxo.

Capítulo dezenove

"Minha mente diz para rejeitá-lo, mas o meu corpo me engana ao aceitar sua mão na primeira oportunidade, e me sinto uma otária"

Coisas Que Eu Sei | Danni Carlos

Caíque, sábado, 29 de junho de 2024

Bendito cansaço, bendito vinho quebrado, benditos sejam nossos melhores amigos que aceitaram o convite, e bendita aposta que me enfiou nesse laço rosa lindo que se chama Verônica.

Pra dizer a verdade, eu fui atrás dela na adega para dizer tudo aquilo que tinha a certeza de que ela gostaria de escutar. Mas jamais imaginei que as palavras sairiam tão fáceis pela minha boca, como se estivessem destinadas para seus ouvidos, se tornando dela apenas.

Beijá-la se tornou um mero alívio para toda a pressão que meu corpo assumiu nessa brincadeira. É como se o ar retornasse para os meus pulmões de forma natural, e eu sei que nunca havia me sentido assim com ninguém. E o inverso da sensação acontece quando nossos beijos são interrompidos, meu peito se aperta, se contraindo de uma forma bizarra que até então não reconhecia.

Preciso admitir que o restante do meu dia foi completamente diferente do que esperava — estranho, de certo modo vazio, mesmo cercado de gente. Tudo por causa da distância entre nós. Verônica se afastou, grudou nos nossos melhores amigos e mal trocou palavras comigo. Não que eu tenha feito muito para mudar isso... Além do incômodo, eu estava perdido demais com tudo o que rolou entre nós dois na adega. Achei melhor dar um tempo para reorganizar a cabeça — e o coração, que palpitava feito louco sempre que nossos olhares se cruzavam. Mas, porra... como foi difícil não focar nela.

— Então, gente, se vamos ver o tal desfile das lanternas, temos que ir nos arrumar. — Verônica se levanta do chão da sala, caminhando devagar até as escadas que davam ao segundo andar. — Sara, você pode se arrumar comigo e com a Íris se quiser.

— Sim! Quero ver se a dona Íris faz um dos delineados malucos que ela me mostrou das festas que vão.

— Vou fazer um básico hoje, já que não vamos pra uma boate, amiga, mas vai ficar icônico.

— E eu? Não estou convidado? — Enzo faz biquinho, inclinando a cabeça pra trás.

— Claro que está, seu bobão, vou indo à frente para não atrasar. — Verônica ri e pressiona os lábios, me encarando vermelha antes de subir. — Agilizem, por favor.

Passados alguns minutos, Sara, Íris e Enzo, depois de fofocarem sobre *The Crown*, subiram para tomar banho e se arrumar, enquanto fiquei na sala, ajudando Gilberto a limpar nossa bagunça do fondue.

— Tá tudo bem entre vocês? – ele pergunta.

Dou de ombros.

— Acho que sim, a gente se beijou.

O choque no rosto de Gilberto era o que eu esperava, de fato, nem eu entendi o que rolou lá embaixo, mas cada memória corporal minha deseja senti-la novamente.

Ele larga o prato que está dando uma lavada na pia e coloca as mãos na cintura.

– Quando?

– Na adega.

– Sabia, ela voltou toda esquisita, e você também, como se fossem dois adolescentes depois de terem sido pegos no pátio da escola.

– Por incrível que pareça, é assim que me sinto às vezes ao lado dela.

Ele balança a cabeça, estendendo-me o prato de cerâmica todo desenhado para pôr na máquina de lavar louça.

– E isso é ruim?

– Não, mas ao mesmo tempo sim. Ficou confuso, eu sei, mas essa história toda está ficando doida demais.

– Hum-hum, você não acha que pode estar se apaixonan...

– Nem pense em terminar essa frase, meu amigo, é claro que não! – Fecho a máquina com força, e Gil a liga rindo baixinho.

– Acho que está se contradizendo.

– E eu acho... – Diminuo o tom de voz, olhando para os lados para ter a certeza de que ninguém está presente para ouvir as minhas palavras. – Que você tá ficando doido. Não vai ser agora que vou gostar de alguém, principalmente nessas circunstâncias onde vou ter que terminar tudo logo.

– É muito apropriado você finalmente se apaixonar por alguém assim, Caíque, infelizmente, isso é bem a sua cara.

Estalo a língua, cruzando os braços rente ao peito.

– Me recuso a acreditar nisto.

– Então o beijo foi...

– Tesão reprimido, apenas.

– Ok, vou fingir que acredito nessas suas mentiras, igual a você, e vou subir pra me arrumar.

Ele tira o pano de prato dos ombros, pendurando-o no forno embutido, e pousa a mão no meu ombro, suspirando.

– Mas pra alguém que odeia mentiras, tá começando a confundir elas com a verdade pra se sentir melhor, e isso não vai acabar bem.

Gilberto sobe, me deixando sozinho no meio da cozinha arrumada pensando em suas palavras, e *porra*, ele não pode estar certo... Ou será que está, e sou eu quem está ficando maluco? Não, a evidência está bem aqui na minha frente, estou apenas pensando assim porque não vejo outro fim pra esse relacionamento que não seja triste. Especialmente pra mim.

Merda.

Subi derrotado e esperei que Enzo saísse do banheiro para finalmente poder entrar, e deixar que a água fervente lavasse um pouco dessa insegurança chata que está começando a me pegar. Passada uma hora, todos estão devidamente arrumados na sala e prontos para sair, mas meus olhos conseguem ver apenas uma pessoa.

– Vamos em qual carro? – pergunta Sara, ajeitando a bolsa vermelha da Guess, que dei de presente, no ombro assim que saímos da casa.

– No meu, é óbvio. – Mostro as chaves entre meus dedos brincando.

– Concordo – diz Verônica, e cinco olhos arregalados a encaram. – Que foi?

– Você concorda com alguma coisa que saiu da boca de Caíque? – questiona Íris, e o delineado em seus olhos aumentou o desenho pela expressão confusa.

– Sim, às vezes temos que admitir quando ele tá certo, mesmo que doa no fundo de nossos corações.

– Nossa, muito obrigado pela parte que me toca.

– Mas também não pode dar muita confiança, se não ele já começa a se achar demais, e não é o que queremos – provoca ela, sorrindo, e caminha rebolando até o carro, parando com a mão na porta da frente. – O que estão esperando? Vamos logo, senão vamos perder.

Sou o primeiro a obedecer com o sorriso no rosto, e entro no carro junto dela. Assim que o ligo, o resto do nosso grupo sai entrando também, e se aperta um pouco na parte de trás para tentar comportar no espaço. Verônica colocou o endereço do centro histórico de Petrópolis, em direção a Alfredo Pachá, e sigo o que pede o GPS, saindo pela rua principal do condomínio primeiro.

Não tivemos dificuldade com o trajeto, mas meu ouvido doeu um pouco ao ouvir cinco pessoas gritando no meu carro "Miss Americana and The Heartbreak Prince" quando estamos quase chegando, após uma sessão de Jonas Brothers. O divertido foi ver Verônica apontando pra mim sempre que Taylor Swift indicava seu "príncipe que quebra corações", e posso dizer que me senti de certa forma lisonjeado.

Arrumar uma vaga para estacionar perto foi um terror, e no fim, decidimos parar num estacionamento pago para dividir o valor. Como se já soubesse exatamente o que fazer, Verônica abre o porta-luvas, pegando meu boné do Fluminense, ajeitando-o na minha cabeça.

— Não precisa do óculos de sol, vou ficar com os de grau hoje à noite, as lentes estavam me incomodando um pouco — comento segurando sua mão, enquanto nossos amigos saem do carro para se esticarem.

— Ok, eu até que prefiro você usando seus óculos, fica mais fofo. — Ela esfrega seus dedos em meus cachos, rindo, e sai do carro com as bochechas mais rubras do que gostaria.

Toco nas minhas após sentir um breve calor, e bufo, chacoalhando o corpo antes de encontrar o grupo. Conforme fomos andando para o lugar onde o desfile teria seu fim, e onde ficam todas as barraquinhas de comida e bebida, preciso controlar minha ansiedade em não a tocar sem que ela permitisse.

Sua mão deslizando solta, de um lado ao outro, me faz suar de nervoso em desejar segurá-la, mas esse é um passo que não sei se estou pronto para enfrentar.

Quando paramos na primeira barraquinha de cerveja, sinto meu celular apitar com uma notificação, e peço aos céus e ao mundo para que não seja nada relacionado à Garota Fofoquei, para que não precisássemos sair correndo daqui. Mas graças a Deus, é apenas a minha mãe.

Mãe

> Oi, querido, seu irmão quer saber se vamos ao jogo do Fluminense na quinta-feira. Ah, eu vi nas notícias que você está namorando a Verônica, e fiquei um pouco chateada por não ter me contado nada, mas, ao mesmo tempo, tão feliz, já que sempre gostei dela. Convide-a também, e faço um lanchinho gostoso antes da partida. Beijinhos, te amo.

Nem tive tempo de responder que a mulher que ela tanto gosta pro filho é flamenguista, e com certeza não aceitaria ir a um jogo de futebol de outro time que não fosse o seu. Verônica me puxa com tanta força para a barraca do lado, a da Casa do Alemão, que quase tropeço, e fico de rosto abaixado escondido nas suas costas, esperando que ela faça o pedido.

– Qual sabor vai querer? – Ela vira o rosto devagar para me perguntar, e posso sentir seu hálito quente rente aos meus olhos, quando abaixo o rosto para ouvi-la melhor em meio a tanto barulho.

– Me surpreende, eu como qualquer coisa.

Verônica sorri largo, se remexe animada e pede, ansiosa, dez croquetes ao vendedor, indo para a fila ao lado retirá-los.

– Aqui, experimenta esse, é o meu favorito, eu sou viciada nos croquetes daqui.

Ela estica um na direção da minha boca, e eu mordo com vontade, arregalando os olhos com o sabor do recheio molhadinho e da leve crocância do empanado.

– Nossa, isso é uma delícia – murmurei com a boca cheia.

– Sim, nunca tinha comido?

– Não, geralmente como só o pão com linguiça deles, ou os biscoitos amanteigados, o meu preferido é o pérola.

– Sério? O meu também!

– Tá de sacanagem? E por que não comprou um saco pra gente?

– Ah, pensei que...

Dou meia-volta e vou parar de novo na barraca em que estávamos os dois, um pouco mais cheia. Entro na fila com o coração acelerado, com medo de ser reconhecido e ter que juntar todo mundo às pressas para ir embora. Mas um alívio, e surpresa, enorme veio até mim quando consegui comprar um saco grande do biscoito sem que ninguém me notasse na multidão.

Talvez sair em público em lugares lotados não seja tão ruim, com tanta gente subindo, descendo, saindo e entrando de lugares, as pessoas nem perdem tempo notando as que estão ao redor. Todos podem ser um pouco invisíveis, e quando estico o saco no ar para Verônica, que comemora, ficando pirada quando mostro o que escondia na outra mão, é que tenho a certeza do quanto ser um fantasma esta noite vai ser maravilhoso.

– Não acredito que comprou mais croquetes além do nosso biscoito.

– *Nosso* biscoito? Não, vou comer eles sozinho. – Recebo uma tapinha no ombro justo, e voltamos para a barraquinha ao lado sorrindo de boca cheia, para encontrar nossos amigos.

– A fila dessa barraquinha tá enorme, vamos fazer o Caíque tirar os disfarces e dar uma moral pra gente – Enzo resmunga, deitando a cabeça no ombro de Gil.

– Nem fodendo, já está sendo um milagre ninguém ter me reconhecido ainda, não vou perder esse privilégio – digo, um pouco mais no fundo, com Nica à minha frente estendendo o croquete para que eu morda.

– Ou, passa esse croquete aí que eu também quero – pede Gil, e Verônica lhe entrega dois. Meu melhor amigo franze o cenho, analisando a comida. – Caraca, isso aqui tá desmanchando na minha boca.

– Por favor, aprenda a fazer, e vou te amar pra toda uma vida – digo, apertando seu ombro.

– Agora me senti um merda, pensei que já me amasse.

– Só de vez em quando.

– Caíque, experimenta isso aqui. – Sara e Íris aparecem, segurando cinco copos de cerveja, enfiando um deles direto na minha boca.

– Porra, Sara, eu tô dirigindo.

– Tá tudo bem se quiser beber, eu não vou, então posso ir dirigindo pra casa – diz Verônica sorrindo.

– Tem certeza?

Encaro-a de volta, que apenas concorda com a cabeça, e pega um dos copos de Íris para me entregar.

Passamos o resto da noite comendo pão com linguiça de diferentes barraquinhas, e Enzo quase vomitou quando Gil o fez experimentar *chucrute*[11].

------

11 Prato preparado com repolho picado em tirinhas bem finas, fermentado (em salmoura, vinho branco, genebra, vinagre etc.) e servido, em geral, com batatas cozidas, diversos embutidos e charcutaria.

Aquela não tinha sido a minha única cerveja, mas parei no quarto copo para não começar a ver nada torto, enquanto o resto dos nossos amigos continuava enchendo a cara como se estivessem na Alemanha num feriado.

Encontramos uma mesa alta bem pequena, apenas para colocar nossos pratos, e saber onde nos encontrar caso nos separássemos. Ficamos bem em frente ao Palácio de Cristal, onde estava tendo um concurso de chope em metro, rindo do cara magrinho que estava em primeiro, ganhando dos carecas barbudos e bombados.

– Gilberto, o que é *Schnitzler*? – pergunta Enzo, dando uma mordida no pão de alho que dividia com Sara.

– É o joelho do porco, assado no sangue, envolto em bacon e tiras de maçã – responde.

– Eca, que nojo, é sério isso? – questiona Íris com cara de enjoada, e Gil ri.

– Não, é literalmente carne à milanesa.

Enzo bufa, limpando as mãos uma na outra.

– Bom, se é isso mesmo, acho que vou comprar um, vi vendendo numa barraquinha ali atrás, quem quer ir comigo?

– Eu vou, e dependendo do tamanho, a gente divide. – Íris se encaixa no braço dele e saem juntos em direção à barraca.

– Ei, você. – Verônica cutuca meu braço sob a mesa e inclina o rosto com um sorriso, sussurrando. – Vem comigo comprar mais croquete e um chocolate quente.

– Você não se cansa, né? – Uma risadinha fraca escapa de mim, quando, involuntariamente, estendo meu braço para que ela se encaixasse.

Nica pressiona os lábios por alguns instantes e, por fim, decide vir, se abraçando em mim. Vamos andando devagar até a barraca da Casa do Alemão no início da praça, e mesmo com a brisa gelada do inverno passando pelo meu rosto, a única coisa que conseguia me arrepiar era o cheiro de jasmim dela.

A tortura mais doce que um homem poderia suportar.

– Onde você comprou esse perfume?

– Como é? – Ela vira o rosto para mim, rindo.

— Seu perfume é de onde? De que marca?

— Ah, é o da Miley, da Gucci, Flora Jasmim, é um dos meus favoritos dessa linha, mas por que quer saber?

— É que ele virou o meu favorito também.

Porra, que merda foi essa? Como meu cérebro pode ter permitido que minha boca falasse uma coisa tão boba, tão miserável, tão...

Em choque, as bochechas de Verônica ficam mais vermelhas sob o blush, e ela precisa morder os lábios para esconder o sorriso.

— É bom ouvir isso.

Pela primeira vez na noite, ela deita a cabeça no meu braço e a ouço respirar fundo, alívio resplandece em seu rosto, como se estivesse gostando de estar aqui do meu lado, tanto quanto eu estou estranhamente amando.

Valeu cérebro, dessa vez a gente acertou em cheio.

Paramos na fila que aumentou consideravelmente desde que nós viemos aqui pela última vez há algumas horas, ansiosos para comer mais daquele delicioso e macio croquete. Verônica continua agarrada em mim, e agora me sinto mais corajoso em mostrar mais do meu rosto, sem medo de me verem ao lado desse espetáculo de mulher.

Peço novamente os croquetes de frango, os favoritos de Nica, além de dois copos de chocolate quente, e dou um passo para o lado com ela, para recolher nosso pedido.

— Está sendo um excelente cavalheiro, senhor Alves — ela sussurra, abrindo aqueles lábios em um sorriso lindo somente pra mim.

— Pensei que eu já fosse. — Entrego em sua mão um dos copos quentes, e estendo um dos croquetes recebidos rente à sua boca. — Olha, aproveitando que estamos sozinhos, desculpa de novo pelo beijo.

— Caíque, eu já disse, tá tudo bem. — Ela para, mastigando bem o salgado antes de continuar. — Até queria te beijar também, mesmo odiando admitir isso logo pra você.

— Uau. — Pisco os olhos surpresos e inclino a cabeça na sua direção, arqueando uma sobrancelha. — E fui bem pra uma quarta vez?

Verônica batuca o queixo com o dedo, e sorri pelo canto dos lábios finos cheios de gloss brilhante.

– Te daria uma nota 7.

– Droga – resmungo, fazendo biquinho. – Pra passar tinha que ter tirado 8.

Recebo um soquinho no ombro e meus ouvidos se deliciam com a sua risadinha, quando um outro som atrapalha minha felicidade.

Em sequência maldita, inúmeros celulares ao nosso redor começaram a apitar, e não perdi meu tempo pegando o meu. Verônica arregala os olhos, abrindo a boca vendo a notificação que recebeu pelo relógio, e noto no fundo, nossos amigos andando apressados em nossa direção.

– Vão pro carro! – Gilberto grita, e junto dele, uma quantidade absurda de mulheres que me encontraram passam a berrar o meu nome tentando se aproximar.

Tenho apenas alguns segundos para pensar que essa estranha movimentação tem provavelmente algo a ver com a notificação anterior. Mas, no segundo em que a primeira mulher vem ao meu alcance, seguro forte na mão de Nica, a arrastando de volta ao estacionamento, derrubando nossos chocolates quentes.

Uma enxurrada de meninas e mulheres começam a me identificar graças a essas que me viram primeiro, ou pelas roupas que uso na provável foto na GF. Sem escolha, vou me desviando com a ajuda de Verônica, me esquivando atrás de outras pessoas, ou me escondendo pelo caminho até chegarmos ao nosso destino.

Pago o senhor do estacionamento às pressas, sem saber como conseguimos despistar as pessoas ao entrar no lugar, e dou até um extra para que ele feche, deixando apenas os nossos amigos entrarem e eu sair com o carro. Graças aos céus, o lugar está vazio, e vamos andando às pressas até o carro para esperar que nossos amigos cheguem.

Assim que fecho a porta, Verônica me encara gargalhando horrores, e por impulso, me junto a ela.

– Mas que porra acabou de acontecer? – ela pergunta, segurando a mão na barriga para se acalmar.

– Bom, perdemos uns três croquetes do potinho nessa corrida, e todas as calorias que ganhei só hoje. Quem sabe até o recorde do Bolt a gente quebrou saindo de lá – digo, limpando a lágrima que escorregou no meu rosto, e ela se ajeita, me entregando o pacote de croquetes restantes ao pegar o celular para ver o post da GF.

— Cara, como essa piranha consegue tanta informação? – diz baixinho, e inclino o corpo na sua direção, para ver o que está escrito na postagem.

Uma sequência de fotos nossas dando comida na boca um do outro, e agarradinhos, aparece, com uma legenda que faria Denis e João Carlos explodirem de felicidade pelo seu pequeno plano estar dando certo.

GF

Garota Fofoquei ✓ @garota_fofoquei

Mais um croquetezinho, vida?
Aparentemente, nosso casal do momento foi visto, ultra-agarradinhos na Bauernfest, em Petrópolis. Caíque e Verônica ficaram o evento inteiro de chamego, trocando comidinhas na boca e se divertindo no concurso de chope. De acordo com fontes confiáveis do casal, eles estão se curtindo muito e parecem gostar da companhia um do outro cada vez mais. Ah, esses dois ainda vão me matar de paixão.

- Beijocas e abraços, **Garota Fofoquei**

💬 1,3K 🔁 731 ❤ 6,9K

— Ao menos, estamos os dois uma gracinha nas fotos. – Verônica ri, e seus olhos castanhos grandes me encaram.

— É impossível não ficar bonito ao lado de alguém espetacular como você – sussurro, engolindo a seco o nervosismo que me bateu ao admitir o que penso em voz alta.

— Está muito galanteador pro meu gosto.

Enrosco um dos meus dedos pelos seus lindos e suaves fios loiros, e faço um singelo carinho em seu rosto.

— Engraçado, eu lembro de te dizer uma vez que, quando eu desejo algo, corro até o inferno para buscar.

— Bem, fico feliz que dessa vez não vai precisar correr tanto, seria horrível te ver cansado por minha causa.

— Não, Nica, seria um privilégio percorrer quilômetros por você.

A vejo molhar os lábios, fitando meus olhos faminta por mais, e meu coração pula implorando para que eu não esteja ficando maluco. Desejo essa mulher como nunca quis ninguém antes, e passei a gostar da sua companhia por quem ela é, então, por que eu quero tanto que isso não tenha fim? Só tem uma resposta pra esse questionamento, e droga, Gil está certo de novo.

Pisco os olhos sem controle, aproximando meu rosto do seu, que vem lentamente ao meu encontro.

— Você ainda vai acabar comigo, Verônica — murmuro, nossos narizes se roçam como dois elementos de pólos magnéticos diferentes.

Ela ri, encarando as coxas grossas.

— Talvez tenha razão.

— Abre essa porta aí! — Íris pede, batucando no vidro, e bufo, sentando normalmente no banco para apertar o botão. Os quatro entram afobados, se apertando novamente com seus copos de cerveja na mão, e nos encaram com os cenhos franzidos. — Tá esperando o quê? Saia com esse carro daqui.

Ligo o veículo de vez, mexendo no câmbio para andar, e passo pelo portão, dando um tchauzinho de agradecimento ao dono do estacionamento.

O carro está uma bagunça, com todos eles rindo e falando sobre o quanto a noite foi divertida mesmo com a doideira da corrida no final. Mas pra mim o silêncio sorridente entre Verônica e eu era o que mais prendia a minha atenção. Me fazendo seguir o caminho inteiro de volta ao condomínio pensando no beijo que perdi, e me odiando por desejá-lo tanto quanto qualquer outra coisa.

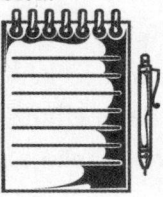

Capítulo vinte

"Uma vez me perguntaram o que meu coração mais queria, e eu nunca soube responder que o que ele mais ansiava era ter nas mãos o rosto de uma mulher que eu jamais poderia ter"
Quase Sem Querer | Legião Urbana

Verônica, madrugada de domingo, 30 de junho de 2024

Se, há alguns dias, alguém me dissesse que eu estaria tendo uma das melhores noites da minha vida com Caíque, eu não acreditaria. Falaria que:

Primeiro, essa pessoa está lelé da cuca. E, segundo, no dia em que eu ficasse tão feliz ao lado de Caíque Alves, poderia me internar.

Aparentemente, hoje é o dia em que o carro do hospício vem me buscar pra me colocar num quarto fechado ee jogar a chave fora, porque estou realmente vivendo uma das melhores noites da minha vida — e ele é, com certeza, um dos motivos. Se não o motivo do sorriso escancarado no meu rosto.

Escapamos como ninjas antes de sermos encontrados pelos fotógrafos ou pela mídia na Bauernfest, mas infelizmente tinha uns oito paparazzis barrados pelo segurança na entrada do meu condomínio, esperando a nossa chegada.

— Porra, eles não se cansam nunca? Como sabiam que estaríamos aqui? — reclama Sara, virando o rosto para trás, conforme Caíque vai entrando na rua da minha casa.

— Também não entendo, fotógrafos parecem ter mais contatos que os jornalistas. — Caíque me olha, provocando, e dou um tapinha em seu braço, estalando a língua.

Ele estaciona o carro na garagem e entramos em casa um pouco mais relaxados. A noite estava sendo ótima, comendo à vontade, conhecendo mais as pessoas que estavam comigo, e justamente por isso, não queria que acabasse. Então, sugiro:

— O que acham de tomarmos um banho bem quentinho depois dessa friaca que pegamos na rua, descermos e jogarmos algo, ou ver um filminho...

— Topo, mas dessa vez quem vai tomar banho primeiro sou eu. — Caíque sai correndo pelas escadas como uma criança, e Gilberto segue ele rindo logo atrás.

— Acho que vou fazer igual aos meninos, subir, tomar um banho, colocar um pijama fofo e descer pra beber um vinho com meus novos melhores amigos. — Sara balança os ombros, com os olhinhos fechados, e vai subindo as escadas devagar.

Suspiro, tirando os meus tênis da New Balance, o colocando no porta calçados, e vou deslizando com as meias até a cozinha para pegar um copo d'água.

Íris dá uma olhada para as escadas, antes de pensar em falar qualquer coisa que seja polêmica, e vem até mim, se sentando em um dos bancos altos me assobiando.

— A gente atrapalhou alguma coisa lá no estacionamento? Vocês dois estavam bem próximos...

— Quê? Claro que não, ele estava apenas olhando o post da Garota Fofoquei.

— Claro, amiga, imagina se a nossa Nica iria beijar o Caíque pela... O quê? Sexta vez?

— Vocês dois estão muito piadistas hoje, eu nem devia ter falado nada sobre o beijo na adega, sabia que iam me encher.

Enzo entra na cozinha, abrindo a geladeira vendo se tinha alguma coisa pronta para comer.

— Amiga, assim, quer a verdade? Acho que vocês dois estão super caidinhos um no outro, e não acredito que você vai conseguir seguir em frente com esse artigo exatamente por estar gostando dele – ele diz, mordendo um dos pedaços de queijo separados por Gil numa tábua.

— Tá maluco? Não estou gostando dele.

— É óbvio que está. Ou isso, ou você é uma atriz do caralho, porque puta que pariu, fica toda bobinha quando ele tá perto – Íris diz, comendo o queijo de cabra que Enzo a serviu.

— Talvez eu realmente seja uma boa atriz. – Molho a garganta com a água gelada, segurando a língua para não dizer coisas que posso me arrepender. – Gente, por favor, ele é apenas o Caíque, um garoto que me machucou quando eu tinha 18 anos, e pensei que por estarmos "próximos" por alguns minutos poderíamos ter algo, que agora estou usando pra conseguir o que quero.

— Você tem noção de que recusou a GQ pra poder ficar esperando o dia em que a sua tia te daria a vaga como editora-adjunta? Acorda, Nica, ser leal à sua família é ótimo, mas tem seus limites, e se isso te custar um cara legal, que parece gostar de você?

Enzo arregala seus olhos azuis, colocando as mãos na cintura, estressado.

— Se o cara gostar mesmo de mim, ele vai entender, e além do mais, gosto de estar na GINTônica, quero crescer lá dentro.

— Pode crescer em outros lugares também.

— Sei disso, Íris, mas sinto que agora é o momento de crescer lá, e não vai ser o Caíque que vai me tirar essa possibilidade. Eu vou seguir com esse artigo até o fim, e vou mostrar a vocês que estão enganados.

Eu os deixo na cozinha e subo às pressas para o andar de cima, me jogando na cama para suspirar alto. Espero Sara desocupar meu banheiro e vou correndo para debaixo do chuveiro, me ajoelhando no chão, sentindo cada gota quente me queimar porque Enzo e Íris estão errados, só podem estar, eu não estou me apaixonando por ninguém, isso é completamente impossível.

— Bora, Nica, agiliza, o Gil está esperando a gente lá embaixo com uma surpresa!

Sara me chama, e não noto o tempo que perdi presa embaixo da água. Mas a palavra "surpresa" é suficiente para me levantar e terminar o banho rapidamente.

Coloco um pijama do Tambor fofinho de mangas e calças compridas, que comprei na Primark na última vez que fui a Londres com a minha família, e passo um creme de morango, colocando levemente espirros do perfume de jasmim em lugares estratégicos. Desço as escadas escorregando por causa do assoalho de madeira escuro, e encontro uma minifesta na sala que não esperava.

— Finalmente resolveu se juntar aos seus meros súditos, princesa? — provoca Caíque da cozinha, roubando uma coxinha recém-frita por Gilberto.

— Desculpa, querido, não sabia que minha presença estava tão requisitada.

— É que Caíque estava enchendo o saco falando de você, e Sara não aguentou ouvir mais uma palavra sequer — Gil diz o que ocorreu mesmo após receber um olhar petrificante do melhor amigo assim que abriu a boca.

— Oh, você sentiu a minha falta, foi?

Me debruço pela ilha e ele aproxima o rosto do meu, rindo seco.

— Vai me prender se eu te disser que sim?

— Dá pra vocês dois pararem de se comer por dois segundos pra jogarmos um jogo em família? — Enzo pede rindo, e tenciono o maxilar, irritada.

— Nossa, Enzo, agora estou me sentindo privilegiado, você disse que faço parte da família.

— Cala a boca e senta aqui pra explicar o jogo, Caíque. — Sara, que está atrás dele, ajudando Gil na cozinha, puxa o melhor amigo pelo braço, o levando pro sofá.

Sigo logo atrás, me sentando ao lado de Caíque, e como se fôssemos um casal de longa data, ele pega nas minhas pernas, as colocando no seu colo. Um arrepio invade meu corpo e preciso fechar os olhos para respirar fundo. Quando os abro, vejo Enzo e Íris brindando com suas taças, rindo pra mim, admitindo que a minha situação está muito boa pra ser verdade.

Pego a taça de vinho tinto das mãos de Caíque e a viro toda sem pestanejar, suspirando satisfeita. Balanço o corpo graças à quentura da bebida descendo pela garganta, e pisco os olhos para acordar.

— Tá, vamos jogar o quê?

— Mentira — responde Caíque, tirando as mãos das minhas pernas para pegar o baralho que Sara o entrega.

Arranho a garganta e franzo os olhos, não entendendo.

— Como é?

— Mentira — repete mais convencido.

— Caíque, deixe de ser otário e me diga o nome do jogo.

— Ignore-o, Nica — Gil se senta ao meu lado, após colocar um pratinho de coxinhas no meio da rodinha. — Mentira é o nome do jogo. A mãe dele nos ensinou quando tínhamos uns 13 anos, e desde então, esse babaca sempre ganhou todas as partidas, mesmo achando que ele rouba.

— Vou roubar sim, Gilberto, e enfiar cada uma das minhas cartas no seu c...

— Ok, e qual é o objetivo desse jogo? — pergunta Íris.

— É bem simples, pra falar a verdade. O objetivo é se livrar de todas as cartas na sua mão, mas sempre tendo que duvidar do que nosso oponente afirma ter colocado no montinho.

— Lembrando que tem o dobro de cartas, já que misturamos dois baralhos, então, já sabem. Mas só vão aprender mesmo jogando — comenta Sara, colocando o baralho nas mãos de Caíque.

As cartas deslizam suavemente pelas suas mãos grandes, como se estivessem em câmera lenta. E o sorriso largo se formando no canto de seus lábios me deixa tonta, arfando baixinho.

Ele entrega a quantidade certa para cada um de nós, e abro meu baralho, analisando as cartas de que preciso me desfazer. Gil se estica para pegar a taça de vinho que Enzo lhe serviu, e rapidamente joga quatro cartas viradas para baixo.

— Quatro ases — diz, bebendo de seu vinho branco.

Franzo o cenho. Como ele pode ter dispensado quatros ases, se na minha mão tenho cinco? Levanto o olhar rapidamente para Caíque, buscando uma resposta, se me atrevo ou não a desafiar seu melhor amigo. E pude ter a certeza em seu sorriso sacana.

É agora ou nunca.

— Mentira... — digo baixinho

— Espera, o que disse? Não consegui ouvir, o som da música chata que a Íris colocou não me permite te entender — brinca Caíque, levando a mão no ouvido como uma concha para captar mais informações sonoras. — Vocês ouviram por acaso? Eu tô surdo? O que disse, Nica?

— Eu disse mentira! — berro dessa vez, recebendo um tapinha no ombro de Caíque por desmascarar Gilberto, e todos da rodinha comemoram.

— Boa, Verônica, desmascarar o Gil é fácil, quero ver você me ganhar.

Dou uma risada seca com a taça de vinho molhando meus lábios, e virei levemente o corpo para apertar suas bochechas.

— Oh, querido, não se preocupe, apesar de saber que você é um excelente mentiroso, eu sei que vou te vencer.

— Ok, é o que vamos ver. É sua vez, princesa...

Abro o baralho novamente e vejo que tenho apenas uma carta de número dois. Decido não correr riscos nessa primeira rodada, e coloco a carta no centro.

— Um de dois.

— Quatro de três — responde Caíque no automático, e não penso nem duas vezes antes de o desafiar.

— Mentira!

Nossos amigos arregalam os olhos, provocando-o, e Caíque tomba a cabeça para o lado, me fazendo encarar a floresta verde de seus olhos a ponto de me perder por alguns segundos antes que abrisse a boca.

— Sabe, Verônica, na casa da minha mãe tem um quadro de giz que ela pendurou assim que nos ensinou o jogo. Nele tem a quantidade de vitórias de cada um ao longo dos anos, e não querendo me gabar, mas o meu recorde de vitórias está lá há mais tempo do que as suas.

— Nossa, e você deve estar muito orgulhoso... Quer um prêmio pela sua conquista?

— Não... — Ele mexe no meu queixo e mordo o lábio contendo a tensão que seu toque causa. — Quero que você pegue as cartas, veja a sua resposta, e pare de mentir pra mim.

Passo a língua nos lábios e pego as cartas descartadas como mandou, ouvindo Enzo e Íris darem gritinhos pelo que Caíque falou. Ranjo os dentes no segundo em que visualizei as quatro cartas de três na minha mão, mostrando-as para todos à minha volta.

— Meu Deus, esse filho da puta disse a verdade. — Enzo gargalha, tombando as costas no chão.

— Qual foi, gente? Vocês me desmerecem demais. — Caíque molha os lábios com o vinho branco, e indica a melhor amiga com o olhar. — Sua vez, Sara.

— Onde estamos?

— No quatro — Íris responde.

— Ok, duas de quatro — diz ela, passando a bola pra Enzo.

— Uma de cinco — comenta ele, mas acabo por ignorar a sequência, tendo um certo passarinho que não para de cantar no meu ouvido.

— Sabe — Caíque aproxima a boca na pele fina da minha orelha, roçando-a com sua voz aos sussurros —, o segredo é ser capaz de ler as pessoas tão bem, que até a forma como elas se movimentam te entrega a resposta.

— Cinco de sete — Gil comenta baixinho, coçando a cabeça.

— Mentira. — Caíque sorri rente à minha boca, virando lentamente o rosto para o melhor amigo. — Mentira feia, Gilberto. Pra deixar claro, ele e minha mãe nunca foram muito bons jogando, e têm um motivo muito ridículo pra isso, que seria...

Gil admite, rindo sem graça, ao recolher as cartas.

— Porque sua mãe me ensinou que eu sou puro de coração.

— Mentira! — Sara gargalha, dando um soquinho no ar com Íris.

Passados alguns minutos, algumas rodadas e umas boas taças de vinho, a brincadeira foi ficando mais engraçada. Principalmente depois que Enzo desistiu e começou a ficar rodando as costas de Caíque, fingindo não se importar, me contando cada vez que ele mentia ou não através de sinais.

— Duas de reis — bufa Caíque, jogando as cartas no centro, perdendo a paciência.

Enzo mexe fraquinho no lóbulo da orelha, me provando que ele estava dizendo uma...

— Mentira, e das feias, Caíque.

— Como você tá acertando? — Me encara com a mandíbula trancada.

— Ué, não era você o tal campeão? Cadê o ego enorme que estava no início do jogo?

— Engraçadinha... Ainda vou ganhar, vocês vão ver. — Ele aponta para cada um de nós na roda, e rimos de sua cara.

— O segredo, querido, é saber ler as pessoas. — Seguro seu rosto, arranhando de leve com a unha grande feita, e dou dois tapinhas rindo. — Não te ensinaram isso na escola?

Caíque sorri, e sua sobrancelha com a cicatriz se ergue quando desliza os dedos pela minha perna, como um dos mais deliciosos cremes. Ele me faz sentir como se estivesse ainda no colégio, e não sei se gosto muito da sensação.

— Uma de ás — diz Sara, por fim, me tirando do transe de Caíque.

— Três de dois.

— Mentira, Íris, nem precisa deixar elas no bolinho, coloca de volta no seu baralho — pede Caíque, soltando minha perna.

— Porra, odeio jogar contigo — reclama ela, cutucando Gil para que continue.

— Dois de três.

— Quatro de quatro — digo, e Caíque franze o cenho. — Quer duvidar? Fique à vontade...

– Não, pela minha sanidade mental, vou deixar essa sua mentira passar. – Ele ri, dando atenção ao seu próprio baralho quase no fim, e tira três cartas. – Três de cinco.

Essa me pegou. Enzo ergue os ombros, com os olhos arregalados, pedindo desculpa por não ter conseguido ver. Gil mexe no lóbulo da orelha direita, me dizendo que não tem essa quantidade. E antes que pudesse reparar nas meninas, Caíque ergue o olhar, reparando na esquisita movimentação de todos nós, se dando conta enfim do que fazíamos.

– Men-ti-ra! Estou sendo assaltado em plena Petrópolis, vão se foder todos, e você – ele aponta pra mim, pressionando meu rosto com suas mãos –, vou jogar a culpa dessa derrota totalmente nos seus ombros por querer me enganar, e por ter me deixado nervoso.

– Quer dizer então que não precisamos roubar? É só colocar a Nica na sua frente que você amolece? Vixe, vou convidar a Verônica mais vezes pra ir pra sua casa quando jogarmos. – Sara brinda seu copo no de Gil e Íris, rindo à toa.

– Blá-blá-blá, Sara, e você? – Ele se levanta e aponta pra Gilberto, abrindo os braços. – Senhor "puro de coração", aceitou fazer parte dessa tramoia?

– Mano, alguém tinha que te colocar no seu lugar.

– Fui traído pela minha própria família... – Caíque finge decepção, andando para trás do sofá, pousando as mãos nos ombros de Enzo. – A única pessoa honesta aqui é o Enzo!

Enzo ri, abrindo mais seus olhos azuis.

– Você quem pensa...

– Pai eterno, eu tô cercado de víboras! – Caíque dá as costas, seguindo seu caminho para a cozinha. – Eu vou fazer uma pipoca e ver uma comédia romântica, que ao menos ali, eles não mentem pra mim.

– Deixa de bobeira, Caíque, admita a derrota, desencane e volta pra cá para vermos um filmezinho de terror. – Me levanto, indo atrás dele.

– Hum-hum, terrorzinho gostoso a essa hora da madrugada, num lugar remoto e cheio de mato? Com certeza, tô dentro. – Íris também se levanta, ajudando Enzo e Sara a arrumarem a sala.

— Sério mesmo que vocês vão me fazer ver um filme de terror? Porra, não podemos só ficar quietinhos assistindo *Gatinhas e Gatões*, ou *Simplesmente Acontece*?

— Porque você não vai estar sozinho, e se tiver medo, é só apertar a minha mão que passa. — Pressiono seus ombros, massageando de leve, enquanto ele espera pela pipoca ficar pronta no micro-ondas.

— Enzo, me ajuda a pegar um dos colchões lá de cima pra colocarmos aqui no meio. — Gil puxa meu melhor amigo, e os dois sobem as escadas para tirar o colchão de uma das camas dos quartos de hóspedes.

Sara analisa a enorme estante com DVDs na sala e pega um, mostrando para Íris.

— Que tal... *A Hora do Pesadelo*.

— Perfeito, agora vou ficar pensando no pesadelo que vai ser esse filme estragar os meus sonhos — resmunga Caíque, colocando a pipoca pronta no balde.

— Deixa de ser medroso, garoto. — Eu o puxo pelo braço, indo para o sofá. — Vem, vai ser divertido.

— Bom, se você me prometer ficar acordada o filme todo comigo, posso acreditar que será.

Estendo meu mindinho na sua direção, e ele, ao ver, solta uma risadinha baixa, encaixando o mesmo dedinho no meu.

— Prometo, agora vamos esperar os meninos terminarem de descer com o colchão e as meninas colocarem o DVD pra eu te assistir chorar até dormir.

Gil e Enzo gritam por ajuda, e Caíque se levanta para ajudá-los. Pego o controle para ajudar as meninas a mexer no aparelho antigo, e depois de tudo feito, cada um deita num lugar diferente.

Com a ajuda de Íris e Sara, abro os sofás para podermos ter mais espaço para deitar, e caso todos acabassem dormindo, ficássemos confortáveis até nos nossos sonhos. Sara fecha as cortinas, deixando as janelas abertas para ventilar, e se deita no sofá onde Gilberto está, se aconchegando no travesseiro.

Íris joga uma pipoca na cara de Enzo, e ele a puxa pelas pernas, deixando-a cair de cara no travesseiro que trouxeram, se deitando do lado dele no colchão pra dar play no filme.

Caíque fica largado no sofá do meio e dá dois tapinhas no peito, me convidando para deitar, como se fosse a minha única opção. Rio baixinho, balançando a cabeça, e aceito meu destino, deitando em cima do seu corpo, sentindo seu cheiro delicioso de grama fresca passar nas minhas narinas, relaxando o meu cérebro molengo de tanta bebida.

Depois de alguns segundos, meu peito passa a bater no mesmo ritmo que o dele enquanto escuto cada batimento de seu coração, ignorando as falas da protagonista. Ele está calmo, sereno, e cada vez mais em sincronia comigo, parecendo que eu havia me tornando a dona de seu espaço, e que estava em casa, de certa forma.

Não deu nem quinze minutos de filme quando sua mão se enroscou em meus cabelos, acarinhando cada fio e cada parte do meu couro cabeludo num carinho delicioso. E passados alguns segundos, encantada com o seu cafuné, eu apaguei no peito do garoto que estou destinada a quebrar o coração.

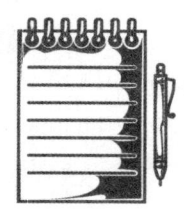

Capítulo vinte e um

"Me perdi na neblina do olhar de quem menos queria, e dormi serena nos braços de quem estou tentando enganar"
Você sempre será | Marjorie Estiano

Caíque, domingo, 30 de junho de 2024

Acordei cedo da minha paz sem querer. Bem, não exatamente. Nica pulou do meu peito com o barulho grotesco do liquidificador sendo batido na cozinha, e não pude fazer nada para que tanto ela quanto eu voltássemos para o nosso sereno sono. Enzo está parado na cozinha, vestindo uma roupa de academia, e morde o resto da banana que tinha nas mãos ao nos encarar.

— Bom dia, gente, querem vitamina? — pergunta sorrindo, e aumenta a velocidade do aparelho, o deixando ainda mais barulhento.

Nica senta-se a poucos centímetros de mim no sofá, com a mão ao peito acelerado ainda meio sonolenta. Ela boceja, se espreguiçando, e quando finalmente percebe onde dormiu nesta noite, arregala os olhos.

– Espera, que horas são? – questiona, olhando o relógio no pulso e pigarreia. – Nove e meia da manhã? É domingo, Enzo!

– Ah, claro, como se fosse o horário que estivesse te assustando, e não onde você acabou dormindo, né... – provoca, piscando o olho azul, e sai para a varanda do quintal dos fundos com seu copo rosado na mão.

Verônica fica estagnada sem saber o que responder, me encarando depois do comentário, e dá uma risadinha fraca.

– O sofá até que é bom...

– Dormiu bem? – pergunto, escondendo o riso.

– Desculpa?

– Perguntei se dormiu bem, quer que eu te deixe sozinha? Você parece ainda estar dormindo.

– Não, quero dizer, mais ou menos. – Ela se levanta esquisita, e coçando a cabeça dá risadinhas falsas até a cozinha.

– Ainda não respondeu à minha pergunta...

Ela me dá as costas, abrindo o armário para pegar uma caneca, e bufa, se entregando.

– Sim.

– Sim, o quê?

– Eu dormi bem – responde, pegando outra caneca. Ela leva as duas até a máquina e suspira enquanto prepara um café. – E você?

– Feito uma pedra, no bom sentido, é claro. Andei com insônia recentemente por causa do álbum, e hoje foi um certo...

– Alívio? É, também não ando dormindo bem graças a um artigo da revista, e acho que posso entender, mas você está proibido de dizer a alguém que admiti isso – ameaça, apontando o dedo pra mim.

Passo os dedos pela minha boca, fechando-a como um zíper. Eu a chamo com o dedo, e ela vem andando devagar até mim, escondendo o riso ao pressionar os lábios. Sua mão está macia e quentinha, com a unha no mais perfeito tom de azul-escuro, quando a pego para colocar a chave imaginária.

– É pra mim? – Aceno, sorrindo. – E não vai poder falar nada enquanto eu não abrir? – concordo mais uma vez, arrancando sua risada tão gostosa de escutar. – Ok, vamos ver até quando você aguenta.

A máquina de café apita e ela vai andando de costas até chegar no aparelho. Pega duas canecas separadas, colocando leite recém-fervido da máquina em ambas, e a encaro com um sorrisinho bobo no canto dos lábios quando a vejo colocar um pouquinho de canela em uma delas.

Ela vem na minha direção, dando de ombros.

– Que foi? Acho que li numa certa revista como você prepara seu café. Tenho memória fotográfica, caso se importe em saber. – Faço um biquinho, e Verônica ri fraco mais uma vez, levando a caneca à boca. – Deixa de ser metido a besta, foi há muito tempo.

Seu corpo se debruça na bancada da ilha, bem à minha frente, com o seu cheiro de jasmim mais fraco, mas ainda vivo na minha blusa. Disfarço rapidamente na esperança de senti-lo sem que ela perceba, e quando acho que fui pego, Verônica respira fundo, olhando para a sala vazia.

– Eles realmente arrumaram tudo, sem deixar rastros, e subiram para dormir sem nos acordar, não é?

Ergo as sobrancelhas, concordando, um bando de zé manés, isso sim.

– O que acha de eu preparar um café só pra nós dois, e eles que se virem?

Pisco os olhos, confuso num primeiro instante, sem acreditar que isso realmente estava acontecendo.

Verônica nem espera que eu respondesse, abre um sorriso largo, dando tapinhas na bancada da ilha e vai abrir a geladeira para ver o que havia restado. Ela tira uma caixa de ovos, tomate baby, requeijão e um frango picadinho dentro de um pote.

– Gosta de omelete recheada? – pergunta, e ela se vira, colocando a mão na massa, antes mesmo que eu possa afirmar com a cabeça.

Faço menção de me levantar do banco alto, mas ela ergue apenas um dedinho, negando.

– Pode ficar sentado, considere isso um, "obrigada pelas flores, Caíque" – diz, se abaixando no armário ao lado para pegar a frigideira.

Pois bem, já que ela não quer a minha ajuda, uma coisa eu sei que posso fazer. Eu me levanto do banco, indo até a sala, e ligo a TV, colocando no YouTube. Seu corpo para no fogão, virando lentamente na minha direção com uma expressão de total surpresa. Ela dá um gritinho e volta a cuidar das omeletes, cantando bem alto a música do Big Time Rush.

— *And every day I see you on your own. And I can't believe that you're alone. But I overheard your girls and this is what they said. Looking for a, looking for a...*[12] — berra, rebolando em frente ao fogão, enquanto vou me aproximando de seu corpo.

Passo as mãos pela sua barriga embaixo da blusa felpuda, e desligo o fogo, virando-a pra me encarar, toda risonha, enquanto vou cantando cada letrinha como se fossem palavras secretas minhas que somente ela poderia ler.

— *That you're looking for a boyfriend. I see that, gimme time, you know I'm gonna be there. Don't be scared to come put your trust in me. Can't you see all I really want to be.*[13]

— Não lembro de ter dado permissão para falar, mas dessa vez eu vou deixar! — Ela dá outro gritinho animado, cantando a música junto comigo, aceitando ser guiada pela minha dança desajeitada.

— *If you tell me where, I'm waiting here. Every day like Slumdog Millionaire. Bigger then the Twilight love affair. I'll be here. Girl, I swear.*[14] — murmuro em seu ouvido, com o rosto encaixado no espaço de seu ombro e ela se torna molenga em meus braços.

Eu a rodopio no meio da cozinha, mexendo os ombros para acompanhá-la na dança enquanto ela não para de sorrir com as bochechas queimando de vermelhas.

Tento fazer um moonwalk circulando seu corpo, e ela gargalha ainda mais alto, não conseguindo cantar o resto da música direito. Verônica me pega pela mão, obrigando-me a ficar mais colado nela, e grudo nossas cinturas, fazendo o único passo de dança que aprendi no forró.

---

12 Tradução livre: Eu te vejo sempre sozinha por aí, e nem consigo acreditar que é assim. Mas ouvi suas amigas comentando sem querer, dizendo que você só está procurando...

13 Tradução livre: Está procurando um namorado, eu sei, me dá um tempo, eu chego, te mostro que eu serei ele. Não precisa ter medo, só confia, porque tudo o que eu quero é te amar.

14 Tradução livre: Se me disser onde, eu já estou aqui, todo dia esperando só por ti. Maior que o amor de Crepúsculo, pode crer, estou contigo, garota, eu juro, até o fim.

– Isso é pop, Caíque!

– Não estou nem aí, ninguém está vendo, e você não deveria ligar também.

E assim que a giro, inclinando seu corpo para trás em meio a gargalhadas, beijo seu pescoço involuntariamente, e ela permite sem jeito, como um casal que já está junto há anos, e que faz dessas ocasiões a sua rotina. Venho a trazendo para cima lentamente, enquanto vou beijando cada centímetro de seu pescoço, até que seus olhos estivessem sob a vigilância dos meus.

– Olha só, quem não tem dois pés esquerdos – diz, diminuindo o ritmo, com a mão firme no meu peito.

– Só sei dançar com você, é engraçado o q...

Se antes eu já não gostava das propagandas do YouTube, agora então, eu as odeio. O barulho alto que a propaganda de absorvente faz é para sacudir a casa inteira, arrancando Verônica dos meus braços com os olhos arregalados, e o peito acelerado feito a Kula nos dias de chuva com trovoada.

– Melhor voltar a preparar esse café da manhã, ele não vai se fazer sozinho – diz, andando apressada para o fogão, o ligando novamente.

– Quer ajuda?

– Não, obrigada, vai aproveitar seu café, que deve estar frio, e me deixa ser a chefe de cozinha por hoje. Agora, caladinho, sua chave ainda está comigo. – Ela dá um sorrisinho maléfico, me mostrando a chave imaginária no ar.

Volto para o meu banco alto, trocando a música que toca na sequência sem que a gente desejasse. Coloco "Última Noite", do ConeCrew, para tocar na TV, e faço exatamente o que Verônica me pediu, quieto, tomando a primeira parte do meu café da manhã, enquanto a espero voltar para o meu lado.

Observo-a deslizar pelo chão da cozinha, rebolando devagarinho no ritmo da música lenta. E preciso olhar para a paisagem do quintal para não perder o pouquinho de juízo que me resta para levar essa aposta adiante, agarrando-a, descontrolado, pronto pra curtir minha última semana com ela.

Nem sei como não acordamos o resto da casa com a barulheira que fizemos durante a dança, e Enzo está em um dos bancos de madeira lá fora, não parecendo se importar nem um pouco com o que acontece aqui dentro.

Verônica prepara tudo com maestria, separando dois pratos com a omelete recheada, e atravessa a cozinha para se sentar ao meu lado em um dos bancos altos da ilha.

— *Godere, mio Caíque* — diz, brindando seu garfo no meu com um sorrisinho.

— Não entendi, posso pedir pra Alexa traduzir? — Recebo um tapinha no ombro, e mesmo assim insisto. — É italiano?

— Significa bom apetite, e sim, é italiano, a minha língua estrangeira favorita, se quiser saber.

— Sempre estou interessado em saber mais sobre você, Nica, caso não tenha notado ainda.

— Não muito, está deixando a desejar.

— Tenho mais truques para tirar da manga, não se preocupe. — Dou a primeira garfada na omelete e reviro os olhos, saboreando o tempero e a combinação perfeita do recheio. — Porra, isso aqui está fantástico!

Ela ri com a boca cheia.

— Melhor que o do Gilberto? — pergunta, indicando o meu prato com a cabeça.

— Absurdamente sim.

— Obrigada! Cansei de tentar fazer um desses para Enzo, Mafê e Íris, mas os três sempre se recusam a comer. Ficam espalhando por aí que não sei cozinhar bem.

— Grandes mentirosos, isso sim. — Maneio a cabeça, procurando algum jeito de provocá-la. — Na verdade, acho que seu maior defeito é babar muito enquanto dorme, e ainda assim, achei adorável.

— Espera, você acordou durante a madrugada? — Ela me encara com fogo nos olhos, e fico com medo de responder.

— Se eu admitir, promete, jurando, juradinho, que não vai me matar? — Ela franze o cenho, ficando cada vez mais estressada ao largar o garfo no prato. – Ok, sim, não vi que horas eram, mas você estava tão fofinha, parecia tão confortável, e não quis acabar com essa paz.

– Era só ter me levado para cama, seu maníaco.

– E acabar com a minha paz? Acho que não, quis aproveitar para dormir sossegado também.

– Você é um tonto...

– E você é magnífica...

Ela pisca os olhos sem entender, e seu rosto fica completamente vermelho.

– Como é? – pergunta, virando-se pra mim, me deixando sem fala.

– Por favor, não me faça repetir – peço, e toda minha confiança evapora em questão de segundos.

Não consigo encará-la, foco na omelete o máximo que posso, até que ela começa a rir. A risada mais linda e contagiante que já escutei. Ela mexe no cabelo, tirando-o do rosto, e agradece sem dizer nada.

Voltamos a comer sua deliciosa omelete tranquilos, apenas aproveitando a companhia um do outro, sentindo que os sabores se misturam perfeitamente bem na minha boca. É irreal, uma pura fantasia, e que, por alguns segundos, esse parecer ser o amado de Verônica foi verdadeiro pra mim.

– Vai me contar como conseguiu essa cicatriz na sobrancelha? – ela pergunta, passando os dedos finos sob o espaço vazio.

– Por quê? Não encontrou uma única matéria em nenhuma revista sobre essa fofoca?

– Por mais que eu desejasse passar meus dias pesquisando sobre você, tenho mais o que fazer. Mas se não quiser me contar, tudo bem, vou levar isso para o coração.

Bufo para esconder o sorriso.

– Ok, se eu te contar, você me diz por que voltou para o Rio depois de parecer tão feliz em São Paulo, fechado?

– Acho que é meu destino entrar nessas furadas de acordo com você, não é?

— Provavelmente, agora senta que lá vem história. — Dou um breve gole no café, limpando a garganta, antes de começar. — Sou muito esperto quando tô sóbrio, mas bêbado costumo tomar mais decisões merdas do que o normal.

— No seu caso, eu diria o contrário, mas...

— Continuando, era carnaval de 2016, tinha 17 anos, saí com Gil e Sara para curtir um bloquinho, e tudo deu errado. Não é à toa que Sara jurou de pé junto não ficar mais de babá da gente depois do que aprontei.

Nica arregala os olhos, bebendo o café da sua caneca.

— Jesus, o que você fez?

— Amo filmes antigos de comédia e romance, como é óbvio, mas naquele ano tive a brilhante ideia de me fantasiar de Tom Cruise, em *Um Negócio Arriscado*. Usando apenas um blusão rosa listrado, uma samba canção branca e chinelos.

— Nossa, pagaria para ver isso, tem fotos?

— Bom, a fantasia, posso te mostrar mais tarde se quiser. As fotos, Gilberto com certeza deve ter no celular, depois você pergunta. — Finalizo o café, e a vislumbro enchendo a boca de omelete, mas sem perder o foco em mim. — Chegamos à Cinelândia, eu estava com a cabeça fodida porque meus pais tinham acabado de assinar o divórcio - o que foi ótimo pra mim, minha mãe, pra gente no geral - e quis me enfiar na bebida para esquecer. Resultado, subi em um ônibus com outras pessoas e, quando estava descendo, escorreguei, caindo de testa no asfalto, rasgando o supercílio.

Verônica tapou a boca em espanto, mas como qualquer outro na sua situação, após ficar ligeiramente assustada, começa a rir aos poucos ao entender a situação que passei.

— E quantos pontos você levou, maluco? Você podia ter morrido!

— Oito. De acordo com os médicos, nem precisei levar anestesia, já que estava completamente grogue, sem sentir nada.

— E até hoje não sei como esse filho da puta saiu vivo daquele dia. — Viramos em direção à voz, e Gilberto está no fim da escada, vindo até nós dois.

— Bom dia, senhor Gilberto, isso são horas? – Aponto para o relógio invisível no meu pulso com dois dedos, como se os ponteiros estivessem rodando, e ele sorri.

— Depois que vocês dormiram, assistimos mais um filme, um de comédia do Adam Sandler que a Íris e a Sara encheram o saco pra ver, por isso tô exausto. – Ele coça as têmporas, reparando na bagunça a seu redor. – Vocês fizeram essa lambança e nem separaram uma omelete pra mim? A pessoa que mais cozinhou para vocês?

Nica e eu nos entreolhamos, e voltamos o olhar para Gil, dando de ombros.

— Vocês vão ver só, não faço mais nada! Estou de greve! – Abre o armário, pega um copo, e se serve da vitamina rosada de Enzo. – Hum-hum, isso tá bom, fizeram isso também?

— Foi o Enzo, ele tá lá fora, por que não vai lá conversar com ele? – Ordeno meu melhor amigo a sair da cozinha com o olhar, e Gil ri, entendendo.

— É, quero saber o que ele usou aqui – disse, dando mais uma bebericada e saboreando o líquido ainda gelado, enquanto fixa o olhar em Nica. – A que horas vamos embora mesmo?

— Acho que depois do almoço, umas duas, três horas – Nica responde, e Gil concorda, saindo pela porta do quintal.

Viro o corpo para a Verônica que, assim como eu, está com seu prato vazio. Eu me levanto do banco, pegando seu prato antes que ela resmungue por alguém a estar a ajudando, e levo a louça suja para a pia.

— Gostou da minha história? – pergunto, ligando a torneira.

— Sim, você é completamente doido, e fez uma coisa que jamais faria na minha vida de tanto medo. – Ela se levanta do banco, vindo até mim.

— Mas você também realizou feitos que fui covarde em testar.

— Tipo o quê?

— Ir para São Paulo, estagiar em revistas de grande nome, ou pensa que seu pai ficou todos aqueles anos sem fazer publicidade sua?

Verônica dá uma risada seca, encostando o quadril na quina do mármore bem ao meu lado.

— Quando ele quer, pode ser um marketeiro melhor que Íris.

— Não duvido disso, todos os anos, reuniões, festas, eventos falando sobre você me trouxeram até aqui, e está sendo bem divertido, né? — Eu a empurro de leve para o lado, e sua carranca se desfaz.

— Você quis saber por que voltei para o Rio, foi por isso, por eles, no caso. Minha família significa para mim o mesmo que seu irmão e mãe são para você, e senti que finalmente tinha chegado meu momento de voltar para casa, entrar nos negócios.

— Nossa, mas quis entrar tanto de cabeça assim a ponto de ficar comigo?

— Pode-se dizer que sim... — Ela morde o lábio, fitando o chão. — Não cometi nenhum erro, sei disso, mas às vezes me questiono se estava pronta para voltar.

— Vou te contar um segredo sobre a vida. — Me debruço sobre seu ombro, sussurrando pertinho do seu ouvido. — Nunca estamos prontos o suficiente, essa é a graça. Afrouxe o sutiã e aproveite, *nepo baby*, sua vida está ganha.

Ela range os dentes, cruzando os braços para me queimar com os olhos castanhos.

— Odeio quando você me chama assim. Porque você sabe que, apesar de todos os benefícios com que cresci, eu poderia ter sido uma mimada e não querer ter nada. Só usufruir, não conquistando nada meu, e você sabe que não sou assim.

— Me desculpa, Nica, nunca quis que... — Meu peito acelera, com o pensamento de ter falado merda. Coloco minhas mãos molhadas em seu rosto, obrigando-a a olhar nos meus olhos. — Sabe que não penso isso de verdade, apenas gosto de implicar com você, é nossa linguagem de amor. Por favor, me desculpe.

— Tá tudo bem, acredito, hoje sei que não falaria ou faria nada para me magoar. — Ela ri baixinho, trocando o peso dos pés, e eu me esforço para não deixar transparecer a dor que sinto ao recordar o verdadeiro motivo que me trouxe até aqui naquela manhã. Uma aposta que meu eu verdadeiro jamais teria permitido.

Mas o estrago está feito, e nada mais pode ser mudado. Nica aperta meus dedos com mais força, fechando os olhos como se fosse livre como um pássaro e relaxada como um gato em busca de aconchego. Magnífica, ela é tudo o que me recuso a possuir.

– Até que você está começando a tomar seu espaço em mim, senhor Alves. Deveria se orgulhar de conquistar algo que poucos conseguem – diz, soltando suas mãos lentamente das minhas e indo em direção às escadas, me deixando sozinho e sem rumo naquela casa gigantesca.

Como assim tomar espaço? O que ela quis dizer com isso? E por que meu coração quase foi parar na minha mão quando a magoei sem saber? Que porra tá rolando comigo?

Não vou dar o braço a torcer, não quero, não posso. Isso é irreal, imaginário, e é assim que vai continuar até o próximo sábado, como uma última noite de sonho bom, uma última dança perfeita.

Capítulo vinte e dois

"O nome do que sinto é óbvio, mas jamais admitiria em voz alta. Não quando vou destruí-lo, não quando sei que ele vai me odiar se descobrir tudo"

Palpite | Vanessa Rangel

Caíque, domingo, 30 de junho de 2024

Faziam muitos finais de semana que eu não tinha um domingo tão gostoso como esse último, e tudo isso graças a uma única pessoa. Claro, conhecer mais seus amigos e ver que, no geral, formamos um bom grupo foi muito divertido também. Ir a um evento público e aproveitar meu breve momento anônimo também foi incrível. Mas todos os sentimentos bons que tive ficaram centrados em uma única face. Agora, meu cérebro reclama por sentir que uma parte minha, que antes permanecia levemente escondida, está saindo para a luz sem nenhuma consequência.

Voltamos da casa de Petrópolis, cada um em seu carro, e foi difícil não sentir falta dela pelo resto do domingo inteiro depois que cheguei com Gilberto em nosso prédio.

— Sabe que ela vai dormir na casa da Íris e do Enzo hoje, não é? — Gilberto ri da cozinha, preparando nosso jantar, depois de me ver caminhar até a porta pela terceira vez para olhar o apartamento dela através do olho mágico.

— E posso saber como você sabe disso?

— Sara nos contou no carro, e se não estivesse tão avoado enquanto dirigia, teria ouvido o que ela falou.

— Eu vou ser muito patético se mandar mensagem?

— Você quer mandar mensagem para ela?

Boa pergunta, e a resposta é óbvia, está na ponta da língua. Mas a outra pergunta, a que me assombra desde nosso último beijo, berra constantemente na minha cabeça, e deixo escapar um gemido frustrado.

— Porra, por que estou agindo assim?

— Quer é a verdade que vai te dar pesadelos de noite, ou uma mentira que vai te fazer dormir igual a um bebê?

— Jesus, que pergunta idiota, claro que é mentira, né?

— Não, prefiro te dar um tapa de realidade. — Ele fecha o rosto, estendendo a faca na minha direção. — Você, meu amigo, está apaixonado e já tá ficando feio negar toda hora para si mesmo.

— Uau, pedi a Deus um melhor amigo e ganhei um psicólogo que cozinha para mim de vez em quando.

— Vai se foder, Caíque. — Ri, cortando o bacon em fatias finas para fazer sua massa especial à carbonara. — Daqui a pouco você vai ver que estou certo, e vai ficar choramingando pelos corredores do apartamento ao ver que a perdeu.

Resmungo, me arrastando para o sofá, e me jogo, ligando a TV logo em seguida atrás de alguma coisa para me distrair.

— Ela me convidou para jantar com os pais dela, e disse que gostaria de ir ao jogo comigo na próxima quinta, acredita?

— Não mesmo, e você vai?

— Pro jogo?

— Para o jantar, Caíque.

— Sim, vou parecer mal-educado se não for.

— Hum... — Ele abre nosso armário, pegando dois pratos, e os prepara com o macarrão, colocando um pouco de orégano por cima. — E ainda acha que isso não vai te afetar em nada?

— Mas no que afetaria?

— Quer realmente ouvir?

Bufo, jogando a cabeça para trás.

— Não, obrigado.

— Bom, já que não quer mais ouvir verdades, coloca aí na nossa série para a gente jantar.

Ele se vira, pegando o pimenteiro, despejando nos nossos pratos, e estica a mão atrás do potinho de queijo ralado para adicionar também. E assim que o episódio de *Only Murders In The Building* começa na TV, Gil se senta ao meu lado, me entregando o prato. Mas a Mabbel nem tem tempo de responder a pergunta do Oliver, quando recebo uma notificação no celular vinda de Sara.

Sara

Ei, olha isso aqui.

Peguei o celular, abrindo o primeiro link, que me levou direto para uma *thread* na rede do passarinho sobre a Verônica, e infelizmente, não é num bom sentido. Um gosto esquisito vem até a minha garganta, mudando totalmente o sabor de um dos meus pratos favoritos, acelerando os batimentos do meu coração, me fazendo perder a vontade de comer.

Comentários falsos, depravando Verônica em todos os sentidos, além de fotos ridículas espalhadas por cada link que clico, me deixam enjoado e enervado. Coisas baixas demais para se pensar em dizer sobre alguém, que me fazem querer socar o primeiro rosto que eu encontrar. *Ninguém* tem o direito de chamá-la assim.

Dani @dani_habla
Essa piranha, filhinha de papai, tá achando que é quem? Se Caíque realmente estivesse com ela, teria assumido.
💬 14   🔁 2   ♥ 38

Aninha @ana18273
Escutem o que digo, Caíque vai escrever música sobre a demônica e vai parecer uma água de salsicha de tão sem graça que essa garota é
💬 28   🔁 4   ♥ 73

João @thisisjoao23
Essa vadia tá tentando ser famosa com esse namorico que é mico puro
💬 44   🔁 8   ♥ 97

Sommelier de fofocas @user3784616
Papai deve ter cortado a mesada da coitada e agora ela tá correndo atrás do Caíque igual a uma maluca patética
💬 2   🔁 0   ♥ 11

— Caíque, tá tudo bem? Cê não tá nem prestando atenção – diz Gil de boca cheia, e levanto do sofá, digitando o número de Denis. — Aconteceu alguma coisa com a Verônica, ou com o Danilo? Sua mãe tá bem?

— Aconteceu nada com ninguém, Gilberto, *ainda*. Mas eu juro que, se eu ver mais alguma merda na internet, é hoje que vou socar a cara de um.

Como é esperado, nada de Denis me atender, esse desgraçado. Deve estar ocupado, jantando na casa de uma das suas amantes se achando o bam bam. Ligo o foda-se para a hora, e digito o número de João Carlos que atende no terceiro toque.

— *Boa noite, Caíque, não conhece o final de semana?*

— *Você viu as coisas que estão falando da Verônica nas redes sociais?*

— *Claro que vi, a falação está ótima, não é? A maioria parece gostar muito dela, dizem que você parece feliz nas fotos.*

— *Não estou falando desses comentários, João.*

— *Ah, Caíque, fã maluca vai existir em qualquer lugar, e resta saber se ela vai aguentar as suas.*

Bufo, tensionando o maxilar.

— *É da filha do nosso chefe que você tá falando.*

— *E como está indo a aposta? Acha que vai entregar a música e o resultado do que combinamos a tempo? Aparenta estar tudo bem, se eu soubesse que seria um sucesso de marketing, teria sugerido isso desde o início.*

— *Tá maluco, João? Essa história tem que acabar, não faz sentido eu continuar com isso, não posso deixar que ela seja retalhada desse jeito!*

— *Tudo bem, então vamos ter que adiar suas produções de outros artistas por mais um ano no mínimo, o que acha?* — Ele ri sarcástico, e mordo o lábio inferior, procurando acalmar a respiração.

Até posso adiar meu futuro por mais um ano, mas a questão é que eu não quero, e sei que São Paulo não é uma opção, não quero largar minha família. Só que isso também é errado, enganá-la, fazê-la passar por isso. Poderia colocar um ultimato, fazer promessas, mas do que isso iria adiantar? Envolver Jorge, e com certeza Verônica iria acabar sabendo.

— *Tique-taque, Caíque, qual vai ser?*

Não tenho outra escolha, e espero que ela me perdoe no futuro, mesmo sabendo que, se descobrir, jamais vai olhar na minha cara de novo. Passo a mão no rosto, suspirando alto, batendo freneticamente o pé no chão.

— *Ainda está tudo de pé, João, a jogada não acabou, vai ter tudo no sábado* — respondo, praticamente rosnando.

— *Ótimo, garoto. Bom, boa noite, minha esposa está me chamando, e vê se não perde o grande prêm...* — Desligo o telefonema antes mesmo que ele termine a fala idiota.

Jogo o celular no sofá com força e ando com os pés extremamente pesados até a janela, a escancarando para dar o melhor, e maior, dos meus gritos.

– Vixe, agora fodeu... – Gil comenta baixinho.

Me debruço na janela, sentindo a brisa da chuva passar pelo meu nariz, e fecho os olhos, tentando relaxar o corpo depois de liberar toda a tensão que me prendia. Respiro fundo, soltando o ar dos pulmões, e estalo o pescoço, andando devagar para o sofá.

Gilberto me entrega o celular e procuro o nome de com quem mais precisava conversar. Por incrível que pareça, ela me atendeu no primeiro toque.

– *Ficou com saudades?*

Rio baixinho.

– Pode-se dizer que sim. – Olho para o teto, procurando palavras para lhe dizer, ou até mesmo, cogitando se deveria contar sobre as coisas que acabei lendo. – Então, como está tudo por aí?

– *Ah, Enzo, já está bêbado, esfregou na nossa cara que o privilégio de ser modelo é poder acordar apenas às 12h* – responde rindo do amigo, que grita no fundo. – *E por aí? O que vocês, meninos, estão aprontando?*

– Nada de mais, Gilberto fez carbonara, e estamos vendo aquela série de assassinatos da Selena Gomez.

– *Uau, que surpresa saber que o maior medroso do Brasil assiste a uma série de crimes.*

– Tá doida? Adoro ler Agatha Christie.

– *Eu também, inclusive, amo essa série, estou louca para a nova temporada, por mim poderia vir umas dez.*

– Bem, se quiser, podemos ver a próxima juntos, somos vizinhos, afinal das contas.

Verônica parece sorrir do outro lado da linha, e responde quase sussurrando.

– *Ok, pode ser, contanto que tenha comida para acompanhar.*

– Por você, eu até aprendo a cozinhar. – Gil abre a boca chocado, e mostro o dedo do meio, voltando o foco para a mulher do outro lado da linha. – Olha, você não anda mexendo muito nas redes sociais ultimamente, não é?

Ela suspira.

— *Caíque, não precisa se preocupar. Não vai ser uma garota de 12 anos me chamando de "demônica" que vai me afetar.*

— Certeza?

— *Não confia em mim?*

É uma excelente pergunta, e assim como aquela que vive na minha cabeça, essa estranhamente já tem uma resposta. Porém, diferente da impronunciável, essa me sinto pronto para dizer em alto e bom som.

— Com tudo que há em mim.

— *Pronto, era só isso que eu precisava ouvir.* — Ela ri mais uma vez, e meu coração finalmente relaxa inexplicavelmente. — *Íris está me enchendo o saco aqui por causa do nosso pedido no iFood, tenho que ir.*

— Tudo bem, bom jantar para todos aí.

— *Obrigada, para vocês também, depois conversamos, ok?*

— Ok, boa noite, princesa.

— *Boa noite, pop star.* — Ela desliga, e um sorriso bobo apareceu sem ser chamado nos meus lábios.

— Sério mesmo que você ainda vai ficar nessa de não admitir que se apaixonou?

Volto a olhar para Gilberto e corro até o sofá, pegando um dos travesseiros para tacar na sua cabeça. Ele se desmonta, gargalhando, e me arremessa uma almofada que desvio rapidamente.

— Cala a boca, cara, deixa de ver coisas onde não existe.

— Sente nesse sofá, garoto apaixonado, e vai comer sua carbonara que encheu o meu saco para fazer.

— Sim, chefe! — respondo, imitando os personagens de outro dos nossos programas favoritos, e pego o prato, voltando a me sentar no sofá para, agora sim, curtir minha janta num domingo à noite, pensando mais na mulher que virou um sonho ambulante, em vez do mistério de quem matou o Paul Rudd.

Capítulo vinte e três

"Isso não é paixão, claro que não, são apenas os efeitos de fingir uma"
La Belle De Jour | Alceu Valença

Caíque, segunda-feira, 01 de julho de 2024

Verônica está dirigindo, tentando segurar a risada, enquanto canto a grande música "Anunciação", mas com a letra tricolor, batendo as mãos e gritando igual a um doido para provocá-la, como se eu estivesse em plena arquibancada sul do Maracanã.

— Se você bater no teto do meu carro mais uma vez, eu vou abrir a sua porta e te empurrar pra fora, *sem* diminuir a velocidade – diz, fingindo estar com raiva.

Abro um sorriso gigante, aproximando meu rosto do seu.

— Eu vou cantar essa paixão que vem de dentro. Um sentimento verde, branco e grená...

— Quando o Flamengo joga, casa cheia, a arquibancada incendeia. É o gigante Flamengo atropelando mais um!

Viro o rosto devagar na sua direção e rio.

— Essa é "Frevo Mulher", sua doida.

— Sei disso, só quis te provocar.

— Ah, para, sei muito bem que você prefere as minhas cores, vermelho e preto não te caem bem como pensa.

— Mas ser campeã mundial sim, e você? Será que o seu time vai conseguir algum dia?

— Droga, Verônica, por que você tem que ter uma voz tão linda pra falar tanta merda? — rebato sorrindo, e meu braço leva um tapa.

Suas mãos viram o volante para a direita com facilidade, e avisto o Monumento dos Pracinhas passar pela minha janela, indicando que estamos chegando no restaurante onde vamos jantar com seus pais.

O seu rosto parece relaxado, como se encontrar seus pais comigo fosse algo rotineiro. E por algum motivo estranho, meu peito parece desejar que *isso*, essas viagens do nada, jantares em família e passeios pelo Rio, realmente virem algo comum entre nós.

Mas aí, minha mente me leva para os comentários imbecis e para a aposta que definirá o meu futuro profissional, me deixando afogado na merda.

— Nica, por acaso você viu mais alguma coisa?

— Nas redes sociais? Não. Isso tudo me lembrou de quando eu era pequena e queria ser famosa, hoje percebo que tomei a decisão certa em não tentar. — Suspira. — Vejo as coisas que você passa, é sufocante demais, não sei como aguenta.

— Às vezes nem eu sei, te juro.

— E não é cansativo?

— O quê?

— Cê sabe, viver neste constante *loop* onde busca a aprovação e admiração dos outros?

— Me diz você, afinal, faz basicamente a mesma coisa, só que para plateias diferentes.

Quis provocá-la, pensando que ela fosse negar, brigar comigo, qualquer coisa, mas não. Ela ri sem graça, virando o volante para entrar na rua do Assador.

— Tá parecendo meus amigos, eles dizem que ainda sou uma criança que precisa ter aprovação e ser reconhecida pelos meus feitos.

— É uma excelente forma de dizer que somos loucos.

— Pelo visto, combinamos bem as nossas loucuras.

— Olha só, você falando "nós" como se fôssemos um casal, enquanto eu estou aqui, apenas contente por você estar curiosa o suficiente para testar comigo o que deseja lá no fundo.

— E quem foi o otário que mentiu pra você?

— Ninguém precisou dizer, é nítido em seu olhar, sua mentirosinha.

Mexo em sua bochecha assim que ela estaciona o carro em frente ao restaurante, e o manobrista dá uma corridinha para abrir a sua porta primeiro, não me dando tempo de cumprir a ação eu mesmo. Ela ajeita a minissaia plissada preta assim que sai do carro, e pega sua bolsa vermelha, com dois laços rosa, combinando com o suéter.

O manobrista entra no carro, entregando um papel para Verônica buscá-lo depois, e não perco mais meu tempo longe, andando às pressas ao seu lado para dentro do restaurante. Assim que colocamos o pé dentro do lugar, Verônica diz o nome da família para a recepcionista, que nos acompanha até a parte de fora.

O sol já desceu no fundo da paisagem do Rio de Janeiro, misturando o azul do céu com o laranja e dando um lindo tom de rosa, parecido com o do suéter de Verônica, criando um pôr do sol de fazer qualquer um se emocionar. O Pão de Açúcar com seu bondinho passa de um lado ao outro, e o mar da praia de Botafogo finaliza a paisagem do exterior com umas famílias brincando de jogar bola, casais correndo na faixa, e melhores amigas bebendo vinho sentadas na grama.

No instante em que coloco os olhos no meu chefe, inclinado na direção de sua esposa, tentando ler algo do cardápio, meu corpo gela. De repente, percebo que não quero decepcionar Verônica, e quero fazer os pais dela me amarem, mesmo sabendo o quanto eles gostam de mim há anos sendo o cantor que mais lucra na gravadora deles.

Porra, mas que sensação esquisita, por que agora? Por que com ela? Por que comigo? Respiro fundo, analisando minha situação. Gilberto está errado, e vou provar. A puxo pela cintura e fecho os olhos, orquestrando as palavras.

– Se eu não fizer nenhuma besteira hoje, posso ganhar um beijo?

– Prometo pensar, se você realmente se comportar, e o mais importante...

– O quê?

– Seja você mesmo, tonto! – Ela aperta minha bochecha, e meu peito se pressiona com tamanha força, com o rosto pegando fogo. – Vamos, vai se sair bem, não é como se eles não te conhecessem.

Verônica desce a mão até a minha, me levando com um sorriso largo até a mesa onde estão seus pais, sua irmã e o namorado, Heitor. Mas é quando Jorge ergue o olhar e se levanta para nos receber de braços abertos que noto minhas mãos tremendo, guiando Nica até sua família pela cintura, em um nervosismo inexplicável.

– Vejam só, se não é o meu casal do momento favorito!

– Poxa, pai, sua outra filha também está na mesa com o namorado – Mafê resmunga, cruzando os braços.

– Ah, minha filha, não ligue para isso, seu pai gosta muito de Heitor, e está feliz pela sua irmã e pelo Caíque. – Dona Flávia dá um sorriso gentil para a filha mais nova, passando a mão em seu ombro, e se levanta da cadeira, vindo na minha direção primeiro. – Oi, querido, é um prazer ter você aqui.

– Obrigado pelo convite, Dona Flávia, o prazer é meu.

– Que dona, o que, garoto? Você ainda pode me chamar de Flávia – Ela abana a mão, indo abraçar a filha. – Venham, seu pai está querendo pedir pelo rodízio, não vamos sair daqui nem tão cedo.

Antes mesmo que Verônica esticasse a mão para pegar na cadeira, passo na sua frente, puxando-a como um cavalheiro. Ela balança a cabeça sem graça depois de sorrir e se senta ao meu lado.

Decidimos por fim acompanhar Jorge e Heitor no rodízio, enquanto Mafê e Flávia pediram pratos específicos com salada.

— Vão me acompanhar no vinho? — Jorge indica a sua taça na mesa.

— Não, obrigada, hoje eu vou ficar só no suquinho. Estou dirigindo, mas tenho certeza de que Caíque vai amar beber ao menos uma taça com você, pai. Ele amou conhecer sua adega no sábado.

— É mesmo?

Engulo em seco, sentindo um suor estranho na testa ao entender o que ela quis insinuar.

— Ok, acho que um vinho cairia bem agora.

— Ótimo! Vou pedir um tinto francês que ele trouxe para mim, está delicioso, acho que vai gostar. Bom, se gostou da minha adega, vai gostar da minha recomendação também.

— Com certeza...

Ele não precisa chamar o garçom, o homem de cabelos pretos aparece ao seu lado, trazendo os acompanhamentos que solicitamos, e Jorge pede tanto a minha taça, quanto a limonada de Nica.

— E como foi o trabalho de vocês hoje? — pergunta Flávia.

— Mais ou menos, graças ao grande falatório sobre Caíque e eu, titia me escolheu como a influencer da semana, ou seja, trabalho dobrado.

Jorge molha os lábios com o vinho e balança a cabeça, concordando.

— Ela contou no nosso jantar de sábado que te deu uma tarefa importante, e que o prazo vence longo, como está indo?

— Aham. — Verônica pigarreia, enchendo rápido a boca com o arroz à piemontese. — Tá indo, acho que vou conseguir entregar no prazo como combinado.

— Vai mesmo? — Mafê a encara rindo, e recebe um chute da irmã mais velha, resmungando.

— Vou sim! Eu disse que iria. — Ela pressiona os olhos, trancando o maxilar.

— Se está dizendo...

— Meninas, os modos! – pede Flávia às filhas com educação, e vira o rosto para mim, apoiando o queixo nas mãos. – Então, pra mim foi uma surpresa ver os dois juntos, por isso me contem, como tudo começou?

Verônica e eu nos entreolhamos, e ela dá de ombros, pedindo para que eu falasse algo.

— Para falar a verdade, nem eu sei. Acho que sou apenas sortudo por ela ter tido a vontade de me dar uma chance para conhecê-la – admito, e vislumbro o rosto contido de Verônica, mordendo o filé mignon recém--colocado em seu prato.

— Estamos apenas nos conhecendo, mãe.

— Você tem razão, eles são fofos mesmo. – Escuto Heitor falar para Mafê baixinho, e um sorrisinho idiota vem parar nos meus lábios.

Verônica sorri pra mim, pegando na minha mão por debaixo da mesa, arrepiando até o menor dos fios de cabelo do meu corpo.

— Se conhecer é ótimo, significa que vão ter mais detalhes sobre o outro, e é muito importante num relacionamento. – Flávia mordisca um dos dadinhos de tapioca que pediu de entrada, e cutuca o marido no ombro. – Só Deus sabe a luta que seu pai passou para me conquistar.

— Pelo visto, filha de peixe, peixinho é, porque essa aqui também tá me dando trabalho.

Verônica arregala os olhos, com a boca cheia, e me dá um beliscão por debaixo da mesa.

— Com certeza, meu filho, mas se apaixonar por elas é a maior aventura. – Jorge ergue a taça na minha direção e pego a minha, rindo ao brindar.

— A melhor das nossas vidas.

— Ah, esse é meu garoto! – Ele esfrega as mãos uma na outra, contente por me ver sentado à mesa com sua família, e eu não consigo parar de sorrir.

Meu coração parece ir ao céu naqueles brinquedos de estilingue quando meus olhos se encontram com os serenos de Verônica. A turbulência ainda está ali, uma tempestade que chegou para ficar sem que eu pedisse, mas pouco me importa, ela é tudo o que pedi um dia, e preciso pra eternidade.

De pouco em pouco, comida a comida, taça de vinho atrás da outra, brincando com meu chefe que até permitiu que Heitor e Mafê bebessem uma taça conosco de tão alegre que parecia, fui me sentindo mais parte da vida, e da família de Verônica.

Sempre foi fácil para mim me enturmar num lugar, ser o favorito, o requisitado, mas a experiência de se sentir o favorito com os pais da mulher de quem você gosta é outr...

Espera um pouco... *Gostar*? Sim, eu gosto dela, da sua companhia, do seu cheiro, da forma como ela sorri para mim quando gosta de algo que eu disse. Das suas provocações, da sua risada quando está relaxada, de como é perfeccionista e detalhada, da sua omelete e até da forma como dirige, mas...

Não, nem fodend...

– Caíque. – Verônica me cutuca. – Mafê te fez uma pergunta, não ouviu?

Balanço a cabeça e bato a mão na testa.

– Nossa, Mafê, perdão, viajei por alguns segundos, qual foi a pergunta?

– Eu queria saber se pra você, verdadeiro ou falso, tudo é realmente válido no amor e na guerra? – A irmã mais nova de Nica ri, encostando a cabeça no ombro do namorado.

– Papai fez essa mesma pergunta para Heitor no primeiro jantar dele como verdadeiro membro oficial da família. E já que você está aqui...

Molho os lábios secos no vinho, e o céu parece brilhar até com as estrelas mais fracas, não restando dúvidas para qual resposta era a certa para mim.

– Verdadeiro.

Mafê ergue a mão contente e bato sem pestanejar.

– Bom, agora, Caíque, se você quebrar o coração da minha filha, vou ter que rescindir o seu contrato na hora que eu descobrir, então se cuide!

– Jorge, já um pouco bêbado, diz alto, chamando a atenção das pessoas ao nosso redor.

– Que nada... – Noto que a mão de Verônica está estendida, e a pego, fazendo suspiros saírem da sua boca. – No momento, é mais fácil a sua filha quebrar o *meu*, e o daria de bom grado.

– Perfeito! – Mafê grita, batendo palminhas, e recebe um olhar fulminante da irmã mais velha, quando os celulares na mesa vibram.

Não preciso ser um gênio para saber o que era, Mafê pega o dela primeiro, e reclama:

– Vocês dois sempre estão lindos nas fotos, como pode? – debocha, e me mostra o mais novo post da GF em seu celular.

GF **Garota Fofoquei** ✓ @garota_fofoquei

Papai, quero um...
Aparentemente, nosso *it couple* – o casal do momento – está num jantar íntimo em família no restaurante Assador, no Rio de Janeiro. Verônica e Caíque não conseguem se conter com os toques, nem mesmo numa mesa com o próprio chefe presente. Tarados! Será que nossa queridinha está garantindo o futuro do namorado na gravadora, ou apenas mostrando que fez bom uso dos contatos do pai?
Vamos ter que esperar os próximos capítulos para ver.

- Beijocas e abraços, **Garota Fofoquei**

💬 3,2K   🔁 1,1K   ♥ 14,8K

– Ela é insuportável, tô cansado de como ela virou uma fofoqueira em quem todos confiam – Heitor resmunga, guardando o celular no bolso.

– Relaxa, amor, as pessoas não vão ligar para o que ela tá falando do seu pai, eu tô bem mais curiosa sobre a notícia de que, no ano que vem, o príncipe d...

– Quer ir embora? – sussurra Verônica no meu ouvido, seu tom de voz parece preocupado, e entendo quando olho para os lados.

Rostos desconhecidos ao nosso redor, espalhados pelas mesas, nos observam com curiosidade, cochichando entre si, sem sequer cogitar o quão errado é invadir a intimidade alheia. Nica aperta minha coxa e passo a língua pelos lábios, respirando fundo.

— Não, princesa, a noite está ótima, vamos ignorar eles e continuar nos divertind...

Paro de falar, arregalando os olhos ao ver uma mão feminina puxando o ombro de Verônica violentamente para trás.

— Se enxerga, água de salsicha, Caíque não é pro seu bico.

Uma garota, mais ou menos da idade de Maria Fernanda, talvez até mais velha, diz para Verônica, cruzando os braços como se estivesse certa de suas ações.

Verônica bufa, sendo a segunda vez num intervalo de dias que ela se suja por minha culpa. Bom, consequentemente, eu sou o culpado. Ela fecha os olhos, respirando fundo, e se levanta da cadeira, encarando a garota mais baixa.

— Primeiro, não vou discutir com uma adolescente.

— Tenho 22 anos.

— Pior ainda, mais feio para alguém com a sua idade estar fazendo um papel ridículo num estabelecimento como este, apenas para chamar atenção.

— Quero sim chamar a atenção, mas não dos outros, apenas a dele. — A garota esquisita aponta para mim. — Ele é *meu*, e sonhei durante anos com o dia em que o encontraria assim, do nada, e eu pudesse declarar meu amor. Porém, a *demônica* tinha que aparecer com seu egoísmo e estragar meu momento!

— Você tá lendo fanfics demais, garota, se enxerga — Nica gargalha, dando as costas para a mulher, e foi o suficiente para que a estranha pegasse seus cabelos, começando um escândalo.

Pessoas à nossa volta pegam seus celulares e vejo as lanternas sendo ligadas, com flashes de fotos sendo disparados, mas assim como todos da nossa mesa, me levanto para ajudar, conseguindo afastar as duas.

— Olha, querida, não sei quem é, agradeço muito por ser uma boa fã e se preocupar comigo. Você parece uma garota legal.

— Legal? Essa maluca quase arrancou o meu coro cabeludo, porra! — diz Verônica com raiva, ficando atrás de mim.

— E faço muito mais se você continuar tentando roubar o que é meu!

— Roubar o que é seu? Que palhaçada é essa, Gisele?

Um homem com a barba recém-feita e terno passado aparece assustado e curioso atrás da mulher.

— Ah, olá, ela é o que sua? — pergunto ao homem, que parece querer me matar com os olhos.

— Minha namorada. — Ele pega no braço dela, puxando-a para si. — Que porra você está fazendo aqui?

— Essa doida da sua namorada veio na nossa mesa para me bater a troco de nada! — responde Verônica, e o tal cara encara Gisele, fechando a cara.

— É verdade?

A mulher não diz nada, bate os pés no chão, com o bico virado para a lua.

— Ela não é a garota dele, eu sou!

— Mulher, pelo amor de Deus, se toca, você tá maluca!

— Ei, controla essa tua mulherzinha bocuda, ou eu vou ter que ensinar ela o que são bons modos!

Filho da puta, quem ele pensa que é para falar assim da *minha* Verônica? Agora meu sangue tá mais quente do que nunca, e não preciso de mais motivos para quebrar a cara desse babaca.

— Oh, amigão, tenha um pouco de classe, se possível. Pode falar comigo do jeito que bem entender, e podemos resolver da forma que quiser, mas isso não é jeito de tratar uma garota!

— Espera, Caíque, esse cara é enorme, não invente moda, você tem uma sessão de fotos amanhã, por favor.

— Ei, eu não vou brigar com ele. No caso, esse casal de imbecis só te deve desculpas, é só...

E é neste instante que levo um *soco* no rosto.

Não é a primeira vez que eu levo um, foda-se, já briguei por tanta coisa. Mas, apesar da fama, não costumo entrar em brigas tão facilmente como pensam, a pessoa tem que me irritar muito, ou insultar alguém que é importante para mim para conseguir me fazer sair da linha. E esse cara fez os dois.

Só que, quando você não está esperando, você leva o que menos imagina, a porra de um soco de mão fechada bem forte na cara antes mesmo de poder dar o troco que a pessoa tanto merecia. Caio nos braços de Verônica instantaneamente, que amortece a minha queda assustada, encaixando meu rosto machucado entre seus peitos.

— Fica longe da minha mulher, seu canalha! — Ele pega Gisele pelo braço, a levando para longe de todos nós.

A família de Verônica fica sem saber o que fazer, mas então, com a saída do casal psicopata, eles começam a se ajeitar para ajudar.

Mafê se ajoelha ao nosso lado, com os olhos arregalados, se segurando para não rir, enquanto Heitor fica em pé, sem saber o que fazer, olhando com cara feia para todos que tentam tirar mais fotos de nós. Jorge vai até a recepção para exigir que o restaurante faça alguma coisa com esse tipo de gente que nos agrediu, além de pedir um desconto e um pouco mais de privacidade pelo ocorrido.

Conforme vou abrindo os olhos, passando a mão onde levei o soco, sentindo cada músculo, veia e ossos queimarem pela minha bochecha, vejo as pessoas ao nosso redor com os celulares para o alto, sendo afastadas da cena por alguns seguranças.

Ignoro todas, cada uma delas, pois a que mais está com cara de preocupada, e ao mesmo tempo com vontade de rir, é a pessoa que mais me importa.

— Desgraçado, ele me bateu.

— Ai, meu Deus, Caíque, eu disse que não era para se intrometer! Eu consigo me virar sozinha — diz, fazendo carinho no meu rosto e me aninhando como um gatinho ferido.

— Não podia deixar ninguém te tratar assim. E se esse for o preço para te defender de algo que nem precisava passar, se não fosse por, tecnicamente, minha culpa, estou disposto a pagar..

– Você é tão bobo... E, se já está falando assim, tá podendo levantar...
Estico os dedos até seus lábios, e ela esboça um pequeno sorriso.

– Shh, não, fica quietinha aqui. Acho que estou começando a me sentir melhor, graças a você e esse carinho gostoso.

Verônica ri, percebendo o que estou fazendo, e me pega pelos cachos.

– Seu tarado, para com isso! Ele tá bem, mãe, pelo visto não precisa de ajuda. – Ela me joga para o lado, escondendo o riso que agora pouco brilhava em seus lábios, e estica a mão para me ajudar a levantar. – Anda, Minotauro, vamos voltar a comer.

Heitor me ajuda a levantar do chão e estica a mão para que batesse. Flávia aparece com um saquinho de gelo e me obriga a colocar no rosto, pegando a cadeira para que eu me sentasse. E enquanto Jorge ainda está no meio do restaurante, brigando com o gerente, eu deito a cabeça no ombro de Verônica, suspirando.

– Te falei que ia me comportar...

Ela dá um peteleco na minha orelha exposta, sorrindo, e resolve me dar uma garfada de sua linguiça toscana com queijo na boca. A sensação que tenho é a de que não mudaria nada da noite mesmo tendo levado um soco, porque no fim, quem saiu vencedor mais uma vez fui eu. E ainda ganhei um bônus: Verônica totalmente preocupada, fingindo não estar, cuidando de mim por tê-la defendido, mesmo sabendo que ela era capaz de sair da situação cabulosa sozinha.

Capítulo vinte e quatro

"Ela se tornou tudo aquilo que nunca ousei desejar, e tudo aquilo que mais almejei ter"
Lança Perfume | Rita Lee feat. Roberto De Carvalho

Verônica, quinta-feira, 04 de julho de 2024

Passei dois dias sem ver Caíque e, embora me custe admitir, foi insuportável. Não teve necessariamente um motivo específico para não o encontrar, apenas trabalho nos atrapalhando. Bem, me empatando de certa forma.

Agora, cá estou eu, em Laranjeiras, sendo guiada pela cintura por Caíque para dentro da casa de sua mãe, e pela primeira vez, estou nervosa em conhecer a mãe de alguém mais a fundo.

— Minha roupa está legal? – sussurro, e Caíque dá um sorrisinho bobo.

— Você tá nervosa?

— Não, imagina, eu já conheço sua mãe.

— Ok, mas não teria nada errado se estivesse.

— Não estou, garoto, me erra – brigo, enquanto Caíque pega o molho de chaves no bolso rindo, abrindo a porta de casa.

Ele me deixa entrar primeiro, e a fecha logo assim que entra, me pedindo para tirar os sapatos.

— Minha mãe não gosta de sapatos da rua andando em casa, ela deixou aquele chinelinho pra você usar aqui dentro. – Me indica uma Crocs vermelha escrito "NICA" com os *jibbitz*[15], e Caíque calça os dele, enquanto o uso de apoio para tirar meu Converse dos pés. – Chegamos, família!

Escuto pequenos passinhos sendo dados rapidamente do outro lado da casa, e no fim do corredor à esquerda, aparece Danilo. O irmão mais novo de Caíque vem correndo na nossa direção, com uma bermuda jeans escura e a blusa branca do Fluminense deste ano.

Mas antes de se encaixar nos braços abertos do irmão, ele para em sua frente, cruzando os braços.

— Vocês bem que poderiam ter vindo para o almoço.

— Eu sei, mas Nica e eu tínhamos que trabalhar, quem sabe no próximo jogo, combinado?

— Combinado! – Danilo se encaixa no irmão, aceitando a proposta feita, e o solta rápido para me receber. – Finalmente veio brincar comigo na minha casa.

Caíque tomba a cabeça para o lado, franzindo o cenho ao rir curioso, e molho os lábios, me abaixando para falar com seu irmão mais novo.

— Te disse que viria um dia, não foi? – pergunto, e ele balança a cabeça com um sorrisinho.

Danilo pega na minha mão e me puxa para dentro da casa.

— Vem, a mamãe tá na cozinha terminando de fazer uma torta.

— Que história é essa de aparecer aqui? – sussurra Caíque no meu ouvido.

— Na última festa que teve pra comemorar o fim da sua turnê, eu fiquei brincando com seu irmão, o distraindo pra sua mãe curtir um pouco. Daí ele me convidou pra vir conhecer a casa dele e brincar mais.

— E você prometeu que viria?

---

15 São acessórios divertidos que se coloca nas sandálias Crocs das crianças ou de adultos.

— Tá mais pra um acordo, mas sim, fiquei surpresa por ele ter lembrado.

— Danilo tem o meu sangue, Verônica, é claro que ele vai ter boa memória.

— Deixa de ser palhaço.

— Olha só quem chegou, mãe!

Danilo diz me soltando para correr até a mãe desta vez, que usa um avental branco todo florido. O engraçado é que a casa da mãe de Caíque parece ter essa sensação gostosa das flores, de se esfregar numa grama recém-cortada, do bolo gostoso saindo do forno, exatamente como uma família de propaganda de margarina.

E por falar em doce, sinto o cheiro de limão fresco saindo da geladeira, e olho para o que a mãe de Caíque carrega nas mãos.

— Calma, Danilo, ou você vai me fazer cair com a torta na mão e vai chatear a Nica por não comer a favorita dela, é o que você quer?

— Não... — ele murmura.

— Então ajuda a mamãe a montar a mesa. — Ela, enfim, olha para nós dois, indicando o caminho para Caíque com a cabeça. — Vocês dois.

Caíque resmunga do meu lado, mas, como um bom filho mais velho, vai ajudar Danilo a alcançar os copos de vidro na estante, pegando uns pratos pequenos para o café da tarde.

— Oi, Francisca, é um prazer tão grande te rever — digo, indo em sua direção.

— O prazer é todo meu, minha linda, eu quem estou toda alegre de estar com você num momento tão oportuno e gostoso da vida de vocês dois. — Ela coloca a travessa com a torta de limão na mesa e me abraça.

Meu coração parece sair do peito ao perceber que não estou apenas enganando Caíque, estou brincando com sua família também. Mordo o lábio inferior pensando em como isso está indo longe demais, e em como me enfiei num poço sem fim do qual não consigo ver a luz para sair.

Bem, eu sou praticamente obrigada a sair, ou esse artigo não vai ser publicado na data combinada.

Balanço a cabeça, me sentando na cadeira ao lado de Francisca na mesa, enquanto os meninos terminam de pegar os talheres. Fico perdida no que comer primeiro com tanta coisa gostosa na minha frente, Francisca realmente pensou em tudo.

Têm bisnaguinha, pote de requeijão, bolinho de chuva, café fresco, laranjada, mortadela, queijo cheddar e melancia. Tudo o que uma garota comilona como eu poderia desejar.

— Mãe, não precisava disso tudo, tem muita comida.

— Que nada, Caíque, é para comerem, e o que sobrar levam pra casa se quiserem. — Ela me estende um dos pratos, pedindo para que eu me sirva, e toca no rosto do filho. — Até que o roxo sumiu um pouco do seu rosto.

— É porque a senhora não viu a quantidade de maquiagem que passaram em mim na sessão de fotos na propaganda da 212, e além do mais, o soco nem foi tão forte assim.

— Se não foi tão forte, por que você caiu no chão?

— Tecnicamente, eu caí em cima de você.

— Dá no mesmo. — Rio, me esticando para pegar algumas bisnaguinhas do saco, e ele aproxima o rosto do meu, mostrando a língua.

Danilo puxa a mãe pela manga da camisa cinza do Fluminense e pergunta de boca cheia.

— Posso ir ao meu quarto pegar o dominó pra jogar com eles?

— Pode sim, mas só quando terminar seu lanche. — Ela aperta sua bochecha, sorrindo, e olha para o meu prato com o pedaço da torta. — Está gostoso? Caíque me contou que era a sua favorita quando lhe perguntei o que você gostava de comer.

— Está maravilhosa, uma das melhores que já comi, pra falar a verdade. Deve me ensinar a receita depois.

— Se você vier no próximo domingo, eu te ensinarei com todo o prazer do mundo.

— Domingo ela vai ao Maracanã ver o timeco dela jogar, mãe, não vai poder — diz Caíque, e reclama depois de levar um chutinho na perna.

— Ué, você não é tricolor?

— Não, sou ainda melhor, flamenguista.

— Urgh, desculpe o desrespeito, mãe, mas vou precisar vomitar rapidinho. — Ele levanta da mesa, conseguindo se esquivar do meu tapinha, mas não do meu olhar.

Caíque franze o nariz, forçando um sorrisinho bobo, e abre o freezer da geladeira, pegando a forma de gelo. Ele coloca dois cubos no copo de Danilo, três no seu e quatro no meu.

— Sei que gosta de coisas bem geladas — sussurra perto do meu ouvido depois que o encaro confusa. — Não coloquei no da senhora, dona Francisca, porque sei que não gosta.

— Tá tudo bem, filho, uma das crianças na escola ficou resfriada, e acho que minha garganta tá coçando por causa disso.

— E como está no trabalho? Caíque me contou que uma professora trocou de unidade.

— Sim, mas a prefeitura já encontrou a substituta, foi um alívio, isso posso admitir. — Ela molha um dos bolinhos de chuva num pequeno potinho separado com doce de leite. — Por falar em trabalho, como anda a escrita do álbum, meu filho?

— Ah. — Ele coça a cabeça e enche a boca com melancia. — Está ok, Jorge, Denis e João gostaram de cinco faixas, e agora estão me pressionando para escrever uma diferente. Mudar um pouco os ares de como já sou.

— Vai ser ótimo, confia neles, e lembre-se de que o processo sempre é uma peleja, mas o resultado...

— É uma lindeza... Eu sei, dona Francisca. Obrigado por ter sido a pessoa que me ensinou a rimar.

Francisca segura a respiração brevemente, com os olhos verdes contentes, e bate em Caíque com o pano que estava pendurado em seu ombro. Uma sensação esquisita desce pela minha barriga, sacolejando minha cabeça ao ver esse ambiente tão familiar e tranquilo, desejando fazer parte dele não apenas hoje.

Danilo se espelhando no irmão mais velho, Caíque sendo o "golden retriever" que adora atenção, brincando com todos, e Francisca sendo a grande matriarca orgulhosa que é. Uma família diferente da minha, mas com o mesmo amor envolvido.

E graças a uma peça, ficarei entrelaçada a eles para sempre.

– Onde fica o banheiro? – murmuro para Caíque.

– No meio do corredor, à esquerda.

Agradeço e saio às pressas, mas não por necessidade, e sim para me esconder um pouco. Isso está me sobrecarregando, e pra piorar, estou começando a me afeiçoar a ele cada vez mais, tornando tudo uma grandiosa bola de neve.

Fecho a porta do banheiro e acendo a luz, absorvendo os tons terrosos, e plantinhas pequenas espalhadas, enquanto me encaro no espelho. Seguro a respiração e solto devagar, fechando bem os olhos, absorvendo cada som e o cheiro estranho de mel que a casa inteira parece ter.

Não tenho escapatória, é acabar com isso, e ponto, é o único jeito, mesmo que nenhum saia bem disso. Ajeito meu cabelo, mexo na gola da blusa de manga branca e dou descarga para fingir que fiz alguma coisa.

Saio de cara na sala espaçosa. A janela aberta no meio traz os últimos vestígios de sol, iluminando cada cor, móveis de madeira, itens decorativos e porta-retratos. Ando até a estante, observando uma seção que contém fotos dos meninos quando eram pequenos, e sorrio completamente extasiada.

Danilo chorando todo sujo de chocolate numa cama de carrinho de corrida azul, ao lado da foto de Caíque segurando a boca como um peixe fisgado, para mostrar o dente que faltava.

Por algum motivo, pego a foto dele e volto o rosto para cima, analisando o resto. Caíque, todo esparramado de fralda numa rede dormindo com mangas em sua volta, ele nos ombros de Francisca no seu primeiro jogo no Maracanã, mordendo uma medalha de ouro da natação, e em cada uma delas percebo a mesma coisa: seu sorriso. Ele poderia ter passado por um dia de merda, ou uma situação desagradável, mas seu sorriso esteve lá para a câmera sem nenhuma exceção. Exatamente como os dias de hoje, pronto para o estrelato.

– Ele sempre foi um garoto travesso. – Francisca aparece no corredor e cruza os braços, sorrindo fraco, vindo até mim.

– Notável, não mudou nadica.

– É o que mais gosto nele, essa juventude eterna que tem.

– Sim, concordo, é uma das coisas que mais am...

Espere aí, espere um pouco aí. Nem pensar vou terminar a frase com essas palavras, não mesmo, é impossível. Molho os lábios com a língua e guardo o porta-retrato com sua foto rapidamente no lugar a que pertence.

A mãe de Caíque ri, pegando minhas mãos, me forçando a encará-la.

– Mas me conte, como foi que se apaixonaram?

– Ah, não, nós dois – pigarreio nervosa, gaguejando – ainda estamos nos conhecendo, é tudo muito novo.

– E confuso também, aposto – Ri. – Porém, não tenha medo, minha filha, pode me contar, vou ficar ofendida se mentir. Afinal, ensinei a Caíque que podemos descobrir muitas coisas apenas olhando nos olhos das pessoas, e nos seus dá para entender tudo.

Troco o peso das pernas, engolindo em seco, admitindo uma parte do que estou sentindo.

– Sim, é muito confuso. Eu estou confusa.

Ela solta a minha mão e a coloca no meu rosto.

– Sabe, Caíque nunca entendeu o que era o amor, para ele era como nos filmes, rápido, fácil. Mas conforme foi crescendo e vendo como o pai dele era comigo no dia a dia, seu amor pelas comédias românticas ficou apenas nas telas, assim como se apaixonar. Pra ele, essa coisa de ser amado por quem ele é por outra pessoa que não seja a família não passa de pura mágica cinematográfica.

– De acordo com as fãs, ele está se guardando para elas.

– Só se for no sonho delas, minha filha, porque o meu filho não se conquista tão facilmente, principalmente por alguém que ele não conhece.

– É, sei o quanto é difícil, ele não está deixando nada fácil para mim.

– Engraçado, porque além de ter sido a única garota, tirando Sara, que ele já trouxe aqui em casa, é a única de quem ele sempre comenta. – Ela solta meu rosto, me cutucando na barriga com um sorriso fraco. – Além do mais, é que faz ele se amar, o que, para mim, é ainda mais lindo.

Se amar. Caíque, um homem que tem um ego maior do que o narcisista mais maluco, aparenta se amar mais com a minha companhia? Ok, provavelmente a mãe dele está vendo coisas demais, e me fazendo acreditar nelas também.

— E para que vocês fiquem tranquilos, os melhores amores começam quando menos percebemos, e principalmente, quando menos queremos. Eles acontecem, aparecem como um tornado levando tudo e transformando em algo novo.

— E qual seria o seu conselho?

— Divirtam-se, é pra isso que namorar serve.

— Dona Francisca, sua danadinha.

Ela ri, juntando as nossas mãos para dar um tapinha de leve.

— São muitos anos apaixonada por romances, e vivendo a vida para entendê-los, nem que seja um pouquinho. Além do que, eu sempre vou zelar pela felicidade dos meus filhos, e Caíque é com certeza mais feliz com você.

Meus pulmões parecem tomar todo o ar da sala e guardar para si por alguns segundos antes de liberar tudo novamente. Atrás dela aparecem os olhos que contêm a mistura de cores mais deslumbrantes do mundo. Um pequeno tom verde que sobressai todo o resto, queimando meu peito com seu sorriso.

— Posso saber o que as minhas meninas estão conversando?

— Sobre como eu amo ler a revista da Nica, meu filho, deixa de ser fofoqueiro.

— Eu? Fofoqueiro, dona Francisca? — Ele franze o nariz, agarrando a mãe num abraço apertado, enchendo-a de beijos. — Vim buscar as duas para uma partida inédita de dominó. Danilo, infelizmente, exigiu a presença de Verônica.

— Ao menos duas pessoas têm bom gosto nessa família, e me querem por perto, diferente de você. — Provoco, passando o dedo em seu nariz, e tiro sua mãe de seu abraço, levando-a comigo de volta para a cozinha.

— Ei, você veio como minha acompanhante!

— Mas foi Danilo quem me convidou primeiro.

— Droga, perdi pro meu próprio irmão, que sacana.

Dou um tapinha na sua cabeça quando ele passa por mim, e sua mãe me solta, andando na nossa frente para nos deixar sozinhos.

— Anda que vou te destruir no dominó — o provoco, apertando suas bochechas ao ponto de ver um biquinho se formar em sua boca.

— Sem roubar, por favor, mesmo sabendo que você não consegue, tá no seu sangue de flamenguista.

— Olha, Caíque, não me desafia, se nã...

— Ou o quê? Vai me beijar pela quinta vez?

Seu rosto está próximo demais do meu, e seus olhos passeiam em cada detalhe da minha alma, não se decidindo por onde focar. Ele morde o lábio inferior e descansa o corpo, esticando o braço na minha frente para que eu não ande mais.

— Que foi, princesa? O gato comeu sua língua? — Mostra os dentes, dando o sorriso mais sacana que já presenciei na minha vida.

Mas antes que eu pudesse lhe responder à altura, Danilo nos chama da cozinha.

— Ainda vamos jogar ou não? Tá ficando tarde, e temos que ir pro jogo!

— Já vamos, chatão — ele responde o irmão mais novo, e suspira. — Podemos terminar essa conversa depois?

— Vou ficar ansiosa.

— É a intenção.

Caíque desce a mão até a minha, me levando de volta à mesa para jogar com sua família, e assim que me sento, começo a pensar em todos os motivos pelos quais essa sensação gostosa que tenho no estômago é algo ruim. E para a minha tristeza, não consegui encontrar nem um argumento que seja para tamanha felicidade.

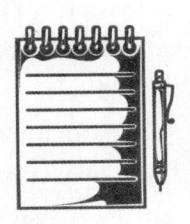

Capítulo vinte e cinco

"É assim que se faz meninas. Quando faltar dois minutos para um jogo importante do time dele acabar, você não pode deixar que ele veja o gol da vitória"

Me Adora | Pitty

Caíque, quinta-feira, 04 de julho de 2024

Nunca pensei que fosse assistir a um jogo do Fluminense ao lado de outra mulher que não fosse Sara, ou minha mãe. Mas aqui estou eu, dirigindo bem devagar o carro, na minha rua favorita em dia de jogo, com Verônica no banco do carona.

— Sempre achei engraçado como o Fluminense tem a parte da sul completamente dele, até na rua. — Ela olha para fora, com o vidro fechado, curiosa com a bagunça.

— Ah, minha filha, você tinha era que ter visto o Caíque vir aos jogos antes de ficar famoso. — Minha mãe coloca o rosto no meio. — Em dia de jogo de Libertadores, esse garoto chegava umas quatro horas antes de começar, apenas para ficar no esquenta no Bar dos Esportes.

— Esquenta? Como assim?

— Os torcedores do seu timeco não fazem isso?

— Talvez façam nas organizadas, mas meu pai nunca nos deixou participar, e isso também não me faz menos torcedora.

— Tem razão, mas o esquenta é básico. Um bando de gente ansiosa, maluca pelo seu time, se reunindo antes da hora pra beber, acender sinalizador igual doido, e ficar cantando as músicas da arquibancada.

— Parece ser divertido. — Ela ri.

— Pode apostar, queria muito trazer Danilo em um quando ele crescesse, mas vai ser complicado.

— E por quê? Com alguns seguranças, você conseguiria pegar um lugar na sul, o seu presidente conseguiu numa boa.

— O meu presidente não tem fãs, e eu não colocaria as nossas vidas em risco. Prefiro que ele cresça e vá com os amigos pra ter a experiência do que infelizmente ir comigo.

— Não adianta, Nica, ele é cabeça dura — sussurra Danilo em seu ouvido, no canto do carro.

Entro no estacionamento do estádio e sigo para a vaga que o moço indicou. Assim que estaciono, desligo o carro e pego o casaco que estava no colo de Nica, abrindo a porta pra minha mãe logo em seguida. Infelizmente, não consigo chegar a tempo de realizar o mesmo gesto para Verônica, pois o meu irmão chega antes, todo galanteador.

— Madame... — Danilo estica a mão, e Verônica aceita toda bobinha com a atenção.

— Obrigada, querido, sua mãe te ensinou bem, uma pena o seu irmão não ter aprendido. — Ela pisca o olho, rindo com meu irmão a caminho do elevador.

Mordo o lábio inferior enquanto observo os dois se afastando, e minha mãe se agarra no meu braço, andando devagarinho comigo para a mesma direção.

— Ela é uma boa garota. Gentil com seu irmão, cuidadosa com você, muito inteligente e linda.

— Dona Francisca, por favor, ilumine a minha mente e me conte algo que eu já não saiba sobre a garota que anda infernizando minha vida nesses últimos dias.

Minha mãe dá uma risadinha fraca, dando três batidinhas em minha mão como se fizesse um pedido.

— Não a deixe escapar, ela pode estar se fazendo de difícil, mas dá pra ver nos olhos dela o quanto gosta de você.

— Acho que a senhora está começando a ver caroço onde não tem.

— Pode ser, mas ninguém nunca vai te ter como ela, e isso é especial – ela diz, parando no lugar e apertando firme a minha mão, com o mesmo sorriso mágico que todos dizem que possuo. – Também tem que admitir para si mesmo. Pode não ser hoje, talvez nem você saiba que gosta dela, ou de que forma, mas quando descobrir, vai ser tão doce que não vai parar de pensar nisso por muito tempo.

— Ei! Acelerem o passo vocês dois, faltam vinte minutos pro jogo começar, e quero estar lá em cima – ordena Danilo, fazendo Verônica esconder o riso com a mão.

— Vamos, antes que seu irmão nos faça aparecer no *Cidade Alerta* por ele ter perdido um jogo do Fluminense.

Ela me pega pelo braço e seguimos apressados para encontrar Danilo e Verônica, segurando a porta do elevador para que entrássemos.

O elevador está lotado, tornando a minha vida muito difícil de não ficar levemente inebriado pelo cheiro de jasmim do perfume de Verônica e pela sua respiração entrecortada quando sentiu nossas mãos se eletrocutarem uma na outra.

A viagem até os camarotes foi tranquila e rápida. Assim que o barulho tocou, abrindo as portas, Danilo passa por nós três, indo em direção às meninas da recepção, que já o conhecem muito bem.

— Oi, Danilo, cadê sua mãe? – pergunta Stephanie, uma das garotas da recepção, colocando a pulseirinha no braço dele.

— Oi, Stephanie.

— Danilo, espere a gente – minha mãe pede, segurando-o pelo ombro antes que saísse correndo para o nosso espaço. – Boa noite, Stephanie, como está sendo seu dia?

— Cansativo, dona Alves. – Ela coloca a pulseirinha na minha mãe e espera que eu chegue com os bilhetes. – Boa noite, Caíque.

— Boa noite, Phanizinha. — Entrego os ingressos de todos em sua mão, e minha mãe sai na frente com Danilo, deixando Nica e eu para trás.

Eu a guio pela cintura até a porta do nosso camarote, ouvindo um burburinho atrás de nós.

— Merda, elas estão tirando fotos.

— Ignore, são as consequências de sair com uma gostosa como eu — responde, erguendo o ombro.

E pela primeira vez, por causa de uma única frase vinda dela, não me importo tanto com esses chatos efeitos da fama. Deixo Nica entrar primeiro, observando as bandeirinhas de festa junina penduradas na parede com as cores do Fluminense, e na mesa ao meio, logo abaixo da TV que mostrará o jogo, com uma seleção de guloseimas e comidinhas.

Vejo Danilo se acomodando na primeira fileira das cadeiras no nosso espaço, e minha mãe entra na salinha, montando um pratinho com salgadinhos pra ele. Verônica caminha devagar até as cadeiras, tendo uma visão privilegiada de todo o estádio do Maracanã, e suspira.

— Uma coisa não podemos negar, o Maracanã fica lindo usando qualquer cor.

— Principalmente com as do meu time — murmuro.

Ela estala a língua rindo e me dá uma ombrada de leve, virando o rosto para a parte sul do estádio, onde a torcida já tomou a arquibancada da zona B inteira.

— Não sente falta de ficar ali?

— Mais que tudo. — Encaixo meu rosto perto do dela, indicando mais ou menos onde eu costumava ficar. — A Bravo 52 fica bem ali, por isso aquela parte fica lotada.

— Imagino, é igual na arquibancada Norte, cheguei até a brigar com um imbecil que me mandou sentar no último jogo.

— Por favor, me diz que você o mandou se foder e voltar pra casa para ver o jogo sentado.

— Claro que sim, não sou tonta.

— Essa é a minha garota.

Silêncio absoluto entre nós dois mesmo com o estádio berrando "Eu vou ficar louco da cabeça", porque eu a chamei de *minha garota*. Sim, ela se tornou minha Verônica, mas meu Deus, que porra está acontecendo comigo para eu sair falando o que me vem à cabeça sem pensar antes?

A surpresa no seu olhar se encaixou com o sorrisinho bobo no canto dos lábios, e arregalo os olhos, sentindo meu coração sair pela garganta.

– Então, tá animada pra ver o que é um verdadeiro espetáculo de uma torcida?

– Valeu, Caíque, até entenderia se você estivesse falando do Flamengo, mas agora do seu time, por favor.

– Que nada, Verônica, você jamais vai entender a sensação de voltar pra casa todo sujo de pó de arroz porque seu time venceu um jogo importante.

– Que bom, menos sujeira pra limpar. E você nunca vai ter a sensação de, até em jogo bobo de Brasileiro, ter o estádio completamente lotado.

– Ah, você quer falar de números? Tudo bem. – Pigarreio, cruzando os braços. – Quando o Fluminense precisa de números, acontece o suave milagre: os tricolores vivos, doentes e mortos aparecem. Os vi...

– Os vivos saem de suas casas, os doentes de suas camas e os mortos de suas tumbas. – Ela vira o corpo pra mim, inclinando o rosto mais para a frente, e estica o canto dos lábios num sorriso sabichão. – Nelson Rodrigues.

– Porra, como você...

– Por favor, Caíque, sou jornalista e amo futebol, meio impossível não conhecer uma das frases mais famosas do Nelson Rodrigues.

Ela dá as costas para o gramado, entrando na sala em direção à mesinha, e vou atrás, rindo baixinho.

– Fala a verdade, pesquisou isso pra me impressionar.

– Muito presunçoso e machista da sua parte pensar isso de mim. Cuidado, vou te dedurar pra GF.

– Nem ouse espalhar fake news de mim, Verônica, talvez eu só quisesse saber pra aumentar o meu ego e sanar umas dúvidas.

– Tipo?

— Tipo, se você está começando a gostar de mim.

Verônica abre a boca estagnada no lugar, como se seu cérebro tivesse dado um curto-circuito. Ela pisca os olhos rapidamente, molhando os lábios depois de engolir seco, e enche a boca de coxinha.

— Novamente, é muito presunçoso da sua parte pensar que já estou tão caidinha neste nível por você.

Dou de ombros, erguendo a sobrancelha ao concordar.

— Ok, então topa responder a dez perguntinhas antes do jogo começar?

— Que tal seis?

— Tá, eu posso me contentar. — Levo o dedo ao queixo, pensando, enquanto ela tira dois copos do refil, me estendendo um deles.

— Não vai perguntar?

— Ia enrolar um pouco mais, mas já que insiste. — Esfrego as mãos uma na outra, a fazendo rir. — Qual é o seu número da sorte?

— Você tem direito a seis perguntas e quis usar assim?

Pisco os olhos e dou de ombros.

— Sim, sou curioso quanto a isso, e depois posso pesquisar se combinamos na numerologia.

Verônica dá uma risadinha baixinha com a boca rente ao copo cheio de Coca-Cola.

— Oito, também gosto de numerologia. — Ela ergue a sobrancelha e passa por mim, voltando para a mesa de comidas. — Próxima.

— Ficou decepcionada quando soube que era eu na boate? A verdade.

— Por incrível que pareça, não.

Arregalo os olhos, completamente surpreso com a descoberta, enquanto Nica revira os dela, ainda rindo.

— Deveria dizer que por essa eu não esperava, porém, vou deixar meu ego fazer efeito. Bom, sei que é boa de boca, e eu gosto de garotas com bom apetite.

— Caíque! — diz, com a boca cheia de bolinhas de queijo.

— Que foi? Você tem a mente suja demais.

Ela ergue a mão para me dar um soquinho no ombro, mas a seguro antes que finalize o movimento. Suas íris se fixam nas minhas, e seu sorriso vai se desfazendo com a nossa proximidade.

É impossível não notar as singelas sardinhas espalhadas pela sua bochecha, e molho os lábios com a língua, sentindo o cheiro da merda das jasmins penetrar o meu cérebro. Não tenho outra escolha a não ser respirar fundo e encontrar a verdade querendo sair pela minha boca.

– Como eu pude resistir tanto tempo a esses olhos? Tão deslumbrantes.

Ela prende a respiração, e vejo seu pescoço se mover ao engolir a saliva. Sua mão se derrete na minha, e eu a seguro firme, sem querer soltá-la.

– Próxima pergunta.

A solto devagar, e ela move a cabeça para o chão, disfarçando o sorriso bobo no canto dos lábios.

– Espera, eu não fi...

– Próxima, Caíque... – ressalta, se sentando no banco atrás de meu irmão e mãe, que olham para o gramado enquanto comem.

Bufo alto, seguindo seus passos até me sentar ao seu lado. Ela estica o copinho que separou com salgadinhos pra mim, e pego um travesseiro de presunto e queijo que está logo no topo.

– Acredita em amor à primeira vista?

– Que tipo de pergunta adolescente é essa? – pergunta.

– Ok, pelo seu comentário, vejo que é um não.

Ela pega meu ombro, me puxando para seu lado.

– Espera... – pausa, terminando de mastigar. – Não sei, talvez, nunca tive a experiência, e apenas conheço uma pessoa que a viveu.

– Certo... E prefere status social ou amizade?

– Amizade, é claro.

– Amizade ou amor?

Nica vira o rosto para mim, a boca suja no canto graças ao crocante da massa. E num ato involuntário, uso meu polegar para limpar a sujeira, deixando-a sem ar, mas não sem palavras.

– Amizade e amor. Pronto, foram suas seis perguntas.

– Ah, qual é... Aquela nem valeu, me dá só mais uma, por favor... – Junto as mãos aos peito, fazendo biquinho, e por fim, convenço, recebendo uma estonteante virada de olhos. – Beleza! – comemoro erguendo a mão ao ar, e respiro fundo, pensando bem no que desejo tanto saber. – Sente que fez a escolha certa em ter me dado uma chance?

– Por que eu sinto que você já me fez essa pergunta?

– Talvez eu tenha e goste de te ouvir responder a mesma coisa, ou talvez não... Você quem vai me dizer.

Ela joga a cabeça para trás, bufando, e me encara.

– Por mais estranho que seja, sim, eu sinto... Agora, minha vez, Caíque. – Se ajeita na cadeira. – Vai querer continuar me vendo mesmo se eu acabar quebrando o seu coração?

– Nossa, que específica.

– É apenas uma dúvida.

– Uma bem pensada.

– E que você não vai me enrolar pra dizer, desembucha.

Suspiro.

– Eu vou ter que pensar melhor nisso, já que me pegou desprevenido, porém... Acredito que vale a pena quebrar meu coração, se no final eu puder ter você.

Lentamente, um sorriso vai se formando bem no cantinho dos seus lábios, e noto seu peito subir e descer mais rápido, como se estivesse eufórica em ouvir minhas palavras. Sua mão me chama, descansando no braço da cadeira, e sem perder tempo, entrelaço meus dedos nos seus, sentindo toda a minha ansiedade de dia de jogo evaporar do meu corpo.

Danilo se levanta da cadeira à minha frente com os braços no ar, e minha mãe o segura pelas costas, pedindo baixinho para que ele se sente.

É apenas com o grito da torcida, o barulho da música do Brasileirão ecoando pelo estádio e a fumaça tricolor saindo pela leste que noto os jogadores entrando no campo.

E como se o próprio João de Deus me iluminasse com uma ideia, sei exatamente o que preciso fazer para deixar esse dia extremamente memorável, além de já ser por ter Verônica do meu lado, e Thiago Silva de volta em campo com as cores do tricolor.

Sem soltar da mão de Verônica, pego o celular no bolso, procurando o contato que tenho dentro do clube.

Caíque Alves

> Ei, mano, vai rolar aquela parada no telão hoje?

Henrique – Cara do sócio

> Fala, bro.
> Vai sim, pô, precisa que filme alguém específico?

Caíque Alves

> Exatamente, a câmera chega no camarote? Diz que sim, e encho o saco do meu agente sobre eu cantar na Flu Fest de novo.

Henrique – Cara do sócio

> Fechou, mano, a câmera chega que é uma beleza.
> Deixa comigo, vai ser no intervalo do jogo.
> E quanto à festa, fica de boa, não vai mais rolar graças à má fase, porém, com tudo dando certo, podemos ver pro ano que vem, beleza?

Mas que beleza, tá perfeito, e nem ela poderia esperar por isso. E pela primeira vez num jogo do Fluminense, eu não vejo a hora de chegar o intervalo, para ver o meu brilhante plano sendo colocado em prática.

É *hoje* que Verônica Bellini não me escapa.

Capítulo vinte e seis

"Mais uma voltinha, mais um beijinho. Mais um beijinho, mais uma chance garantida. Mais uma chance garantida... é vitória na certa, mas não sei ainda pra quem"
Mais Ninguém | Banda Mar

Verônica, quinta-feira, 04 de julho de 2024

A caveira do meu avô com certeza deve estar se contorcendo no túmulo por eu estar em pleno Maracanã assistindo a um jogo do Fluminense por vontade própria.

Me joguei de cabeça nesse experimento tão fundo que não sei como escapar. Na verdade, sinto às vezes que não quero escapar.

Durante o primeiro tempo inteiro, percebi manias no Caíque que antes eram desconhecidas pra mim. Como quando o Internacional quase fez um gol, e seu corpo se travou todinho. Ou quando o Cano jogou uma bola pra trave, e ele batucou tanto a perna que perdeu o ar quando a bola foi pra fora.

Danilo é uma cópia do irmão mais velho, mas uma versão um pouco mais agitada e animada, sempre encontrando um pensamento positivo até nos piores momentos da partida com a sua ingenuidade.

– Acorda, filha da puta, olha o trinta e sete sozinho no meio! – Caíque se levanta, assustando-me, agindo como se os jogadores conseguissem ouvi-lo nessa distância. – Antonio Carlos, não! Puta que pariu...

Ele abaixa a cabeça, balançando-a de um lado para o outro, ouvindo a torcida e os jogadores do Inter comemorando o gol. Seguro a risada em respeito à sua dor, e esfrego a mão em suas costas para tentar relaxá-lo.

– Cara, eu tinha oito, oito jogadores na área, e o merda do Keno fica "observando" a porra do Igor Gomes. É claro que nenhum desses imbecis foi capaz de impedir um mísero gol. Porra, que ano fodido, viu.

– Foi um golaço.

– Foda-se, não justifica. A nossa situação está do jeito que está graças a eles, e esses merdas deixam jogador sozinho no meio da área com espaço para bater? Pra piorar, o cara nem é atacante, puta merda... – resmunga, com a mão no rosto.

Danilo se levanta na cadeira e se vira para o irmão mais velho derrotado.

– Fica triste não, a gente vai ganhar hoje, tô sentindo na barriga.

– Viu, filho, escuta seu irmão, ele sempre acerta quando sente na barriga. – Francisca sorri, ajudando o filho mais novo a se sentar novamente.

O juiz dá mais quatro de acréscimo, deixando os irmãos Alves extremamente alertas com os próximos movimentos da bola, angustiados para sair daqui com ao menos um pontinho no bolso. Não tendo outro jeito, o milagre acaba acontecendo aos 48' do primeiro tempo, quando Ganso encontra uma bola fantástica do meio da área, marcando um golaço.

– Porra, Verônica, isso aqui é Fluminense, caralho! – Ele me puxa pra um abraço apertado chorando fraco, pulando de cima pra baixo emocionado demais para que eu sequer pensasse em o zoar.

Danilo e Francisca invadem nosso abraço, e apesar de não ser o meu time, estou me sentindo integrada à família Alves como jamais imaginei.

— Falei, e vamos virar ainda — repete Danilo se separando de nós, e arregalando os olhos, puxa a mãe para sussurrar em seu ouvido.

Francisca ri do que ele lhe conta, e apenas informa que já retornaria. Caíque está com o peito subindo e descendo tão rápido como um coelho, e suas mãos tapam sua boca, ainda processando o gol.

— É o time de guerreiros.

— Somos mesmo...

Não importa o que tanto ele quanto a mídia querem mostrar, o verdadeiro pop star que conheço ajuda os amigos até nas altas horas da madrugada, cuidando de sua família e de tudo. É aquele apaixonado por um único time, odiando admitir quando está errado, e gosta de assistir a novelas com a mãe aos finais de semana tanto quanto eu.

Perco segundos o encarando, prendendo pequenos detalhes dele na minha mente, que nem percebo o juiz apitar o fim do primeiro tempo. Tudo o que vejo é como o cabelo dele está começando a crescer, deixando os cachos caírem de leve pelos olhos, e a forma como morde o dedo para acalmar a animação.

— Ei, tá se sentindo bem? Quer uma água ou alguma coisa pra comer?

— Não, eu tô legal. — Ele respira fundo, tocando na mão que pousei em seu ombro, e se levanta. — Vem, deixa eu te acompanhar lá dentro, talvez uma Coca-Cola caia bem.

O camarote em que estamos está basicamente vazio, tem um pai e um filho dividindo o ambiente conosco, além de três amigos curtindo a cerveja, sobrando muita comida na mesa. Caíque pega um copo pequeno térmico e coloca uma concha do caldo de feijão, trocando olhares comigo.

— Provavelmente já esqueceu, mas você ainda tem mais cinco perguntas para me fazer — diz, lambendo a colher.

— Não prefere guardar seus segredos para você?

Ele balança a cabeça, tomando mais um pouco do caldo.

— Aparentemente, sou um livro aberto, todos sabem dos meus segredos antes mesmo de mim, o que, parando para pensar, é um pouco bizarro.

— Tá bem, então que tal me contar qual é o dia do seu aniversário?

— Porra, sério? Você poderia pesquisar na internet e com certeza acharia em dois segundos num fã-clube, ou jornal qualquer.

— Sabe como é a internet, podem me enganar, é bom pegar direto da fonte, não concorda?

Ele maneia a cabeça, enfiando um pouco mais do líquido quente na boca, e assim que pego meu caldinho de cebola, me indica o caminho para voltarmos às cadeiras.

— Dia 06 de agosto, sou leonino.

— Faz sentido, é engraçado saber, já que sou de áries, dizem que os signos de fogo se dão bem.

— Não muito, mas aparentemente a gente está dando certo. — Ele dá uma piscadinha, e dou um empurrãozinho em seu ombro, antes de entrar na nossa fileira.

— Ok, como tem a certeza de que todos sabem sobre você, me conte algo que ninguém saiba, nem mesmo seus melhores amigos, ou sua mãe. — Me sento na cadeira, puxando-o pela manga da blusa tricolor retrô. — Seja criativo, por favor.

Caíque se estica, enrugando as sobrancelhas, e enxergo um universo repleto de coisas em seus olhos, e cada palavra secreta que ele procura tentar esconder de mim é sem sucesso. Vejo ali que estou pescando tudo dele, cada pequeno detalhe, confessando as verdades mais discretas, e não consigo esconder a excitação de conhecê-lo cada vez mais.

Ouço seu suspirar alto, encarando o chão, se rendendo ao meu pedido, e ele tensiona o maxilar como se estivesse prestes a encarar uma verdade dura de ser dita em voz alta.

— Você me *atormenta*...

Espera.

— Como assim?

— Isso mesmo que ouviu, Verônica, você está atormentando meus dias com essa voz que me puxa como um ímã, e esses olhos, Deus, essas íris majestosas que me deixam desesperado para te conhecer mais. — Ele se inclina, tocando as costas dos seus dedos suavemente no meu rosto, mapeando o caminho até meus lábios. — Principalmente quando insisto em perder meu tempo admirando essa boca, que implora pra ser beijada somente por mim.

Perco a fala, com a respiração acelerada, e a garganta seca vai se fechando, ansiosa para ouvir mais daquela voz cantarolando no meu ouvido.

– E quem te contou que são os seus que eles querem?

Caíque ajeita a postura, mantendo o rosto sóbrio.

– Ninguém, eles conversam apenas comigo.

Música, para ser mais exata, o som de "Vem Morena", de Luiz Gonzaga, invade os alto-falantes do estádio inteiro como se Caíque os tivesse ordenado tocar naquele momento, e escuto a narradora do estádio soltar um comunicado.

– O mês de junho passou, mas não levou as festas com ele, por isso, a barraca do beijo tricolor ainda está disponível nesta noite. A câmera caiu, o beijo surgiu, vamos ver esse quentão de amor no Maracanã tricolor.

Nos telões aparece um casal, circulado por um imenso coração grená, tomando o resto do espaço na imagem. O texto em branco, todo espalhafatoso, está bem no cantinho, com os dizeres "Barraca do beijo". E, como a locutora pediu, a torcida tricolor não perde tempo em agarrar seus parceiros em seus braços.

Casal por casal, vamos vendo beijos sendo disponibilizados, mães com seus filhos recebendo beijos na bochecha, amigos se divertindo ao brincarem uns com os outros, casais apaixonados distribuindo amor, e vou me divertindo em cada um deles.

– Adorei que eles não têm vergonha, ficaria toda vermelha se isso acontecesse comigo – sussurro no ouvido de Caíque, batendo palmas no ritmo da música.

Me divirto horrores, rindo das expressões de choque de alguns, apenas para que, no segundo seguinte à minha fala, o meu coração batesse o sangue em alvoroço, com o meu rosto perdendo a graça e o brilho se vendo em pleno telão do estádio para mais de 40 mil pessoas.

Caíque arregala os olhos, parecendo ficar tão surpreso quanto eu, e me pega pelo braço, pronto para entrar no clima da barraca do beijo.

– Anda, me beija.

Estalo a língua nos dentes, fingindo que não vou beijá-lo apenas para o torturar mais um pouco. Ele morde os lábios, movendo o corpo para a frente, quase tocando sua testa na minha, nossos rostos ainda presos no telão, com mais e mais pessoas gritando por alguma ação.

– Vai, me beija, posso passar o dia te implorando se precisar, e o estádio inteiro também se deixar.

Respiro fundo, cansada de resistir, e encaixo meus lábios nos seus, sentindo um fogo irradiar meu corpo quando ouço o estádio inteiro comemorar nosso beijo. Sua mão se encaixa perfeitamente no meu rosto, me envolvendo em seu cheiro de grama fresca, e relaxo cada músculo, me sentindo em casa.

Sem pressa, e sem terremotos para atrapalhar, me acordando a tempo de um sono profundo. Ele me entregou um convite que não esperava receber, e agora não me vejo mais sem participar dessa festa para dois.

Esse mero beijo faz meu corpo se arrepiar, amolecer e me fazer sentir com 14 anos, beijando um crush no colégio escondida. O gosto da sua boca é quente, saboroso e suculento na medida certa, me marcando como uma tatuagem da mais dourada e cara possível.

Nos separamos logo após Caíque levantar o braço para o ar, se sentindo o próprio Judd Nelson após ganhar a garota. Trocamos sorrisos bobos, e sua mãe assiste tudo de longe, gargalhando, numa missão impossível de distrair Danilo do nosso beijo.

Pisco, perplexa com seu sorriso aberto.

– Tem que aprender a me ouvir, princesa, lábios como esse não devorariam os meus se não quisessem tanto.

– Bem, querido, o que eu senti foi totalmente o contrário, apenas te beijei porque não quis fazer a gente passar vergonha.

– Ah, é? Podemos repetir a dose, caso tenha vontade, mas dessa vez, só eu e você, sem plateia, que assim te tenho apenas para mim.

– Não invente moda, garoto, e vai pegar mais salgadinhos para mim, quero um copo de Coca-Cola também, por favor.

– Às ordens, princesa.

Estendo o meu copo vazio, esboçando um sorrisinho no canto da boca, e Caíque agarra o copo e pega os os lixos do chão, seguindo para dentro da sala. Noto uma comoção maior da torcida e vejo os jogadores retornando para o campo, indicando que os quinze minutos de intervalo passaram como uma flecha.

Meus dedos vão inconscientemente parar em meu lábio inferior, jogando flash das sensações que tive ao beijá-lo, e molho os lábios com a língua, ainda sentindo seu gosto.

— Quer meu casaco? — pergunta Caíque, após se materializar do meu lado, me entregando o potinho com coxinha.

— Oxi, por quê?

— Ué, você se tremeu toda, e aqui está batendo um ventinho gelado — pontua, desamarrando o casaco de sua cintura. — Aqui, de qualquer forma, vai ficar mais lindo em você do que em mim mesmo.

Estico a mão, aceitando usar o casaco para evitar mais perguntas, e passo o resto do segundo tempo não querendo dar razão para qualquer sentimento que entra em combate dentro de mim.

Muito menos admitir que as cores cinza, branco e grená desse casaco incrível da Thug Nine ficaram belíssimas em mim. Como flamenguista, me sinto enjoada, agora, como uma boa apreciadora de moda, esse casaco é realmente incrível.

Encaro de relance o garoto que me entregou, e prendo a respiração por alguns segundos. Caíque se transformou numa tentação ambulante, é ridículo como me agarro em seu corpo igual a um carrapato, sem hora de desgrudar, querendo culpar o frio pelas minhas ações.

O segundo tempo foi mais acirrado que o primeiro. Com grandes chances de gol em ambos os lados, parecia que Caíque iria se jogar daquele camarote a qualquer instante. A cada chance ridícula que o Fluminense perdia, Danilo pulava e gritava mais os cânticos da torcida para animar Caíque, que segurava o choro de nervosismo.

Quando o juiz levanta a placa mostrando os oito minutos de acréscimo, eu tenho uma ideia. Boba, mas um plano ótimo. A jornalista competitiva passa a reinar, chutando para fora a Verônica que aparenta estar se apaixonando pela sua cobaia. Coloco o cronômetro no celular para saber quanto tempo falta para acabar, e passados três minutos, eu viro na sua direção, mostrando um biquinho.

– Ei, eu estava super a fim de comer a pipoca daqui, teria como pegar pra mim?

– Podemos comprar na saída? Faltam poucos minutos para acabar.

– Ah, vai, por favorzinho, eu tô com muita vontade de comer.

– Mas você acabou de se empanturrar de salgadinho.

– Por favor...

Ele bufa, finalmente me olhando.

– Salgada ou doce?

– Você sabe a resposta.

Ele sai lentamente do meu lado, ainda encarando o campo. Mas foi quase tropeçar no vão entre a porta de correr da sala e as cadeiras, que mete um jato nos pés, correndo atrás do que lhe pedi.

Pressiono os lábios, olhando pro campo, evitando gargalhar, e Francisca me encara, de boca aberta, achando graça.

– Você pode até tentar fazê-lo ficar puto caso perca um gol, mas não vai conseguir.

– Ele vai sim, não duvido nada, e, aliás, faltam dois minutos, não há possibilidade de nada acontecer.

Boca maldita, é isso que eu deveria me chamar. Porque, bem lá no cantinho, vejo o camisa nove estar a poucos segundos de marcar, e grito o que jamais pensei em dizer num jogo de um rival carioca com os olhos arregalados.

– Chuta!

Gol. John Kennedy recebeu a bola com profundidade, invadindo a área, e driblou o marcador sem perder o domínio do chute para dentro da rede. Num estouro de sinalizadores, bombinhas e grito da torcida, abracei a família de Caíque como se o Flamengo estivesse jogando.

Pulo com Danilo em meu colo, berrando junto dele e dos torcedores na nossa cabine, entrando no embalo da torcida, sem perceber Caíque eufórico atrás de mim, com o balde de pipoca em mãos e sem ar de tanto chorar.

— Você foi pura maldade, dona Verônica, tá aqui a sua tão preciosa pipoca.

— Ai, amor, desculpa, não foi a minha intenção te fazer perder o gol.

Ele de repente para, o rosto não conseguindo se conter com o sorriso enorme estampado, me olhando tal qual um sonho, como num conto de fadas que se tornou real.

— Primeiro, estou me sentindo nas nuvens porque eu pude te assistir comemorar um gol do meu time, coisa que jamais imaginaria. — Caíque me pega pela cintura, girando o meu corpo no ar, fazendo cair umas pipocas pelo chão. — Segundo, meu time ganhou de virada, tornando nossa saída da zona mais fácil, e terceiro, você realmente acabou de me chamar de amor?

Congelo e ele me põe no chão, esperando uma resposta.

— Quê? Não, nada a ver. Na verdade, eu quis dizer Alves. — Dou um tapinha em seu ombro, estalando a língua nos dentes. — Você está ficando com sono aparentemente, é melhor irmos embora, ainda bem que esse jogo ruim acabou.

Enfio algumas pipocas cheias de manteiga na boca e vou parar na salinha, os esperando para descer até o carro. A cada pipoca que enfio goela abaixo, desce junto o gosto amargo da derrota que estou prestes a viver.

Mais três dias, é isso que preciso aguentar até que este artigo esteja solto no mundo. Depois, eu lido com o que quer que meu coração esteja berrando tanto, a ponto de não me deixar ouvir mais nada além de uma única voz, e visualizar a merda de um único rosto com cicatriz na sobrancelha.

Capítulo vinte e sete

"Contava com tudo, menos que a natureza, e a prefeitura, fossem me ajudar quando eu mais precisava para conquistar uma garota"
Equalize | Pitty

Verônica, sexta-feira, 05 de julho de 2024

Jogo estranho, noite esquisita, e pós pior ainda.

Assim que me despedi de Caíque ontem, passei a noite em claro, me remexendo nos lençóis, pensando no pouco tempo que me restava nessa experiência. Dois dias eram tudo o que eu tinha, e por algum motivo bobo, eu queria muito mais do que poderia me ser dado. Não queria contar nada, nem pra ele, nem pro mundo, queria ficar da mesma forma que estamos hoje, mas sei que isso é praticamente impossível.

Por volta das três da manhã, e após colocar *Premonição 3* de fundo no MacBook, eu finalmente consegui dormir. Acordei com o barulho do alarme no meu ouvido e com uma chuva fraca caindo do céu nublado.

Suspirei aliviada por estar de home office hoje, e fui tomar um banho bem quente para começar o dia. Sequei os cabelos na toalha e passei o creme novo que comprei com Mafê no shopping, colocando uma roupa de academia.

Tirei o celular do carregador e bufei chateada por não ter nenhuma notificação interessante. Bom, nenhuma notificação vinda dele pra falar a verdade. Não me interessei pela chuva de comentários e curtidas na foto que postei de Danilo torcendo ontem no Maracanã, e muito menos do post da Garota Fofoquei sobre meu beijo com Caíque no meio do estádio.

Me importava apenas com uma única coisa, e vou enrolar para fazê-la o quanto eu puder.

Dito isso, tomei um café da manhã leve e desci até a academia vazia do prédio. Coloquei os fones e "You're So Vain" começou a tocar nos meus ouvidos, me fazendo lembrar unicamente dele e da sua estúpida vaidade que me encantou de certa forma.

Rio sozinha, fazendo agachamento ao lembrar da sua animação por ter ganhado mais um beijo meu ontem, e me sinto uma boba com as bochechas rosadas não apenas por culpa dos exercícios. É impossível não ficar eletrificada com seus dedos tocando meu rosto, e toda aquela antecipação se materializando no ar quando estamos prestes a nos beijar mais uma vez.

Por meros segundos, deixei minha mente vagar quando fechei os olhos sentada no banco, e uma súbita vontade de cravar o nome dele na minha cabeceira de cama aumentou de forma esquisita.

Não vou negar que uma parte de mim quis descer pra malhar para tentar encontrá-lo, mas não podia mais esperar por algo que sei que não poderia ter. Voltei pra casa, joguei uma água no corpo de novo e finalmente sentei a bunda na escrivaninha para trabalhar.

No cantinho da tela do Teams está uma notificação de mensagem de Íris pedindo para ligar para ela, e clico na fotinha do seu rosto, iniciando uma chamada de vídeo.

– Olá, boneca, como foi torcer pro seu time rival ontem?

– Palhaça! – debocho, mostrando a língua. – Você tem as métricas dos vídeos publicados essa semana no meu departamento? Quero tirar umas dúvidas sobre quem vai fazê-los semana que vem.

— Se a sua tia vir esse documento, ela vai te obrigar a continuar fazendo.

— Não me diz que foi a melhor métrica deste ano?

— *Ainda preciso confirmar?* — Ela mexe nos óculos de grau vermelhos de gatinha e me encara. — *Amiga, você é uma das pessoas mais faladas da internet, é claro que os seus vídeos vão bombar. Por sinal, faça umas publis, quero ganhar coisas de graça.*

— Que publis, Íris, eu quero apenas ser editora-adjunta. Meu tempo de querer ser famosa passou, isso eu deixo pro Caíque e para as outras pessoas que gostam da atenção.

— *Oh, bichinho do mato, o que eu fiz para merecer uma amiga tão egoísta como você?*

— Deixa de ser tonta, garota, e vai fazer seu trabalho, pesquisando sobre as *threads* da semana.

— *Chata.* — Ela cruza os braços, fazendo um biquinho enquanto batuca a caneta de unicórnio no braço. Íris então suspira e inclina o rosto mais perto da câmera. — *Provavelmente você vai dizer "tá tudo bem", mas como anda seu coração? O prazo acaba domingo, né?*

— Tá tud...

Pressiono os lábios, escondendo o riso, enquanto ela mostra um sorrisinho no canto dos lábios. Odeio como essa desgraçada conhece cada palavra e trejeito meu, a ponto de saber o que vou falar antes mesmo que uma palavra saia da minha boca.

— Vou cumprir com o prazo.

— *Antes de se preocupar com o prazo, acho que deveria saber se conseguiu conquistá-lo o suficiente pra quebrá-lo.*

— Então?

— *Tem a certeza?*

Excelente pergunta.

— Não sei, Íris. Quando acho que sim, meu coração parece palpitar a ponto de sair do peito de nervoso com a possibilidade.

— *Isso é bom, significa que você também pode estar se apaix...*

— Nem pense em terminar essa frase, juro, ou te mato — bufo, esfregando a têmpora cansada desse experimento que está mudando tudo o que conheço. – Só quero passar por esses dois dias, e acabar logo com isso.

– *Se eu fosse você, aproveitava e dava logo essa buc...*
– Íris!

Ela ergue as mãos, fechando os lábios como um zíper, e a cena me lembra dele na cozinha da casa de Petrópolis. Merda, tudo vai me fazer pensar nele agora? Cada detalhe que antes não pertencia a ninguém agora vai ter um único rosto?

Balanço a cabeça, molhando os lábios com a língua.

– Olha, não vou confundir mais as coisas, prefiro deixá-las como estão, e depois matar meu tesão sozinha.

– *Se está dizendo, estou aqui pra te apoiar no que der e vier.* – Cumprimenta como se eu fosse sua comandante, e respira fundo, franzindo o cenho para o que parece ser uma nova notificação. – *Tenho que ir, reunião urgente de equipe. Te ligo mais tarde, beijinhos!*

– Te amo.

A conexão é cortada e me encontro novamente sozinha com meus pensamentos, vendo a chuva descer lentamente pela janela do quarto. Peço à Alexa para tocar minha playlist, e uma das minhas músicas favoritas do filme *Scooby Doo* começa a tocar.

Cantarolo a letra de "Words to Me", balançando a cabeça no ritmo da música enquanto finalizo a minha peça secundária para a edição digital de domingo. Não vejo a hora passar depressa, e com basicamente todas as minhas partes do trabalho feitas, me enrolo no sofá para que o lorde Guildford colocasse sua magia em mim, comendo o restinho de risoto de camarão que pedi no iFood.

Mas em cada interação insuportavelmente fofa dos protagonistas, meu coração aperta a veia do cérebro para se lembrar de Caíque, e seus cachos escuros esvoaçantes. Inclusive, na parte da tarde, ainda me pego cogitando bater na porta do meu vizinho, e pra quê? Nada, apenas por estar com saudade de seu sorriso e suas palavras sabichonas.

Com uma certa raiva escorregando pelos meus lábios, eu me levanto, indo direto para o quarto, sentando-me na cadeira para começar a escrever o bendito artigo que definirá meu futuro.

Tudo vai desmoronando quando abro um documento no Docs e fico quase trinta minutos olhando para uma tela em branco querendo me enforcar, e outros trinta, vasculhando edits meus com Caíque pelo TikTok. Jogo o celular para longe, dando um gritinho, quando assisto ao quinto que contém "Dress" como música, não aguentando mais.

Olho para o relógio ao lado do iMac e me assusto, percebendo que já são quase seis horas da tarde. Eu me levanto da cadeira, andando de um lado para o outro enquanto encaro a tela brilhante que ri de mim no meio da mesa.

Mordo o dedo, tentando entrar em paz comigo mesma por saber que alguma hora eu vou ter que começar essa merda de peça. Solto um breve suspiro, sentando na cadeira, e teclo o que vem à mente, trocando olhares com meu caderninho cheio de anotações que fiz ao longo desses últimos dias.

> "Quando esta missão foi entregue a mim, nunca pensei que fosse conseguir cumpri-la. Afinal, quebrar corações não é uma coisa fácil, principalmente se for de um dos maiores pop stars do Brasil, que conquista o mundo diariamente com seu carisma, talento e..."

Que sujeira é essa nessa mesa? Cruzes, tá cheia de poeira.

Pulo da cadeira mais uma vez e vou para a cozinha, me coçando todinha para pegar um paninho, mas infelizmente, não parei por aí. Decidi tirar tudo de cima da mesa e arrumar até a partezinha mais manchada. E depois de tudo ter sido colocado de volta no seu devido lugar, clico no Mac para continuar a linha de raciocínio anterior.

> "E humor afiado. Esse astro específico, envolto em seu paraíso de glamour, festas, premiações e polêmicas, pode passar a excelente fachada do garoto bad boy, que apenas pensa em si mesmo. Porém, não foi isso que consegui constatar nessas..."

Credo, olha só pra esse quarto, tá uma bagunça.

Bufo, me erguendo da cadeira mais uma vez, e começo a agarrar as roupas sujas jogadas no chão. Prendo o cabelo já seco num coque com a piranha, e ergo as mangas do casaco para colocar a mão na massa.

Revistas antigas e mais recentes estão no canto errado do quarto. Com certeza, Mafê deve ter remexido nelas, sobrando para a idiota aqui arrumar mais uma vez. Passo as costas da mão na testa e noto a quantidade de coisas espalhadas pelas minhas mesas de cabeceira. Ingressos, fotos Polaroid da viagem a Petrópolis, fitinhas de festas, velas, manteigas de cacau, tudo o que você poderia pensar está ali.

Coloco os fones respirando fundo e saio guardando, limpando, varrendo, passando pano, arrumando literalmente qualquer coisa que aparece na minha frente. Quando acabo, sorrio contente com o resultado do quarto, que ficou com cara de recém-chegado, e sentindo a necessidade de tomar outro banho.

Espirro um home spray delicioso que ganhei da minha mãe e vou para o banheiro relaxar o corpo na água quente, tirando toda a poeira que jurei estar grudada em cada poro do meu corpo.

Seco o cabelo novamente e visto uma calça de moletom amarela, com meu casaco gelo, que comprei na última vez que fomos à Disney de Tóquio. Assim que sento na cadeira e olho para o relógio, levo um susto. São quase oito e meia, e ainda não escrevi nem uma página. Não, nem trezentas palavras.

Como se fosse para encaixar com o meu desespero, a chuva se aperta lá fora. Escuto um trovão, me fazendo dar um leve pulinho na cadeira, e remexo em uma das minhas bolinhas antiestresse que mantenho sob a escrivaninha.

– Relaxa, Nica, não é como se o tempo fosse fazer tudo se apagar e te deixar vendo apenas velas e raios passando pela janela – digo a mim mesma, procurando respirar fundo de olhos fechados.

Para algumas pessoas, a natureza é uma beleza, um pensamento seguro, um alívio. Podendo até ser um cinema cheio de cores ao ar livre, mas para mim, ela é uma ridícula ironia. Pois assim que essas benditas palavras saem da minha boca, a única luz que fica no meu apartamento vem da vela de laranja que acendi pra tentar focar em escrever o bendito artigo.

— Merda, merda, merda!

Pego o celular, clicando no primeiro nome dos favoritos.

— Não creio que estou num apartamento enorme, sozinha, com tudo escuro, em meio a um toró ferrado desses. — Levo as unhas à boca para roer as partes da pele, com a agonia brotando no meu peito.

Chama, chama e ninguém atende, pra variar.

Abraço meu corpo, sentindo o vento da chuva passar por uma frestinha da janela, e caminho devagar, pousando a vela na mesinha, para fechá-la antes que encharque minha casa.

O cheiro de grama molhada invade as minhas narinas e sento no braço do sofá, pensando numa das únicas pessoas que conseguiu me acalmar em dias chuvosos.

O barulho da chuva espancando a janela é o que me move, mas foi o raio cruzar a sala e o extremo barulho invadir meus ouvidos que minhas pernas foram parar inconscientemente na porta, indo atrás dele.

Fecho os olhos com a mão na maçaneta, realmente cogitando procurá-lo, e após respirar fundo, decido abri-la.

— Ah, oi...

Caíque está aqui, parado em minha porta, usando um casaco azul-claro, com os olhos grandes e arregalados, brilhando sob a luz das velas em nossas mãos. Meus lábios se esticam levemente, e uma paz amolece minha mente ao vê-lo vindo ao meu 'resgate' de forma espontânea, por assim dizer.

— O que faz aqui? — questiono, com os batimentos acelerados do meu peito graças às trovoadas, flutuando em meio às palavras.

— Bem, eu lembrei de uma certa garota e do que ela me contou um dia, sabe... Sobre ter medo do escuro e das chuvas fortes — provoca, cutucando minha barriga.

— Ok, e veio checar se eu ainda não tinha me jogado da sacada?

Noto seu pomo de Adão engolindo em seco, sorrindo sem graça.

— Olha, eu tenho comida fresca, que precisa ser ingerida urgentemente. Podemos fazer uma troca, tenho poucas velas em casa e posso imaginar a quantidade que você possui, então...

— Tá bem, eu topo ficar na sua casa com você, Caíque, não precisa pedir muito. — Abro espaço para que ele entre em casa. — Agora, espero que cozinhe tão bem quanto Gil.

— Você nem vai notar a diferença — diz, e me segue até o quarto.

Encontro a caixa de velas embaixo da estante de livros, e Caíque a abre, arregalando os olhos ao mexer em cada um dos potes de diferentes tamanhos, formatos e cheiros.

— Nossa, eu estava brincando, mas você realmente tem uma quantidade massiva de velas aqui.

— E olha que essas não são do tipo "normal", cada uma tem um cheiro, ou um tema diferente — estico o braço e pego a que acendi hoje pela manhã —, por exemplo, recentemente, a minha favorita tem sido essa aqui, o cheiro tem me acalmado.

— Por acaso, tem alguma de jasmim?

Franzo o cenho.

— Jasmim? Você tá mesmo gostando do meu perfume?

— Cada vez mais aparentemente, não consigo tirar da minha cabeça.

Um raio passa pela janela, iluminando seus olhos que parecem me vislumbrar cheios de admiração, sem truques e sem nenhuma proteção. E aqui, sentados no chão com uma caixa de velas no meio, existem duas pessoas que gostam de passar um tempo juntas, arruinando a vida uma da outra ao se tocarem de todas as formas possíveis.

— Caíque...

— Sim?

Molho os lábios, tomando coragem, e inclino o corpo para a frente, sentindo mais do seu cheiro que tanto me consome.

— Ontem, você disse que eu era o seu tormento, e conseguiu me deixar bem curiosa.

— O que você quer saber? Achei que tivesse sido bem claro.

— Mais detalhes, por favor, me diga... – murmuro. – É melhor descobrir agora, com nenhuma luz mostrando seu rosto, do que com ele iluminando cada bela parte sua.

— Quer que eu aproveite o escuro pra me declarar, Nica?

As lâmpadas se acendem, todas, e cada aparelho eletrônico que está conectado à tomada se reanima depois de seu período desligado.

A chuva lá fora ficou mais amena, sem muitos trovões para atrapalhar uma conversa. E com a escuridão indo embora, a explicação que eu queria ouvir sobre o que ele sentia também se foi. Caíque se levanta, esfregando as mãos na calça de moletom, e me encara ajoelhada no chão.

— Parece que não vamos mais precisar das velas, mas se ainda quiser, o convite pra passar a noite comigo sendo mimada com jantar, sorvete e filme ainda está de pé.

— Sim, eu adoraria. – Sorrio, e olho um pouco para cima, fitando seu rosto brilhante como a lua no céu mais escuro. – Com uma condição, você deve aceitar essa vela de jasmim como presente.

Ele estende a mão para pegar o potinho colorido, e nossos dedos se tocam brevemente, felizes como se tivessem acabado de quebrar uma regra no século passado.

— Não precisa, a sua companhia já é o meu presente...

Meus lábios se separam, e meu coração para sem aviso ao ouvir suas palavras doces como o mel mais melado. O meu erro não foi ter entrado nesse artigo, mas sim esconder dele, durante todos esses anos, o que senti naquela noite em que o conheci.

Infelizmente a nossa hora passou, e não soube aproveitar. Então, por que não saborear as últimas horas de pôr do sol que nós temos nesta noite, antes de tudo virar ruínas na terça-feira, quando a revista for publicada?

— Ok, mostre o caminho, e ah... – Cutuco seu peito rindo. – Você vai ficar com a vela sim.

Passo raspando pelo seu corpo e noto seus olhos se fechando, respirando fundo antes de caminhar junto comigo. Nos certificamos de que todas as janelas da minha casa estão fechadas para caso a chuva aperte novamente, e tranco tudo, indo com ele para o apartamento à frente.

– Fique à vontade, que eu vou tirar as coisas da geladeira.

– De boa, tenho certeza de que vou gostar de tudo, me disseram que tenho um bom apetite.

Ele sorri e segue o caminho para a cozinha enquanto vou pegando mais detalhes que não percebi na primeira vez que vim à sua casa. É normal eu não ter prestado atenção, vim feito um furacão, sem ideia de que, após alguns dias, eu estaria aqui por vontade própria e feliz.

A sala e a cozinha são parecidas com a minha, a diferença é o tipo de ilha que "separa" os dois ambientes. A dele é enorme, de mármore branco com os tons de madeira de cerejeira azul-escuro, combinando com todo o resto da cozinha.

O chão de madeira escuro desliza por todo o local, se estendendo até o quarto. É definitivamente maior que o meu, disso tenho certeza. Os tons escuros combinam com a sua personalidade, porém, é nítido ver os pequenos detalhes da personalidade de Gil com as flores na mesa de jantar redonda, ou até mesmo sentir Sara com suas revistas de noiva na mesa de centro.

– Seu apartamento é lindo.

– Obrigado, minha mãe que me ajudou com tudo, e seu pai tinha me indicado um excelente designer de interiores na época. – Ele se vira, tirando potes de recheios variados, despejando em cima da ilha. – Pronto, vi que temos suco de maracujá também, quer um copo?

– Ah, por favor. Hoje bateu uma vontade e não tinha na geladeira. Eu amava andar pelo centro do Rio com a minha mãe quando era pequena e tomar em uma daquelas barraquinhas bem duvidosas.

– Sei bem como é. Lá em Caxias, a minha mãe não tinha como me buscar no colégio depois que fui pro ensino médio. Perdi vários almoços sem ela saber, só porque eu queria ficar comendo nos chineses. – Ele abre os potes, e se vira pegando em dois copos para nos servir com o suco. – Sério, um bom pastel, com caldo de cana, num calor de quarenta graus... Ui, até salivei.

Rio baixinho e escuto passinhos, como unhas escorregando na madeira atrás de mim. Quando olho para o chão, vejo um vulto muito pequeno e escuro na minha direção.

— Então você é a famosa Kula? — Eu me levanto da cadeira e a coelha se assusta, voltando para dentro do seu castelo de madeira. — Parece que alguém não gosta de mim...

— Ela só é medrosinha, mas depois que te cheirar, não vai querer sair do seu lado.

— Tal pai, tal filha, não é?

Ele me olha de canto, e eu daria tudo para descobrir o que tem escondido naqueles olhos com a mistura da floresta mais bela.

— Pode-se dizer que sim... — Caíque dá as costas e pega um pote cheio de farinha de tapioca. — Posso não ser o melhor cozinheiro do mundo, porém, tenho inúmeros recheios que dão pro gasto.

— Vamos comer um só cada?

Ele bufa, rindo pelo canto dos lábios.

— Por favor, Nica, eu sei que você deve comer no mínimo umas três. Não tenha vergonha, "mi casa, és su casa[16]".

Tombo a cabeça para o lado, percebendo que tudo o que conheço sobre a paixão, e principalmente sobre o amor, está se tornando idéias completamente erradas. E por enquanto, até que eu mude de opinião, quero ficar perto de tudo que acho certo.

Pois neste momento, Caíque é o certo.

Já não procuro me importar se o meu conhecimento sobre o que pode estar acontecendo comigo tenha se tornado a minha maior distração. Muito menos com o fato de que um dia acreditei que ninguém fosse capaz de lidar com a minha confusão.

Porém, aqui está ele. Podendo ser proibido para mim em todos os momentos, mas esta noite podemos nos permitir voltar no tempo e ser apenas dois adolescentes. Nos divertindo, nos conhecendo e aproveitando a companhia um do outro como se não houvesse um mundo que nos engolisse fora dessas paredes.

---

16 Do espanhol: a minha casa é a sua casa.

Capítulo vinte e oito

"Ele me mostra o que sente em cada detalhe, e é a forma mais linda de demonstrar que encontrei em alguém"
Ainda Bem | Marisa Monte

Caíque, sexta-feira, 05 de julho de 2024

Para a minha alegria inexplicável, Verônica parecia não querer mais ir embora depois de comer as tapiocas que preparei pra ela.

Nesse período juntos, aprendi que ela não gosta de abacaxi na pizza, mas adora o suco. Também ri fácil de qualquer coisa que sai da minha boca, mesmo sendo a mais estúpida, além de me deixar mais confiante para ser quem sou ao seu lado.

Verônica conseguiu sacar qualquer coisinha desconfortável que um dia eu poderia sentir em apenas duas semanas. Ela também odeia desperdiçar comida, por isso é fácil saber quando está cheia pelas caretas que transparecem em seu rosto contra a sua vontade.

Desliguei meu celular no momento em que ela passou por aquela porta, porque dentro deste apartamento não quero pensar em jornalistas, notícias para a mídia, Garota Fofoquei, nada... Tudo o que resta na minha mente é a belíssima menina na minha frente, e só ela importa.

A garota que se tornou o meu mundo em tão pouco tempo.

— Vai, admita, você também gosta de livros de romances — pede ela, com as pernas jogadas no meu colo, envoltas na manta.

— Ok, sim, Sara me mostrou essa autora que, nossa, devo concordar que ela escreve homens suspirantes.

Nica arregala os olhos, concordando com a boca cheia de sorvete de menta com chocolate.

— Lembro de quando li a primeira história dela, foi ainda este ano, tinha ganhado ele em inglês da minha irmã que havia acabado de voltar de suas férias em Londres com o Heitor e a Helena. — Ela se lambuza, animada. — Eu já era doida por Reylo, mas Deus, o Adam Carlsen virou minha vida de cabeça pra baixo.

— Gosto dele, mas meu favorito ainda é o Jack. — Pauso, arregalando os olhos. — Não, quero mudar de resposta, é o Lowe, porra, que homem...

Ela se ajeita animada, quase derrubando a caneca em sua mão, me fazendo gargalhar.

— Pai do céu, como eu pude esquecer de um dos melhores homens literários já escritos? Caíque, eu devorei esse livro, acabei ele em dois dias de tão viciada que fiquei neles dois.

— A Ali pensou em todos nós que éramos apaixonados tanto pelo Edward quanto pelo Jacob lá em 2008, e escreveu um romance entre uma vampira e um lobisomem de arrebatar o coração — digo, lambendo o último resquício de sorvete da minha colher.

— Engraçado, eu jamais te imaginei como um garoto de comédias românticas, e se deixar, você sabe muito mais do que eu. Por acaso, está tentando me fazer gostar de você?

Molho os lábios e encosto a cabeça no braço, descansando nas costas do sofá.

— Juro juradinho que estou sendo sincero, além do mais, não preciso de mentiras para te conquistar. Na verdade... — Levanto, indo até a estante do meu quarto e pegando meu exemplar autografado de *A Noiva*, estendendo-o para Nica quando volto pra sala.

— Eu já tenho o livro.

— Mas tem autografado?

Ela deixa a colher cair na caneca de boca aberta.

— Tá brincando?

— Não mesmo, é seu, posso tentar conseguir outro depois.

— Não, você tá brincando comigo, só pode.

— É seu, prometo.

Verônica me puxa de volta ao sofá, me abraçando forte, encaixada no meu pescoço, e perco a noção do ambiente por estar inebriado no seu infame cheiro misturado com a menta que sai de sua boca.

— Obrigada, mesmo! Um dia, vai ter que me contar como consegue ser tão incrível em tudo.

— Bom, para descobrir, você vai ter que ficar comigo por mais tempo, está disposta? — Mexo em seu nariz, a fazendo reclamar.

— Estou começando a questionar se quero mesmo. — Kula pula no sofá, se encaixando entre nós dois para ficar mais quentinha, e vejo Nica se derreter com a coelha. — Tá, talvez eu fique pela Kula, olha só essa coisa fofa, parece uma bolinha de pelos de tão macia.

— As pessoas pensam que eu tenho um cachorro, daqueles grandes, brincalhões, e na verdade...

— Você tem uma coelha, da raça mais pequena possível.

Verônica se aproxima mais de mim, deixando Kula completamente confortável entre nós dois. Ela se tornou um sentimento incrível, complicado de descrever, mas tão fácil de sentir que me leva para outro mundo sempre que estou ao seu lado.

E aconteceu sem que eu ao menos imaginasse, exatamente como minha mãe disse.

Sua testa está a um fio de encostar na minha, ouço seu respirar trincando em meus ouvidos, e seus lábios se partem na espera de um movimento, qualquer que seja, vindo de mim, enquanto estou aqui preso em seus fios como uma marionete.

É claro que quero beijá-la até depois do dia amanhecer, quero fazê-la rir como apenas eu consigo, e ser a primeira pessoa a quem ela conta tudo. Um amigo, um parceiro, um igual.

— Então, vai querer pipoca para o filme, ou quer confessar que está cheia?

Ela pisca os olhos, estranhando minha mudança de assunto, como se o destino estivesse me usando para brincar com seus sentimentos. Mas um sorriso aparece, relaxando cada fio do meu corpo.

— Não, podemos ficar só nós três, está confortável... Kula está confortável, tenho medo de me mexer e ela acordar chateada comigo.

— Fica tranquila, ela não vai. — Seguro Kula nas minhas mãos, a acordando de sua soneca, enquanto Verônica se deita no sofá após colocar a caneca vazia na mesa de centro. — Qual filme de terror vai me encurralar hoje?

— Hum, que tal se víssemos uma animação? Não estou com humor para terror, apesar de o tempo chuvoso ser maravilhoso.

Concordo com a cabeça, e ela estica os braços para que eu encaixe Kula bem no espaço do seu pescoço, usando seu cabelo solto como cobertor para a coelha.

— Filme de princesa, ou animação de chorar?

— Estou tentada a dizer filme de princesa, afinal, *Enrolados* é o meu favorito, porém, vou te deixar escolher, quero ver seu gosto.

Pressiono os olhos e ela confirma a sua vontade, me dando abertura para decidir o que vamos assistir. Vasculho em uma das minhas redes de streaming favoritas, tentando pensar no que colocar.

— Acho fofo que você faz um biquinho quando está pensando — diz ela, evitando se mover.

— Faço nada, fica quietinha aí.

Foco novamente na televisão, rolando pelos filmes disponíveis, e inconscientemente percebo meus lábios formando o maldito biquinho que Nica mencionou. Balanço a cabeça, encontrando exatamente o que procuro.

— Prontinho.

O rosto dela disse tudo o que eu precisava, e seus olhos arregalados de animação me chamaram para deitar consigo em seus peitos. Paro pra pensar que, se o mundo ainda está na busca da oitava maravilha moderna, eu já posso parar de procurar, pois encontrei. Está bem diante de mim, apenas minha.

 Enquanto a música macabra de *Coraline e o Mundo Secreto* começa a tocar na televisão, eu vou me encaixando nos peitos de Verônica, dormindo no calor dos seus braços, sonhando poder fazer isso todos os dias da minha vida. Apenas eu, com as minhas garotas favoritas, vendo um filme de massinha num dia chuvoso, e eu não poderia estar me sentindo mais amado.

Capítulo vinte e nove

"Ele é a leveza, e toda a turbulência, que me faltava"
Só Sei Dançar Com Você | Tulipa Ruiz Feat. Zé Pi

Caíque, madrugada de sábado, 06 de julho de 2024

(+18) Sexo explícito

Ela não estava embaixo de mim quando acordei.

O pânico que me invadiu veio como um jato, e foi embora lentamente quando ouvi o piano ser tocado na sala de música. A televisão estava desligada, e a casa com os vestígios de nossa bagunça era a única coisa que me trazia a certeza de que a noite ao lado dela não foi um sonho.

Perdi uma das meias que usava ao dormir em seu colo, pois estava envolvido numa paz inexplicável com a pessoa que sempre deixa tudo mais quente mesmo no inverno. E nossa, a sensação, apesar de momentânea, que é tê-la unicamente pra mim é uma das mais gostosas do mundo.

Descalço o pé de meia que havia sobrado durante o sono e me levanto, coçando os olhos, indo em direção ao som que compus nesse mesmo dia.

Caminho na ponta dos pés a poucos segundos da porta ao ouvir a voz dela na melodia completamente encaixada, como se pertencesse apenas a ela.

— Eu não sabia o que era o amor, até você aparecer. Mudou o meu mundo, me mostrou o que é viver, o que é querer.

Fecho os olhos, sentindo a música cantada pela sua voz suave ser desfrutada pelos meus ouvidos. Os acordes encontrados perfeitamente no piano, a forma serena com que seus lábios acham o tom, são de uma beleza surreal. Verônica conseguiu pegar uma música que encontrei através de um sonho e transformar numa perfeita sintonia.

Nada poderia me deixar mais assustado do que o efeito que essa mulher tem em tudo que toca.

— Agora sei que o amor tem o seu nome, e não há nada que me consuma mais, porque antes de você, o meu mundo não sabia o que era...

— Mais alguém já te ouviu cantar assim, ou foi apenas seu chuveiro e eu?

— Porra, Caíque! — Ela leva a mão no peito, acalmando a respiração, enquanto eu encosto no batente da porta rindo. — Quase tive um infarto, seu tonto...

Espero que ela relaxe o corpo, e então, começo a rir, indo me sentar ao seu lado no banco do piano como me instruiu.

— Desculpa, nem quis te atrapalhar, mas a pergunta escapou, e você meio que me deixou sozinho na sala para xeretar a minha própria casa.

— Ei, nada disso. Fiquei com vontade de ir ao banheiro de madrugada, e foi quando percebi que esse espaço era o único com luz.

— Foi ao banheiro depois que viu a porta, ou preferiu dar uma olhadinha direto?

— Não, é que... Vi o piano aqui e, como fazia muito tempo que não tocava, quis experimentar. Estava prestes a voltar ao sofá e assistir *Modern Family* quando esbarrei no seu caderno.

— Esbarrou?

— Tá, eu peguei pra ler. — Ela esfrega as mãos na coxa e mexe no caderno verde aberto em cima do piano. — Está boa, a música, quero dizer. Sei que sua ideia de melodia pra ela é outra, mas acredito que no piano ia ser sensacional.

— Meio que uma balada grunge? — Concorda, e eu bufo. — Até pensei nela, mas com uma pegada rock, achei que a tornaria mais interessante, única, diferente da maioria das músicas de amor hoje em dia.

— Não quer que sua música seja usada em entradas de casamento?

— Engraçadinha, sabe que não é isso.

Verônica suspira e começa a dedilhar o piano devagar com uma nova melodia. Um sorriso brota no canto do seu rosto conforme ela vai aprimorando as notas e acordes, para que se encaixem mais.

— Era disso que você tinha tanto medo? Do álbum, ou músicas, ficarem iguais a qualquer outra? Sabe que isso é normal hoje em dia, nada é mais único.

— Algumas coisas podem ser se tiverem uma inspiração certa.

— Quem te disse essa baboseira?

— Seu pai, o cara é um gênio.

— Ah, vai me dizer que encontrou a musa que esperava, e por isso...

Não foi preciso muito para que ela e eu entendêssemos ao mesmo tempo quem era a minha fonte de energia desse projeto. Tivemos a certeza no instante em que nossos olhos se encontraram, como um laço do destino sendo amarrado diante de nós.

Pensei que ela fosse se assustar, levantar do piano e ir embora da minha casa, mandando mensagem no dia seguinte dizendo que não queria mais me ver. Qualquer coisa negativa que fizesse o meu coração se destroçar em teimosia, porque eu sei que isso não vai adiante.

Mas, com a graça de uma majestade que veio para governar a minha vida, ela morde o lábio e encara os pés, tímida pela primeira vez desde que a conheci.

— Você poderia fazer isso tranquilamente sem precisar de mim, Caíque.

Bufo, rindo seco, e permito meus dedos irem de encontro até seus fios loiros, tirando-os de seu lindo rosto.

— Não, eu não poderia fazer isso sem você.

— Ah, mas poderia.

— Eu não *quero* — reafirmo, acariciando seu rosto macio, enquanto ela se desmancha nos meus dedos. — Sabe, você... meio que me faz ser alguém melhor nisso.

Ela passa os dedos pelos meus cachos, enroscando a mão, me deixando relaxado como quando a Kula quer carinho. Com Verônica, me sinto seguro, salvo, completamente entregue, e com um temor em cada átomo do meu ser em perdê-la.

Naqueles lábios mais suaves e gostosos que tive o privilégio de beijar, surge um dos sorrisos mais deliciosos que já presenciei dar. Ela desce os dedos até meu rosto, e encaixo minha bochecha em sua palma pequena, com o meu peito parecendo uma bomba-relógio, pronta para explodir.

— Pode não fazer sentido o que vou admitir, porém, você também me faz melhor nisso.

— Nica, quando disse que as coisas são reais na música, eu não estava brincando. Sempre soube o que era ser "amado", fosse pela mídia ou pelos fãs, mas apenas você me ensinou a diferença.

— Que diferença?

— Do que é gostar mesmo de alguém.

Ela tira a mão do meu rosto suspirando, e se levanta do banco, andando em círculos.

— Caíque, acho que você ainda deve estar com sono, não está falando nada com nada.

Rio, levantando do banco.

— Sério, Verônica, será que não percebe? Você é meu tormento, a minha maior perdição, e tudo o que meu coração suspira no instante em que me deu uma chance de ser seu. Estou devoto a você, e não consigo parar. Pra piorar, tá arruinando tudo o que planejei de uma forma que eu jamais imaginei.

— Que ódio, Caíque, e você não acha que está arruinando tudo pra mim também? Não é só você que tinha planos que não consegue cumprir!

— Ah, é? Então me fala...

— O quê?

— Você sabe...

Ela abre os braços, com os olhos castanhos-claros arregalados, e seus lábios parecem tremer com o pensamento de me contar o que sente, o que deseja.

– Não, Caíque, não me obrigue, eu não poss...

– Não pode fazer o que quer pela primeira vez? Por acaso, você não acha que eu sei que é proibida pra mim graças ao meu contrato? Foda-se, claro que sei, e mesmo assim eu tô aqui, falando uma verdade nua e crua na sua frente, e você escolhe não fazer nada?

– Caíque...

– Eu vou te beijar, e tô nem aí se você não quer me contar a verdade agora, sei que vai, no seu tempo. E já que gosta tanto de agradar os outros, eu vou te pedir um favor, pelo menos hoje, faça o que o seu coração mandar. Por mim. É assim que vai me agradar se o desejar.

– Sabe, você poderia pedir primeiro.

– Quer que eu peça? Eu me ajoelho, imploro para Deus e o mundo para ter a sua atenção, não faz ideia do que eu faria para conseguir um beijo seu. Merda, Verônica, pra te conquistar eu sou capaz de me perder todos os dias, só pra te achar.

Ela ri, soltando uma única lágrima, que escorre lentamente por sua bochecha.

– Você é o suficiente, Caíque, não preciso de outra versão.

Finalmente, como se um peso se livrasse dos seus ombros, Verônica me beija sem nada a impedindo. Com vontade e sem medo, sua língua invade a minha boca, enquanto passo minhas mãos pelas suas costas, traçando uma linha até sua cintura, pressionando-a contra mim.

A chuva que aumenta cada vez mais lá fora não é importante, os trovões sacudindo meus tímpanos são totalmente esquecíveis, pois a única coisa refletindo em meus ouvidos são seus gemidos entre nossos beijos, e o salgado de suas lágrimas que escorrem pelas suas bochechas.

Levanto os seus braços para que ela tire o casaco, e sua mão escorrega pelo meu corpo, parando no volume da calça. Ela ergue os meus braços, arrancando o casaco de moletom, deixando meu peitoral completamente nu nas suas mãos, arranhando cada centímetro. Não consigo mais me conter, e agarro Verônica pela sua bunda, cravando meus dedos em sua pele, por baixo do short.

A aperto mais contra mim, esfregando meu rosto em seu pescoço pra ficar impregnado com seu cheio, e a puxo para o meu colo, tirando seus pés do chão. Sigo beijando seus lábios até chegar no quarto, colocando-a devagar na cama, e me ajoelho na sua frente, abrindo suas pernas, deslizando meus dedos pelo seu short de academia para tirá-lo.

— Não tem ideia do tempo que passei pensando em te chupar desde a adega, Nica.

Ela me encara se contorcendo na cama, e morde o lábio inferior, gemendo baixinho.

— Então por que não para de falar, e começa a trabalh...

Antes que ela terminasse a frase, sua boca solta um gemido arranhado, cortando suas palavras no segundo em que meus dedos tocam em seu clítoris. E conforme vou a instigando mais, suas costas se arqueiam, jogando a cabeça para trás, gemendo mais alto.

A masturbo, enquanto junta os braços pelo meu pescoço, esfregando o lóbulo da minha orelha com força. Abro a boca, gemendo de prazer ao sentir sua boceta pulsar enquanto senta nos meus dedos, e os resquícios de juízo vão escapando da minha mente a cada sussurro que escapa de sua boca.

— Pensei que queria me chupar...

— E eu não sabia que estava com pressa pra gozar. Relaxa, Verônica, eu sei o que estou fazendo.

A alegria transparece em seu sorriso, e dou um último vislumbre em suas íris brilhantes antes de me encaixar entre as suas pernas, sentindo o gosto da sua boceta encharcada. Fecho os olhos saboreando cada detalhe seu, passando meu braço por debaixo de suas pernas para puxá-la com força pela bunda, cravando sua boceta em meus lábios que tanto a desejam.

Seus gemidos saem como música para os meus ouvidos quando ela enrosca seus dedos em meus cachos, pressionando meu rosto contra suas coxas enquanto rebola lentamente na minha língua.

Noto os bicos dos seios inchados, nus sem o moletom, e subo uma das mãos até alcançá-lo, levando-a ao limite, arfando a cada toque suave que dava em seu peito. Ela me puxa pelos cabelos, gemendo alto, me impedindo de continuar a chupá-la.

— Caíque...

— Não acabei com você, é tão mais gostoso quando você me olha desse jeito manso, implorando pra te foder.

Ergo suas pernas, deixando-as descansar em meus ombros, e mordo sua coxa com força, admirando-a apertar as pálpebras com raiva.

— Desgraç...

Calo mais uma vez a sua boca, correndo a ponta da língua pela sua boceta inteira até chegar ao clitóris, focando por completo nele. Burro é o homem que não sabe encontrá-lo e dar prazer pra sua mulher, a minha não vai precisar se preocupar com isso nem tão cedo enquanto eu estiver aqui.

Enfio de novo os dois dedos na sua entrada, pressionando minha língua, faminto por essa mulher gostosa, e prendo o clitóris nos lábios, chupando-o com vontade quando escuto Verônica gemer meu nome. Quando seus joelhos se enfraquecem, finco meus dedos com mais força em sua bunda, sentindo seu ventre apertar quando seus olhos observam os meus, amando me ver nos seus pés.

Solto uma risada abafada, deixando suas pernas caírem pelo chão, e a levanto puxando seus cabelos para tocar minha boca na sua, fazendo-a sentir seu gosto delicioso depois de gozar para mim.

— Nem pense em dizer nada — ela arfa entre os beijos, e a encaro com a respiração acelerada.

— Falar o quê?

— Eu vejo nos seus olhos o que quer falar, mas não faz isso, não agora, por favor... — ela implora, e entendo que ela deseja ouvir tanto quanto eu tenho a urgência em admitir, mas não é a hora.

Me debruço sobre seu corpo, a agarrando pelo pescoço para beijá-la novamente, e neste momento eu tenho a absoluta certeza de que nunca fiquei tão enlouquecido por ninguém desse jeito antes. Logo eu, um homem que na maioria das vezes procurava prazer, agora o que mais quero fazer é dar prazer pra essa mulher que me leva à loucura por apenas sorrir desajeitada pra mim.

Ela levanta os braços, rindo feito uma boba, e vou empurrando seu corpo para trás, tocando seus lábios macios nos meus, obcecado por cada pedaço de pele que meus dedos deslizam.

Seus braços me envolvem, virando o meu corpo para ficar por baixo, e quando seu peito nu encosta no meu, o meu coração vira lava. Sua língua vem quente para incendiar a minha alma, e a mordida que dá no meu lábio arranca meu sorriso mais largo.

– Minha vez.

– Verônica... – Gemo com a boca seca conforme ela vai beijando meu peitoral, descendo pelos meu abdômen até chegar na minha calça, puxando-a para baixo.

Estou tão duro, e ela nota isso de tanto que fica marcado pela calça. Seu rosto se enrubesce no momento em que meu pau pula pra fora, e o gemido baixinho que escapa de sua boca me leva pro céu sem provisória para voltar.

Ela usa as unhas grandes e afiadas, arranhando cada gomo do meu abdômen, e quando o perfume de jasmim chega nas minhas narinas, eu simplesmente não aguento.

– Vai ficar me provocando até quando?

Verônica ri, com os olhos sedentos, me fazendo perder qualquer juízo que estava segurando. Eu a vendo ali, entre minhas pernas, nua da cabeça aos pés, sei que desmonta todos os homens que cruzarem o seu caminho, e eu sou o sortudo que ela escolheu encantar desta vez.

– Calma, Caíque, sei o que estou fazendo – debocha e sua boca para bem na cabeça do meu pau salivando.

Com cuidado, ela vai circulando aquela língua gostosa pela minha glande com os olhos fechados, saboreando na sua boca. Perco a noção do perigo quando ela começa a me chupar, e reviro os olhos quando ela abre os dela, focando em mim, abocanhando tudo, querendo ouvir cada gemido grave que escapa dos meus lábios.

Ela volta a lamber a ponta, gemendo mais baixo que antes, e não tem nada de inocente em seus movimentos, cumprindo exatamente o que disse saber fazer. Agarro bem seus cabelos, entrelaçando cada fio nos meus dedos, e a encaro arfando, quando ela geme:

– Não se preocupe em se segurar, eu aguento o que vier.

Porra, tô completamente fodido.

Suas unhas fazem o estrago mais lindo pelas minhas coxas, gemendo com meu pau em sua boca, e vou ao delírio quando ela começa a tocar em seu peito, estimulando o bico afiado.

Estou excitado em níveis incompreensíveis para o homem, e a assistindo gostar de me deixar assim é o fósforo perfeito para me fazer gozar. Como prometeu antes, ela aguenta cada jato que sai de mim, engolindo tudo pra minha doce surpresa. Verônica limpa o canto da boca com meu gozo, me encarando firme, com o rosto brilhando de suor ao parecer sentir puro prazer de cada detalhe desta noite inesperada.

Safada, Verônica Bellini é uma safada na cama, e porra, isso me faz ficar mais apaixonado.

Meu rosto arde e solto uma risada depravada quando Verônica vem engatinhando na minha direção, encostando sua boca com o meu gosto nos meus lábios para me provocar.

– Ainda quer me foder, ou tá cansado?

– Você ainda pergunta? – Inclino o braço para a gaveta na mesinha de cama e procuro por uma camisinha, não tirando meus olhos dos seus. – Hoje é apenas o começo, princesa, você é minha desde o dia em que os meus olhos encontraram os seus, e foi uma tortura esperar você por tantos anos, não quero mais perder tempo.

Pouso a mão por sua bochecha, puxando-a para mim, e Verônica revira os olhos, murmurando quando chupo seu lóbulo da orelha, pedindo por mais. Ela se encaixa no meu colo e deita com os peitos no meu rosto, não me restando outra alternativa, a não ser abocanhar sedento o seu peito.

Coordeno sua bunda para a frente e para trás, acariciando seu clitóris sensível um pouco mais enquanto vou mamando seu peito com vontade. Mordo delicadamente seu mamilo e ela desliza seus lábios em meu pescoço, gemendo gostoso em meu ouvido.

Verônica sabe que é minha, é palpável no ar esse sentimento mútuo de que aqui pertencemos um ao outro. Eu me sento direito na cama, e suas mãos se embolam em meus cachinhos, acariciando o meu rosto, enquanto seu mamilo fica preso em meus lábios.

É nítido como cada parte minúscula de mim a pertence, noto em cada instante que meus dedos se cravam na sua bunda, e em cada arfar que dá quando circulo a língua em seu peito, o sugando deliciosamente.

– Caíque, por favor, acabe logo com essa agonia.

Ela não precisa implorar por muito tempo, tiro o dedo de seu clitóris e Verônica inclina o corpo para trás para que eu ponha a camisinha encontrada na gaveta na mesa de cabeceira.

E de forma automática, como se transasse comigo todas as noites, ela abre bem as pernas, sentando devagar no meu pau com a boceta inchada, me fazendo gemer gostoso como nunca. Verônica empina o rabo, rebolando devagar demais, e dou um tapa forte em sua bunda enquanto afundo meu rosto no colo dos seus seios, delirando.

Fico bêbado do seu cheiro de jasmim empregado no corpo e envolvo meus braços pelo seu corpo, prendendo-a em cima de mim. Esfrego seu clitóris uma última vez, me divertindo agora com o outro peito, rosnando com o mamilo nos meus dentes.

Firmo a mão em seus fios loiros, me satisfazendo com todas as sensações que alguém pode ter ao transar com Verônica. O prazer de fazê-la ter prazer, gravando cada textura do seu ser na minha memória, enquanto a encaro firme nos olhos.

Nossas virilhas vão se batendo, enquanto vou a tocando onde mais gosta, e solto um grunhido quando ela para de sentar, me dando a permissão de fazer o que bem entender ao me fixar. Posso repetir quantas vezes for necessário, mas a forma como Verônica geme meu nome é surreal, única, e nunca vai existir outra igual.

Ela morde meu pescoço com força, escondendo o gemido alto, e se move para a frente e para trás tendo um orgasmo, relaxando seu corpo exausto de prazer no meu. E a cada respiração extremamente ofegante, Verônica leva consigo a minha sanidade, não me dando outra opção que não fosse gozar dentro da camisinha, liberando espasmos semelhantes pelo meu corpo.

Verônica levanta o rosto avermelhado, suspirando, e quando me encara, aperta suas unhas no meu peito, rindo. Pisco os olhos tentando entender o motivo da risada, e vejo naquelas íris apaixonantes a razão.

Sim, eu sabia o que era o amor, mas não o que ouço nas músicas, leio nas histórias e assisto nos filmes. Aquele que acontece magicamente, arrebatando a nossa alma, movendo nosso corpo para sobrevoar o mundo.

Até *ela* aparecer.

E mesmo que o dia amanheça e ela decida ir embora, mesmo quando descobrir o porquê de insistir tanto para que começássemos a sair, ainda assim, vou guardá-la aqui. Preservar essa imagem dela comigo, guardando-a como um tesouro, porque apesar de tocá-la brevemente, ela foi a razão pela qual eu conheci um sentimento verdadeiro.

Verônica é o amor, e não há nenhuma mulher, ou pessoa, no mundo que vai conseguir realizar o feito de tirá-la de mim.

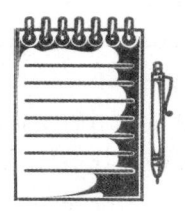

Capítulo trinta

"Eu não sei o que estou fazendo, mas acho que finalmente consegui acertar no que tanto desejo"
Não direi que é paixão | Mégara

Verônica, sábado, 06 de julho de 2024

(+18) Sexo explícito

Desde que passei a estar mais perto de Caíque, o conhecendo a fundo durante esses últimos dias, não tive mais o pesadelo que me assombrava. Aquele pesadelo de não ser vista, de nunca ser o suficiente mesmo quando dou tudo de mim, o constante medo de não ser boa o bastante para nada, ele conseguiu amassar tudo como um pedaço de papel e jogar para longe.

Porque, para *ele*, eu era o suficiente.

Todo o plano idiota que montei com minha irmã e meus melhores amigos foi pro ralo no segundo em que entrei na casa dele ontem à noite. Estou completamente ferrada, para não dizer o contrário.

De olhos ainda fechados, me espreguiço devagar, passando as mãos pelos lençóis macios da cama, procurando-o, e levo um susto ao notar que ele não está mais nela. Eu me sento, ajeitando os travesseiros nas minhas costas, e escuto o barulhinho suave da chuva, que cai lenta lá fora.

Respiro fundo, e o cheiro de pão fresco e café vindo da cozinha invade as minhas narinas, me sentindo a mulher mais privilegiada do mundo porque, além de ter dormido com Caíque, ele está na cozinha, preparando o café pra nós dois.

Um sorriso explode na minha boca, e mordo o lábio, procurando meu celular na cabeceira da cama, mas encontrando algo que definitivamente não esperava. Dentro de sua gaveta tem uma Polaroid minha em Petrópolis, rindo da sua falta de senso ao me contar sobre o trote que sofreu na sua primeira competição de natação representando o Brasil.

— Veja só quem é a bisbilhoteira.

Me assusto, escondendo a Polaroid na minha mão ao ver Caíque apoiado no batente da porta com duas canecas fumegantes nas mãos. Cada um de seus gominhos que não cansei de beijar está exposto, e a calça verde escura do Fluminense está baixa, marcando ainda mais suas entradas na cintura.

— A culpa não é minha se você é bagunceiro.

— Isso, ou você é apenas uma fofoqueira.

Pressiono os lábios, escondendo o sorriso, enquanto ele caminha até mim lentamente. Caíque me estende uma das canecas e bebericó o café fervente que, há poucos segundos, fez minha barriga resmungar de fome ao sentir o cheiro.

— Dormiu bem?

— Sim, seu colchão é muito bom.

— Poxa, só o colchão?

Rio baixinho, quase engasgando.

— Quer mesmo que eu admita?

— Não precisa, seus gemidos foram suficientes.

Ele coloca sua caneca na mesinha e engatinha sobre a cama até mim, encaixando sua mão no meu pescoço para beijar suavemente a minha boca.

Sua outra mão vai parar na minha caneca, colocando-a no mesmo lugar onde a sua está agora, e Caíque encaixa seus dedos pelo meu rosto, acariciando minha bochecha com o simples intuito de me deixar molenga em seus braços fortes.

    Me enrolo em seu corpo sem nem pensar duas vezes, porque ele é uma linda, e gostosa, distração. Seus braços descem pela minha cintura nua, circulando-a para pressionar contra seu peitoral, sendo tarde demais para pará-lo quando descobri seu plano, erguendo a foto que encontrei escondida.

    — Tem certeza de que não quer me contar nada? Como, por exemplo, que é cleptomaníaca? Juro juradinho que não vou julgar. — Ele beija o meu pescoço, guardando a foto no lugar que peguei.

    Bato em seu ombro, mordendo os lábios para não rir alto.

    — De onde surgiu essa foto?

    — Ué, achei que fosse nítido, saiu de uma câmera Polaroid, da sua para ser mais exato. — Ele passa os dedos pelos meus lábios, alargando mais o sorriso.

    — Disso eu sei, tonto, mas como foi parar nas suas mãos?

    — Bem, eu meio que peguei ela escondido na manhã do dia seguinte, tinha um monte em cima da mesa, ninguém ia notar se eu pegasse a minha favorita.

    — E não foi o suficiente pra me deixar em paz?

    — Nada é suficiente quando não se tem você, será que não entende? — Ele encaixa uma de suas mãos no meu peito, me encostando na cabeceira da cama. Seus lábios se pressionam nos meus mais uma vez para abafar meus gemidos, enquanto prende meu mamilo entre seus dedos, o apertando. — Quietinha, Gilberto está na cozinha, e só eu posso te ouvir se desmanchando desse jeito.

    Suas mãos descem escorregadias pelo meu corpo, marcando cada parte com seus dedos, e por fim, me enlaçam pela cintura com o intuito de me jogar em cima de seu colo. Seus beijos ficam mais furiosos, mordiscando meu pescoço enquanto me esfrego em seu volume já duro da calça.

— Já te contei que seus olhos conversam comigo, não é? — sussurra, arrastando os lábios pela minha orelha.

— Lembro de algo parecido.

— Quer saber o que eles me pedem agora? — O bafo da sua risada causa calafrios, fodendo minha cabeça, e estou pronta para me entregar mais uma vez quando ele desce os dedos, arrepiando minha barriga nua pelo caminho. — Que você quer ser fodida por mim mais um pouco.

Aperto os olhos, lacrimejando quando ele encontra seu destino, e perco o fôlego, arqueando o corpo ao sentir sua carícia no meu clitóris. Seus beijos saem do meu pescoço, descendo até meu peito, o mesmo em que ele tanto se viciou durante a noite. Caíque passa a língua pelo mamilo vermelho e seus lábios chupam a minha pele, imerso em apenas sentir e me dar prazer.

A merda do barulho do celular me tira do transe, mas não incomoda nem um pouco Caíque, que continua me tocando, sugando meu peito feito um maníaco.

— Ignora — murmura, prendendo meu mamilo entre seus dentes. — Vou matar quem quer que seja, está nos atrapalhando, e não estou gostando nem um pouco de ser empatado. Agora, preste atenção em mim, e somente em mim, Nica, você está do jeitinho que quero.

É o que tento fazer, me esfrego mais em seu pau duro, rebolando em seus dedos, me torturando a cada fricção, mas a porra do telefone não para de tocar.

— Seria mais fácil ignorar — engulo o gemido a seco — se a pessoa não estivesse insistindo tanto em falar com você.

Ele mordisca meu mamilo uma última vez, e, rosnando puto, pega o celular. Caíque passa a mão pelos cachos e atende o celular, forçando sua melhor voz, fincando seus dentes no lábio, dando um sorriso perigoso para errar todas as batidas do meu coração.

— Bom dia, *Jorge*.

Meu pai, puta que pariu.

Tapo a boca com a mão livre, segurando o riso, enquanto Caíque leva um dedo ao meio dos lábios, me pedindo silêncio.

— Verónica? Não faço ideia, acho que ela dormiu na Íris, não? — Ele pisca, passando o dedo pelo meu queixo. — Ah, daqui a pouco ela te responde. Vou ligar, talvez eu consiga encontrar um sinal de vida. — Abro a boca, beliscando seu braço, e Caíque reclama baixinho. — Quê? Nada, foi a Kula que me mordeu. — E fica em silêncio, mostrando a língua. — Beleza. — Ele dá de ombros, rindo baixinho comigo. — Sim, eu aviso a ela pra se apressar, vamos chegar no horário pra festa, não se preocupe. — Deslizo a mão pela sua barriga, massageando suas bolas, e ele abre a boca, segurando o gemido. — Olha, o Gilberto está me chamando pra ver um negócio aqui, posso te ligar mais tarde? — Pausa, pressionando os olhos enquanto não paro. — Ok, ok, beijos, tchauzinho.

Ele me encara sorrindo, tacando o celular pra longe, e gargalho tirando a mão de seu pau duro, escondendo meu rosto no lençol azul-escuro. Suspiro, acalmando as batidas fortes do coração, e percebo que chegou a hora de acordar desse sonho confuso.

— Apesar de amar continuar o que estávamos fazendo, querido, eu tenho que ir. Aparentemente, minha família está me procurando.

Beijo sua cicatriz na sobrancelha e ele balança a cabeça, negando com um biquinho.

— Não, você não vai embora.

— Caíque...

— Fica comigo, por favor.

Admito que sua carinha de pidão, jogado entre as minhas coxas, me deixou toda manhosa. Acariciei seu rosto macio enquanto ele se encaixava perfeitamente na palma da minha mão, se aninhando como um bichinho em busca de carinho.

— Devo admitir que queria, gatinho, mas tenho que finalizar um artigo, e você uma mús...

— Música, eu sei — Ele deita na minha perna, e agarra as minhas coxas para si como se eu fosse seu porto seguro, enquanto faço um cafuné em sua cabeça. — Mas ainda temos tempo, a festa é só às sete e meia.

— Ok, mas prometi que iria me arrumar com Mafê, Íris e Enzo, ou seja, estou presa com eles da hora do almoço até a limusine vir nos buscar.

Ele finge soluçar, me apertando mais contra si ao me puxar pela bunda, e resmunga baixinho entre minhas coxas.

— Por que querem tirar você de mim?

O seguro pelos cachinhos com pouca força, o fazendo me encarar.

— E quem te disse que sou sua?

— Não me tortura, Verônica.

— Ei, pombinhos! A Mafê tá aqui procurando a Nica! — Gilberto berra da cozinha, e Caíque suspira, fechando os olhos.

— Merda, esqueci que seu pai no telefone disse que sua irmã estava num Uber vindo pra cá.

— Ela deve ter ido ao meu apartamento e percebido que não dormi em casa.

— Esperta igual à irmã, mas se ela não entrar no quarto pra te arrancar da minha cama, eu vou te manter presa aqui.

— Nem tente.

— Ah, não? — Ele ajeita os braços, me prendendo no seu campo de visão, e começa a beijar meu pescoço, trilhando um caminho até meu rosto. — E se eu te provocar assim, ou... — Caíque encaixa sua mão no meu rosto, me puxando carinhosamente para beijá-lo. — Tocá-la desse jeito...

— Você tá brincando com o fogo, pop star.

— Pensei que era disso que gostava, princesa.

Ele desliza uma das mãos grandes pelo meu corpo, parando rente ao meu seio para apertá-lo de novo, como se não tivéssemos sido interrompidos pela segunda vez. Caíque brinca com o mamilo deliciosamente enquanto me beija com força, não me deixando outra opção a não ser arfar alto e me derreter.

Sua mão, que antes estava no meu rosto, desce feito manteiga em direção à minha boceta molhada e circula o clitóris, gemendo junto comigo ao me dar o prazer que queria entre os nossos beijos suaves.

— Porra, Nica, assim eu não vou te deixar ir embora nem por um caralho.

— Espero que os dois estejam vestidos, pois eu vou entrar!

Minha irmã berra na porta após bater, e como dois adolescentes prestes a serem pegos pelos pais, Caíque para o que estava fazendo, me jogando uma de suas blusas do Sonic jogada no chão.

A visto com pressa, e no segundo em que ela passa pelo meu pescoço, Mafê entra no quarto rindo, com os olhos arregalados de surpresa.

— Maria Fernanda, isso por acaso são modos?

— Não, mas não é isso que interessa, e sim, seu cabelo todo desgrenhado, como os dois estão mais vermelhos que pimentão. Caíque tá todo torto, tampando a boca pra não rir, e você definitivamente está nua por baixo desse lençol. — Aponta, cruzando os braços ao estalar a língua entre os dentes, sorrindo maléfica. — Vocês transaram.

— Maria Fernanda!

— Nossa, vai ser os cem reais mais fáceis que já ganhei na vida.

— Do que está falando? — questiona Caíque, e ela bufa o encarando.

— É que assim, apostei com Íris que vocês iam transar antes da festa do papai, e bem, a festa é hoje, então eu ganhei! — Ela dá duas palminhas, erguendo os ombros animada, e suspira. — Anda, coloca a roupa e vamos, você disse que íamos comer no Bibi hoje antes de nos arrumarmos para a festa. Apesar de que a feijoada que eu vi o Gilberto fazendo na cozinha deve tá um espetáculo.

— Maria Fernanda Mendonça Bellini, me espere em casa, por favor, eu já estou indo!

— Tá bem, sua chata! Não demore que estou com fome. — Ela se vira, fechando a porta atrás de si.

Caíque e eu nos entreolhamos, e uma risada gostosa se espalha no quarto ao percebermos, graças a Mafê, realmente o que aconteceu na noite passada. Não que isso já não fosse de conhecimento mútuo, mas foi de certa forma engraçado ouvir alguém que conhecemos pontuar isso em voz alta.

Mais engraçado ainda quando sei que minha irmã sabe sobre o artigo, e o que devo fazer até no máximo amanhã de manhã. Passo minha mão novamente em seu rosto, sentindo a maciez da sua pele que cheira a morango agora, e suspiro.

— Melhor eu ir, ou então, o monstrinho adolescente vai me comer viva. — Tento me mover para sair da cama, e dessa vez, ele permite que eu saia de seu encalço, mas não deixou de resmungar.

— Quer dormir aqui hoje de novo?

— Tentador, mas não, prometi dar uma festa do pijama.

— Se é uma festa do pijama, eu posso me convidar?

— Vou pensar no seu caso.

Ele solta um gritinho animado com a possibilidade de dormir comigo mais uma vez, e me agarra pela cintura, erguendo meu corpo no ar assim que visto meu short. Caíque enche meu pescoço de beijos, me apertando contra seu peito nu, e me vira sorrindo para entregar um dos melhores beijos que meu coração poderia ter um dia sonhado.

— Verônica, eu vou atacar a cozinha deles sem piedade, vamos logo! — Mafê berra.

— Ok, agora até eu estou com medo da sua irmã.

Dou um tapinha de leve em seu peito, mordendo o lábio para esconder a risada.

— Te mando mensagem quando estiver descendo. — Beijo seus lábios macios mais uma vez, sentindo o cheirinho de morango recém-colhido do campo passar pelas minhas narinas ao enroscar meus braços em seu pescoço.

Saio do abraço, mas não deixo seu quarto antes que ele me puxasse pelo braço mais uma vez.

— Ei, sua ladra, vai levar minha camisa?

— Sim, gostei dela.

— Que bom, porque você é a única que vai poder andar por aí com as minhas roupas. — Ele segura o meu rosto, beijando minha testa carinhosamente. — Vê se fica viva até mais tarde, viu?

— Pode deixar, pop star, até logo...

— Até, princesa.

Seus dedos vão se deslizando pelos meus, me deixando escapar, e um susto bate no meu peito como se me acordasse. Uma vontade súbita de contar toda a verdade pra ele sobre o artigo me pega de surpresa, assim como o outro sentimento que acaba por me invadir.

Mas falta tão pouco, algumas horas, para acabar com tudo isso e subir na revista como sempre mereci, porém, vou perder toda essa sensação de calmaria que vivi nos últimos dias.

A bendita pergunta do meu pai assombra meus pensamentos, e eu não sei mais se vale tudo no amor. Devo ligar meu cérebro e colocar a razão para ficar em estado de alerta, pois me recuso a dar nome para as benditas borboletas no meu estômago.

Isso é demais, e não direi que isso é...

Merda, é sim.

Capítulo trinta e um

> "Meu cabeção pirou de vez ao concordar com cada batimento diferente que meu coração dá ao pensar nele"
>
> A Cera | O Surto

Caíque, sábado, 06 de julho de 2024

O dia passou lento pra porra, e pensar no rosto lindo de Verônica foi um alívio para terminar a letra que tanto enrolei durante dias, semanas, para escrever.

Tinha jurado pra mim mesmo, quando meu pai nos abandonou para ficar com a outra família dele, que jamais iria cair nas armadilhas que o amor poderia trazer. Mas juro, por tudo que é mais sagrado, que não vi essa arapuca chegando pra me prender.

Verônica apareceu como o mais belo e doce sonho, que estava ficando chato pelo tanto que eu me tornei um bobo ao seu lado. Estava tão nervoso para encontrá-la, que fiquei pronto por volta das seis da noite, louco para bater em sua porta.

Assim que Gilberto ficou pronto e recebi o SMS dizendo que a limusine estava nos esperando, desci para a entrada do prédio com ele. Ando de um lado ao outro, ansioso para vê-la descer por aquele elevador, que poderia cavar um buraco do Rio até Sydney de tanto que ia de um ponto ao outro.

— Meu Deus do céu, cadê essa mulher?

— Isso é a sua paranoia com horários, ou você só não quer mais ficar longe da sua preciosa Verônica?

— A festa começou há quinze minutos.

— Não sabia que a sua presença era a mais importante, pra mim a festa era pra comemorar os cinquenta anos da gravadora, não pra felicitar o Caíque por ter encontrado alguém que amasse.

— Acho que ainda não mandei você se foder hoje, Gilberto, então faça as honras e fique quietinho — bufo, passando a mão pesada para ajustar o terno todo preto da Dior, com detalhes em branco, no corpo, e ele ri, encarando o chão.

Suspiro, pressionando firme os dedos nas têmporas.

— Quando você foi ao apartamento dela, viu se faltava muito? — pergunto, e Gilberto não responde, me encara sorrindo como um bunda-mole. — Que foi?

— Você não me pediu pra ficar quieto?

— Ah, Gilberto, porra, me desculpa.

Ele dobra os braços, encostado na limusine, e sorri.

— Eles estavam basicamente prontos, acho que a Mafê estava terminando de se maquiar pra descerem.

— Então, por que demorou tanto?

— Demorei porque a Íris estava me mostrando as fotos que tirei pro meu artigo na revista que vai sair na próxima edição.

— Tá, e como ela estava?

— Quem?

Respiro fundo.

— Sério?

— Ela estava belíssima, mano.

Assinto, colocando as mãos nos bolsos da calça, e apoio o corpo no carro parado em frente ao nosso prédio, nos esperando.

— Pode dizer, eu tô ficando doido, né?

— Não que você já não fosse, mas é comum para alguém que está se deixando amar pela primeira vez.

— Cheguei nesse ponto?

— Meu irmão, é nítido o quanto você ultrapassou ele sem olhar pra trás em duas semanas. Quero dizer, sempre soube que a Nica tinha te deixado abalado desde que vocês se conheceram na sua festa, mas porra, arriou mesmo os pneus.

Solto um grito abafado com as mãos no rosto e encaro o céu.

— Bizarro.

— O quê?

— Tudo, ora essa. Estou perdido, porque a cada dia que vai passando, e eu vou a conhecendo mais, sinto como se qualquer entidade superior nessa droga do mundo tivesse criado a minha vida pra entregar unicamente a ela. Deixando fazer o que bem entendesse, inclusive me deixando todo confuso na espera de qu..

— De que ela diga que também se apaixonou por você? — Ele pousa a mão no meu ombro, apertando firme para que o encare. — Vou te fazer a pergunta de um milhão de dólares... Você se apaixonou mesmo por ela?

— Isso não é relevante, Gilberto.

— E por quê? Vai me dizer que, se hoje ela te dissesse que estava apaixonada por você, não cancelaria a porra da... — ele olha para os lados, baixando o tom da voz — aposta que fez com seu produtor e empresário?

— Claro que sim, num piscar de olhos, mas ainda assim ela poderia descobrir, e ninguém iria gostar de ficar com uma pessoa que a "usou" pra ganhar algo.

— Tecnicamente, você não a usou. Apenas aproveitou um burburinho da mídia e a ideia louca do Denis e do João para soltar o sentimento reprimido que sente por ela há anos. Vai me dizer que, caso fosse ao contrário, você não a perdoaria?

— Sim, mas eu não sou a Verônica.

– Bom ponto, porém, não acha que ela te perdoaria também?

Nego cabisbaixo.

– Não, e essa sensação virou o meu pior pesadelo.

– Então pense, cabeçudo, é melhor ela descobrir de você do que de outra pessoa. Conte toda a verdade e deixe bem claro que, mesmo que tudo tenha começado com uma "mentira", você não quer perdê-la de jeito nenhum.

– Tá, e você acha que vai ser fácil chegar nela e dizer: "Oi, Nica. Então, eu estou perdidamente apaixonado por você, e por favor, acredite quando digo que esse sentimento não é recente, ele só voltou à superfície agora graças a uma aposta que fiz para te conquistar."

– Fácil não vai ser, mas não vai te custar nada se tentar.

– Tentar o quê?

Gilberto e eu nos encaramos, segurando firme nossas respirações quando a voz de Verônica reverbera pela escadaria do prédio. Viramos o corpo lentamente ao som da voz dela, e meu mundo se transforma, deixando tudo ao meu redor em câmera lenta.

A primeira coisa que noto é o cheiro, tenho certeza de que ela tomou banho no perfume apenas para me provocar. Afinal, eu dormi sentindo o odor de jasmim preso no meu nariz, enquanto desenhava em suas costas nuas com os meus dedos.

Verônica desce as escadas como se estivesse em um filme, e posso entender cada um dos mocinhos que ficam com cara de abobalhados para as protagonistas, pois eu estou igual.

Mesmo com a lua sobre nossas cabeças, Verônica parece iluminada. E quando as íris magnéticas dos seus olhos param para olhar o ambiente à procura dos meus, ela consegue roubar todo o meu fôlego.

Ela dá uma "giradinha" lenta, como se gostasse de receber toda essa atenção que jamais vou cansar de demonstrar, e levo a mão ao peito, abrindo a boca maravilhado quando Verônica me olha de canto, mostrando as costas esplendorosas nuas com o tecido grená indo até a sua lombar.

Esmeraldas verdes estão por toda a parte, duas pequenas pedras no furo da orelha e uma maior, com diamantes, presa em seu pescoço. A seda desliza pelo seu corpo conforme anda, exatamente como uma modelo pronta para a sua passarela. O vestido foi feito exclusivamente para suas curvas, e eu não poderia estar mais maravilhado.

Cada pedaço, cada partezinha que a torna especial, está visível. Vou perdendo a linha da razão, ignorando tudo que acontece ao meu redor para focar apenas para focar nela. Vou e volto do mundo dos mortos observando a frente do vestido, que forma um perfeito "v" em seu peito, se sustentando com duas fitas nos ombros.

Estou cativado, maluco, sedento, com tesão e extremamente apaixonado. Em resumo, estou completamente fodido, e *ninguém* vai poder me resgatar do inferno e céu que é ser apaixonado por Verônica Bellini.

– Ah, Nica, finalmente, Caíque estava quase arrancando os cabelos por causa da hora. – Gilberto pigarreia, cutucando meu braço, mas ainda estou perdido no tempo admirando-a.

– Desculpa, é que tinha um certo alguém que queria fazer uma entrada triunfal, não é, Mafê?

– Pois eu mereça, tô um espetáculo neste vestido. – A garota desce as escadas por trás da irmã mais velha, com um vestido amarelo todo bordado, e para ao seu lado. – Mas o nosso coelho branco não precisa se preocupar mais, eu cheguei!

– Enzo e Íris não vão com a gente? – pergunta Gil, e Mafê nega.

– Enzo começou a passar mal, e Íris decidiu levá-lo para casa. Achei estranho, eles não são muito do tipo de recusar comida e álcool de graça.

– Realmente, mas com certeza foram as besteiras que ele comeu ontem na boate. Enzo não tem jeito. – Verônica ri e me encara com uma expressão confusa.

Cutuco Gilberto na barriga disfarçadamente, e ele parece entender o recado.

– Mafê, sua carruagem está te esperando. – Gil abre a porta da limusine, dando espaço para que a garota entre toda risonha na sua frente.

Ele dá dois tapinhas nas minhas costas e suspiro, olhando novamente para aquela que roubou todo o meu ar no momento em que entrou no ambiente. Verônica pega minha mão e se inclina sorrindo.

— Ainda dá tempo de ser sua acompanhante, ou você já tem outros planos?

— Sempre haverá tempo pra você, princesa. — Ergo sua mão, beijando delicadamente o centro que contém uma única pintinha marrom. — Principalmente quando está usando cores tão específicas e lindas, que eu disse que lhe cairiam bem.

— Por favor, você não pode estar insinuando que estou usando as cores do Fluminense por sua causa.

— É exatamente isso que estou fazendo. — Estico a cabeça para beijar sua bochecha, e passo a mão pela sua cintura, tocando suas costas nuas. Roço meus lábios em sua orelha, sussurrando. — Comprou esse vestido para que eu tirasse também?

Ouço o ar escapar pela sua boca, antes de esboçar um sorriso suculento. Seu cabelo está meio preso, e seu rosto com uma maquiagem básica, linda, exaltando os olhos felinos, e a boca grande, num tom de batom igual ao do vestido. Verônica aproxima mais seu rosto do meu, quase tocando nossos narizes para murmurar rente aos meus lábios.

— E se eu disser que sim, vai fazer o que com essa informação?

Mordo forte o lábio, segurando a vontade que tenho de estragar sua maquiagem, colocá-la em meu ombro e subir agora pro meu apartamento, não deixando que saia nem por um caralho.

— Então, você não sabe o perigo em que está entrando ao querer me provocar.

— Ah, querido, eu sei exatamente onde estou me enfiando. Mas é melhor irmos antes de meu pai ligar para saber nosso paradeiro.

— Parece que vamos ter que terminar essa conversa mais tarde, princesa.

Ela ri, descontraída.

— Eu espero que sim, pois a festa do pijama vai ser só com nós dois.

Não precisei de muito, pois foi sentar ao seu lado no carro, que durante todo o percurso eu soube exatamente que nada, nem ninguém, poderia me fazer ficar menos apaixonado pelo ser belíssimo que ela é. E a noite, assim como a minha vida ao lado dela, estava apenas começando.

Capítulo trinta e dois

"Tudo faz sentido. Desde o jeito que ele me olha, me toca... e pelo jeito, me deixar obcecada é a sua missão na terra"
À Sua Maneira | Capital Inicial

Caíque, sábado, 06 de julho de 2024

Assim que a limusine para na entrada do prédio onde vai acontecer a festa de cinquenta anos da gravadora MPB, eu já não tenho mais espaço no meu peito para acomodar meu coração.

Flashes e mais flashes de inúmeros fotógrafos passam pelos meus olhos quando saio do carro, ajudando Verônica a descer em seguida, como uma verdadeira dama. O jeito como ela desliza pela entrada é de outro mundo, nem parecendo tocar o chão de tanta graça.

Os pedidos dos paparazzis para nos beijarmos não são o suficiente para que ela os obedeça, e foda-se, nem eu quero dar mais esse gostinho pra eles. Meus beijos com Verônica se tornaram íntimos, um detalhe reservado para nós dois que agora quero preservar.

Eu a sigo pelo tapete vermelho no chão até a entrada, e tenho certeza de que minha cara de bobo vai ser aparente em todas as fotos que tiram até entrarmos no lobby. Gil chama o elevador e entramos os quatro a caminho do terraço com uma visão belíssima da praia de Ipanema do alto, onde realmente acontecerá a festa.

O elevador abre no andar certo, fazendo a gente se deparar com uma absurda quantidade de pessoas fumando na parte de fora. Devo pontuar que a organizadora desta vez arrasou na decoração, tudo está incrível. Desde o caminho de luzes do elevador até a tenda no canto com a pista de dança, o bar e as mesas para que as pessoas se sentem.

– Ah, o Heitor, a Helena e o Tomás estão ali, vejo vocês daqui a pouco – Mafê nos avisa, e sai atrás de seu namorado e amigos.

– Me chamem de maluca, mas nunca consegui confiar no Tomás direito, ele parece ter todas as informações de que precisa de alguém em apenas um olhar, e acho isso perigoso – sussurra Nica.

– Qual foi, tá desconfiada de um bebê? – Gil brinca, dando um tapinha nas suas costas.

– Se olhar bem, ele é um pouquinho estranho sim, eu gosto dele, mas não sei explicar. Quando a mãe do Nicolas morreu e o pai dele se casou de novo com a mãe do Tomás, foi a fofoca do ano.

– Não foi ele quem descobriu ser filho do senhor Gräf logo depois do casamento? – pergunto.

– Sim, foi um escândalo, e os gêmeos, Helena e Heitor, até se dividiram em apoio. Heitor ficou com o melhor amigo que não acreditou que o papai casou com a mãe apenas porque estava grávida, e porque era planejado pela família. – Ela indica os gêmeos com a cabeça, sentados na mesa com Mafê conversando. – Já Helena...

– Virou melhor amiga do bastardo. Nossa, a vida dos ricos é realmente uma série de TV ao vivo. – Gil sorri, pegando três taças de champanhe da bandeja do garçom, nos estendendo.

– Mas eles se falam hoje em dia, não é?

– Hoje sim, os cinco são inseparáveis, mas é engraçado pensar em como tudo começou. – Ela bebe um pouco do líquido dourado da taça e dá de ombros. – Bom, é o que minha tia sempre me disse, se um sentido se aflora de...

– Deve-se investigar. – Fátima aparece às nossas costas, e viramos os três para encará-la. – Vocês todos estão lindos.

– Obrigada, foi um trabalho de equipe – respondo, escondendo meus dedos nas costas nuas de Verônica.

Minha companheira não responde, pelo contrário, tudo o que sai dela são risadas fracas. E, em vez de olhar para a tia com a força e maestria com que a vejo lidar com tudo, ela parece estar com vergonha.

– E como anda o artigo, minha filha? Sabe que o prazo é amanhã.

– Está tudo muito bem, estou pra finalizar, e vou te entregar amanhã na sua casa antes do jogo sem problemas.

Fátima junta as mãos no ar, comemorando, e abre seu maior sorriso.

– Incrível, era de se esperar, afinal, é para isso que botamos limites nas coisas, para serem seguidos, não é mesmo? – questiona, olhando diretamente para Verônica.

– Sim. – Ela força um sorriso, um dos mais fracos e tristes que já vi. – Não se preocupe, eu vou acabar como planejado.

– Ótimo! – A esposa de Fátima, Vanessa, a chama numa roda de amigos ao longe, e ela assente. – Bem, foi um prazer rever vocês, garotos, espero que curtam bastante a festa.

Assim que ela sai de nossa presença, Verônica se afasta um pouco do meu corpo, parecendo estar com dúvidas. Gil, ao perceber a mesma estranheza que eu, pigarreia.

– Então, eu vou pra nossa mesa comer, e tentarei deixar uns salgadinhos pra vocês. – Ele vai ao seu destino, bebendo a taça quase que inteira ao nos deixar sozinhos.

Estico os dedos para tocá-la novamente, mas ela respira fundo, pressionando firme os olhos ao se esquivar.

– Tá tudo bem?

– Claro que estaria, por que a pergunta?

— Por que você ficou toda esquisita quando a sua tia chegou, e agora não quer me deixar te tocar direito? — Ela me encara, e suspiro. — Fiz ou disse alguma coisa que te chateou?

— Quê? Não, Caíque, ao contrário, você está sendo perfeito. Tudo está perfeito, é que, sei lá... Acho que cometi um erro enorme aceitando fazer essa peça idiota pra revista.

— Mas ela é tão cabeluda assim? Impossível, você é uma Bellini, Verônica, nenhum desafio é grande pra você.

— Não, Caíque, é sério, sem brincadeiras desta vez.

A pego pelo braço, acariciando suas pintinhas espalhadas pelo corpo, e viro seu rosto para que me encarasse.

— Olha, vou te contar um segredo, que nem é tão secreto assim, porém, eu não acredito em erros.

Ela franze a sobrancelha.

— Isso é uma filosofia bem convincente para alguém como você.

— É sério, se liga, os erros nos tornam o que somos. Nota só, eles te trouxeram até aqui, não foi? Preferia estar fazendo outra coisa, ou estar em outro lugar agora?

— Não, não preferia...

— É isso aí, foi o que eu disse, erros são poeiras nos nossos sapatos.

— Você é muito inteligente, inteligente demais para alguém que foi um rato de boate.

Dou de ombros, rindo.

— Ok, aceito o elogio.

Verônica me observa, e sua linda risada toma conta de seus lábios novamente. Ela até tenta esconder com a palma da mão, mas a impeço antes que chegue ao destino. Eu quero vê-la dessa forma, viva, alegre, solta ao meu lado, sendo a garota pela qual me apaixonei, e sigo com esse sentimento quente no peito.

Não vou mais lutar contra, estou cansado, e como quero fazer isso por mim, tê-la pra mim. Faço uma reverência na sua frente e a fito sorrindo.

– Quer dançar comigo, princesa?

– Mas não tem ninguém dançando.

– E daí? Não me importo de ser o primeiro em algo quando tenho você me acompanhando. – Estico a mão, puxando-a para mais perto quando ela aceita. – Vai ser divertido, confia em mim, não?

Ela não precisa responder, seus olhos e suas expressões já fazem isso, e Verônica sabe, mas decide verbalizar, vendo o quanto seria importante para mim que eu a ouvisse.

– Você é ridículo, mas sim, com tudo que há em mim.

– Então, vamos pra pista.

Eu a pego pelas mãos e a giro até o centro, ouvindo suas lindas risadas pelo caminho. Ela cruza os braços pelo meu pescoço, encostando sua testa na minha. Vou deslizando os dedos pelas suas costas até parar em sua lombar, arrancando seu ar conforme vou a guiando lentamente de um lado ao outro pela pista de madeira.

O ritmo não é o mesmo da música que toca, mas eu não estou nem aí, é com ela que eu estou dançando, rodopiando pela pista, conduzindo-a como apenas eu sei. Dizem que o amor nos faz parecer ridículos, então eu amo estar sendo com ela.

– Todos estão olhando... – sussurra.

– Deixe que olhem.

A pressiono mais contra meu peito, e minha mão encolhe sob seu queixo, erguendo seus olhos até a floresta dos meus.

– Ninguém importa, nada é significante, a não ser nós dois. – Puxo seu braço, fazendo uma trilha até o meu coração, e deixo ali, trazendo um calor que cada hora tinha um encanto diferente para conduzir a um êxtase inesquecível.

O DJ nota a nossa presença na pista e troca a música que tocava para a mais clichê possível, fazendo Verônica e eu dançarmos ao som de "Amor, I love you", na voz de Marisa Monte. O momento perfeito para dizer que meu peito está apertado, a ponto de explodir, com meu nariz tão próximo do seu cheiro de jasmim.

– Estou me sentindo a Hilary Duff, em *Nova Cinderela* – diz, rindo, com o rosto encostado no meu pescoço.

— Então isso me faz o Austin Ames?

— Tecnicamente, sim, mas, infelizmente, você não tem nada a ver com o meu primeiro crush de infância.

— Ouch, o importante é que eu sou seu crush de agora.

— É o que dizem, namorar o engraçadinho é muito bom, pois quando vai ver, tá tirando a roupa pra ele.

Abro a boca, a fitando pelo canto dos olhos, rindo à toa.

— Verônica, que safadeza.

— Que foi, se eu não fizesse essa piadinha, você faria.

— Verdade, tem razão.

Respiro fundo, absorvendo todo o ar que nos circunda, misturado com a brisa do mar da praia que entra pelos vãos da tenda enorme que nos protege do tempo lá fora. Mas apesar da tenda, das pessoas nos observando e da música lenta me deixando emotivo, meu foco virou um único rosto, e ele está com a expressão mais alegre possível.

— Sabe, eu demorei muito tempo para entender isso, mas na nossa vida existem pessoas com quem apenas esbarramos, e outras que são encontros. As que são batidas nos esbarram e vão embora pro mundo, porém, as de encontro são as melhores — murmuro.

— Como Gil é pra você, e a Íris é pra mim.

— Exato, mas também podemos ter outros encontros como esses, até maiores.

Suspiro e ela se desgruda do meu pescoço, passando a me encarar curiosa, risonha.

— Onde quer chegar, Caíque?

— Você, Verônica, é o mais majestoso encontro que algum dia eu poderia ter imaginado. Sem que eu pedisse, se tornou o meu chão, minha sina, e a primeira a me contar verdades que não quero ouvir.

— Pelo amor de Deus... — Seu rosto enrubesce, e abaixo o olhar, separando as pontas de nossos narizes por um fio. — Você é Caíque Alves. Cantor gato e sensação do Brasil com milhões de fãs, produtor em ascensão e compositor incrível, o que mais você quer ser?

— Eu mesmo.

— E já não é?

— Não, nem tenho como ser cem por cento, ao menos, não com eles lá fora.

— Então, quem é?

— Vou usar uma frase de um dos seus filmes favoritos para ver se você entende. "Vivo num mundo cheio de gente que finge ser o que não é, mas quando falo com você..."

— "Sou quem desejo ser..."

Sorrimos juntos, como se a nossa sintonia já fosse datada antes mesmo de nascermos, e em uma nuvem de poeira cintilante fomos transportados para o nosso próprio universo. Cor-de-rosa, com cheiro de chiclete de *tutti frutti*, flores de todas as cores para trazer um brilho extra, e um mar de croquetes saindo de árvores para serem comidos.

Minha, apenas minha.

— Preciso confessar uma coisa – digo, sussurrando em seu ouvido.

O sorriso no seu rosto se desfaz, e ela se desencosta levemente do meu peito.

— É muito grave?

— Me desculpa – peço, basicamente implorando.

— Pelo quê?

— Há sete anos, eu conheci uma garota que arrebatou a minha alma, e a deixei escapar por dois motivos. O primeiro era que ela é a filha do meu patrão, e não queria ser demitido quando havia acabado de começar.

— E a segunda?

Engulo em seco e estico a mão para tocar sua bochecha macia, a apertando contra mim para segurar o choro que vem me perturbar.

— A segunda é que estava com tanto medo de me apaixonar pela primeira vez por alguém, que resolvi me fechar e ser alguém que não gosto mais de ser apenas pra chamar a atenção dela.

— Conseguiu chamar, tudo que era notícia sua eu lia apenas pra matar a curiosidade.

— E eu perguntando a seu pai quase todos os dias sobre como você estava, além de ter morrido de ciúmes quando namorou aquele pateta do Maurício.

— Tempos sombrios.

— Pra nós dois, acredite. — Beijo sua testa, respirando fundo. — Sei que é meio proibida pra mim, apesar de sua família parecer gostar de nós dois. E que o nosso futuro pode ser incerto, além do mais, comigo tem toda a mídia recheada de fãs doidos, mas, por favor, me dê uma chance de ser o homem que você deseja, e não apenas aquele que precisa.

Verônica sorri fraco, e seus olhos grandes alargam as íris, escurecendo os olhos que brilham constantemente pra mim. Ela se aninha em meu peito, confortável, serena, e posso jurar sentir lágrimas molharem minha camisa branca do terno.

Não contei a verdade. Bem, não a que Gilberto me incentivou a contar. Mas não adiantaria de nada, prefiro tê-la aqui, comigo, dançando nos meus braços, do que afastada, graças a um início conturbado que eu mesmo causei.

Aqui estamos os dois, abraçados, contentes e nada, repito, nada poderia estragar o que considero ser uma noite perfeita. Existe apenas nós dois no nosso mundo, e a opinião de ninguém mais é relevante.

Capítulo trinta e três

"Odeio como você está certo, mas pode apostar que odiei ainda mais quando descobri suas mentiras"
Carvoeiro | ANAVITÓRIA

Caíque, sábado, 06 de julho de 2024

As pessoas se sentiram mais à vontade para curtir a pista depois que Verônica e eu a estreamos. Porém, não existia uma pessoa que se igualasse a gente, dançando de um lado ao outro sem medo de serem patéticos juntos.

Gil, Mafê e seus amigos entraram na roda um pouco depois, nos trazendo salgadinhos, canapés e mais bebidas. Éramos palermas felizes, totalmente alheios aos olhares reprovadores dos grandes investidores, músicos, produtores e jornalistas. Chamamos a atenção porque queríamos, e não porque éramos obrigados, tornando tudo ainda mais divertido.

— Nenhuma festa do seu pai foi melhor que essa! — Heitor berra, erguendo os braços para o ar, enquanto o DJ toca "Não quero dinheiro", do Tim Maia.

— Realmente, papai arrasou! — Mafê sorri agarrada nele que, pela primeira vez, não está com sua clássica carranca no rosto.

— Cadê o Gilberto? — pergunto.

— Ele foi atender Sara na parte de fora, disse que voltava em um instante. — responde Helena, depois de engolir até a última gota da sua taça.

— Acho que preciso sentar um pouco, meus pés estão doendo e quero comer mais alguns enroladinhos de salsicha. — Verônica se debruça em mim para um beijo molhado, arrepiando minha nuca com suas unhas grenás afiadas. — Vem ficar comigo.

— Já vou, deixa só eu pegar uma bebida no bar. — Dedilho suas costas nuas, como a minha guitarra favorita, e deposito um beijo suave em seus lábios, diferente do que ela me deu antes, mas com a mesma quantidade de desejo. — Guarda umas bolinhas de feijoada pra mim.

— Só nos seus sonhos, garotão, eu vou comer tudinho. — Ela sorri, apertando minhas bochechas, e dá as costas, me fazendo babar ao vê-la rebolar até nossa mesa.

Deixo nosso grupo curtir mais a pista e sigo para um dos open bars no canto da tenda. Batuco os dedos no balcão de madeira escura enquanto espero um dos atendentes ficar disponível. Me distraio pensando quando foi o momento em que tive a certeza do que sentia por Verônica para contá-la, e nem percebo a pessoa que aparece ao meu lado.

— Oi, meu garoto, estou adorando ver que ainda segue firme com nosso plano. João me confessou que a mídia está bombando querendo saber mais do casal *it* do momento.

— Fala, tu, Denis, como anda a esposa?

— Chata, como sempre, mas não é disso que vim conversar, garoto, e sim do excelente trabalho que tem feito ao enganar a filhinha do nosso chefe. Acho que vai vencer a aposta no final das contas.

Molho os lábios com a língua, bufando.

— Não estou enganando ela.

— Detalhes, Caíque. Além do mais, está falando comigo, eu sei quem você é, um cachorro sem alma, igual a mim. — Ele dá de ombros, bebericando mais de seu uísque. – Ok, flertar com a filha do chefe é legal, pode trazer benefícios, mas não se esqueça do porquê está fazendo isso. Resta uma dúvida para ser respondida, que te libertará desse fardo romântico para o qual te enviamos.

– E qual seria, Denis?

– Você apostou que conseguiria conquistar qualquer uma, incluindo a inalcançável Bellini. Por isso, me diga, fez o que tanto se gabou de conseguir?

No fundo, atrás de seu ombro, eu tenho uma visão linda, deslumbrante, extremamente encantadora. Verônica está bebendo seu champanhe, mordiscando um pedaço do bolinho de feijoada. E mesmo sabendo que ninguém pode ser perfeito nessa vida, eu ainda quero vivê-la o suficiente para descobrir cada defeito dela, e me apaixonar ainda mais.

Ela me avista com a boca cheia, e abre um sorrisinho, quase escondendo seus olhos, me dando tchauzinho com os dedos no ar.

– Olha, Denis, não faço a mínima ideia, e mesmo se soubesse, não te contaria, os meus sentimentos apenas dizem respeito a mim e à minha garota.

Denis resmunga.

– Hum-hum, se não quer falar a verdade, é porque sabe que perdeu a aposta, tá com medinho, é?

– Não, eu apenas não devo mais satisfação dessa parte da minha vida pra você, pelo menos, por hoje. – Abro a boca, num sorriso seco. – Agora vai lá, sua mulher tem que fingir sentir a sua falta.

Ele ri, como se tudo não passasse de uma piada, e segue seu rumo, me deixando finalmente sozinho. Ao menos era o que eu pensava, mas uma risada estridente invade meus ouvidos acima da música, e viro o corpo lentamente para o lado.

– Porra, vocês dois realmente se merecem. Você a engana, e ela engana você.

– Patrício?

– Pedro Henrique – diz entredentes.

– Ah, claro, beleza, mano, como você tá?

— Melhor agora que aquela escrota vai ter o que merece, e cair do pedestal.

Pisco os olhos e meus lábios se partem para não quebrar a cara desse garoto no soco. Perco sua fala rapidamente ao perceber Denis se apresentando para Nica e sentando-se na sua frente.

— Espera, o que disse?

— Da Verônica. Eu sabia que essa historinha de vocês era falsa, e sempre soube que aquela vadia ia se foder, mas não sabia que ela te levaria junto — ele diz bufando, e ergue a taça de gin rente aos lábios.

Cerro os punhos em seu colarinho, olhando para os lados, vendo se ninguém percebe, e sussurro com a mandíbula trincando.

— Que porra você está falando?

Ele gagueja, erguendo as mãos.

— Qual foi, cara, da peça pra revista que a tia dela mandou fazer pra conseguir a promoção? É sobre você.

— Que artigo?

— O de como quebrar o coração de um pop star, ela e a tia têm planejado isso há duas semanas. — Pedro, Paulo, sei lá qual a porra do seu nome, engole a saliva. — Quando descobri essa merda, fiquei de vigia porque não queria que ela pegasse a vaga, e agora, sabendo da aposta que fez, aquela vadiazinha vai ter o que merece depois de não aceitar sair comigo de novo.

Limites existem, e esse filho da puta ultrapassou todos eles. Não importa o tamanho da minha raiva, ela se triplicou quando o arrombado falou desse jeito sobre Verônica. Ignoro a festa, as pessoas e até mesmo meu chefe, que vem todo contente na minha direção, e dou um soco na cara do imbecil, que cai ao chão, mas não se defende antes que eu pudesse dar mais um.

— Limpe a sua boca ao falar dela. — Dou outro, arrancando um pouco de sangue do seu nariz. — Melhor dizendo, nem ouse pensar em olhar na mesma direção, porque se eu te vir, sequer, ao lado dela, que não seja relacionado a trabalho, se prepare, porque eu vou te foder!

— Caíque! — grita Verônica, do outro lado do salão, e é quando percebo a cena patética em que eu mesmo me enfiei.

Estou com o punho no ar, pronto para dar mais um soco no idiota, e faria num piscar de olhos, sem pestanejar, pra ele aprender a não falar mais de nenhuma mulher desse jeito. Murmurinhos são espalhados pelo salão quando o DJ corta o som, mas ninguém levanta um dedo para nos separar, apenas nos encaram petrificados, não tendo ideia do que aconteceu para me deixar tão puto.

Solto o otário no chão e saio do salão tensionando o maxilar, sentindo meus ombros pesarem com os olhares de decepção de todos aqueles que me importam. E o pior, o orgulho ferido que Verônica abriu no meu peito quando aceitou fazer parte desse circo.

Abro as portas com violência, indo para a parte externa e vazia da tenda, caminhando em direção ao parapeito do prédio. Peço aos céus escuros, sem estrelas, que ninguém me siga e ando em círculos até cansar, tentando controlar a respiração. Puxo as calças para cima, dobrando os joelhos, e passo as mãos pelo cabelo, escondendo o rosto no meu corpo encolhido com vontade de chorar.

Ouço passos fortes vindo até mim, e suspiro, não precisando levantar o rosto para saber exatamente quem é.

— Agora não, Verônica, vem pegar sua matéria depois.

— Agora sim, Caíque, temos muito o que conversar.

Ergo a cabeça, franzindo a sobrancelha.

— Sério? Pode parar com a merda da atuação, eu já sei tudo sobre o teu joguinho com sua tia.

— Quer mesmo comparar? Eu também sei de tudo.

— O que disse?

Ela cruza os braços, estalando a língua para segurar o choro.

— Você me usou para um show midiático, se aproveitando dos benefícios de namorar a merda da filha do seu chefe, e ainda apostou sobre meus sentimentos como se eu fosse nada!

— Como você sabe disso?

— Denis me disse tudo, veio me agradecer por cooperar com o teatro que nem eu sabia da existência, enquanto você estava no bar socando rostos.

— Ah, porra, aquele babaca que trabalha com você mereceu, e segundo, não tem nem o que comparar aqui.

— Realmente, não tem! Você me fez de palhaça esse tempo todo, com suas histórias patéticas para boi dormir, e eu fui tonta o suficiente para ouvi-las.

Levanto irritado com as mãos na cintura, perdendo a noção.

— Tá de sacanagem? Caralho, eu não confessei aquilo tudo pra você porque queria brincar, Verônica, ou estava entediado, eu disse porque... — Travo a língua, e um gosto amargo desce pela minha garganta segurando o sentimento.

— Por quê? Se apaixonou por mim? Se toca, Caíque, você é um traiçoeiro, arrogante, canalha de uma figa!

— Escuta aqui, Verônica, você me levou à loucura nestes últimos dias por causa de uma matéria de capa pra sua preciosa revista!

— Sim, eu fiz, e você disse pra todo mundo que seria melzinho na chupeta fazer uma garota se apaixonar por você, e eu fui a otária sorteada.

Suspiro, esfregando as têmporas com os olhos fechados.

— Você nunca foi só uma garota...

— Claro que não, eu era a garota ideal para te levar para o topo, para o centro do mundo, como você tanto gosta.

Gargalho, arrastando a língua entre os dentes, colocando as mãos na cintura.

— E eu? Não passei de uma cobaia para que a princesa testasse as suas teorias e conseguisse ser amada por fazer sempre o que os outros querem.

— Aí você pegou baixo.

— Que se foda, Verônica! — Berro, abrindo os braços e me aproximando de seu rosto. — Pode usar essa merda de final na sua incrível matéria se quiser...

Por pura raiva, aparente em todo seu corpo, ela segura as lágrimas para que não escorram pelo seu rosto, fingindo ser forte. Verônica arrebita o nariz e funga, rangendo os dentes.

— Boa ideia, por que a gente não faz uma aposta pra ver quem vai se sair melhor?

Meus dedos tremem, minha boca de repente fica seca demais, e estou com os batimentos cardíacos mais acelerados do que Kula quando se assusta.

— Quer saber, você fez um excelente trabalho, Verônica.

— É, eu fiz...

— Queria quebrar o coração de um pop star em poucos dias e, meus parabéns, você conseguiu.

Passo rente ao seu corpo, em direção ao elevador. O espaço ainda está vazio, sem telespectadores, e a música voltou a tocar no salão sem que percebesse.

Não tem por que eu ficar mais nessa merda de festa. Foda-se, não tenho mais por que ficar do lado dela. A aposta acabou, eu venci e perdi ao mesmo tempo. Pois essa é a consequência de querer acreditar que alguma coisa boa possa vir desse tipo de amor ilusório que criamos juntos sem perceber.

— Não, Caíque — clama, trocando o peso dos pés, me encarando firme com aqueles belíssimos olhos castanhos-claros completamente molhados. — Você gosta tanto de citar meus filmes favoritos, então que tal mais um... "Não se pode perder o que nunca teve", e eu nunca tive você.

Em vez de sair, fico ali, parado igual a um tonto, observando-a permitir que as lágrimas caíssem e me deixar sozinho, com um último vislumbre das suas costas nuas naquele vestido que a serviu lindamente, rebolando para longe de mim.

Vejo os raios no céu, seguidos pelos barulhos dos trovões, e passo a mão no rosto gritando, segurando o maxilar, para lutar contra cada um dos meus instintos que insistem em ir atrás dela.

Sou a merda de um hipócrita, eu *mereço* isso.

A chuva desce rasgando minha cabeça, queimando minha pele sobre o terno, e a cada barulho do céu se misturando com a música alegre da festa, vai estremecendo todos os fios do meu corpo. Nunca me odiei tanto quanto agora, mas a merda tá feita, e acredito que ela esteja tão errada quanto eu.

Ao menos eu sei que não menti, eu sei que demonstrei até o que não devia, eu sei...

Porra, *eu sei*.

Mas o que tá feito, tá feito, e nada dói mais do que as palavras ditas em momentos de raiva.

Eu escolhi meu caminho, e infelizmente, ele vai ser longe dela.

Capítulo trinta e quatro

"Eu quis dizer a verdade, mas menti logo em seguida, sabendo que nada mudaria"
Meu Erro | Os Paralamas Do Sucesso

Verônica, madrugada de domingo, 07 de julho de 2024

A chuva desce pelo vidro da janela do carro, como as lágrimas que caem pelo meu rosto. Desci correndo até o lobby pela escada de emergência, e entrei na limusine depois de chamá-la. Tudo o que eu queria era ir pra casa, e não me importei nem um pouco em avisar ninguém do meu sumiço, as câmeras e GF tomariam conta disso.

Os flashes das máquinas se misturavam com a água nos meus olhos enquanto um segurança me ajudava a passar para dentro do carro. Não segurei mais o choro quando a porta foi fechada, e o motorista seguiu sua viagem até o meu apartamento.

A única coisa que fiz foi mandar mensagem no grupo dizendo que se alguém ousasse perturbar minha paciência, iria se ver comigo. Bloqueei o celular e, no instante em que o carro estacionou na frente do meu prédio, saí em direção ao elevador sem olhar para trás.

Fechei a porta da minha casa com força e joguei as coisas em cima da mesa para correr ao banheiro. Tomei um banho fresco ajoelhada no chão do box, ouvindo a playlist que minha mãe tem o carinho de chamar de "o tempo da depressão", não sentindo absolutamente nada.

Saí me arrastando até o closet pra colocar um pijama quentinho, e a voz de Tiê enche os alto-falantes da Alexa, conforme eu passo a perambular pela casa, roendo o canto das unhas por não conseguir dormir.

É madrugada, tem cada vez menos barulho na rua, e os pingos de chuva vão apertando a sua velocidade enquanto fico parecendo uma psicopata vigiando o olho mágico, na esperança de qualquer movimento, qualquer sombra que seja.

Recebo mensagens e mais mensagens da minha família, de Íris, preocupada, e de Gil, me perguntando se eu sabia onde Caíque estava. Mafê me manda um link para um tweet, e perco o chão, desesperada por ter o meu rosto estampado dessa forma nas redes sociais.

Garota Fofoquei ✓ @garota_fofoquei

Oh, não, problemas no paraíso musical?
Verônica Bellini, a verdadeira estrela do nosso casal do momento, foi vista deixando a festa de cinquenta anos da gravadora do seu pai sozinha e aos prantos. Será que tem a ver com o soco que nosso pop star distribuiu no salão da festa? Ou uma traição foi descoberta? Não se preocupem, o que quer que seja, eu vou descobrir.

- Beijocas e abraços, **Garota Fofoquei**

💬 928   🔁 455   ❤ 3,4K

Resmungo alto, deixando o celular cair no tapete, e escondo o rosto com o travesseiro, gritando o mais alto que consigo, e volto o olhar para cima, admirando meu teto esculpido deixando as lágrimas caírem pelas minhas bochechas.

Escolho ignorar a todos, desligando o celular, e pego a manta jogada no sofá, me encolhendo com o controle na mão. Me sinto perdida, com o coração acelerado, sozinha num apartamento gigante com zilhões de pensamentos brigando entre si na minha mente.

Vejo filmes antigos da Barbie, ou da Hello Kitty, tentando reescrever as memórias que vivi em duas semanas ao lado daquele traidor miserável, fingindo que nada que me fez suspirar foi real.

Como ele pôde fazer isso comigo? Como eu pude me rebaixar tanto assim para conseguir uma capa? Como posso reclamar de desonestidade, quando não fui honesta com ele e nem comigo mesma?

Nem comigo mesma...

Bufo, pegando o controle para aumentar o volume, quando ouço três batidas extremamente fracas na minha porta. Finjo não ouvir, e volto a prestar atenção na Barbie dançando com seus amiguinhos animais em *Lago dos Cisnes* quando escuto a voz.

– Eu sei que tá aí... Con-consigo ouvir a televisão.

Arregalo os olhos, me sentando depressa ao notar a quem a voz pertence, e de meias, vou na pontinha dos pés até a porta, espiando no olho mágico.

Caíque está praticamente entregue ao álcool. Sua mão na porta é o que sustenta seu corpo em pé, enquanto a outra leva a garrafa de rum à boca. Seu paletó está aberto, a gravata desfeita, e o blusão branco abotoado até a metade está completamente encharcado da chuva e da bebida.

Um *desastre*, ele está um verdadeiro, e lindo desastre.

– Abre... – Soluça. – Por favor, eu quero me desculpar.

Ele mal tem força para falar, quem dirá chutar a porta, mas finge tentar mesmo assim, dando duas batidinhas. Por fim, desiste e se vira, suspirando, escorregando com as costas molhadas pela porta.

– Sei que fui idi-idiota, mas... – resmunga, e escuto o restinho do líquido da garrafa se derramar na sua garganta. – Estava mais enganando a mim, do que a você.

Silêncio é o que me resta, não sei o que dizer nessa situação que ele possa se lembrar no dia seguinte. De tão bêbado que está, capaz de nem recordar que está se humilhando na minha porta.

Corro para o sofá, tentando ligar para Gilberto, e o garoto atende no primeiro toque.

– Ei, o Caíque está com você? A festa acabou, estou indo pra casa e esqueci minhas chaves, será que teria como pedir a ele pra abrir pra mim?

– Escuta, ele tá comigo, está todo molhado, e tenho quase certeza de que está desmaiado na minha porta de tão bêbado.

– *Mas por que ele tá assim? E por que não...?* – Ele pausa a fala, respirando fundo. – *Você descobriu, não foi?*

– Sim, e antes que eu comece a gritar com você por saber desde o início e não ter dito nada, vem logo pra tirar o seu amigo da minha porta.

Desligo sem esperar por uma resposta. Meu coração queria me enganar novamente, pois me pego vigiando mais uma vez o olho mágico, tentando ver o estado dele. Porém, a única coisa que eu consigo enxergar são suas pernas balançando devagar de um lado ao outro.

Bufo.

– Puta merda, Caíque...

Abro a porta e, parecendo uma tábua de madeira sendo estendida nos filmes de pirata para andar na prancha, Caíque vai ao chão rindo. Tateio o bolso de sua calça, procurando as chaves da casa, e assim que as encontro, me ajeito para tentar levá-lo pra dentro do apartamento.

– Ok, vamos nessa.

O perto nunca bastava quando eu estava do lado dele, sempre desejei ter mais, e até mesmo agora, com a mão em sua cintura servindo de apoio para ajudá-lo a se levantar, deveria ser o suficiente para acalmar meu coração. Mas é só ouvir sua risada fraca que meu coração dança feito pipoca na panela.

– Aguenta, estamos quase no sofá.

– E vamos – soluça – ver um filme.

– Não, nós vamos tomar banho e dormir.

– Banho que-quente?

Rio baixinho.

— Sim, Caíque, banho quente.

Depois da luta que foi carregá-lo para dentro de sua casa, o jogo no sofá, tirando seus sapatos da Prada imundos em seguida. Vou até o banheiro e ligo a água da banheira, até sentir queimar minha mão. Vasculho os sabonetes líquidos disponíveis, procurando algum para usar, quando meus olhos batem num recém-comprado de jasmins. Perfeito. Ajusto a temperatura suspirando logo depois de jogar o cheirinho, e volto para a sala, fechando os olhos para não encarar uma surpresa me esperando.

— Mas que porra!

Caíque está pelado no meio da sala, abrindo um dos seus maiores sorrisos quando me vê. Ele cambaleia até mim, e seu cheiro de rum com cachorro molhado me deixa nauseada no mau sentido. Não consigo ter reação nenhuma quando me abraça.

— Verônica! Você tá aqui! Seu cheiro é tão gostoso.

— Caíque! — Gilberto aparece na entrada, fechando a porta que deixei encostada. — Isso são modos, cara?

Ele soluça, franzindo o rosto, apontando pra si mesmo, e Gilberto tira o paletó, vindo até o amigo.

— É, tô falando contigo! Mano, vamos pro banheiro, te ajudo a tomar banho, depois colocar uma roupa bem quentinha e você poder capotar na cama.

— Mas eu gosto de dormir pelado — responde Caíque, sendo arrastado para a porta de onde eu havia acabado de sair.

— Não, cara, temos que ficar bonitinhos, a Verônica tá aqui, esqueceu?

Caíque me encara por cima dos ombros e abre outro sorriso.

— Ela pode dormir comigo? Eu gosto de dormir agarradinho com a Nica, menos quando ela está puta comigo.

— Informação que eu não precisava saber, mano, mas não, hoje vai ter que dormir sozinho. — Gil o guia até o banheiro, mas Caíque trava o andar, cambaleando de um lado ao outro.

— Então, não vou tomar banho.

— Ah, mas vai sim, seu porco. — Gilberto o puxa, carregando seu corpo e cérebro molengas até a banheira pronta, e se fecha lá dentro com ele.

Pisco os olhos, respirando fundo, e dou passos pesados até a porta, mas ao colocar a mão na maçaneta, percebo um pequeno detalhe ridículo... Eu não quero ir embora. Bom, não até ver Caíque deitado naquela cama dormindo.

— Que saco, Verônica — resmungo sozinha na sala, e volto até o sofá, me sentando.

Abro a primeira rede de streaming que vejo, e noto que o último filme que Caíque estava vendo foi *Telefone Preto*, um dos meus favoritos, uma completa surpresa, e com certeza movida por mim.

O que mais escuto enquanto assisto ao filme é Gilberto gritar por Caíque estar brincando com a água, e nem percebo o tempo passar quando ele se assusta ao me ver ainda na sala.

Ele inclina a cabeça para baixo, agradecendo a minha presença, e distrai Caíque para não perceber que estou ali em sua sala, o levando pro quarto. Demora mais alguns minutos antes que ele saia do quarto, respirando fundo e reclamando.

— Eu desisti de tentar vestir uma roupa nele, dormiu do jeito que Deus o trouxe ao mundo.

— Melhor na cama do que no chão do corredor. — Desligo a TV e sigo Gil até a cozinha, que me serve um copo d'água.

— Antes que fique mais chateada, saiba que eu pedi pra ele te contar. Não cabia a mim resolver quando apenas Caíque poderia decidir. — Gil toma toda a água do seu copo, enchendo-o novamente. — Sei que ele pode ser um pé no saco, um palhaço de galocha, mas ele tem um bom coração, e tenho certeza de que caso fosse você no lugar dele, ele te perdoaria.

— Não vou dizer nada sobre essa situação, Gilberto, porque também não estou certa. Eu também o usei, também fiz merda.

— Como assim?

Bufo, aceitando revelar tudo.

— Eu topei escrever um artigo sobre como acabar com o coração de um pop star, em específico, o dele. Então, somos dois hipócritas neste quesito, mas eu ainda estou magoada e ainda não sei como lidar com o que eu sinto quanto a tudo isso.

— Quanto a vocês dois, né?

Reviro os olhos.

— É, Gilberto, mas por que isso tinha que acontecer? Por que temos que nos machucar assim?

— Desculpa, mas nem mesmo aqueles relacionamentos que se gabam por ter um amor tranquilo possuem um. E mesmo se tiverem, um amor tranquilo não é igual a um amor sem brigas ou desavenças. — Balança o dedinho de um lado ao outro. — Não, esse tão almejado amor é o sentimento que a pessoa traz pra você, estando perto ou longe.

— Mas a nossa briguinha não é uma comum.

— Mas também não significa que não existe conserto.

Coço a cabeça, suspirando.

— Ah, tá bom, e como tem tanta certeza disso?

— Meus pais brigam desde que me conheço por gente, não, perdão, eles discutem. Sobre todo o tipo de coisa, a comida apimentada do meu pai, as plantas que minha mãe nunca consegue cuidar, pela academia que sempre insistem em começar, mas sempre que olho nos olhos deles, dá pra ver muito mais do que falam.

— E o que é?

— Amor, Nica, eu vejo amor. As pessoas cismam que o sentimento não é tangível, e bem, realmente não é, não podemos tocar o amor. Mas podemos vê-lo, é nítido quando acontece — murmura, indo até a geladeira, me servindo um pedaço de uma torta de limão. Diferente, sem o acabamento clássico de Gil, sem o cheiro que ele colocou na última, porém totalmente única. — Eu vejo no meu melhor amigo.

Meu peito afunda ao reparar mais na torta à minha frente de um jeito distinto, e meus lábios se partem, engolindo a seco o medo cravado em mim ao perceber do que ele está falando.

— Caíque, quem fez?

— Sim, assim que você foi embora ontem. Ele me encheu o saco pra aprender a fazer quando terminou a música. Não tirava o sorriso do rosto, fazia tempo que eu não o via tão feliz. — Gil pega um garfo e come um pedaço da sua, fazendo uma careta pela acidez. – Era pra ser uma surpresa, ele ia levar pra sua festa do pijama, mas sabemos como a noite acabou.

Passo os dedos pelo pratinho em formato de folha e mordo o lábio pra segurar as lágrimas.

Minha sobremesa favorita.

Caíque aprendeu a fazer minha sobremesa favorita e queria fazer uma surpresa, me mostrando que não sou igual a nenhuma outra.

– Gil, obrigada por tudo, mas eu preciso ir. – Eu me levanto do banco alto e pego o prato que me foi servido, carregando-o comigo para fora da casa. – Obrigada por tudo, principalmente por cuidar dele e por essa conversa, boa noite.

– Verônica. – Gil me para na porta, e o encaro com os olhos abertos, vendo a expressão confiante em seu rosto amarelado. – Foi o que eu falei, Caíque não aprendeu a sentir esse tipo de amor, mas ele está tentando mostrar.

– Eu sei, eu também, mas não justifica o que ele fez.

– E o seu justifica?

A pergunta me pega em cheio, e meu maxilar se contrai, ainda mais certa da escolha que vou tomar.

– Bom, é por isso que tenho que fazer o que é necessário pra me retratar.

Bato a porta atrás de mim e ando tão rápido que basicamente vou correndo para a minha cozinha pegar um garfo, encher a minha Stanley de café e me sentar na frente do meu computador para terminar de escrever esse artigo.

Dou a primeira garfada, e uma lágrima escapa dos meus olhos, admirando a tela semipreenchida da peça, com o coração totalmente focado no Caíque. E não sei se vai ficar do jeito que foi solicitado para mim, porém, esse artigo será feito da maneira que eu quero.

Como mais um pouco, e estalo a língua reclamando sorrindo.

– Droga, essa merda de torta acabou ficando realmente *muito boa*.

Capítulo trinta e cinco

"Eu sonhei que ela me contava uma história, a nossa história, e eu nunca quis chorar tanto por não ter dito que estava apaixonado"

Piscar o Olho | Tiê

Verônica, domingo, 07 de julho de 2024

Consegui terminar o artigo às cinco da manhã. Li e reli novamente milhares de vezes para ter a absoluta certeza de que era aquilo que eu queria que o Brasil inteiro soubesse quanto ao meu breve relacionamento com Caíque, sem revelar nada que fosse somente de nós dois.

Apesar de saber que ele também está errado, algo dentro de mim sente que esse é o certo a se fazer. Colocar um ponto-final nessa história através do artigo que começou com todo esse sofrimento na minha parte.

Estou tão ansiosa que sou a primeira a chegar na casa de minha tia antes de irmos para o Maracanã, e estaciono em uma das vagas vazias à frente da casa no condomínio fechado atrás do Rio Design Barra.

Desligo o rádio que toca "Down Bad" alto até demais, e respiro fundo, saindo do carro com a bolsa da Kipling vermelha no ombro. Fecho os olhos, suspirando, e toco a campainha, ouvindo os cachorros latirem.

Ajeito minha blusa retrô de 1995 do Flamengo no corpo, a que pertencia ao meu pai, e engulo a saliva quando minha tia Vanessa abre a porta com um sorriso.

— Oi, minha linda, não trouxe o bonitão com você?

— Ele é tricolor.

— Nossa, que mau gosto.

Rio baixinho, entrando na casa.

— Tia, você é vascaína.

— Melhor que torcer pro Fluminense.

— Não vou concordar, nem discordar disso.

Os cachorros, Urano e Saturno, que levam os nomes das *Sailors Moons* favoritas das minhas tias, aparecem nas minhas pernas para me recepcionar.

— Sua tia tá no escritório revendo algumas coisas pro livro, quer me ajudar a terminar a macarronada?

— Adoraria, mas tenho que enfrentar a chefe.

— Então, boa sorte.

Ela sorri, tirando os cachorros de cima de mim, e segue caminho até a cozinha. Coloco a mão no corrimão, subindo devagar até o segundo andar, e paro de frente pra segunda porta semiaberta do corredor, respirando fundo.

Bato três vezes e minha tia responde alto.

— Pode entrar, Verônica.

Franzo o cenho, abrindo a porta, e a encaro.

— Como sabia que era eu?

— Ouvi você chegando. — Ela termina uma anotação no livro e o fecha, me indicando a cadeira à sua frente para que eu me sente. — Enviou o artigo por e-mail?

– Hum-hum, fiz algumas mudanças na proposta, mas acredito ser o que a história precisa.

– Ok, vamos ver. – Ela segura o mouse, acendendo a tela do iMac à sua frente, e sai clicando até encontrar o e-mail com o documento.

Como de costume, nenhum som sai de sua boca enquanto ela vai lendo a peça. Sua mente e olhos castanhos parecem concentrados no que leem, e ela sai marcando singelamente o que precisa.

Vejo no canto da mesa um vidro com biscoitos amanteigados, e a minha boca saliva desejando comer. Estico o braço para abrir o vidro e pegar um, mas recebo um tapinha na mão, me impedindo.

– O almoço já vai ser servido.

– Ok – respondo, encarando tudo, menos seu rosto inexpressivo.

Minha mente começa a matutar inúmeras coisas, alternativas onde o texto é péssimo, e em como joguei tudo pro espaço por seguir o que o meu coração mandava. Porém, ela faz uma última anotação e suspira, trocando a atenção da tela para os meus olhos.

– Tem certeza de que é isso que quer publicar?

– Sim, é o que acredito ser o certo, e não vou mudar de ideia.

– Bom, isto aqui não é nada como eu esperava.

Molho os lábios sem saber o que dizer, e troco o peso dos pés tentando pensar em soluções para me manter firme na decisão que tomei. Mas então, minha tia Fátima me surpreende.

– É ainda melhor, Verônica, parabéns.

Encaro-a confusa, pressionando os olhos.

– Como é?

– Isso que ouviu, parabéns, minha filha, você merece, sabia que conseguiria. Este artigo apenas me confirmou como você está pronta para seguir o seu próprio caminho.

– É o que acha? Verdadeiramente?

– Claro que sim, sabe que odeio mentiras ou fake news, não tenho por que enganá-la, esta é sua melhor peça até hoje. – Ela desliga a tela e me fita sorrindo. – Só realçou o que eu sempre soube, o quão grande jornalista você é. Por isso, de agora em diante, pode se considerar minha editora-adjunta. Parabéns.

Ela se levanta da cadeira, tirando os óculos de grau, e vai para a estante, pegando um livro sobre jornalismo no século XX.

Fico parada na cadeira, como se alguém tivesse me colado nela.

Isso não pode estar acontecendo, não é possível que seja real, devo estar sonhando por ouvir finalmente o que tanto queria desde que entrei na revista. Uma oportunidade de crescimento, uma chance de mostrar todo o meu potencial pro mundo. E tudo isso graças à minha competência.

Mas por que eu não estou tão feliz quanto imaginei ficar? E por que a primeira pessoa pra quem eu quero ligar pra contar da novidade, com certeza, não me atenderia? Por que sinto tanto a falta dele?

Tiro o celular do bolso e encaro mais uma vez o e-mail que recebi na sexta-feira à tarde. Estava ignorando-o até então, mas sinto que chegou a hora de colocar outro detalhe da minha vida em panos limpos. Chegou a hora de trilhar ainda mais o meu próprio caminho.

Respiro fundo e exalo o ar, tomando coragem para proferir palavras que talvez doam em minha tia, enquanto ela volta a se sentar na cadeira grande marrom à minha frente.

– Eu agradeço a sua proposta, mas eu me demito.

Ela fecha o livro nas mãos forte, e franze o cenho, me encarando.

– Como é?

– Na sexta-feira, recebi uma proposta da Glow Up para ser a nova editora-adjunta do departamento de moda e lifestyle. Estava indecisa porque a GINTônica é minha casa, cresci muito trabalhando pra você, mas eu sinto que já aprendi e entreguei tudo o que podia.

– E aceitou a proposta deles?

– Sim, vou receber mais, ter minha própria sala, além de subir mais uma escada do meu futuro. Espero que um dia eu possa voltar para a GT e contribuir bem mais, de um jeito melhor.

– E roubar meu trabalho – ela diz, sorrindo.

Inalo um ar diferente naquela sala, o da liberdade, e me sinto confortável novamente em rir com minha tia.

— Exatamente, esse sempre foi meu maior objetivo. — Molho os lábios, suspirando, e bato nas coxas para me levantar. — Bom, esse não vai ser o meu último artigo, já que vou começar a trabalhar pra eles apenas em agosto, mas queria deixar tudo claro entre nós duas.

Minha tia balança a cabeça e se levanta da cadeira, vindo até a minha direção para me apertar num abraço surpreso.

— Eu também aceitaria a proposta deles se eu fosse você, só quero que seja feliz, Verônica, e as portas da GT vão sempre estar abertas pra minha jornalista favorita, depois de mim mesma, é claro.

Me encaixo mais no seu pescoço, sentindo o cheiro gostoso de canela do seu creme hidratante, e pela primeira vez, depois de muito tempo, me sinto amada por uma daquelas que me inspira a ser uma grande profissional.

Ela me solta, apertando meus braços contente com a minha escolha, e respira fundo para segurar o choro. Fátima pega meu rosto, acariciando minhas bochechas, mostrando em seus olhos e lábios tremendo o orgulho que estava sentindo de mim.

— Você é, e sempre será uma Bellini, Verônica, jamais deixem que te digam o contrário, ok?

— Ok, tia.

— Vamos, o cheiro da comida da sua tia está perturbando minha barriga, e eu sei que a sua também.

Vamos com os braços enrolados uma na outra a caminho da cozinha, e mais uma vez minha mente insiste em me lembrar que alguma coisa está faltando. Alguém.

— Vai mostrar isso para o Caíque? — pergunta.

— Não, mas espero que a curiosidade dele aperte e vá ler por vontade própria.

— Bem, ele vai te perdoar, e seu pai também vai me perdoar.

— Espera, o meu pai realmente não sabia?

— Tá doida? Ele com certeza me mataria se soubesse que eu te enfiei nisso. No caso do seu pai, ele realmente só estava feliz pela filha e o cantor de quem ele gosta estarem juntos, parecendo aqueles fãs que Caíque tem na internet.

Rio, segurando firme em sua mão.

— Meu pai vai te perdoar, mas não sei se Caíque vai querer me encarar novamente.

— Deixa de ser boba, aquele garoto está completamente enfeitiçado por você. Ele tem total direito de ficar estressado, assim como você, pelo que li na peça. Mas tenho certeza de que, no segundo em que ele ler, vai parar mais uma vez no escritório do seu pai querendo saber onde você tá.

— Acha mesmo?

— Tenho a certeza, pequena jasmim do meu jardim. — Ela puxa fraco a minha bochecha, me fazendo corar com o apelido que me deu quando criança. — Se apaixonar é algo tão frágil, mas tão emocionante, e quando é pra valer, não pode ser quebrado por "coisas pequenas".

— A história toda não foi pequena.

— Ah, minha filha, vocês têm vinte e cinco anos, são jovens demais, às vezes podem tomar decisões de adolescentes, mas se ele apareceu no seu apartamento bêbado de madrugada, com certeza foi por amor. Assim como você, ele pode estar orgulhoso demais pra dizer o que sente. Ao menos você colocou no papel, fez a sua parte, agora a bola está na quadra dele.

— Deixo ele jogar?

— Exato. — Ela esfrega a mão na minha cabeça, bagunçando o meu cabelo. — Por hoje, saboreie essa vitória e fique mais preocupada se nosso time vai ganhar essa partida para ficar em primeiro lugar na tabela. Amanhã, você lida com o garoto que vai voltar rastejando pro seu colo.

Rio baixinho e ela me deixa sozinha na cozinha, indo atrás de sua esposa que está arrumando a mesa de jantar na sala. Fico parada absorvendo tudo que ouvi, senti e presenciei em poucos minutos.

Estou livre das amarras mentais que estabeleci a mim mesma anos atrás, não sinto mais o olhar triste que insistia em me acompanhar quando o assunto era trabalho, e tomo um suco de coragem vitalício.

Hoje eu vejo as minhas verdadeiras cores, as mesmas que Caíque tanto avistou em mim, persistindo para que eu as mostrasse para o mundo inteiro.

Aqui estou eu, mas cadê ele do meu lado? É a pergunta de um milhão de reais, e a única que me interessa. A bola está na sua quadra agora, Caíque, chegou a sua vez.

Vai jogar ou vai embora?

Capítulo trinta e seis

"Eu te devorei por poucos dias, enquanto escondia a minha paixão por anos. Vê se não sou o cara mais burro do mundo?"
Amado | Vanessa da Mata

Verônica, segunda-feira, 08 de julho de 2024

Eu precisava de reforços. Meu coração estava em farelos, perdido, sem saber o que fazer. Quero dizer, sem saber o que esperar, afinal, minha parte eu fiz, pedi desculpas, mesmo que fosse indiretamente. Mas nada anula o fato de que ainda estou chateada com ele, nem que seja um pouco.

Por isso, convoquei os meus dois melhores amigos para contar em um almoço todas as novidades que aconteceram nesse final de semana, toda a palhaçada que Caíque fez na minha porta, a aposta, e tudo o que estou sentindo, ainda que esteja nebuloso.

— Acha que ele vai ler o artigo na revista amanhã? — pergunta Íris, comendo o baião de dois com a carne de sol.

— Uma parte de mim torce para que sim, quanto à outra...

— Ainda está levemente magoada, não querendo tocar no assunto? É, compreendo — Enzo responde por mim.

— Sim, que droga. — Dou uma mordida no queijo coalho depois de passar na farofa, e fecho os olhos suspirando. — Por que ele teve que fazer isso?

— Pelo mesmo motivo que você, crescer na carreira. Então, se for julgá-lo por isso, vai ser hipocrisia da sua parte.

— Íris tem razão, por pior que seja, os dois se usaram pelo bem próprio, e os dois aparentam estar arrependidos.

— Por que ele não foi me procurar? Somos vizinhos e não consegui encontrá-lo uma única vez. — Suspiro, encaixando o rosto na mão de amparo.

— Talvez pelo mesmo motivo que a senhorita não foi também, ou esqueceu que os dois são estupidamente orgulhosos?

— Ai, Enzo, assim você me machuca.

— Pois bem, alguém deveria abrir seus olhinhos. Até quando vai fingir que não gostou de estar com ele?

— Ou que sente falta dele? — Íris completa.

— Chega, viemos aqui pra comemorar a minha nova posição, não pra uma intervenção de sentimentos por causa de um homem.

As palavras saem da minha boca um pouco mais altas do que deveriam. E as pessoas que antes nem reparavam na gente passam a olhar.

Bufo alto, com os olhos fechados, tentando me concentrar.

— Sim, tô um pouco cansada de fingir que não o quero de volta, Enzo, mas eu já fiz a minha parte.

— Você disse na cara dele que sente falta do jeito que ele sorri? — pergunta Íris.

— Ou daquela voz de anjo que ficou por um triz de ganhar o Grammy Latino ano passado?

— Vou matar vocês dois!

— Não, gatinha, vai nos agradecer. Você tem apenas duas opções aqui: ou bate até cansar na porta do apartamento dele hoje, e libera teu coração, ou...

— Espera o artigo sair amanhã, e vê se o bonitão vai lutar por você antes de passar vergonha — Íris complementa Enzo sorrindo, e nosso melhor amigo arregala os olhos, parecendo brigar com ela mentalmente por tê-lo interrompido.

— Enfim, o que vai escolher? — pergunta ele, comendo o aipim frito com a linguiça.

Molho a garganta com o suco de laranja, me lembrando instantaneamente das singelas, mas importantíssimas coisas que vivi e aprendi ao lado dele nesses últimos dias, e cada átomo meu anseia desesperadamente para ter tudo de volta.

Porém, o "e se" é complicado, essa junção de palavras nos faz pensar até na pior probabilidade, como, por exemplo: E se ele ainda assim não me quiser no fim do jogo? E se ele estivesse apenas brincando comigo como o produtor disse, e Gilberto estivesse errado?

E se...

— Ok, tomei uma decisão.

— Que é? — os dois perguntam em uníssono.

Respiro fundo rapidamente e abro os olhos, sorrindo.

— Vou esperar o artigo sair!

Os ombros de Enzo caem, e sua boca faz um bico decepcionado. Íris estica a mão para o ar e bato nela, rindo baixinho, enfiando mais da carne de sol com o molho à campanha na boca.

— E fim da intervenção malsucedida — meu melhor amigo brinca com um sorriso no canto dos lábios, mexendo no prato quase vazio.

— Que nada, um sucesso, nossa Nica continua a mesma, apenas com o coração apaixonado.

— Cala a boca. — Jogo o guardanapo de pano laranja no seu rosto.

Íris mostra a língua, devolvendo o guardanapo, e dá um gole na sua cerveja. Ela suspira baixinho, garfando os últimos aipins do seu prato, e me encara.

— Superaprovo você esperar ele correr atrás, e assim, sei que a gente brinca falando o quanto você está apaixonada, mas...

— Mas?

Ela morde o lábio inferior, relaxando os ombros.

— Você está? Apaixonada, quero dizer.

Solto o garfo em cima do prato vazio e passo a olhar pra tudo, menos para os meus melhores amigos, porque eu mesma fiquei os últimos dias evitando admitir isso em voz alta. Deus me perdoe por pensar na possibilidade, e agora, eu daria qualquer coisa para saber se ele sente a mesma coisa.

— Olha, às vezes acho que sou apaixonada por ele desde que o vi na festa do primeiro *single*, demos aquele beijo surreal e conversamos como se estivéssemos em um perfeito filme de amor.

— Mas nem sempre os filmes de amor são reais na vida real, amiga.

— Sei disso, Enzo, só que acredito fielmente ter encontrado a minha comédia romântica favorita, e essa é a minha vida ao lado dele, que deixou tudo mais divertido de se experimentar.

— Realmente, você ficou mais engraçadinha.

Reviro os olhos, rindo baixinho para Íris, e encaro os anéis dourados nos meus dedos, mexendo lentamente em cada um, e o ar quente do Rio de Janeiro sopra meu pescoço. A voz de Caíque parece preencher o ambiente graças a um rádio, e sorrio, pensando como foi viver na paz de seus braços por algumas horas.

Ou como, mesmo que discreto, ele aparecia sempre quando eu mais precisava de ajuda, nos lugares mais inusitados desde que voltei pro Rio. Sem falar no dia em que ele ficou doente em casa sozinho, e por um pedido da sua mãe, cuidei dele mesmo resmungando durante a pandemia.

É, vivemos nessa disputa, como cão e gato, desde que pensei que ele havia me dispensado por não ter gostado de mim, quando, na verdade, era eu a pessoa com quem ele queria ter voltado pra casa.

Caíque pode dar trabalho com seu temperamento, suas fãs malucas e carreira de sucesso, mas cada coisa que o torna quem é me fascinou, não me fazendo perder a vontade de desejar muito mais. Eu gosto dele, apesar dos defeitos e advertências, resta saber se ele também sente o mesmo sobre mim.

Pego o copo cheio de suco de laranja e ergo ao ar com um sorriso largo. Porque, apesar de todos os erros e sem saber como o campeonato entre nós dois vai terminar, foi muito gostoso sair no empate deste jogo.

– Bem, um brinde aos recomeços e amores de cinema.
– Amém, irmã. – Enzo estica seu copo de suco de manga, brindando com o meu, assim como Íris, que brinda com sua cerveja.

Bebo o líquido gelado com a esperança de que, pela primeira vez, eu saia contente pelo resultado catastrófico, e empolgante, da minha vida.

Capítulo trinta e sete

"Estou te esperando no mesmo lugar que te vi pela primeira vez, e percebi que estava apaixonada. Me encontre lá se quiser continuar nosso experimento"

Você Não Me Ensinou a Te Esquecer | Caetano Veloso

Caíque, terça-feira, 09 de julho de 2024

— Não, você sabe que não tenho nem um pingo de orgulho do que fiz. Mas, se eu pudesse fazer cada coisinha de novo, apenas para tê-la por alguns segundos nos meus braços, eu faria. – Eu a encaro, não recebendo nenhuma resposta. – Assim, óbvio que algumas coisas eu faria diferente, talvez sugerisse um relacionamento falso desde o início que assim eu a conquistaria, e não a magoaria, o que acha?

Kula mexe o narizinho como se concordasse comigo, e fecha os olhinhos negros ao sentir meus dedos acariciando seu pequeno rosto. Sorrio ao observá-la se aninhar entre meus lençóis de cama, e ouço o barulho sereno da chuva, sentindo o cheiro da bendita vela de jasmim que Nica me deu.

— É muito bom conversar com você, parceira, pode-se considerar uma excelente ouvinte. — Brinco com suas orelhas, me jogando no travesseiro ao seu lado.

Viro o rosto para encarar a chuva descer pela minha janela, se transformando em mais uma coisa que me faz lembrar dela.

A manhã depois da festa foi um desastre. Acordei com a cabeça latejando, vendo tudo ainda meio torto graças à porra de uma ressaca miserável, e fedendo a jasmins.

Só tinha pequenos flashes do que rolou na madrugada. Gil me encarou rindo no domingo, contando todas as baboseiras que fiz, e disse, enquanto estava basicamente encharcado de rum, deitado no chão do corredor.

Rum, porra, eu estava bem fodido da cabeça pra beber essa merda.

Me senti como um completo lixo ouvindo a vergonha que passei, e fiquei basicamente o domingo inteiro andando de um lado ao outro na sala, esperando que Nica saísse de casa para me desculpar. Não apenas sobre o show da bebida, mas também pelo teatro que apresentei a ela na festa, com tamanha hipocrisia.

Estava quietinho no sofá, assistindo *Simplesmente Acontece*, com o rosto todo molhado das lágrimas depois que Alex e Rosie se despedem pela primeira vez, quando escutei o barulho da porta abrindo. Não perdi tempo pausando o filme, corri para vigiar os passos da minha vizinha de frente pelo olho mágico, e ela estava deslumbrante.

Juro, pensei que fosse ser difícil ainda a ver dessa forma, pensei que fosse querer explodir de raiva vendo seu rosto lindo de longe, e jurei a mim mesmo que não voltaria a dar o braço a torcer, porém... Verônica virou o olhar pra minha porta.

Tirei o olho rapidamente do visor e me escondi dela feito um adolescente com medo de conversar com quem gosta, nem parecendo um jovem adulto, que vai fazer 26 anos daqui a um mês. Ao constatar o óbvio de que ela não teria como me ver atrás da porta, voltei a observá-la.

Verônica estava parada em frente à minha porta, mordendo o lábio vermelho, cogitando se batia ou não. E parte de mim estava berrando para que ela batesse, tocasse a campainha, qualquer coisa, mostrando que me desejava tanto quanto eu a desejava. Até chegou a estender a mão num punho para bater, no mesmo instante em que estiquei a minha na maçaneta para abrir, mas então, ela desistiu.

Balançou a cabeça, ajeitando a bolsa em seu ombro, e saiu em direção ao elevador, me deixando plantado na minha própria porta à sua espera.

Fiquei puto, estressado de primeiro instante, pensando em por que ela tinha que ser tão orgulhosa. Era só me dizer o que eu precisava ouvir e tudo estava feito, perdoada. Mas eu também fui um babaca, eu também tinha que pedir desculpas, e não sei se merecia seu perdão.

Dois orgulhosos, que não sabem como conversar e pedir desculpas um ao outro, isso torna tudo mais difícil.

Já que Gilberto passou o dia na casa dos pais no domingo, não tive que me preocupar com a sua encheção de saco, mas não tive como evitar as mensagens de Sara.

De acordo com ela, se não tivesse casamentos e alguns eventos para fazer, com certeza teria pegado o primeiro Uber para me matar, e depois me batido por ter deixado uma garota como Verônica ir embora.

A *única* que verdadeiramente me conquistou.

Verônica não voltou domingo pra casa, e se o fez, provavelmente foi na hora em que cai no sono no piano, apenas acordando quando Gilberto voltou pra casa.

Não quis aparecer na gravadora na segunda-feira. Não queria olhar para a cara de Jorge sabendo o que fiz com a sua filha graças à matéria dela. Nem eu me orgulhava de tê-la feito chorar.

Por isso, passei o dia preso no estúdio privado em casa, arrancando folhas com letras inúteis do caderno e me estressando com as melodias que saem do piano. Mas cheguei no meu estopim quando a corda do violão arrebentou nos meus dedos, arrancando uns pedaços de pele, e não quis mais tocar porra nenhuma.

Aproveitava pra comer sempre que Gil não estava na cozinha, o que era bem complicado, já que ele passava a manhã gravando seus vídeos para as redes sociais, e depois ficava na sala assistindo alguma coisa. Estoquei algumas guloseimas no frigobar do estúdio, e parecia um fantasma que roubava comida durante a madrugada apenas para não ouvir mais um dos seus pedidos sobre conversar com Nica.

Até chegar hoje e ver que o Rio de Janeiro está combinando com a minha alma medíocre e sem coragem pra conversar com a mulher por quem estou apaixonado. Nublado e cheio de nuvens prontas para chorar.

Meu celular não para de explodir com notificações, sejam elas de marcações nas redes sociais, de edits criados sobre mim e Verônica, os quais, devo admitir, perdi horas vendo cada um, e chorando no processo. Sem falar nas especulações que o post da GF no sábado acabou criando, e se fortificando já que ninguém viu nós dois juntos desde a festa.

Um casal do momento que tinha tudo pra dar certo desfeito pelos seus próprios erros, essa é a manchete que eu pagaria pra ver.

Estou enrolado na cama, quase em posição fetal, tendo o mínimo calor de Kula para me aquecer, quando escuto Gilberto conversando com uma voz que conheço bem na sala.

– Cadê ele? – questiona Sara.

– Advinha, não sai de lá desde que voltou pra casa bêbado no domingo.

– Ah, pois agora esse cuzão vai sair!

Ouço os passos pesados de Sara vindo até o quarto, mas não penso em mexer um único músculo. Nem quando ela quase arrebenta a porta ao abrir, nem mesmo quando ela agarra meus tornozelos, os arrastando para fora da cama.

– Qual foi, porra? – reclamo, esfregando a lombar depois que caio. Ela me bate com uma revista enrolada em suas mãos, e me estende o bolo de papel. – Que isso?

– Leia...

Abro a revista e um frio passa pela minha espinha quando vejo qual é.

– Não, eu não quero. – Recebo mais um tapa na cabeça. – Ai, Sara, porra, deu pra ficar me fazendo de saco de pancada?

– E eu vou continuar até você me ouvir, percebendo a merda que está cometendo, leia!

– Tá bem, chata. – Abro a revista, respirando fundo, até demais, tanto que sinto meu peito travar ao chegar na página que ela marcou com um Post-it.

O nome que não escapa aos meus pensamentos e aos meus lábios está no topo, em destaque, logo abaixo do título que deixou de me assombrar no momento em que percebi não estar com a razão. Apesar do título, o texto traz uma abordagem um pouco diferente, mais única, e é a cara da garota que me ensinou tudo o que não queria aprender.

> "(...) O que encontrei por trás dos holofotes foi mais delicado, alguém genuíno, com uma alma iluminada, disposto a mostrar vulnerabilidade, defendendo com unhas e dentes quem ama. E a cada sorriso sincero, cada gesto simples, mas impactante, com olhares que apenas nós dois conseguimos entender, ele foi me desmontando como peças de LEGO, me ajudando a encaixar do jeito que queria."

Rio baixinho.
– Não acredito que el...
– Calado, continua lendo – pede Sara, e eu obedeço sem pestanejar, pois é exatamente isso que desejo fazer.

> "Não estou aqui para dizer que existe mais um pop star perfeito no mundo porque é mentira. Caíque está longe de ser um sem defeitos, e foi bom usar esses seus detalhes contra ele para brincar com o experimento. Mas no fim, nem ele, nem eu merecemos fingir estar brincando um com o outro quando o sentimento esteve sempre ali em cima da mesa, para que todos vissem, menos nós dois."

– Espera, ela está dizendo o que eu estou pensand...
– Shh, quieto e termine de ler logo, seu lento – pede Sara, ajeitando os cachos escuros num rabo de cavalo, e abaixo o olhar para a revista, continuando.

> "Descobri tarde demais que o amor cultivado em mim era muito mais forte do que qualquer orgulho. E apesar de querer mentir, dizendo que se eu pudesse voltar atrás não teria entrado nesse experimento, não posso fazer isso comigo mesma. Arrependimento é uma palavra que aprendi a tirar do meu vocabulário,

> *assim como erros, porque eles me levaram até ele, e jamais poderia escolher outro caminho que não me fizesse cair nos braços de Caíque. Posso ter descoberto como quebrar o coração de um pop star, mas despedacei o meu no fim do processo, tendo ainda esperança de que, como um vaso chinês, ele seja remontado pela pessoa que me ajudou a construí-lo."*

Fico imóvel no chão com as mãos cravadas nos papéis da revista, sentindo meu rosto molhado, e perco o resto dos sentidos ao ler a última frase, com ela me convocando para jogar novamente.

Sara se debruça, com o cenho franzido.

– Garoto, tu tá chorando? – pergunta, mas a ignoro, levantando às pressas do chão.

Passo pela porta do quarto e saio igual a um desesperado para a porta da frente. Bato, chamo, grito pelo seu nome, sem receber nada em troca. Verônica não está em casa, claro, só pode estar na revista.

Volto para casa e pego depressa o telefone no bolso para tentar ligar pra ela. Desligado, é óbvio. Aquela garota e a sua mania de deixar o celular descarregar quando está na rua.

– Porra, quem em pleno século XXI deixa a porra do celular desligado? Caralho, como essa mulher pode ser irritante. – Jogo o aparelho com raiva no sofá e vou correndo para o quarto.

Abro o closet, pegando a primeira blusa que encontro, e claro, tinha que ser uma rosa tricotada pra sentir a merda do gosto de chiclete na boca. Visto a calça jeans reta escura e calço os tênis brancos enquanto caminho até o quarto, quase caindo de cara no chão.

Gil e Sara entram no quarto e me encaram, confusos.

– Mano, o que houve? Pra onde você vai?

– Ora essa, pra onde acham? Vou atrás da minha garota.

Pego novamente a revista e saio até a entrada, agarrando minhas chaves para descer direto para o estacionamento. Ligo o carro e a rádio começa a tocar, para a grande ironia da situação, "It's The End Of The World as We Know It", de R.E.M.

Porra, me sinto como o Wagner Moura em *O Homem do Futuro*, dirigindo igual a um maluco para encontrar a mulher da sua vida.

Encontro o endereço que mandei para a floricultura e coloco no GPS, vendo a chuva apertar, me obrigando a diminuir a velocidade enquanto dirijo. Buzino para imbecis no trânsito, que não sabem como conduzir, e um alívio percorre meu corpo ao ver o prédio de Nica.

Graças aos céus tem um estacionamento gratuito logo no prédio, e entro sem pestanejar, procurando uma vaga até encontrar, depois de mostrar o meu cartão pro segurança me liberar. Saio às pressas do carro com a revista ainda presa na minha mão, e vasculho no celular o andar da revista.

Décimo andar.

O barulho do elevador indica que vai fechar, e coloco a mão quase a perdendo no processo para que eu pudesse entrar. O mundo que conheço parece ruir ao meu redor, e mesmo assim nunca me senti tão vivo. Tenho um único objetivo, e quero alcançá-lo ainda hoje para implorar pelo seu perdão.

A porta abre no andar e diminuo a velocidade ao notar os olhares que começam a pairar sobre mim. Inclusive, a menina parada na recepção quase tem uma síncope ao me ver indo na sua direção com um sorriso forçado.

– Oi, bom dia, pode me dizer onde a Ver...

– Ai meu Deus, você é o Caíque.

– Sim, eu mesmo, prometo te dar um autógrafo depois, mas primeiro, por favor, me diz onde fica a mesa da Verônica Bellini.

– Cla-claro, a mesa dela é por ali. Segue reto e vira à esquerda, tem uma plaquinha com o nome dela.

Agradeço com a cabeça e vou andando até onde me indicou. Vim com tanta pressa que nem tive tempo de me arrumar direito. Câmeras de celular são apontadas pra mim, e algumas pessoas se seguram para não vir me tietar conforme vou dando passos pesados atrás da mulher que procuro.

O sorriso no meu rosto se desfaz quando não vejo Nica na sua mesa e observo a bagunça instaurada, tão comum na sua vida. Post-its espalhados, anotações, três ramos das hortênsias que dei num pequeno vaso, e meu cartão preso com um adesivo de coração no monitor.

Merda, como sinto falta dela.

— Caíque? — Viro as costas para o som, encontrando Íris parada ao lado de um menino, analisando uma imagem no iPad. — O que faz aqui?

— Cadê a Verônica?

— E por que te contaria? Me dê um bom motivo. — Ela arqueia a sobrancelha, cruzando os braços.

Bufo, sem paciência.

— Preciso que ela saiba de algo, e não posso esperar mais sete anos pra confessar, agora pode, por favor, me dizer?

Ela perde a pose de fortona, relaxando o corpo.

— Bem, hoje é terça, então ela está em casa de home office. Mas acho que ela saiu pra visitar o prédio da Glow Up, e depois ia passar na gravadora pra conversar com o pai dela.

— Espera, ela aceitou o trabalho?

— Disse que seria melhor tentar do que nunca saber o resultado. Devo presumir que ela tirou isso de você, né?

— Sim, pode apostar. — Dou as costas para sair do lugar e ir pra gravadora, quando Íris me puxa pelo braço.

— Não a machuque de novo, Caíque.

— Nunca mais.

Sua mão solta meu braço devagar, permitindo-me escapar dos olhares curiosos que circundam a revista, e sigo meu caminho descendo as escadas de emergência com pressa. A ironia é que ela está no único lugar em que eu poderia perturbá-la a qualquer momento, me esperando, e mesmo assim não percebi ao ficar cego de orgulho.

Mas não hoje, acordei a tempo de poder estar com ela no futuro brigando sobre clássicos de futebol, qual filme assistir antes de dormir, que sinônimo encontrar pra um artigo, e qual batida se encaixa melhor com a letra. Não terei mais medo de enfrentar uma verdadeira e avassaladora paixão.

Fecho a porta do carro com as mãos tremendo e o ligo, pegando a chuva ainda mais apertada do que antes, perfeita para ir atrás dela.

Capítulo trinta e oito

"Ela é a terra que me sustenta, o mar que me atribula, e o ar que eu passei a respirar"
Último Romance | Los Hermanos

Verônica, terça-feira, 09 de julho de 2024

As pessoas dizem que quando você está apaixonado, o mundo à sua volta perde o sentido e faz seu coração se encaixar perfeitamente na mão do outro, sendo um abrigo nos dias de chuva, mudando seu destino completamente. Mas, para dizer a verdade, não é tão bem assim que vejo.

Para mim, sortudo é quem sabe o que é mesmo amar alguém. O amor pode ter, ou não, sentido, não precisando se encaixar na mão de ninguém se não for necessário. É um abrigo na chuva, é como um livro que você jamais quer deixar de ler, é seu conforto, e sim, vem pra mudar todo o seu destino.

Ele vem como um sopro, é muito raro você descobrir o momento exato em que se apaixonou por alguém, e admitir isso é pior ainda. É a sensação de respirar fundo milhares de vezes, e nunca encontrar ar o suficiente pra dizer a verdade.

Eu encontrei a minha verdade através das palavras num texto, e as joguei para que a pessoa pela qual me apaixonei me visse, mas ainda não tinha coragem o suficiente para encará-lo.

Só nestas duas semanas eu vivi tanto clichê que nem sei como descrever em palavras. Achava bobo aqueles protagonistas que conseguem se apaixonar em tão pouco tempo por alguém, e aqui estou eu, triste por não estar com o sossego em formato de pessoa que encontrei.

Sem falar na forma rápida que eles sempre encontravam para desculpar o que o outro fez. Achava nada crível com a realidade até estar na mesma situação, perdoando de corpo e alma alguém tão errado quanto eu.

Era para eu estar feliz, finalmente estava livre das cordas que me amarrei, vivendo um relacionamento ainda melhor com a minha família e com um trabalho novo que foi tão desejado por mim.

Mas meu coração está trocando as estações igual a um rádio sem controle, transformando meus pensamentos em músicas, letras, páginas escritas de um diário, não pulando nenhuma que seja sobre ele e seus lindos olhos verdes.

Respiro fundo e entro na cabine com isolamento de som da gravadora, pensando em todos os segredos que compartilhamos a sós e em ambientes lotados nos vigiando. Me abraço rindo ao pensar que, se ele voltasse pedindo para sermos amigos, eu com certeza jogaria a torta de limão que fez na sua cara.

Pois eu não o quero como melhor amigo, quero bem mais do que isso, deveríamos ser bem mais do que isso. É óbvio como ele é importante, e que raiva de mim mesma porque não consigo ficar puta ou estressada com ele até quando merece.

Por isso, neste silêncio, repasso na mente a palavra que mais amo ouvir sair de seus lábios, o meu nome, e em como tudo simplesmente parava ao meu redor para que ele fosse o foco da minha visão. A estrela mais popular do meu coração, que conquistou o que tanto almejava.

Não consigo colocar em palavras as coisas que eu faria apenas para ouvi-lo sussurrar o meu nome mais uma vez, e ter a mesma sensação gostosa pairando no meu corpo.

– Verônica...

Ok, cérebro, dessa vez foi real demais.

– Verônica.

Tá, acho que dessa vez não foi o meu cérebro imaginando.

Viro o corpo para a janela e suspiro, engolindo em seco, vendo Caíque exasperado atrás dela. Seu peito sobe e desce com velocidade, e sua boca vai formando um sorriso lindo, percebendo que estou bem ali na sua frente, a uma porta de distância.

Ele tira o dedo do botão que usou para falar e, se afastando da mesa de controle, segue andando devagar até a porta.

– Oiê – diz, parado, sem saber como agir perto de mim.

– Olá. – Levo a mão à boca, rindo baixinho, notando o que carrega em suas mãos. – Pelo visto, você leu a peça.

– Sim.

– Gostou?

– Eu amei. – Ele se aproxima, apressado, ansioso para me tocar, apertando o punho cerrado para se segurar e não se queimar. – Amei cada palavra.

Dou um passo curto, ficando mais perto de seu corpo.

– Como sabia onde eu estava?

– Bem, depois de ler seu artigo, coloquei a primeira roupa do armário, entrei no carro e enfrentei a chuva atrás de você. – Suspira. – Ou seja, fui parar na sua revista. Você não estava, esbarrei com Íris, que me contou, e vim pra cá tentar a sorte. Encontrei seu pai que, por sinal, me abraçou todo contente, e sem precisar perguntar, me apontou sua direção.

– E aqui está você...

– E aqui estou eu. – Caíque dá mais um passo, e agora a única coisa que nos separa é um fio de oxigênio. Ele estende a revista enrolada na sua mão ao ar, com os olhos angustiados.

– Tudo o que está escrito aqui é verdade?

– Caíque, por favor, vamos parar com o cão e o gato.

– É verdade, ou apenas está tentando vender revistas com uma notícia quentinha sobre nós dois? – pergunta de novo com a expressão mais séria, preocupado de que eu diga algo diferente do que deseja ouvir.

Puxo o nariz, segurando o choro.

– Cada palavra...

– Então, por que está fugindo de mim?

– Eu não estou fugindo de voc...

– Mentira...

Pressiono os olhos, colocando a mão na cintura.

– O que disse?

– Você me ouviu, eu falei mentira, Verônica.

Agora, mais do que nunca, ele está perto demais. Inclino o rosto levemente para cima quando seu dedo toca meu queixo, obrigando-me a encará-lo.

– Você está me desafiando? – questiono, rindo por entre as lágrimas.

Ele passa o dedo pelos meus lábios, prendendo meu rosto em sua mão grande e gelada.

– Ah, vamos lá, ter alguém que te desafie constantemente não é de todo ruim, e eu nasci pra isso.

– Não vai me esquecer de novo, ou fingir que não sentiu nada só porque sou a filha do seu chefe?

– Eu jamais poderia esquecer você, Nica, nunca. Você... você se grudou na minha mente como uma tatuagem que, crê em mim, não foi fácil de remover. Na verdade, acho que nunca removi – murmura. – A única solução que encontrei no dia que descobri sobre o seu sobrenome era deixar morrer qualquer coisa que pudesse estar nascendo em mim. Mas, porra, anos depois, você tinha que insistir, tinha que ficar esfregando na minha cara o quanto eu te quero por causa de um artigo. Dificultando pra caralho não deixar o sentimento renascer como a mais linda flor, e estragar meu coração que não procura por mais ninguém a não ser você.

Ele joga a revista no chão, encaixando sua mão livre na minha cintura, e pressiona meu corpo contra o seu. Eu me deixo levar por todo o sentimento que mantive guardado a sete chaves por tanto tempo, enquanto Caíque encosta sua testa na minha. Seus dedos apertam firmemente minha bochecha, acariciando minha pele como o mais delicioso hidratante, e murmura com os lábios rentes aos meus.

— Não importa onde você for, Verônica, eu vou atrás, já era, não vai se ver livre de mim nem tão cedo.

— E quem disse que quero me livrar?

— Eu torço para que nunca, ainda quero brigar por futebol, te encher de croquetes de frango, te perturbar até você rir, e arrumar sua bagunça quando estiver muito cansada pra fazer isso.

— Está me prometendo muita coisa, é tentador demais.

— E eu vou cumprir cada uma.

Suspiro, mordendo o lábio, rindo.

— Deveríamos estar brigando, e não prestes a nos beijar como se tudo tivesse sido perdoado.

— Eu te perdoei no instante que me deixou sozinho naquela festa. Resta saber se você me perdoou.

— Você não sabe a tamanha dificuldade que vai ser pra mim admitir e ser vulnerável, de tão orgulhosa que sou, mas... – sua mão aperta mais as costas do meu pescoço, e sinto o gosto salgado das lágrimas caindo pelos meus lábios ao sorrir, tocando seu rosto molhado. – No instante em que comi sua estúpida torta de limão naquela noite, não havia outro jeito: eu era sua, e de mais ninguém.

Ele me envolve num abraço todo contente, e me encara.

— Ótimo, sabia que o truque da sobremesa ia dar certo. – Abro bem os lábios e ele ri pela bobeira. – Agora, por tudo o que é mais sagrado nesta Terra, eu posso te beijar?

Balanço a cabeça, concordando com um sorriso gigante que nasce em minha boca sem medo. Seus olhos encontram os meus com intensidade antes de se fecharem, parando o tempo ao meu redor com seus lábios adocicados grudados nos meus.

Escondido no toque suave está o desejo reprimido de nós dois por ficarmos apenas alguns dias com saudade um do outro. Seus dedos deslizam pelo meu rosto, sentindo as lágrimas que escaparam dos meus olhos, traçando uma fina linha do meu maxilar até minha nuca, me prendendo firme em sua mão.

Seus beijos são urgentes, necessitados, liberando toda sua vontade contida por anos, não precisando testar as águas, pois já eram mais do que conhecidas.

Ele vai me movendo lentamente, sabendo que possui todo o tempo do mundo para tocar no que antes pensava poder apenas em sua imaginação. E então, Caíque me pega pela coxa, me sentando na caixa de som, fazendo um completo estardalhaço com os pratos da bateria.

Paramos o beijo arfando, recuperando o ar que deixamos escapar quando não queríamos nos desgrudar. E encaro seus olhos da mais bela mistura, finalmente encontrando o tom certo, me apaixonando um pouco mais por inúmeros detalhes particulares que estou ansiosa para desvendar.

Quando ele passa o dedo firme pela minha bochecha, uma crise de riso o invade primeiro, me acometendo em seguida. A doideira que tínhamos feito, a bagunça que vamos precisar arrumar no final, tudo valeu a pena porque agora ultrapassamos a linha que tanto tínhamos dificuldade. Não querendo nunca mais olhar para trás por nenhum plano que joguem em nossos ombros.

– Deus, nem parece que somos dois jovens adultos – diz, rindo feito um doido.

– Olha o que você fez comigo...

– Não, olha o que você fez. Sei que pode parecer meio bobo, mas me apaixonar por você não arruinou a minha vida. Na verdade, a iluminou, melhorando-a de uma forma que não vou culpar ninguém pelo estrago, apenas agradecer. – Caíque encosta sua testa na minha, dando pequenos beijos no meu rosto enquanto sorrio feito uma boba.

– Eu andei distraída por muito tempo, e posso te dizer que, apesar de ter ajeitado muita coisa, ainda estou confusa, mas de um jeito totalmente diferente. Por isso, obrigada...

– Não, Verônica, quem deve agradecer sou eu.

– E por que deveria?

– Por permitir que eu me apaixonasse por você, ligando o foda-se se todos quiserem assistir. Eu sou hoje o cara mais sortudo do Brasil inteiro, e tudo graças a você, a garota que quebrou o meu coração apenas para refazer.

Ele suspira, e pela primeira vez percebo o momento em que me apaixonei por aqueles olhos. Há sete anos, quando um garoto um ano mais velho que eu veio me xavecar numa festa, sem saber de quem eu era filha.

Não restam dúvidas em nossos olhares de que somos um do outro, pertencentes, encontrando um lar que existiu no momento em que entramos na "fachada" da conquista. Um vínculo quente, chamativo, desejado e que nem com a maior pedra poderia ser quebrado.

Quero fugir para dentro de sua alma e nunca mais ser encontrada, para onde só eu o veja, e ele só veja a mim. Presos num álbum de amor infinito, sem músicas feitas para serem puladas. Um álbum pop com músicas agitadas e um filme de comédia romântica que não precisou revolucionar o mundo para ser perfeito, apenas nós dois.

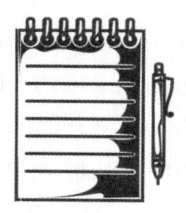

Epílogo

"Ninguém jamais me teve como ele, e como quem não aceita perder, sabendo exatamente o que queria, Caíque foi lá e conquistou. Ele me conquistou"

Pra Você Guardei O Amor | Nando Reis feat. Ana Cañas

Caíque, quinta-feira, 17 de outubro de 2024

(+18) Sexo explícito

Tem dias em que a chuva é insignificante, que o calor é de alguma forma agradável, e tem aqueles em que o vento nos irrita e as flores ficam feias. Mas mesmo nos piores ou mais belos deles, passá-los ao lado de Verônica são de certa forma únicos à sua maneira.

Adoro quando tiramos a tarde para ela me ensinar a andar de patins pela orla da Lagoa, todo disfarçado para que ninguém veja, sendo quase impossível às vezes, e aparecendo na GF caindo de bunda no chão. Ou quando ela me trancou no estúdio e disse que eu só ia sair de lá com a última música do álbum pronta.

E claro, não posso esquecer do dia em que fomos pra Cabo Frio neste último feriadão, e montamos castelos de areia com a Mafê e Heitor, até o sol ir embora abraçando-a de frente ao mar.

Resumindo, cada segundo passado ao lado dela se torna especial, porém, nenhum deles é tão gostoso quanto acordar e vê-la bem aqui do meu lado. Verônica dormindo é um desastre completo, puxa o cobertor me deixando sem nada, e se enrosca no meu pescoço para dormir me cheirando, fingindo querer se soltar da chave de perna que dou nela igual agora.

Acordei antes como sempre, e aproveitei que Gil ainda estava dormindo para preparar um café da manhã simples. Arrumei tudo numa bandeja e coloquei uma das flores que Gil trouxe da feira ontem num copinho para enfeitar.

Entro no quarto e coloco a bandeja no chão, sentando no pequeno espaço da cama que ela me deixa. Rio baixinho, deslizando meus dedos pelo seu rosto, enrolando-os nos fios loiros, acordando-a devagar com beijos delicados.

– Bom dia pra você também – murmura, enrolando os braços no meu pescoço.

– Fiz café da manhã. – Indico a bandeja no chão com a cabeça, e ela vira para o lado sorrindo.

– Obrigada, querido, mas pensei que fossemos tomar café da manhã na casa da sua mãe antes do jogo.

– Veja só, agora um homem não pode ser mais romântico com a mulher que ama. – Beijo seus lábios suavemente, e molhando sua boca com a minha, pego em seus braços, os erguendo para o ar. – Acho que mereço pelo menos um agradecimento.

– Hum-hum, obrigada? – arfa ela, risonha, se arrepiando conforme vou descendo os beijos do seu rosto pro seu pescoço, até parar no colo de seus seios. – Ok, tô entendendo o que você quer na verdade, garotão, mas não temos temp...

Seguro seus pulsos com uma mão, colocando um dedo no meio dos seus lábios, e Verônica me encara sem nenhum choque em seus lindos olhos castanhos. Pelo contrário, é como se eles implorassem para que eu a provocasse, tomando-a pra mim do jeito que tanto gosta.

— Quietinha, temos todo o tempo do mundo, você sabe que só preciso de alguns minutos com você pra te deixar feliz o resto do dia.

Desço o dedo antes parado em seus lábios, escorregando pelo seu corpo, e entro pelo short verde-escuro de seda. Sua boca abre, soltando um gemido baixo no segundo em que meu dedo toca em seu clitóris, e solto uma risada fraca.

— Se quiser que eu pare, é só dizer, sabe que obedeço a qualquer uma das suas ordens.

— Nem ouse sair daí – rosna, e ergue a cabeça para tentar me beijar, mas me esquivo, provocando sua parte mais sensível. – Aí você tá apelando.

Puxo a fina alça de sua camisa para baixo com os dentes, e seu peito escapa com o mamilo endurecido, deixando minha boca salivando. Deslizo a língua pelo bico, chupando com mais vontade a cada gemido que ela dá. Sinto sua boceta pulsando entre meus dedos, e me urge a vontade de parar de chupá-la só para ver seu rosto.

Magnífica, Verônica me tem diariamente na palma da sua mão delicada, mas na cama, ela sabe me deixar comandar de vez em quando, e é nela que meus segredos se salvam. É nela que fico chapado até depois do dia amanhecer.

Suas costas arqueiam, reagindo aos movimentos que faço em seu clitóris, e ela morde o lábio para não gemer mais alto. Mordisco o lóbulo da sua orelha e volto a encará-la, sentindo seu gozo querer vir entre meus dedos.

— Olha pra mim, Verônica, olha nos meus olhos e diz o que você quer.

— Eu quero que você me foda, Caíque, agora – suplica entre os suspiros.

— Não vai gozar pra mim antes?

— Caíque – resmunga, abrindo mais as pernas, e como um bom servo, a obedeço.

Troco a mão, ainda prendendo seus braços no ar, e com dificuldade tiro a calça. Meu pau pula pra fora e estico o braço para abrir a gaveta, pegando uma camisinha. Seu rosto enrubesce, soltando uma risada depravada quando vou traçando um caminho molhado pelo seu corpo, parando bem na sua boceta completamente encharcada.

Um sorriso lindo e um jeitinho encantador, que até hoje pira a porra da minha cabeça. Verônica é isso e muito mais pra mim. Agarro suas bochechas com força, e ela faz um biquinho contra vontade quando mordo seu lábio, fazendo-a revirar os olhos.

— Você é minha, e nenhuma vai me deixar tão obcecado, estamos entendidos, princesa?

Ela concorda, pressionando os olhos, e sei o que aquilo significa, um pedido para acabar com sua tortura.

Esfrego mais um pouco a extensão do meu pau entre seus lábios inferiores e beijo seu pescoço, apertando seu peito com a mão livre, prendendo o mamilo duro entre meus dedos. Verônica morde meu pescoço, abafando o gemido alto, e deslizo o pau pela sua boceta, entrando com facilidade.

— Caíque...

Se Verônica é a minha oitava maravilha, sua voz enquanto geme meu nome é a nona. Beijo sua boca, completamente descontrolado, e ela suga meu lábio, dando uma risada animalesca.

Me desmancho de prazer quando sinto todo meu pau dentro dela, e solto seu braço porque não consigo segurar a vontade de tocá-la em todas as partes do seu corpo. Apertando, massageando, pressionando-a contra mim, enquanto ela arranha minhas costas com suas unhas pretas afiadas.

Desacelerando o movimento apenas para dar uma estocada bruta, ouvindo seu gemido ecoar pelo meu quarto. Seus peitos quicam conforme ela rebola com mais vontade embaixo de mim, e enlouqueço tentando enfiar seu peito inteiro na minha boca.

Verônica trava suas pernas nos meus quadris, pulsando todo seu gozo, arfando baixinho conforme seu lábio roça minha orelha. Ela gargalha ofegante, atrelando seus dedos nos meus cachos, afundando o rosto no meu pescoço enquanto chupo seu peito a um fio de explodir.

Entro num ritmo mais rápido, e então todo o tesão que estava sentindo se transforma em jatadas inexplicáveis. Sinto cada uma das pontadas no meu corpo se contorcendo em cima dela, com seu peito ainda em minha boca, e caio sem força no espaço entre seu pescoço e seu colo, suspirando.

A encaro sorrindo fraco, e com um pingo de energia no corpo, a mordo na clavícula, murmurando:

— Pronto, tomei meu café.

— Caíque! — Ela ri, levando a mão à testa.

— Qual foi, você também tá bem servida. — Ergo o rosto para observá-la mais uma vez, e dou uma piscadinha rindo.

— Ok, garotão, foi ótimo, nota... 8?

— Putz, dessa vez pra passar eu tinha que ter tirado no mínimo 9.

— Essa vai ser nossa brincadeirinha agora?

— Talvez, se você me permitir ser *seu* pra sempre...

Ela olha pra baixo, me observando sorrindo, e morde o lábio com força, me apertando contra si.

— Vamos tomar banho e ir pra casa da sua mãe, por favor — pede, saindo debaixo de mim, caminhando com seu conjuntinho todo embolado até o banheiro.

— Se eu for com você, não saio sem round dois.

— Não fode, Caíque, vem logo, vai lavar meu cabelo hoje só pelo abuso!

Bufo rindo, e vou atrás igual a Kula quando me vê com seu pote de ração, ou frutas vermelhas congeladas. Tiro a camisinha usada, jogando-a no lixo ao lado do vaso antes de entrar no box, e pego o novo frasco do shampoo favorito da minha namorada.

Namorada, nossa, nem acredito que estou dizendo isso.

Verônica cumpriu o que disse na cama, sem round dois, apenas um simples e gostoso banho quente, comigo lavando seus cabelos sedosos do jeitinho que ela mais gosta. Seus fios dourados deslizam pelos meus dedos, e o cheiro de limão vai preenchendo o ambiente enquanto massageio seu couro cabeludo com delicadeza. Logo depois de se enxaguar, ela sai primeiro do box, desfilando em direção ao closet, com o corpo semi-molhado após se secar.

Apesar de não precisar, já que seu apartamento é o da frente, deixei um espaço no closet para que ela colocasse roupas, maquiagens, joias, tudo o que precisasse para não pular de um lugar ao outro de toalha, ou usando minhas roupas. Até comprei seu perfume da Gucci de jasmim exclusivo para minha casa, que espirro no quarto como se fosse aqueles home sprays sempre que ela não está.

Ela escolhe a blusa rubro-negra retrô do Zico, e veste um shortinho branco, colocando um sapatinho vermelho da Miu Miu. Se antes eu já era vaidoso, com Verônica me tornei uma máquina de looks e marcas caras, aprendendo a identificar algumas de relance até quando fosse impossível não notar a diferença.

Como hoje é dia de FlaFlu, e vamos todos juntos em família para o Maracanã, escolho minha clássica tricolor, com o escudo de campeão da Libertadores de 2023 no meio, e visto uma bermuda verde-escura que ela decidiu pra mim.

Verônica pega a bandeja que preparei ainda cheia e vai até a cozinha petiscando o que há nela, dando bom dia para Gilberto, que ri mordendo seu pão francês com mortadela sentado na ilha.

— Bom dia, mano, dormiu bem? — pergunto, sentando no balcão para beber o copo de limonada que ele separou num dos copos ao nos ver chegar.

— Se com dormir bem você quer dizer ficar até tarde da noite pensando num menu para ajudar a Sara, então sim.

— Putz, vai mesmo ser o novo chefe de cozinha dela? — questiona Verônica de costas enquanto passa uma água na louça antes de despejar na máquina.

Ele dá de ombros, suspirando.

— Uma parte dentro de mim não quer, poxa, não fiz faculdade de culinária pra ficar sendo chefe de festa de rico.

— Não, mas fez para poder alimentar seu melhor amigo e a namorada dele. — Os dois me encaram, e Gil me mostra o dedo, rindo debochado. — Na moral, mano, ela começou a carreira solo nos casamentos agora, ter você, um cara renomado, famoso no TikTok, pode ajudar ela a ter mais clientes. Depois, caso queira, diz a ela que não pode mais, tenho certeza de que Sara não vai ficar chateada.

— Tem certeza de que estamos falando da mesma melhor amiga que conhecemos desde crianças? — Ele me encara por entre o copo de suco.

— Ok, mas ela vai ficar de boa, vê só, nem vai ligar com tantos clientes que vai tá atendendo. Inclusive, tenho que falar com ela sobre o meu futuro casamento – brinco, e Verônica me dá um tapinha na cabeça, rindo.

— Tá brincando, né? – questiona Gil, limpando a bancada depois de comer.

— Claro que tô... ou será que não? – Levanto do banco rindo, indo pegar a carteira, e dou um tapinha na bunda de Nica.

— Caíque!

— Você nem vai saber o dia, vou te sequestrar, e vai ser obrigada a dizer sim.

— Que perigo. – Ela sorri, me jogando as chaves do carro.

— Só para finalizar o assunto da Sara, ela vai encontrar a gente lá em casa? – pergunto.

— Hum-hum, me avisou ontem que não ia precisar buscar ela. Aparentemente dormiu no apartamento da Íris e do Enzo, que, por sinal, já estão me perguntando se são obrigados a ir ao jogo – responde Verônica, pegando sua bolsa preta da Coach que dei de presente na semana passada.

— Não precisa, eles podem ficar comigo, e a Sara na casa da dona Francisca, esperando vocês voltarem para a parte dois do churrasco – comenta Gil, checando os bolsos para ver se não esqueceu de nada.

— Então partiu, cadê minha filha? Kula? – Balanço o potinho com suas guloseimas, e a bichinha vem igual a um jato nos meus pés. – Até mais tarde, pequena, cuida bem da casa, hein.

Ela responde mexendo o nariz graciosamente, e a pouso no chão, dando um dos corações de dente-de-leão de que tanto gosta.

— Vamos? – Verônica estende a mão para que eu a agarre, e a puxo para fora de casa, com Gilberto vindo logo em seguida, fechando a porta atrás de si.

Descemos até a garagem pelo elevador, largando sua mão macia apenas quando nos separamos para entrar no carro, com Verônica saindo correndo na minha frente para o banco do motorista.

— Eu dirijo!

— E eu sou o DJ! – grita Gilberto, batendo a mão na dela estendida.

— Que ótimo, sou a princesa da rodada. – Entro sem resmungar, rindo do sorriso aberto de Verônica, colocando o cinto antes de ligar o carro.

— Gilberto, já sabe o que gosto, mas coloca aquela braba para começar o dia, e sem sertanejo, pelo amor de Deus – pede, ajeitando o visor e o banco antes de sair pelo portão.

— Às suas ordens, primeira-dama.

Ele desbloqueia seu celular, conectando o aparelho no bluetooth do carro, enquanto vou abaixando o vidro para pegar o sol que resplandece o Rio de Janeiro nesta primavera quente.

Uma melodia suave de guitarra vai se iniciando pelos alto-falantes, aumentando de pouco em pouco a sua potência, e passo a reconhecer exatamente qual a música que ela pediu.

I feel so high school every time I look at you...[17]

Ela canta a música, apontando para mim com o sorriso mais genuíno que alguém poderia merecer, e sorri, saindo da garagem do prédio como se todos os dias fossem tão ensolarados e vibrantes como o de hoje começou.

Conforme minha garota vai andando pelas ruas do Rio de Janeiro com o céu brilhante e o calor insuportável da primavera de outubro, eu posso considerar um milagre tudo o que Deus criou pensando nela. Mas o melhor de todos foi que ele criou a minha vida, entregando de mão beijada para essa garota, e nunca fui *tão* feliz como sou hoje.

Sou grato apenas a um erro que me levou até ela, o nosso erro em querer ser mais do que podemos ser, pronto para qualquer cena pós-crédito com final feliz que o futuro possa me reservar ao seu lado.

---
17 Tradução livre: Eu me sinto tão adolescente toda vez que olho para você...

Capítulo extra

"No dia em que a pedi em casamento, passei semanas ansioso, chorando, achando que ela fosse me dizer não, mesmo ela dizendo todos os dias que me amava, esbanjando o meu sorriso favorito sempre que a perturbava"

Alianças | Tribalistas

Verônica, sábado, 27 de junho de 2026

Último dia, nem poderia acreditar.

Entre artigos, entrevistas, músicas e mais músicas ouvidas, produções desfeitas, e premiações, finalmente entramos no fim da era ultrarromântica de Caíque como cantor. Aquilo que começou como um álbum sem sentido se transformou em um dos seus maiores orgulhos, o colocando novamente no lugar que merece, o topo.

A turnê CONTOS que começou no ano passado, no Rio de Janeiro, teve muitos altos e baixos. E quem diria que um show de quase três horas, repleto de efeitos pirotécnicos, cenários que remetem a contos de fadas, e um pop star que se transformava ao longo da noite com seus personagens, e fantasias diferentes, fosse fazer tanto sucesso.

Caíque conseguiu esgotar cada um de seus shows, e lotar pela primeira vez um estádio em plena São Paulo não uma, mas três vezes. E pra coroar essa sua era de surpresas, Caíque ainda trouxe pra casa, num discurso emocionante, o Grammy de Melhor Álbum de Pop Latino em março deste ano. Uma surpresa bem-vinda para ele que batalhou tanto para que essa sua era fosse uma das maiores da sua carreira.

A quantidade de lágrimas que caiu do meu rosto naquele dia só não foi maior do que a do chorão do meu namorado, ou melhor dizendo...

– Que anel enorme! – Kika, uma das cantoras da gravadora do meu pai, pega em minha mão esquerda, analisando com os olhos arregalados o anel de diamantes em meu dedo anelar.

– Caíque tirou onda, não sabia que ele era capaz de tamanho romantismo.

– Você realmente conhece o seu melhor amigo, Gilberto? – Ergo uma das minhas sobrancelhas, o questionando.

– Talvez não, ele tá tão babão que me dá medo.

– Como se você não fosse assim também, está só esperando a garota certa aparecer.

– Isso foi um convite, dona Kika? – diz Gil, a cutucando no ombro suado após o seu show de abertura.

A garota para de observar o anel no meu dedo, soltando a minha mão lentamente, e pressionando os olhos, ela gargalha na cara de Gilberto, que deixa escapar um sorrisinho no canto dos lábios, curtindo tirar onda com a cara dela.

– Como sei que está brincando, não vou te dar um peteleco na orelha como bem merece. – Ela bufa, tirando um dos fios escuros e longos de seu cabelo do rosto. – Graças a Deus essa turnê tá acabando, e não vou mais precisar ouvir essa sua voz chata me perturbando pra tomar o suco verde depois do show.

– Ninguém mandou você ouvir os conselhos do Caíque e contratar o Gil pra ser seu chef particular, te disse que seria furada – digo rindo, e me levanto da cadeira para sair de seu camarim. Admiro o relógio vibrando no meu pulso, anunciando o alarme que coloquei. – Gil, tá na hora, Caíque entra daqui a dez minutos.

– Vão indo na frente, encontro vocês daqui a pouco. Quero tomar um banho, e tirar essa inhaca pós-show.

Gil ergue dois dedos rente aos olhos e os vira para ela, provocando-a, enquanto Kika bebe o suco verde e lhe mostra o dedo do meio. Dou um beijo na cabeça da garota que aprendi a amar nestes últimos meses como uma irmã mais nova, e saio pela porta de seu pequeno camarim, seguida por Gilberto.

Vamos caminhando pelos corredores de paredes brancas com verde, e quadros enormes de cada cantor importante ou famoso que já tocou no Allianz Parque, ouvindo o som abafado de todo o furacão de pessoas que está nas arquibancadas, cadeiras ou pista, ansiosos pela chegada de Caíque no palco. Alguns integrantes do staff passam correndo por nós, atrapalhados, ou necessitando ir até um lado desesperados, e falamos com cada um, mesmo que estejam com a maior pressa do mundo.

Roubo um mini-hambúrguer que estava indo na bandeja para os executivos, e Gilberto me encara rindo.

– Que foi? Ando com muita fome ultimamente. – Dou de ombros.

– Isso não tá me cheirando bem. – Ri mais uma vez.

Mostro a língua pra ele, e enfio a comida toda na boca de tão minúscula que era.

– Argh, depois que falarmos com Caíque, pode fazer pra mim alguns croquetes na cozinha?

– Prometo fazer quando chegarmos no hotel, aqui no estádio vai ser praticamente impossível.

– Ah, vai, por favorzinho, minha boca chega a salivar com aquele recheio de calabresa que fez na última vez. – O balanço de um lado ao outro pidona, e ele ri. – Estava melhor do que o da Casa do Alemão.

– Verônica, não vai me dizer que está com desejo?

– Pode-se dizer que sim. – Involuntariamente, faço um biquinho, franzindo o cenho cogitando a possibilidade. – É, com certeza estou.

Gilberto arregala os olhos, e para no lugar, me puxando pelo braço devagar.

— Espera, você tá...

— Tô o que?

— Você sabe... — Ele arregala ainda mais aqueles olhos finos e castanhos-escuros, fazendo um movimento circular na barriga com a mão livre.

E agora foi a minha vez de abrir a boca, me soltando rapidamente de sua mão no susto.

— Tá de sacanagem, não é? Isso é impossível!

— Hum, será mesmo? Você e o Caíque estão praticamente morando juntos, daqui a pouco me expulsam do apartamento.

Minha respiração triplica a rapidez, e minhas narinas se abrem e fecham mais velozes do que qualquer corredora olímpica. De repente meu corpo fica quente, e o espaço apertado.

Porra, isso não pode estar acontecendo.

Gilberto percebe a minha falta de ar momentânea e me segura pelos cotovelos antes que eu ousasse desmaiar de ansiedade, sem mesmo saber que ele poderia estar certo. Mas é foda não ouvir suas palavras de sabedoria, quando o mesmo afirmava pra Deus e o mundo o quanto Caíque e eu já estavamos apaixonados, enquanto nos enganávamos em segredo.

Ele sabia antes mesmo da gente, e se ele também estiver certo quanto a possibilidade de eu estar...

— Nica, você tá bem?

— Sim, é só que... — Começo a pensar se isso é uma probabilidade, analiso as datas na mente, às vezes eu posso ter errado alguma conta. — Droga, eu não posso estar...

— Grávida? Bom, isso só você e Caíque que podem saber.

Ele está certo, mas quando...

Merda, o dia do noivado.

O bendito dia em que Caíque se ajoelhou na minha frente, chorando feito um bebê, pedindo a minha mão em casamento. Não me aguento com homem obcecado, e Caíque é o maior deles. Mas porque com tanta gente tentando ter filhos há anos, a gente vai conseguir na primeira vez que fazemos sem proteção? Se for algum tipo de karma é sacanagem.

O ar volta lentamente aos meus pulmões como uma salgada brisa da praia, e Gilberto vai me soltando, com um sorrisinho besta no rosto. Minha mente está num nevoeiro em pleno oceano turbulento, e um único farol lavanda ilumina o caminho como se chorasse pelo meu nome. Seria tão ruim começar uma família agora? Apenas eu, ele, e nosso... flamenguista?

Nem passa pela minha cabeça Caíque não querer, ele é com certeza o ser mais babão de todo o universo com qualquer coisa que eu faça, e até nos meus piores dias cuida de mim como ninguém jamais o fez.

Espera aí, tô me precipitando demais, o noivado foi há uma semana.

– Parando pra pensar, essa sua... afirmação é praticamente impossível, e de qualquer forma, muito cedo para ter qualquer tipo de...

– Sintomas? Ok, pode até ser, mas se eu fosse você fazia um teste daqui a um tempo por precaução.

– Jesus, Gilberto, você tá pior do que Íris.

– Claro, isso que dá andar com ela e vocês o tempo inteiro. Além do mais, tenho mais possibilidade de ser tio por agora com vocês dois do que com Raul, e não vou negar que quero muito ter uma pequenina adição ao nosso núcleo. – Voltamos a andar em direção ao nosso destino, e ele coça a cabeça, se questionando. – Na verdade, é mais fácil com Raul mesmo, ele é um piranha guitarrista.

– Espera seu irmão ouvir isso.

– Nada que eu, Caíque, ou Sérgio já não tenhamos chamado antes. – Rimos juntos, e ele passa o braço pelos meus ombros, me apertando. – Bom, grávida ou não, agora é melhor a gente apressar o passo, primeira-dama. Antes que seu noivo tenha um treco por você não ter dado um beijinho de boa sorte nele antes do início do show.

Solto uma gargalhada baixa pelo seu deboche ao tentar imitar a voz de Caíque, e passo a mão pela sua cintura, caminhando ao seu lado, evitando pensar nesse minissurto que tivemos. Olho para baixo, admirando o anel de ouro com micro pavé de diamantes circulando a pedra oval verde de dois quilates bem no meio, tão rara e brilhante quanto o sol, mas não tanto quanto os olhos de Caíque no dia em que me deu.

21 de junho de 2026, alguns dias antes do último show

Sempre amei Petrópolis no inverno carioca. O clima geladinho com a neblina tão baixa ao ponto de não ver nada além das montanhas, a lenha queimando na lareira nas noites de fondue, os vinhos derramados no chão de madeira depois de tanto beber, e as risadas que saem descontroladamente da boca de Caíque quando estamos juntos.

O chato do vizinho pop star que se tornou o meu namorado, e melhor amigo. Ele se tornou minha escolha favorita, o meu melhor erro, aquele que vejo em todos os lugares, o único para o qual guardo cada uma das minhas noites.

Estamos jogados no chão perto demais do fogo que crepita à nossa frente depois de um dia de jogos de tabuleiro, e com melodias criadas para o futuro, rindo feito loucos depois de lembrar do dia em que tentamos fazer um encontro duplo com Íris e Gil, que deu totalmente errado.

— Pensei que a Íris jamais fosse me perdoar por essa pataquada que inventamos.

— Nossa, Gilberto estava vermelho de raiva, gritando o quanto eu não o conhecia mesmo. — Caíque pega minha mão, entrelaçando seus dedos nos meus devagar. — Acredita que ele me fez jurar de pé junto jamais falar sobre isso com Sara? Que doido, eles dois pareciam ter tanta química, tínhamos que tentar.

— Foi na melhor das intenções.

— Com certeza, princesa, mas temos que admitir que erramos no par.

— Ser cupido definitivamente não é pra gente, deixamos com os profissionais.

— Por profissionais, quer dizer a Garota Fofoquei, certo?

Rio, molhando os meus lábios de vinho tinto.

— Claro, de quem mais seria? — Pouso a taça na mesinha atrás de mim, e deslaço os nossos dedos para apertar bem aquele rosto que tanto imaginei em meus sonhos. — Temos que admitir que ela foi vital para o nosso...

— Namoro acontecer? Absolutamente sim, ou então a senhorita iria continuar fingindo que não queria me beijar nunca mais, enquanto eu ficava igual a um servo, apenas esperando que minha princesa gritasse por mim.

Abro a boca, fingindo choque, e tiro as mãos de seu rosto para cruzar os braços rente ao meu peito.

— Não se faz de tonto, Caíque Alves, ou eu vou ter que... — Não consigo terminar a minha linha de raciocínio, pois ele me puxa pelos braços sorrindo, me fazendo cair em cima do seu corpo, e beija os meus lábios sem pressa.

O gosto do vinho em sua língua se mistura com o meu e traz um sabor diferente, é como correr descalça na grama molhada, gargalhando para as estrelas com o peito queimando de amor após tanto tempo ansiando para ser devorado por apenas uma pessoa. É um compasso na linha certa, é um riso dado no momento errado, é o centro do meu espelho, um rio de companheirismo que não canso de me afogar.

Um a um, dando prazer e amor, ao me perder em seus lábios, em sua bunda empinadinha, e nas cicatrizes de seu corpo. O jogo infinito onde inventamos mil e uma prorrogações para não ter fim, e aprendendo a sentir gosto até das coisas que odiamos um no outro.

Ele sobe as mãos pela minha cintura, acariciando cada poro, pintinha, e curva minha por debaixo da camisa de manga comprida. Seus dedos largos me apertaram contra seu corpo, enquanto as minhas mãos vão de encontro ao seu rosto macio, me derretendo ao ouvir a música mais embalada.

Nosso beijo cessa, e por alguns segundos ficamos aqui, encarando incessantemente um ao outro, perdendo tempo sem medo de sermos agraciados pela presença um do outro. O meu vinil dos Tribalistas toca no fundo bem baixinho, se misturando no barulho crepitante da chuva que não me incomoda mais, virando a trilha sonora perfeita para anos maravilhosos que passei ao lado dele.

    Deito em seu peito, ouvindo a velocidade de seu coração acelerar como um viciado que fica maluco por apenas me tocar. Seus dedos se enrolam nos fios loiros dos meus cabelos, acariciando cada parte do meu couro cabeludo, e o escuto suspirar baixinho com os lábios trêmulos.

    Não preciso erguer a cabeça para saber que ele está rindo, mas preciso observá-lo quando seu coração de rápido foi para o nível coelho assustado, ou melhor, Caíque ansioso como eu gostei de apelidar. Ele morde o lábio inferior tão forte apenas para segurar o choro lento que escorre pelas suas bochechas, e por incrível que pareça, encontro uma inocência de pureza sem tamanho em seus lindos olhos verdes.

    Me perco totalmente naquela sala com a nossa vela de jasmim favorita acessa deixando seu cheiro penetrar o ambiente, e a chuva que cai cada vez mais forte na parte de fora, anunciando uma tremenda tempestade que rolará a noite toda sem que ninguém a impeça.

    Ergo a mão em sua busca, e ele encaixa o rosto molhado como uma criança que tudo o que mais queria era um colo.

— Meu bem, o que houve?

— Eu te amo, Nica.

Rio sem graça.

— Eu sei disso, mas por que está chorando?

— Porque tudo em mim é mais feliz contigo. — Ele pausa a fala, fungando. — Minha risada, meus sonhos, meus dias, que droga, até os meus pesadelos e medos, tudo foi abalado sismicamente por você. *Apenas* você.

    Ele tira a mão que apoiava a sua cabeça, e me ergue junto dele para sentar novamente. Caíque sorri todo bobo em meio ao choro, como se as suas próximas palavras fossem decisivas, e a minha resposta fosse a única que importava. Sua mão está tremendo, ele soluça em meio as lágrimas que caem cada vez mais pelas suas bochechas, e Jesus, nunca pensei que alguém pudesse ter tanta água para expelir pelo corpo.

Mas admito que nunca o vi mais fofo como agora, praticamente com o coração esparramado nas minhas coxas, entregue a mim como nenhum homem jamais poderia.

— Sabe — começou, puxando quase todo o ar da sala para si –, tem um motivo para eu ter insistido tanto em viver esse final de semana em particular com você. Sem turnê, sem nossas família, sem nossos amigos...

— Sem a mídia e a Garota Fofoquei.

— Exato. — Ele ri comigo, apertando minha mão. — Queria que estivéssemos a sós no nosso lugar, nove anos depois de te conhecer, e exatos dois anos que nossa aventura juntos começou. Não foi apenas a gravadora, a música e o seu pai que me levaram até você, não, foi a sua voz, foram seus olhos cheios de desejo pela vida. — Seus dedos passam como pena rente aos meus olhos, e não evito fechá-los com um sorriso no rosto, sentindo os machucados das cordas dos instrumentos que toca. — Foram os croquetes, as nossas brigas não apenas em dias de jogo, foram as farpas que trocamos ao longo dos anos enquanto queríamos mesmo era nos beijar, e claro, foi o seu bendito artigo e minha droga de aposta.

— Cada peça, cada caminho no tabuleiro...

— Tudo, Nica, você sempre foi o centro da minha bússola, ao ponto de me fazer sonhar com o dia em que eu finalmente poderia te chamar de *minha* sem medo, e quem sabe, ser o seu par perfeito.

Ele ri, e molha os lábios suspirando encarando o teto. Seu rosto está inchado, rubro com uma das cores do seu time, e do meu vestido que ainda é o seu favorito. Caíque abaixa o olhar para mim novamente, e deixa a mão escorregar para dentro do bolso de sua calça felpuda do pijama verde.

— Você demonstrou tanto prazer de estar na minha companhia naquela praia, enquanto eu estava todo fodido da cabeça achando que eu seria um fracasso, e me fez experimentar uma sensação tão única, tão desconhecida, que lutei durante anos para sentir o mínimo com alguém. Em vão, porque como nunca vou cansar de te dizer, você, Nica, é o meu *tudo*.

— Caíque...

— Espera, só um minutinho. Depois você pode me zoar, falar que sou um bebê chorão, ou qualquer outra coisa, mas por favor – ele murmura, quase perdendo o fôlego. – Por favor, me deixa falar o que meu coração tá pedindo.

Rio, encostando a testa em seu peito, achando graça de seu nervosismo, e me sentindo a mulher mais sortuda do mundo. Ergo o rosto, apertando sua bochecha vermelha e molhada, sorrindo.

— Não te zoaria.

— Verônica...

— Ok, eu te zoaria, mas jamais por ser quem é.

— Hum, mocinha, vou acreditar em você dessa vez. – Ele beija a minha testa lentamente, apreciando como se eu fosse partir a qualquer segundo. – Posso continuar?

— À vontade, meu bebê chorão. – Mordo o lábio inferior, segurando a risada, e ele franze o cenho debochando, puxando ar pelo nariz entupido.

Caíque ajeita a postura, e mantém a mão escondida em seu bolso, me encarando com aquelas tentações verdes.

— Não resisti aos seus mistérios, a suas fraquezas, e muito menos ao seu encanto. Me agarrou pelas pernas, me levando pela coleira para onde quisesse ir, e como um excelente amante, te seguiria para onde fosse. Sou apenas um adolescente que teve todos os seus sentidos devorados com seus olhares que me causam arrepios, e sem vontade de parar de ter cada uma dessas sensações. – Ele respira fundo, e tira a mão fechada do bolso. – Tanto que estou cego pelas flores no altar que envolvem os meus pensamentos quando o assunto é você, sonhando com o dia em que vou te esperar nele, chorando exatamente igual agora.

Engulo a singela bolha de ar que passa, com os lábios partidos tremendo, pronta para me embalar numa sinfonia de choro junto dele ao ver a caixinha de veludo vermelho-vivo em seus dedos. Ele a abre, e bem no meio de todo o tecido almofadado está um anel que concretizava tudo o que passei a imaginar.

Como pode ser possível gostar tanto de alguém, e esse tal alguém *não* ser seu? Bom, nunca mais poderei ousar me questionar isso, pois quem eu amo é agora, e para sempre, totalmente meu.

Uma risada escrachada escapa feito água pelos meus lábios, e choro feito uma menininha que acabou de ganhar a sua Barbie favorita. Abro a boca num sorriso tão aberto, que Caíque pode ver todos os meus dentes, mas está tudo bem, porque ele está igual. Rindo feito uma boba, acaricio seu rosto encharcado, mexendo em seus cachinhos fracos desesperada, e o beijo.

Simples, sentindo cada linha de seus lábios suaves nos meus, entregues ao ponto de eu não precisar responder, era óbvio como tudo ficava sem graça sem ele, e em como eu era amada por apenas existir. É uma doação divina, duas almas que se encontraram quando estavam perdidas, e que se amam sem complicações.

Encosto minha testa na dele, pressionando os lábios ao balançar a cabeça sem medo algum de dizer o melhor sim da minha vida. Ele ri extasiado, e todo atrapalhado, não impedindo que mais lágrimas caíssem pelo seu rosto, pega a aliança, a encaixando perfeitamente no meu dedo anelar.

Caíque me observa com os olhos brilhando, e quase fechados de tanto sorrir, passando as mãos pelo rosto tendo a certeza de que nada daquilo era um sonho.

– Nica...

⭐

– Tá acordada? – Gil me tira do devaneio, assim que colocamos os pés nos bastidores.

– Sim, estava me lembrando de uma coisa.

– Bom, chega de sonhar acordada, e vamos procurar... – Ele vasculha o lugar, e quando encontra o melhor amigo todo arrumado, aponta com o olhar. – O príncipe encantado da noite.

Caíque está andando de um lado ao outro, pulando e balançando os braços para se soltar, usando suas antigas manias de nadador. Sua roupa esfarrapada, parecendo a do Aladdin, é o primeiro figurino da noite, e com certeza ainda é a melhor surpresa que tive o prazer de ajudar a preparar para os fãs. Alguns dançarinos estão se alongando ao seu lado, outros conversando com o pessoal da banda, enquanto mil e uma pessoas correm apressadas para fazer os últimos retoques.

Dou um tchauzinho quando seus olhos batem nos meus, e ele vem com os olhos arregalados de puro nervosismo até a nossa direção.

– Até que enfim, não queria entrar sem o meu beijo da sorte, nada pode dar errado.

– Nada irá, meu bem. – O puxo até meu rosto, depositando um beijo casto em sua testa, e ele se aninha em mim, como uma criança assustada. – Você é a porra do Caíque Alves, vencedor de Grammy...

– E futuro marido da jornalista fodástica, Verônica Bellini. – Ele ergue a sobrancelha, encaixando sua mão no meu rosto para me beijar.

– Argh, podem deixar o romantismo pra depois, você tem uma turnê pra finalizar, e um estádio cheio de fãs berrando o seu nome. – Sérgio aparece atrás dele, revirando os olhos. – Boa noite, primeira-dama.

– Ok, dá pra vocês pararem de me chamar assim?

– Como se você odiasse – os três dizem em uníssono.

– Odeio como me conhecem. – Cruzo os braços, e bufando, vou empurrando Caíque para a rodinha que se forma para falar as últimas palavras antes de entrarem no palco de estrutura gigantesca. – Vai, e quebra a perna.

Sérgio o puxa pelos ombros em direção ao grupo que o espera, mas ele se solta e morde o lábio inferior correndo para os meus braços, me dando mais um beijo que não sinto nada além de amor. Seus dedos calejados graças aos instrumentos que toca fazem um delicioso carinho na minha bochecha, e sorri, encostando a testa na minha.

– Eu te amo, você é o meu pop star favorito – digo.

– Tudo o que virá depois, meu bem, sem tirar nem por, será apenas eu e você, para a eternidade.

Ele ergue o olhar sorridente, e beija a palma da minha mão, finalmente indo para o grito final. Os berros do seu baterista ecoam pelos bastidores, mas é totalmente abafado pelos gritos dos fãs presentes no estádio. As mãos são erguidas no ar, e todos batem palma contentes pelo quase um ano de shows nacionais e internacionais recheados de sucesso.

As luzes se apagam, o som de cada pessoa berrando aumenta de forma estrondosa, e todos os integrantes desse show espetacular vão para as suas posições, inclusive, o meu futuro marido. O vídeo de introdução passa nas telonas, e Caíque vira o rosto na minha direção uma última vez antes de entrar para deixar as garotas que o esperam suspirando.

Ele foi excelente para o meu coração, e continua sendo bom para os negócios. Sempre fui uma filha obediente, fiel aos meus planos, e na busca do crescimento precoce, eu o encontrei perdido. Caíque foi uma folia, um enganador cafajeste, um idiota que não surpotava, uma matéria perfeita, e o caos maravilhoso como namorado.

Ninguém pode neutralizar a química e o ritmo que o meu coração toca ao estar com ele. Nenhuma dessas víboras conseguiu desfazer nosso destino, e acabar com a nossa alegria selvagem, e o meu futuro marido sabe muito bem disso.

As luzes dos holofotes podem até nos cegar, mas nunca vão poder nos tirar da visão um do outro, como deve ser, e como vai continuar sendo, mesmo que não seja apenas somente nós dois.

Ah, futuro, o que você nos reserva...

Agradecimentos

Caramba, quem diria que Caíque e Verônica seriam tão estrondosos, tão únicos, e tão amados por mim e por vocês ao ponto de serem o primeiro livro físico do meu universo em expansão. Este livro ainda é a minha grande salvação, e jamais cansarei de afirmar isso.

Vamos para a rodada bônus, mas não sem antes agradecer aquelas pessoas que ajudaram a tornar tudo isso possível na primeira vez. A Elena que pegou na minha orelha durante a história para transformá-la, a Júlia minha primeira revisora fantástica, e a Vitória que continua sendo uma das minhas pessoas favoritas no mundo literário – te amo –, muito obrigada.

Para as betas que surtaram, choraram, e são as primeiras fãs de Caíque e Verônica: Raquel, Lulu, Keila e Maria Paula, sem vocês esta história poderia não ter visto a luz do dia, e olha só onde chegamos, muito obrigada pelo apoio e carinho de vocês comigo e com os meus personagens. E dito isso, agradeço você, meu querido leitor, por estar aqui, e amar – ou não – tanto os meus personagens quanto eu.

Aos meus pais que foram as primeiras pessoas a saberem desse meu passo gigantesco, e que ainda me faz chorar ao pensar no quão longe eu cheguei graças a vocês dois. Obrigada por todo o incentivo em todas as minhas loucuras, por me amarem, e por estarem – mesmo de longe – sempre ao meu lado.

Para a melhor amiga que uma garota poderia pedir, obrigada por sempre acreditar em mim até quando eu duvido, Comitre. Ao meu irmão, que é o meu primeiro amor, e sempre será o meu melhor amigo, meu princípe.

Obrigada, Mari, minha coordenadora editorial por confiar no meu trabalho, pela sua excelente visão, e por cada um dos surtos durante todo o processo, até porque sem você nada disso seria possível.

Meu marido, Vitor, que constantemente me incentiva nos piores dias, e que me faz rir até quando estou com raiva dele por alguma coisa boba. Você é o o amor da minha vida, e obrigada por acreditar nos meus sonhos, lembrando constantemente o quanto as minhas vontades importam.

Eu me encontrei com Caíque e Verônica como esposa, irmã, amiga, e principalmente, autora, e por isso, agradeço a esses dois personagens fictícios que nunca vou esquecer.

A todas as comédias românticas que me fizeram ser essa mulher apaixonada pela vida. Muitas histórias estão por vir, e a Garota Fofoquei ainda não teve a sua identidade revelada. Fiquem para mais e apreciem a jornada com gosto de algodão-doce. Obrigada. :)

Beijinhos e abraços,

Mari Miquilito.

ns

@novoseculoeditora

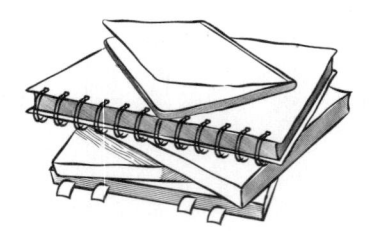

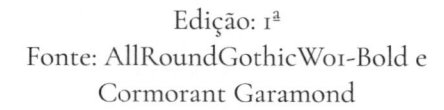

Edição: 1ª
Fonte: AllRoundGothicW01-Bold e
Cormorant Garamond